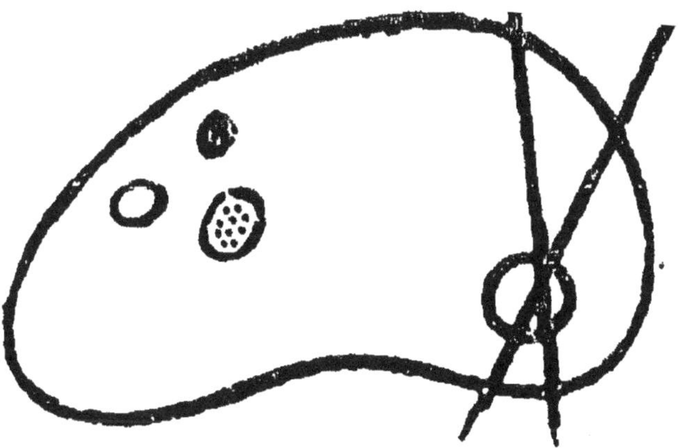

CURRER BELL

# JANE EYRE

OU

## LES MÉMOIRES D'UNE INSTITUTRICE

ROMAN ANGLAIS

TRADUIT AVEC L'AUTORISATION DE L'AUTEUR

PAR M^me LESBAZEILLES SOUVESTRE

TOME SECOND

PARIS

LIBRAIRIE HACHETTE ET C^ie

79, BOULEVARD SAINT-GERMAIN, 79

# BIBLIOTHÈQUE DES MEILLEURS ROMANS ÉTRANGERS

## ÉDITIONS A 1 FRANC 25 CENTIMES LE VOLUME

### ROMANS TRADUITS DE L'ANGLAIS

**Ainsworth (W.)** : Abigail. 1 v. — Crichton. 2 v. — Jack Sheppard. 2 v.
**Anonymes** : Les pilleurs d'épaves. 1 v. — Miss Mortimer. 1 v. — Paul Ferroll. 1 v. — Violette. 1 v. — Whitehall. 2 v. — Whitefriars. 2 v. — La veuve Barnaby. 2 vol. — Tom Brown à Oxford. 2 vol. — Mehalah. 1 vol. — Molly Bawn. 1 vol.
**Austen (Miss)** : Persuasion. 1 v.
**Beaconsfield (lord)** : Endymion. 2 vol.
**Beecher-Stowe (Mrs)** : La case de l'oncle Tom. 1 v. — La fiancée du ministre. 1 v.
**Black (W.)** : Anna Beresford. 1 vol.
**Blackmore (R.)** : Erema. 2 vol.
**Braddon (Miss)** : Œuvres. 41 volumes.
**Bulwer Lytton (sir Ed.)** : Œuvres. 23 vol.
**Conway (H.)** : Le secret de la neige. 1 v.
**Craik (Miss Mulock)** : Deux mariages. 1 v. — Une noble femme. 1 v. — Mildred. 1 v.
**Cummins (Miss)** : L'allumeur de réverbères. 1 v. — Mabel Vaughan. 1 v. — La rose du Liban. 1 v.
**Currer-Bell (Miss Brontë)** : Jane Eyre. 2 v. — Le Professeur. 1 v. — Shirley. 2 v.
**Dasent** : Les Vikings de la Baltique. 2 v.
**Derrick (F.)** : Olive Varcoe. 2 v.
**Dickens (Ch.)** : Œuvres. 28 volumes.
**Dickens et Collins** : L'abîme. 1 v.
Voir ci-dessus Beaconsfield.
**Disraeli** : Sybil. 2 v. — Lothair. 2 v.
**Edwardes (Mrs Annie)** : Un bas-bleu. 1 v. — Une singulière héroïne. 1 v.
**Edwards (Miss Amelia)** : L'héritage de Jacob Trefalden. 2 vol.
**Eliot (F.)** : Les Italiens. 1 vol.
**Fleming (M.)** : Un mariage extravagant. 2 v. — Le mystère de Catheron. 2 vol. — Les chaînes d'or. 1 vol.
**Fullerton (lady)** : L'oiseau du bon Dieu. 1 v. — Hélène Middleton. 1 v.
**Gaskell (Mrs)** : Autour du sofa. 1 v. — Marie Barton. 1 v. — Marguerite Hall (Nord et Sud). 2 v. — Ruth. 1 v. — Les amoureux de Sylvia. 1 v. — Cousine Phillis. 1 v. — L'œuvre d'une nuit de mai. Le héros du fossoyeur. 1 v.
**Grenville Murray** : Le jeune Brown. 2 v. — La cabale du boudoir. 2 v. — Veuve ou mariée? 1 v. — Une famille endettée. 1 v. — Étranges histoires. 1 v.
**Hall (Cap. Basil)** : Scènes de la vie maritime. 1 v. — Scènes du bord et de la terre ferme. 1 v.
**Hamilton-Aïdé** : Rita. 1 v.
**Hardy (T.)** : La trompette-major. 1 v. —
**Hayward (A.)** : Lord Ulswater. 2 vol.
**Haworth (Miss)** : Une méprise. — Les trois soirées de la Saint-Jean. — Nouvelle. 1 v.
**Hawthorne** : La lettre rouge. 1 v. — La maison aux 7 pignons. 2 v.
**Hildreth** : L'esclave blanc. 1 v.
**Howells** : La passagère de l'Aroostook. 1 v.
**James** : Léonora d'Orco. 1 v. — L'Américain à Paris. 2 v. — Roderick Hudson. 1 v.
**Jenkin (Mrs)** : Qui casse paie. 1 v.
**Jerrold (D.)** : Sous les rideaux. 1 v.
**Kavanagh (J.)** : Tuteur et pupille. 2 v.
**Kingsley** : Il y a deux ans. 2 v.
**Lawrence (G.)** : Frontière et prison. 1 v. — Guy Livingstone. 1 v. — Honneur stérile. 2 v. — L'épée et la robe. 1 v. — Maurice Dering. 1 v. — Flora Bellasys. 2 v.
**Longfellow** : Drames et poésies. 1 v.
**Marryat (Miss)** : Deux amours. 2 v.
**Marsh (Mrs)** : Le contrefait. 1 v.
**Mayne-Reid** : La piste de guerre. 1 v. — La Quarteronne. 1 v. — Le doigt du destin. 1 v. — Le roi des Séminoles. 1 v. — Les partisans. 1 v.
**Melville (Whyte)** : Les gladiateurs : Rome et Judée. 2 v. — Katerfelto. 1 v. — Digby Grand. 2 v. — Kate Coventry. 1 v. — Satanella. 1 v.
**Ouida** : Ariane. 2 v. — Pascarel. 1 v.
**Page (H.)** : Un collège de femmes. 1 v.
**Poynter (E.)** : Hetty. 1 v.
**Reade et Dion Boucicault** : L'île providentielle. 2 v.
**Segrave (A.)** : Marmorne. 1 v.
**Smith (J.)** : L'héritage. 3 v.
**Stephens (Miss)** : Opulence et misère. 1 v.
**Thackeray** : Henry Esmond. 2 v. — Histoire de Pendennis. 3 v. — La foire aux vanités. 2 v. — Le livre des Snobs. 1 v. — Mémoires de Barry Lyndon. 1 v.
**Thackeray (Miss)** : Sur la falaise. 1 v.
**Townsend (V.-F.)** : Madeline. 1 v.
**Trollope (A.)** : Le domaine de Belton. 1 v. — La veuve remariée. 2 v. — Le cousin Henry. 1 v.
**Trollope (Mrs)** : La Pupille. 1 v.
**Wilkie Collins** : Œuvres. 16 volumes.
**Wood (Mrs)** : Les filles de lord Oakburn. 2 v. — Le serment de Lady Adelaide. 2 v. — Le maître de Greylands. 2 v. — La gloire des Verner. 2 v. — Edina. 2 v. — L'héritier de Court-Netherleigh. 2 v.

Coulommiers. — Imp. P. Brodard et Gallois.

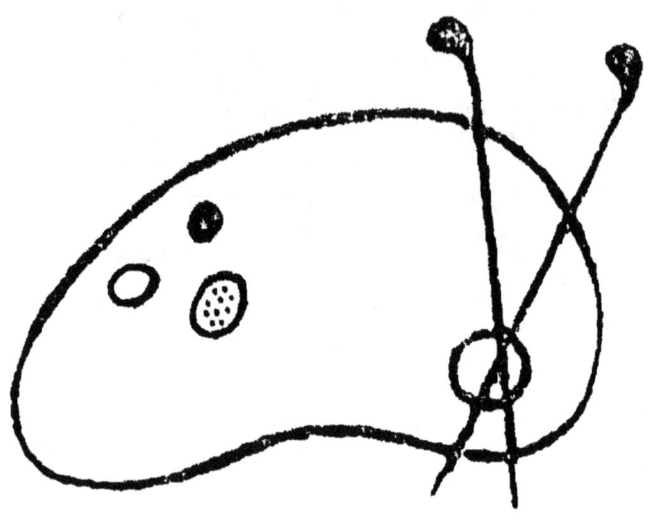

Fin d'une série de documents
en couleur

# JANE EYRE

## OUVRAGES DU MÊME AUTEUR

PUBLIÉS DANS LA BIBLIOTHÈQUE DES ROMANS ÉTRANGERS

PAR LA LIBRAIRIE HACHETTE ET Cie

---

**Le Professeur**, traduit par Mme Loreau. 1 vol.

**Shirley**, traduit par M. Ch. Romey. 2 vol.

Prix de chaque volume, broché. 1 fr. 25

---

Coulommiers. — Typ. P. BRODARD et GALLOIS.

CURRER BELL

# JANE EYRE

OU

## LES MÉMOIRES D'UNE INSTITUTRICE



ROMAN ANGLAIS

TRADUIT AVEC L'AUTORISATION DE L'AUTEUR

PAR Mme LESBAZEILLES SOUVESTRE

TOME SECOND

PARIS

LIBRAIRIE HACHETTE ET Cie

79, BOULEVARD SAINT-GERMAIN, 79

1890

# JANE EYRE.

## CHAPITRE XXI.

Les pressentiments, les sympathies et les signes sont trois choses étranges qui, ensemble, forment un mystère dont l'humanité n'a pas encore trouvé la clef : je n'ai jamais ri des pressentiments, parce que j'en ai eu d'étranges; il y a des sympathies qui produisent des effets incompréhensibles, comme celles, par exemple, qui existent entre des parents éloignés et inconnus, sympathies qui se continuent, malgré la distance, à cause de l'origine qui est commune; et les signes pourraient bien n'être que la sympathie entre l'homme et la nature.

Un jour, à l'âge de six ans, j'entendis Bessie raconter à Abbot qu'elle avait rêvé d'un petit enfant, et que c'était un signe de malheur pour soi ou pour ses parents; cette croyance populaire se serait probablement effacée de mon souvenir, sans une circonstance qui l'y fixa à jamais : le jour suivant, Bessie fut demandée au lit de mort de sa petite sœur.

Depuis quelques jours, je pensais souvent à cet événement, parce que, pendant une semaine entière, j'avais toutes les nuits rêvé d'un enfant : tantôt je l'endormais dans mes bras, tantôt je le berçais sur mes genoux, tantôt je le regardais jouer avec les marguerites de la prairie ou se mouiller les mains dans une eau courante. Une nuit l'enfant pleurait; la nuit suivante, au contraire, il riait; quelquefois il se tenait attaché à mes vêtements, d'autres fois il courait loin de moi : mais, sous n'importe quelle forme, cette apparition me poursuivit pendant sept nuits successives.

Je n'aimais pas cette persistance de la même idée, ce retour continuel de la même image ; je devenais nerveuse au moment où je voyais approcher l'heure de me coucher, l'heure de la vision. J'étais encore dans la compagnie de ce fantôme d'enfant la nuit où j'entendis le terrible cri, et l'après-midi du lendemain on vint m'avertir que quelqu'un m'attendait dans la chambre de Mme Fairfax; je m'y rendis et j'y trouvai un homme qui me parut un domestique de bonne maison; il était en grand deuil, et le chapeau qu'il tenait à la main était entouré d'un crêpe.

« Je pense que vous avez de la peine à me remettre, mademoiselle, dit-il en se levant; je m'appelle Leaven; j'étais cocher chez Mme Reed lorsque vous habitiez Gateshead, et je demeure toujours au château.

— Oh ! Robert, comment vous portez-vous? je ne vous ai pas oublié du tout; je me rappelle que vous me faisiez quelquefois monter à cheval sur le poney de Mlle Georgiana. Et comment va Bessie? car vous avez épousé Bessie.

— Oui, mademoiselle. Ma femme se porte très-bien, je vous remercie; il y a à peu près deux mois, elle m'a encore donné un enfant, nous en avons trois maintenant; la mère et les enfants prospèrent.

— Et comment va-t-on au château, Robert?

— Je suis fâché de ne pas pouvoir vous donner de meilleures nouvelles, mademoiselle; cela ne va pas bien, et la famille vient d'éprouver un grand malheur.

— J'espère que personne n'est mort? » dis-je en jetant un coup d'œil sur ses vêtements.

Il regarda le crêpe qui entourait son chapeau et répondit :

« Il y a eu hier huit jours, M. John est mort dans son appartement de Londres.

— M. John?

— Oui.

— Et comment sa mère a-t-elle supporté ce coup?

— Dame, mademoiselle Eyre, ce n'est pas un petit malheur : sa vie a été désordonnée; les trois dernières années, il s'est conduit d'une manière singulière, et sa mort a été choquante.

— Bessie m'a dit qu'il ne se conduisait pas bien.

— Il ne pouvait pas se conduire plus mal; il a perdu sa santé et gaspillé sa fortune avec ce qu'il y avait de plus mauvais en hommes et en femmes; il a fait des dettes, il a été mis en prison. Deux fois sa mère est venue à son aide; mais, aussitôt qu'il était libre, il retournait à ses anciennes habitudes. Sa tête n'était pas forte; les bandits avec lesquels il a vécu l'ont complétement dupé. Il y a environ trois semaines, il est venu à Gateshead et a demandé qu'on lui remît la fortune de toute la famille entre les mains; Mme Reed a refusé, car sa fortune était déjà bien réduite par les extravagances de son fils; celui-ci partit donc, et bientôt on apprit qu'il était mort; comment, Dieu le sait! On prétend qu'il s'est tué. »

Je demeurai silencieuse, tant cette nouvelle était terrible Robert continua :

« Madame elle-même a été bien malade; elle n'a pas eu la force de supporter cela : la perte de sa fortune et la crainte de la pauvreté l'avaient brisée. La nouvelle de la mort subite de M. John fut le dernier coup; elle est restée trois jours sans parler. Mardi dernier, elle était un peu mieux, elle semblait vouloir dire quelque chose et faisait des signes continuels à ma femme; mais ce n'est qu'hier matin que Bessie l'a entendue balbutier votre nom, car elle a enfin pu prononcer ces mots : « Amenez Jane, allez chercher Jane Eyre, je veux lui « parler. » Bessie n'est pas sûre qu'elle ait sa raison et qu'elle désire sérieusement vous voir; mais elle a raconté ce qui s'était passé à Mlle Reed et à Mlle Georgiana, et leur a conseillé de vous envoyer chercher. Les jeunes filles ont d'abord refusé; mais, comme leur mère devenait de plus en plus agitée, et qu'elle continuait à dire : « Jane, Jane », elles ont enfin consenti. J'ai quitté Gateshead hier, et si vous pouviez être prête, mademoiselle, je voudrais vous emmener demain matin de bonne heure.

— Oui, Robert, je serai prête; il me semble que je dois y aller.

— Je le crois aussi, mademoiselle; Bessie m'a dit qu'elle était sûre que vous ne refuseriez pas. Mais je pense qu'avant de partir il vous faut demander la permission.

— Oui, et je vais le faire tout de suite. »

Après l'avoir mené à la salle des domestiques et l'avoir recommandé à John et à sa femme, j'allai à la recherche de M. Rochester.

Il n'était ni dans les chambres d'en bas, ni dans la cour, ni dans l'écurie, ni dans les champs; je demandai à Mme Fairfax si elle ne l'avait pas vu, elle me répondit qu'il jouait au billard avec Mlle Ingram. Je me dirigeai vers la salle de billard, où j'entendis le bruit des billes et le son des voix. M. Rochester, Mlle Ingram, les deux demoiselles Eshton et leurs admirateurs étaient occupés à jouer; il me fallut un peu de courage pour les déranger, mais je ne pouvais plus retarder ma demande: aussi, m'approchai-je de mon maître, qui était à côté de Mlle Ingram. Elle se retourna et me regarda dédaigneusement; ses yeux semblaient demander ce que pouvait vouloir cette vile créature, et lorsque je murmurai tout bas: « Monsieur Rochester! » elle fit un mouvement comme pour m'ordonner de me retirer. Je me la rappelle à ce moment; elle était pleine de grâce et frappante de beauté: elle portait une robe de chambre en crêpe bleu de ciel; une écharpe de gaze également bleue était enlacée dans ses cheveux; le jeu l'avait animée, et son orgueil irrité ne nuisait en rien à l'expression de ses grandes lignes:

« Cette personne a-t-elle besoin de vous? » demanda Mlle Ingram à M. Rochester, et M. Rochester se retourna pour voir quelle était cette personne.

Il fit une curieuse grimace, étrange et équivoque; il jeta à terre la queue qu'il tenait et sortit de la chambre avec moi.

« Eh bien, Jane? dit-il en s'appuyant le dos contre la porte de la chambre d'étude qu'il venait de fermer.

— Je vous demanderai, monsieur, d'avoir la bonté de m'accorder une ou deux semaines de congé.

— Pour quoi faire? Pour aller où?

— Pour aller voir une dame malade qui m'a envoyé chercher.

— Quelle dame malade? Où demeure-t-elle?

— A Gateshead, dans le comté de....

— Mais c'est à cent milles d'ici; quelle peut être cette dame qui envoie chercher les gens pour les voir à une pareille distance?

— Elle s'appelle Mme Reed, monsieur.

— Reed, de Gateshead? Il y avait un M. Reed, de Gateshead; il était magistrat.

— C'est sa veuve, monsieur.

— Et qu'avez-vous à faire avec elle? comment la connaissez-vous?

— M. Reed était mon oncle, le frère de ma mère.

— Vous ne m'avez jamais dit cela auparavant; vous avez toujours prétendu, au contraire, que vous n'aviez pas de parents.

— Je n'en ai pas, en effet, monsieur, qui veuillent bien me reconnaître; M. Reed est mort, et sa femme m'a chassée loin d'elle.

— Pourquoi?

— Parce qu'étant pauvre, je lui étais à charge, et qu'elle me détestait.

— Mais M. Reed a laissé des enfants; vous devez avoir des cousins. Sir George Lynn me parlait hier d'un Reed, de Gateshead, qui, dit-il, est un des plus grands coquins de la ville, et Ingram me parlait également d'une Georgiana Reed qui, il y a un hiver ou deux, était très-admirée, à Londres, pour sa beauté.

— John Reed est mort, monsieur; il s'est ruiné et a à moitié ruiné sa famille; on croit qu'il s'est tué; cette nouvelle a tellement affligé sa mère, qu'elle a eu une attaque d'apoplexie.

— Et quel bien pourrez-vous lui faire, Jane? Vous ne prétendez pas parcourir cent milles pour voir une vieille femme qui sera peut-être morte avant votre arrivée; d'ailleurs, vous dites qu'elle vous a chassée.

— Oui, monsieur; mais il y a bien longtemps, et sa position était différente alors; je serais mécontente de moi si je ne cédais pas à son désir.

— Combien de temps resterez-vous?

— Aussi peu de temps que possible, monsieur.

— Promettez-moi de ne rester qu'une semaine

— Il vaut mieux que je ne promette pas, parce que je ne pourrai peut-être pas tenir ma parole.

— Mais en tout cas vous reviendrez? rien ne pourra vous faire rester toujours avec votre tante?

— Oh! certainement, je reviendrai dès que tout ira bien.

— Et qui est-ce qui vous accompagne? vous n'allez pas faire ce long voyage seule?

— Non, monsieur, elle a envoyé son cocher.

— Est-ce un homme de confiance?

— Oui, monsieur; il est dans la famille depuis dix ans. »

M. Rochester réfléchit.

« Quand désirez-vous partir? demanda-t-il.

— Demain matin de bonne heure.

— Mais il vous faut de l'argent, vous ne pouvez pas partir sans rien, et je pense que vous n'avez pas grand'chose; je ne vous ai pas encore payée depuis que vous êtes ici. Jane, me demanda-t-il en souriant, combien avez-vous d'argent en tout? »

Je tirai ma bourse; elle n'était pas bien lourde.

« Cinq schellings, monsieur, » répondis-je.

Il prit ma bourse, la retourna, la secoua dans sa main, et parut content de la voir aussi peu garnie; il tira son portefeuille.

« Prenez, » dit-il, en m'offrant un billet. Il était de cinquante livres, et il ne m'en devait que quinze.

Je lui dis que je n'avais pas de monnaie.

« Je n'ai pas besoin de monnaie; prenez, ce sont vos gages. »

Je refusai d'accepter plus qu'il ne m'était dû. Il voulut d'abord m'y forcer; puis tout à coup, comme se rappelant quelque chose, il me dit :

« Vous avez raison : il vaut mieux que je ne vous donne pas tout maintenant. Si vous aviez cinquante livres, vous pourriez bien rester six mois; mais en voilà dix. Est-ce assez?

— Oui, monsieur, mais vous m'en devez encore cinq.

— Alors, revenez les chercher; je suis votre banquier pour quarante livres.

— Monsieur Rochester, je voudrais vous parler encore d'une autre chose importante, puisque je le puis maintenant.

— Et quelle est cette chose? je suis curieux de l'apprendre.

— Vous m'avez presque dit, monsieur, que vous alliez bientôt vous marier.

— Oui. Eh bien! après?

— Dans ce cas, monsieur, il faudra qu'Adèle aille en pension; je suis convaincue que vous en sentirez vous-même la nécessité.

— Pour l'éloigner du chemin de ma femme, qui, sans cela, pourrait marcher trop impérieusement sur elle. Sans doute, vous avez raison, il faudra mettre Adèle en pension, et vous, vous irez tout droit.... au diable!

— J'espère que non, monsieur; mais il faudra que je cherche une autre place.

— Oui, » s'écria-t-il d'une voix sifflante et en contorsionnant les traits de son visage d'une manière à la fois fantastique et comique. Il me regarda quelques minutes. « Et vous demanderez à la vieille Mme Reed ou à ses filles de vous chercher une place, je suppose?

— Non, monsieur; mes rapports avec ma tante et mes cousines ne sont pas tels que je puisse leur demander un service. Je me ferai annoncer dans un journal.

— Oui, oui; vous monterez au haut d'une pyramide; vous vous ferez annoncer, sans vous inquiéter du danger que vous courez en agissant ainsi, murmura-t-il. Je voudrais ne vous avoir donné qu'un louis au lieu de dix livres. Rendez-moi neuf livres, Jane, j'en ai besoin.

— Et moi aussi, monsieur, répondis-je en cachant ma bourse, je ne pourrais pas un instant me passer de cet argent.

— Petite avare, dit-il, qui refusez de me rien prêter! Eh bien, rendez-moi cinq livres seulement, Jane.

— Pas cinq schellings, monsieur, pas même cinq sous.

— Donnez-moi seulement votre bourse un instant, que je la regarde.

— Non, monsieur, je ne puis pas me fier à vous.

— Jane?

— Monsieur.

— Voulez-vous me promettre ce que je vais vous demander?

— Oui, monsieur, je veux bien vous promettre tout ce que je pourrai tenir.

— Eh bien, promettez-moi de ne pas vous faire annoncer et de vous en rapporter à moi pour votre position; je vous en trouverai une avec le temps.

— Je le ferai avec plaisir, monsieur, si à votre tour vous me promettez qu'Adèle et moi nous serons hors de la maison et en sûreté avant que votre femme y entre.

— Très-bien, très-bien, je vous le promets; vous partez demain, n'est-ce pas?

— Oui, monsieur, demain matin.

— Viendrez-vous au salon ce soir après dîner?

— Non, monsieur; j'ai des préparatifs de voyage à faire.

— Alors il faut que je vous dise adieu pour quelque temps.

— Je le pense, monsieur.

— Et comment se pratique cette cérémonie de la séparation? Jane, apprenez-le-moi, je ne le sais pas bien.

— On se dit adieu, ou bien autre chose si l'on préfère.

— Eh bien! dites-le.

— Adieu, monsieur Rochester, adieu pour maintenant

— Et moi, que dois-je dire?

— La même chose si vous voulez, monsieur.

— Adieu, mademoiselle Eyre, adieu pour maintenant. Est-ce tout?

— Oui.

— Cela me semble bien sec et bien peu amical; je préférerais autre chose, rien qu'une petite addition au rite ordinaire; par exemple, si l'on se donnait une poignée de main. Mais non, cela ne me suffirait pas; ainsi donc, je me contenterai de dire : Adieu, Jane!

— C'est assez, monsieur; beaucoup de bonne volonté peut être renfermée dans un mot dit avec cœur.

— C'est vrai; mais ce mot adieu est si froid! »

« Combien de temps va-t-il rester ainsi le dos appuyé contre la porte? » me demandai-je; car le moment de commencer mes paquets était venu.

La cloche du dîner sonna et il sortit tout à coup sans prononcer une syllabe; je ne le vis pas pendant le reste de la journée, et le lendemain je partis avant qu'il fût levé.

J'arrivai à Gateshead à peu près à cinq heures du soir, le premier du mois de mai.

Je m'arrêtai d'abord devant la loge : elle me parut très-propre et très-gentille; les fenêtres étaient ornées de petits rideaux blancs; le parquet bien ciré; la grille, la pelle et les pincettes reluisaient, et le feu brillait dans la cheminée; Bessie, assise devant le foyer, nourrissait son dernier-né; Robert et sa sœur jouaient tranquillement dans un coin.

« Dieu vous bénisse, je savais bien que vous viendriez! s'écria Mme Leaven en me voyant entrer.

— Oui, Bessie, répondis-je après l'avoir embrassée. J'espère que je ne suis pas arrivée trop tard. Comment va Mme Reed? elle vit encore, n'est-ce pas?

— Oui, elle vit, et même elle a plus qu'hier le sentiment de ce qui se passe autour d'elle; le médecin dit qu'elle pourra traîner une semaine ou deux; mais il ne pense pas qu'elle guérisse.

— A-t-elle parlé de moi dernièrement!

— Elle parlait de vous ce matin, et désirait vous voir arriver; mais elle dort maintenant, ou du moins elle dormait il y a dix minutes. Elle est ordinairement plongée dans une sorte de léthargie pendant toute l'après-midi et ne se réveille que vers six ou sept heures : voulez-vous vous reposer ici une heure, mademoiselle? et alors je monterai avec vous. »

Robert entra à ce moment; Bessie posa son enfant endormi dans un berceau, afin d'aller souhaiter la bienvenue à son mari; ensuite elle me pria de retirer mon chapeau et de prendre un peu de thé, car, disait-elle, j'étais pâle et j'avais l'air fatiguée. Je fus heureuse d'accepter son hospitalité, et quand elle me débarrassa de mes vêtements de voyage, je restai aussi tranquille que lorsqu'elle me déshabillait dans mon enfance.

Le souvenir du passé me revint lorsque je la vis s'agiter autour de moi, apporter son plus beau plateau et ses plus belles porcelaines, couper des tartines, griller des gâteaux pour le thé, et de temps en temps donner une petite tape à Robert ou à sa sœur, comme elle le faisait autrefois pour moi; Bessie avait conservé son caractère vif, de même que son pas léger et son joli regard.

Quand le thé fut pris, je voulus m'approcher de la table; mais elle m'ordonna de rester tranquille avec le ton absolu que je connaissais bien; elle voulut me servir au coin du feu; elle plaça devant moi un petit guéridon avec une tasse et une assiette de pain rôti : c'est ainsi qu'elle m'installait autrefois sur une chaise et m'apportait quelques friandises dérobées pour moi. Je souris et je lui obéis comme jadis.

Elle me demanda si j'étais heureuse à Thornfield et quel genre de caractère avait ma maîtresse. Quand je lui dis que je n'avais qu'un maître, elle me demanda s'il était beau et si je l'aimais; je lui répondis qu'il était plutôt laid, mais que c'était un vrai gentleman, qu'il me traitait avec bonté et que j'étais satisfaite; puis je lui décrivis la joyeuse société qui venait d'arriver au château. Bessie écoutait tous ces détails avec intérêt : c'était justement le genre qui lui plaisait.

Une heure fut bientôt écoulée. Bessie me rendit mon chapeau, et je sortis avec elle de la loge pour me rendre au château; il y avait neuf ans, elle m'avait également accompagnée pour descendre cette allée que maintenant je remontais.

Par une matinée sombre et pluvieuse du mois de janvier, j'avais quitté cette maison ennemie, le cœur aigri et désespéré, me sentant réprouvée et proscrite, pour me rendre dans la froide retraite de Lowood, si éloignée et si inconnue; ce même toit ennemi reparaissait à mes yeux; mon avenir était encore douteux et mon cœur encore souffrant; j'étais toujours une voyageuse sur la terre : mais j'avais plus de confiance dans mes forces et moins peur de l'oppression; mes anciennes blessures étaient complétement guéries et mon ressentiment éteint.

« Vous irez d'abord dans la salle à manger, me dit Bessie en marchant devant moi; les jeunes dames doivent y être. »

Une minute après, j'étais entrée. Depuis le jour où j'avais été introduite pour la première fois devant M. Brockelhurst, rien n'avait été changé dans cette salle à manger : j'aperçus encore devant le foyer le tapis sur lequel je m'étais tenue; jetant un regard vers la bibliothèque, je crus distinguer les deux volumes de Berwick à leur place ordinaire, sur le troisième rayon, et audessus le *Voyage de Gulliver* et les *Contes arabes*; les objets inanimés n'étaient pas changés, mais il eût été difficile de reconnaître les êtres vivants.

Je vis devant moi deux jeunes dames : l'une, presque aussi grande que Mlle Ingram, très-mince, à la figure jaune et sévère, avait quelque chose d'ascétique qu'augmentait encore l'extrême simplicité de son étroite robe de laine noire, de son col empesé, de ses cheveux lissés sur les tempes; enfin elle portait pour tout ornement un chapelet d'ébène, au bout duquel pendait un crucifix. Je compris que c'était Eliza, quoique ce visage allongé et décoloré ressemblât bien peu à celui que j'avais connu.

L'autre était bien certainement Georgiana; mais non pas la petite fée de onze ans que je me rappelais svelte et mince : c'était une jeune fille très-grasse et dans tout l'éclat de sa beauté; jolie poupée de cire aux traits beaux et réguliers, aux yeux bleus et languissants, aux boucles blondes. Sa robe était noire comme celle de sa sœur, mais elle en différait singulièrement par la forme; elle était ample et élégante : autant l'une affichait le puritanisme, autant l'autre annonçait le caprice.

Dans chacune des sœurs il y avait un des traits de la mère, mais un seul : l'aînée, maigre et pâle, avait les yeux de Mme Reed; la plus jeune, nature riche et éblouissante, avait le contour des joues et du menton de sa mère. Chez Georgiana, ces contours étaient plus doux que chez Mme Reed; néanmoins ils donnaient une expression de dureté à toute sa personne, qui, à part cela, était si souple et si voluptueuse.

Lorsque j'entrai, les deux jeunes filles se levèrent pour me saluer; elles m'appelèrent Mlle Eyre. Le bonjour d'Eliza fut court et sec; elle ne me sourit même pas; elle se rassit, et, fixant les yeux sur le feu, sembla m'oublier. Georgiana, après m'avoir demandé comment je me portais, me fit quelques questions sur mon voyage, sur le temps, et d'autres lieux communs semblables; sa voix était traînante; elle me jetait de temps en temps un regard de côté pour m'examiner des pieds à la tête, passant des plis de mon manteau noir à mon chapeau, que ne relevait aucun ornement. Les jeunes filles ont un remarquable talent pour vous montrer qu'elles vous trouvent dépourvue de charme; le dédain du regard, la froideur des manières, la nonchalance de la voix, expriment assez leurs sentiments, sans qu'il leur soit nécessaire de se compromettre par une positive impertinence.

Mais un sourire de dédain, soit franc, soit caché, ne me faisait plus la même impression qu'autrefois; lorsque je me trouvai entre mes deux cousines, je fus étonnée de voir combien je supportais facilement la complète indifférence de l'une et l'attention demi-railleuse de l'autre; Eliza ne pouvait me mortifier ni Georgiana me déconcerter. Le fait est que j'avais à penser à autre chose; les sensations qu'elles pouvaient éveiller en moi n'étaient rien auprès des puissantes émotions qui, depuis quelque temps, avaient remué mon âme; j'avais éprouvé des douleurs et des joies bien vives auprès de celles qu'auraient excitées les demoiselles Reed. Aussi restai-je parfaitement insensible à leurs grands airs.

« Comment va Mme Reed? demandai-je bientôt en regardant tranquillement Georgiana, qui jugea convenable de relever la tête, comme si j'avais pris une liberté à laquelle elle ne s'attendait pas.

— Mme Reed? ah! vous voulez parler de maman; elle va mal; je ne pense pas que vous puissiez la voir aujourd'hui.

— Je vous serais bien obligée si vous vouliez monter lui dire que je suis arrivée. »

Georgiana tressaillit, et ouvrit ses grands yeux bleus.

« Je sais qu'elle désire beaucoup me voir, ajoutai-je, et je ne voudrais pas la faire attendre plus qu'il n'est absolument nécessaire.

— Maman n'aime pas à être dérangée le soir, » répondit Eliza.

Au bout de quelques minutes, je me levai, je retirai mon chapeau et mes gants tranquillement et sans y être invitée, puis je dis aux deux jeunes filles que j'allais chercher Bessie qui devait être dans la cuisine, et la prier de s'informer si Mme Reed pouvait me recevoir. Je partis, et ayant trouvé Bessie, je lui dis ce que je désirais; ensuite je me mis à prendre des mesures pour mon installation. Jusque-là l'arrogance m'avait toujours rendue craintive; un an auparavant, si j'avais été reçue de cette façon, j'aurais pris la résolution de quitter Gateshead le lendemain même : mais maintenant je voyais bien que c'eût été agir follement; j'avais fait un voyage de cent milles pour voir ma tante, et je devais rester avec elle jusqu'à son rétablissement ou sa mort. Quant à l'orgueil et à la folie de ses filles, je devais ne pas y penser et conserver mon indépendance. Je m'adressai à la femme de charge; je lui demandai de me préparer une chambre, et je lui dis que je resterais probablement une semaine ou deux; je me rendis dans ma chambre, après y avoir fait porter ma malle, et je rencontrai Bessie sur le palier.

« Madame est réveillée, me dit-elle; je l'ai informée de votre arrivée; suivez-moi, et nous verrons si elle vous reconnaîtra. »

Je n'avais pas besoin qu'on me montrât le chemin de cette chambre où jadis j'avais été si souvent appelée, soit pour être châtiée, soit pour être réprimandée; je passai devant Bessie et j'ouvris doucement la porte. Comme la nuit approchait, on avait placé sur la table une lumière voilée par un abat-jour; je vis le grand lit à quatre colonnes, les rideaux couleur d'ambre, comme autrefois, la table de toilette, le fauteuil, le marchepied sur lequel on m'avait tant de fois forcée à m'agenouiller pour demander pardon de fautes que je n'avais pas commises. Je jetai les yeux sur un certain coin, comptant presque y voir se dessiner le mince contour d'une verge, jadis redoutée, qui, pendue au mur, semblait guetter le moment où elle pourrait s'agiter comme un petit lutin et frapper mes mains tremblantes ou mon cou contracté; je tirai les rideaux du lit, et je me penchai sur les oreillers entassés.

Je me rappelais la figure de Mme Reed, et je me mis à chercher dans le lit l'image qui m'était familière. Heureusement que le temps tarit les désirs de vengeance et assoupit la colère et la haine; lorsque j'avais quitté cette femme, mon cœur était plein d'aversion et d'amertume, et maintenant que je revenais vers elle, je ne sentais en moi que de la pitié pour ses grandes souffrances, le désir de pardonner toutes les injures, de me réconcilier avec elle et de presser amicalement ses mains.

Mme Reed avait toujours le même visage sombre et impitoyable; je revis ces yeux que rien ne pouvait adoucir, ces sourcils arqués, impérieux et despotiques. Que de fois, en me regardant, ils avaient exprimé la menace et la haine! et, en la contemplant, je me rappelai les terreurs et les tristesses de mon enfance; pourtant, me baissant vers elle, je l'embrassai; elle me regarda

« Est-ce Jane Eyre? demanda-t-elle.

— Oui, ma tante; comment êtes-vous, chère tante? »

Autrefois j'avais juré de ne jamais l'appeler ma tante; mais je pensais maintenant qu'il n'y avait rien de mal à enfreindre ce serment. J'avais pris sa main qui pendait hors du lit, et si à ce moment elle eût affectueusement pressé la mienne, j'en aurais été heureuse; mais les natures froides ne sont pas si facilement adoucies, ni les antipathies naturelles si vite détruites: Mme Reed retira sa main, et, éloignant son visage de moi, elle dit que la nuit était bien chaude. Elle me regarda froidement: à ce regard, je compris aussitôt que son opinion sur moi et ses sentiments à mon égard n'étaient pas changés et ne changeraient jamais. Je vis dans ses yeux de pierre, inaccessibles à la tendresse et aux larmes, qu'elle était décidée à me considérer toujours comme ce qu'il y avait de plus mauvais; elle n'aurait éprouvé aucun généreux plaisir à me croire bonne; elle en eût même été profondément mortifiée.

Je sentis d'abord de la tristesse, puis de la colère; enfin, je résolus de la dominer en dépit de sa nature et de sa volonté Les larmes m'étaient venues aux yeux, comme dans mon enfance; je m'efforçai de les retenir; j'approchai une chaise du lit; je m'assis et je me penchai vers le traversin

« Vous m'avez envoyé chercher, dis-je; je suis venue, et j'ai l'intention de rester ici jusqu'à ce que vous soyez mieux.

— Oh ! sans doute. Vous avez vu mes filles, n'est-ce pas?

— Oui.

— Eh bien, dites-leur que je désire vous voir rester jusqu'à ce que je vous aie dit quelque chose qui me pèse; aujourd'hui il est trop tard; d'ailleurs, je ne me rappelle plus bien ce que c'est... »

Elle était très-agitée; elle voulut ramener les couvertures sur elle; mais elle ne le put pas, parce que mon bras était appuyé sur un des coins du couvre-pieds; aussitôt elle se fâcha :

« Levez-vous ! dit-elle; vous m'ennuyez à tenir ainsi les couvertures. Êtes-vous Jane Eyre? J'ai eu avec cette enfant plus d'ennuis qu'on ne pourrait le croire. Quel fardeau ! Que de troubles elle m'a causés chaque jour avec son caractère incompréhensible, ses colères subites, son continuel examen de tous vos mouvements ! Un jour elle m'a parlé comme une folle ou plutôt comme un démon; jamais enfant n'a parlé ni regardé comme elle; j'ai été bien heureuse lorsqu'elle a quitté la maison. Qu'ont-ils fait d'elle à Lowood? La fièvre y a éclaté; beaucoup d'élèves sont mortes, mais pas elle, et pourtant j'ai dit qu'elle était morte; je le souhaitais tant !

— Étrange désir, madame Reed ! Pourquoi la haïssiez-vous?

— J'ai toujours détesté sa mère; elle était la sœur unique de mon mari qui l'aimait tendrement; il se mit en opposition avec sa famille quand celle-ci voulut renier la mère de Jane à cause de son mariage, et lorsqu'il apprit sa mort, il pleura amèrement. Il envoya chercher l'enfant, bien que je lui conseillasse de la mettre plutôt en nourrice et de payer pour son entretien; dès le premier jour où j'aperçus cette petite créature chétive et pleureuse, je la détestai; elle se plaignait toute la nuit dans son berceau; au lieu de crier franchement comme les autres enfants, on ne l'entendait jamais que sangloter et gémir. M. Reed avait pitié d'elle; il la soignait et la berçait comme ses propres enfants, et même jamais il ne s'était autant occupé d'eux dans leur première enfance; il essaya de rendre mes enfants affectueux envers la petite mendiante; les pauvres petits ne purent pas la supporter. M. Reed se fâchait contre eux lorsqu'ils montraient leur peu de sympathie pour Jane; dans sa dernière maladie, il voulut avoir l'enfant constamment près de lui, et, une heure avant sa mort, il me fit jurer de la garder avec moi. J'aurais autant aimé être chargée de la fille d'un ouvrier des manufactures. Mais M. Reed était faible, très-faible; John ne ressemble pas à son père, et j'en suis heureuse; il me ressemble, et à mes frères aussi; c'est un vrai Gibson Oh ! je voudrais qu'il cessât de me tourmenter avec ses demandes d'argent; je n'ai plus rien à lui donner; nous devenons pauvres. Il faudra renvoyer la moitié des domestiques et fermer une partie de la maison ou la quitter; je ne m'y déciderai jamais; cependant, comment faire? Les deux tiers de mon revenu sont employés à payer des intérêts d'hypothèques; John joue beaucoup et perd toujours, pauvre garçon! il est entouré d'escrocs; il est abattu, son regard est effrayant; quand je le vois ainsi, j'ai honte pour lui. »

Mme Reed s'exaltait de plus en plus.

« Je pense que nous ferions mieux de la quitter, dis-je à Bessie, qui se tenait de l'autre côté du lit.

— Je le crois, mademoiselle; il lui arrive souvent de parler ainsi quand la nuit approche; le matin elle est plus calme. »

Je me levai.

« Attendez, s'écria Mme Reed; je voulais encore vous dire autre chose; il me menace continuellement de me tuer ou de se tuer lui-même; quelquefois, dans mes rêves, je le vois étendu à terre, avec une large blessure au cou ou la figure noire ou enflée; je suis dans un singulier état; je me sens bien troublée. Que faire? Comment me procurer de l'argent? »

Bessie s'efforça de lui faire prendre un calmant; elle y parvint difficilement. Bientôt après, Mme Reed devint plus calme, et tomba dans une sorte d'assoupissement; je la quittai.

Plus de dix jours s'écoulèrent sans que j'eusse de nouvelles conversations avec elle; elle était toujours, soit dans le délire, soit dans un sommeil léthargique, et le médecin défendait tout ce qui pouvait lui produire une impression douloureuse. Pendant ce temps, j'essayai de vivre en aussi bonne intelligence que possible avec Eliza et Georgiana. Dans le commencement, elles furent très-froides; Eliza passait la moitié de la journée à lire, à écrire et à coudre, et c'est à peine si elle adressait une seule parole à moi ou à sa sœur. Georgiana murmurait des phrases sans signification à son serin pendant des heures entières, et ne faisait pas attention à moi; mais j'étais résolue à m'occuper et à m'amuser; j'y parvins facilement, car j'avais apporté de quoi peindre.

Munie de mes crayons et de mon papier, j'allais m'asseoir seule près de la fenêtre, et je me mettais à reproduire les scènes qui passaient sans cesse dans mon imagination : un bras de mer entre deux rochers, le lever de la lune éclairant un bateau, des roseaux et des glaïeuls d'où sort la tête d'une naïade couronnée de lotus, ou, enfin, un elfe assis dans le nid d'un moineau sous une aubépine en fleurs.

Un jour je me mis à dessiner une figure, quelle figure ? peu m'importait; je pris un crayon noir très-doux et je commençai mon travail. J'eus bientôt tracé sur le papier un front large et proéminent, une figure carrée par le bas; je me hâtai d'y placer les traits; ce front demandait des sourcils bien dessinés, puis mon crayon indiqua naturellement les contours d'un nez droit et aux larges narines, d'une bouche flexible et qui n'avait rien de bas, d'un menton ferme et séparé au milieu par une ligne fortement indiquée; il manquait encore des moustaches noires et quelques touffes de cheveux flottant sur les tempes et sur le front. Maintenant aux yeux! Je les avais gardés pour la fin, parce que c'étaient eux qui demandaient le plus de soin. Je les fis beaux et bien fendus, les paupières longues et sombres, les prunelles grandes et lumineuses. « C'est bien, me dis-je en regardant l'ensemble, mais ce n'est pas encore tout à fait cela; il faut plus de force et plus de flamme dans le regard. » Je rendis les ombres plus noires encore, afin que la lumière brillât avec plus de vivacité; un ou deux coups de crayon achevèrent mon œuvre. J'avais sous les yeux le visage d'un ami : peu m'importait si ces jeunes filles me tournaient le dos; je regardais le portrait, et je souriais devant cette frappante ressemblance. J'étais absorbée et heureuse.

« Est-ce le portrait de quelqu'un que vous connaissez? » demanda Eliza, qui s'était approchée de moi sans que je m'en fusse aperçue.

Je répondis que c'était une tête de fantaisie, et je me hâtai de la placer avec mes autres dessins. Sans doute je mentais, car c'était le portrait frappant de M. Rochester; mais que lui importait, à elle ou à tout autre? En ce moment, Georgiana s'avança également pour regarder: mes autres dessins lui plurent beaucoup; mais, quant à la tête, elle la déclara laide. Toutes deux semblaient étonnées de ce que je savais en dessin. Je leur offris de faire leurs portraits, et chacune posa à son tour pour une esquisse au crayon. Georgiana m'apporta son album, où je promis de mettre une petite aquarelle. Je la vis reprendre aussitôt sa bonne humeur; elle me proposa une promenade dans les champs. Nous étions sorties depuis deux heures à peine que déjà nous étions plongées dans une conversation confidentielle; elle m'avait fait l'honneur de me parler du brillant hiver passé à Londres deux ans auparavant, de l'admiration excitée par elle, des soins dont elle était l'objet; elle me laissa même entrevoir la grande conquête qu'elle avait faite Dans l'après-midi et la soirée j'en appris encore davantage : elle me rapporta quelques douces conversations, quelques scènes sentimentales; enfin elle improvisa pour moi en ce jour tout un roman de la vie élégante. Ses communications se renouvelaient et roulaient toujours sur le même thème : elle, ses amours et ses chagrins; pas une seule fois elle ne parla de la maladie de sa mère, de la mort de son frère ou du triste avenir de la famille; elle semblait tout absorbée par le souvenir de son joyeux passé et par ses aspirations vers de nouveaux plaisirs : c'est tout au plus si elle passait cinq minutes chaque jour dans la chambre de sa mère malade.

Eliza continuait à peu parler; évidemment elle n'avait pas le temps de causer; je n'ai jamais vu personne aussi occupé qu'elle semblait l'être, et pourtant il était difficile de dire ce qu'elle faisait, ou du moins de voir les résultats de son activité. Elle se levait toujours très-tôt, et je ne sais à quoi elle employait son temps avant le déjeuner; mais après, elle le divisait en portions régulières, et chaque heure différente amenait un travail différent. Trois fois par jour elle étudiait un petit volume : en l'examinant, je reconnus que c'était un livre de prières catholiques. Un jour, je lui demandai quel attrait elle pouvait trouver dans ce livre; elle me répondit ces seuls mots : « La rubrique. » Elle passait trois heures par jour à broder avec un fil d'or un morceau de drap rouge presque de la grandeur d'un tapis; en réponse à mes questions sur ce sujet, elle m'apprit que cet ouvrage était destiné à recouvrir l'autel d'une église nouvellement bâtie près de Gateshead. Elle consacrait deux heures à son journal, deux autres à travailler seule dans le jardin de la cuisine, et une à régler ses comptes. Elle paraissait n'avoir besoin ni de conversation ni de société; je crois qu'elle était heureuse à sa manière; la routine lui suffisait, et elle était vivement contrariée lorsqu'un accident quelconque la forçait à rompre son invariable régularité.

Un soir, plus communicative qu'à l'ordinaire, elle me dit avoir été profondément affligée par la conduite de John et la ruine qui menaçait sa famille; mais elle ajouta que maintenant sa résolution était prise, qu'elle avait mis sa fortune à l'abri; après la mort de sa mère (et elle remarquait en passant que la malade ne pouvait pas recouvrer la santé, ni même traîner longtemps), après la mort de sa mère donc, elle devait mettre à exécution un projet dès longtemps chéri : elle devait chercher un refuge où rien ne troublerait la ponctualité de ses habitudes une retraite qui servirait de barrière entre elle et le monde frivole. Je lui demandai si Georgiana l'accompagnerait.

Certainement non. Georgiana et elle n'avaient jamais eu et n'avaient encore rien de commun; pour aucune raison, elle n aurait voulu supporter l'ennui de sa compagnie; Georgiana devait suivre sa route et Eliza la sienne.

Le temps que Georgiana ne passait pas à m'ouvrir son cœur, elle restait étendue sur un sofa, à déplorer la tristesse qui régnait dans la maison et à désirer que sa tante Gibson lui envoyât une invitation pour aller à la ville. « Il vaudrait bien mieux pour moi, disait-elle, passer un ou deux mois hors d'ici jusqu'à ce que tout fût fini. » Je ne lui demandai pas ce qu'elle voulait dire par ces mots; mais je pense qu'elle faisait allusion à la mort prochaine de sa mère et au service funèbre. Eliza ne s'inquiétait généralement pas plus des plaintes et de l'indolence de sa sœur que si elle n'eût pas existé. Un jour cependant, après avoir achevé ses comptes et pris sa broderie elle interpella sa sœur de la manière suivante :

« Georgiana, certainement jamais animal plus vain et plus absurde que vous n'a eu permission d'embarrasser la terre; vous n'aviez aucune raison pour naître, car vous ne vous servez pas de la vie. Au lieu de vivre pour vous, en vous et avec vous, comme devrait le faire toute créature raisonnable, vous ne cherchez qu'à appuyer votre faiblesse sur la force de quelque autre; si personne ne veut se charger d'une créature lourde, impuissante et inutile, vous criez que vous êtes maltraitée, négligée et misérable; l'existence pour vous doit être sans cesse variée et remplie de plaisirs, sans cela vous trouvez que le monde est une prison; il faut que vous soyez admirée, courtisée, flattée; vous avez besoin de musique, de danse et de monde, ou bien vous devenez languissante! N'êtes-vous pas capable d'adopter un système qui rendrait impuissants les efforts de la volonté des autres? Prenez une journée, divisez-la en plusieurs parties, appropriez un travail quelconque à chacune de ces parties, n'ayez pas un quart d'heure, dix minutes, cinq minutes même qui ne soient employées; que chaque chose soit faite à son tour, avec méthode et régularité, et vous arriverez à la fin de la journée sans vous en apercevoir; vous ne serez redevable à personne de vous avoir aidée à passer le temps, vous n'aurez demandé à personne sa compagnie, sa conversation ou sa sympathie; en un mot, vous aurez vécu comme devrait vivre tout être indépendant! Écoutez ce conseil, le premier et le dernier que vous recevrez jamais de moi, et alors, quoi qu'il arrive.

vous n'aurez pas plus besoin de moi que d'aucun autre. Si vous le négligez, oh bien! vous continuerez à vous plaindre, à traîner partout votre indolence et à subir les résultats de votre stupidité, quelque tristes et insupportables qu'ils puissent être. Je vais vous parler franchement; ce que j'ai à vous dire, je ne le répéterai plus, mais j'agirai en conséquence : après la mort de ma mère, je ne m'inquiète plus de vous; du jour où son cercueil aura été transporté dans les caveaux de Gateshead, vous et moi serons aussi séparées que si nous ne nous étions jamais connues. N'allez pas croire que, parce que le hasard nous a fait naître des mêmes parents, je vous laisserai m'enchaîner, même par le lien le plus faible! Voici ce que je vous dis : si toute l'humanité venait à disparaître de la surface du globe, excepté nous, si nous restions seules sur la terre, je vous abandonnerais dans le vieux monde, et je m'en irais vers la terre nouvelle. »

Eliza cessa de parler.

« Vous auriez pu vous épargner la peine de débiter cette tirade, répondit Georgiana; tout le monde sait que vous êtes la créature la plus égoïste et la plus dépourvue de cœur qui existe. Vous me haïssez, j'en ai eu une preuve dans le tour que vous m'avez joué à propos de lord Edwin Vire; vous ne pouviez pas vous habituer à l'idée que je serais au-dessus de vous, que j'aurais un titre, que je serais reçue dans des salons où vous n'oseriez pas seulement vous montrer : aussi vous avez agi en espion et en traître, et vous avez détruit mes projets pour jamais. »

Georgiana prit son mouchoir et se moucha pendant une heure environ; Eliza demeura froide, impassible et assidue.

Il y a des gens qui font peu de cas d'une tendresse véritable et généreuse. J'avais sous les yeux deux natures chez lesquelles ce sentiment n'existait pas : l'une avait une intolérable amertume, l'autre manquait de saveur. La tendresse sans la raison constitue un caractère faible et impuissant, mais la raison sans la tendresse rend l'âme aigre et rude.

Le temps était humide et le vent sifflait. Georgiana s'était endormie sur le sofa en lisant un roman; Eliza était allée entendre un service à la nouvelle église, car elle était sévère pour ce qui concernait la religion; aucun temps ne pouvait empêcher le ponctuel accomplissement de ce qu'elle regardait comme ses devoirs religieux; par la pluie ou le soleil, elle se rendait trois fois à l'église le dimanche, et, dans la semaine, toutes les fois qu'il y avait des prières.

J'eus alors l'idée d'aller voir l'état de la pauvre femme, qui était à peine soignée : les domestiques s'inquiétaient peu d'elle;

la garde, n'étant pas surveillée, s'échappait de la chambre dès qu'elle le pouvait; Bessie était fidèle, mais elle avait à s'occuper de sa famille, et ne montait au château que de temps en temps. Au moment où j'entrai dans la chambre, je n'y vis personne; la garde n'y était pas. La malade était couchée tranquillement et semblait toujours plongée dans sa léthargie; sa figure livide était enfoncée dans ses oreillers; le feu s'éteignait, je le ranimai, j'arrangeai les draps, je regardai un instant celle qui ne pouvait plus me voir, puis je me dirigeai vers la fenêtre.

La pluie battait contre les vitres, et le vent soufflait impétueusement; je pensai en moi-même : « Sur ce lit est couché quelqu'un qui bientôt ne sera plus au milieu de la guerre des éléments; cet esprit qui maintenant lutte contre la matière, où ira-t-il, lorsqu'il sera enfin délivré? »

En sondant ce grand mystère, le souvenir d'Hélène Burns me revint; je me rappelai ses dernières paroles, sa foi, sa doctrine sur l'égalité des âmes une fois délivrées du corps; ma pensée écoutait cette voix dont je me souvenais si bien; je voyais encore cette figure pâle, mourante et divine, ce regard sublime, lorsque, couchée sur son lit de mort, elle aspirait à retourner dans le sein de son père céleste. Tout à coup une voix faible, partie du lit, murmura :

« Qui est là? »

Je savais que Mme Reed n'avait pas parlé depuis plusieurs jours. Allait-elle revenir à la santé? Je m'approchai d'elle.

« C'est moi, ma tante, dis-je.

— Qui, moi? répondit-elle; qui êtes-vous? » Puis elle fixa sur moi un regard surpris, alarmé, mais pas complétement égaré. « Je ne vous connais pas; où est Bessie?

— Elle est à la loge, ma tante.

— Ma tante, répéta-t-elle; qui m'appelle tante? Vous n'êtes pas une Gibson, et pourtant je vous connais; cette figure, ces yeux, ce front me sont familiers; vous ressemblez.... mais vous ressemblez à Jane Eyre! »

Je ne répondis rien; j'avais peur de lui faire mal en lui disant qui j'étais.

« Oui, dit-elle, je crains que ce ne soit une erreur; je me trompe; je désirais voir Jane Eyre, et je me figure une ressemblance là où il n'en existe pas; d'ailleurs, en huit années, elle doit avoir changé. »

Je l'assurai doucement que j'étais bien celle qu'elle avait cru reconnaître et qu'elle désirait voir; m'apercevant qu'elle me comprenait et qu'elle avait entière connaissance, je lui expliquai comment le mari de Bessie était venu me chercher à Thornfield.

« Oui, je sais que je suis très-malade, reprit-elle au bout de peu de temps. Il y a quelques instants, j'ai voulu me tourner, et je n'ai pas pu remuer un seul membre; il vaut mieux que je délivre mon esprit avant de mourir; dans l'état où je suis on trouve lourd ce qui semble léger lorsqu'on se porte bien.... La garde est-elle ici? ou bien êtes-vous seule dans la chambre? »

Je l'assurai que j'étais seule.

« Eh bien! dit-elle, je vous ai nui deux fois et je le regrette maintenant : la première, en n'accomplissant pas la promesse que j'avais faite à mon mari de vous élever comme mes enfants; l'autre.... » Elle s'arrêta. « Après tout, cela n'a peut-être pas beaucoup d'importance, murmura-t-elle, et puis je peux guérir; il est si pénible de m'humilier ainsi devant elle! »

Elle fit un effort pour changer de position, mais ne put pas; sa figure s'altéra et sembla exprimer une douleur intérieure, peut-être quelque trouble précurseur de l'agonie.

« Allons, il le faut bien, dit-elle, l'éternité est devant moi; je ferai mieux de le lui dire. Ouvrez ma toilette, ajouta-t-elle, et apportez la lettre que vous y verrez. »

Je lui obéis.

« Lisez-la maintenant, » dit-elle.

Elle était courte et ainsi conçue :

« Madame, voudriez-vous avoir la bonté de m'envoyer l'adresse de ma nièce Jane Eyre, et de me dire comment elle se porte. Mon intention est d'écrire brièvement et mon désir de la faire venir à Madère. La Providence a béni mes efforts, j'ai pu amasser quelque chose; je n'ai ni femme ni enfant; je veux l'adopter pendant ma vie et lui laisser à ma mort tout ce que je possède.

« Je suis, madame, etc.

« JOHN EYRE. Madère. »

La lettre était datée de trois ans auparavant.

« Pourquoi n'ai-je jamais entendu parler de cela? demandai-je.

— Parce que je vous détestais trop profondément pour prêter la main à votre élévation et à votre prospérité; je ne pouvais pas oublier votre conduite à mon égard, Jane, la fureur avec laquelle vous vous êtes une fois tournée contre moi, le ton avec lequel vous m'aviez déclaré que vous me détestiez plus que personne au monde, votre regard qui n'avait rien d'un enfant, votre voix lorsque vous m'avez assuré que ma pensée seule vous rendait malade, et que je vous ai traitée avec cruauté; je ne pouvais pas oublier mes propres sensations, lorsque vous vous étiez levée et que vous aviez jeté sur moi le venin de votre esprit; j'étais aussi effrayée alors que si un animal poussé ou frappé par moi se fût mis à me regarder avec les yeux d'un homme, et m'eût maudite avec une voix humaine. Apportez-moi de l'eau, oh! dépêchez-vous!

— Chère madame Reed, lui dis-je en lui offrant ce qu'elle me demandait, ne pensez plus à toutes ces choses, effacez-les de votre souvenir; pardonnez-moi mon langage passionné; j'étais une enfant alors, huit, neuf années se sont écoulées depuis ce jour. »

Elle ne fit pas attention à ce que je disais; mais lorsqu'elle eut bu et repris haleine, elle continua ainsi :

« Je vous dis que je ne pouvais pas oublier, et je me vengeai; je ne pouvais pas accepter de vous voir adoptée par votre oncle et vivant dans l'aisance. Je lui écrivis, je lui dis que j'étais désolée que ses projets ne pussent pas s'accomplir, mais que Jane Eyre était morte du typhus à Lowood! Maintenant faites ce que vous voudrez, écrivez pour contredire mon assertion, exposez mon mensonge, dites tout ce qu'il vous plaira. Je crois que vous êtes née pour être mon tourment; ma dernière heure est empoisonnée par le souvenir d'une faute que sans vous je n'aurais jamais été tentée de commettre.

— Si vous pouviez ne plus y penser, ma tante, et me regarder avec tendresse et indulgence!

— Vous avez une mauvaise nature, me dit-elle, une nature qu'il m'a été impossible de comprendre jusqu'à ce jour. Comment, pendant neuf ans, avez-vous pu être patiente, et accepter tous les traitements, et pourquoi, la dixième année, avez-vous laissé éclater votre violence? voilà ce que je n'ai jamais compris.

— Je ne pense pas que ma nature soit mauvaise, repris-je; je suis peut-être violente, mais non pas vindicative; bien des fois, dans mon enfance, j'aurais été heureuse de vous aimer, si vous l'aviez voulu, et maintenant je désire vivement me réconcilier avec vous. Embrassez-moi, ma tante. »

J'approchai ma joue de ses lèvres, mais elle ne la toucha pas; elle me dit que je l'oppressais en me penchant sur son lit, et me redemanda de l'eau; lorsque je la recouchai, car je l'avais soulevée avec mon bras pendant qu'elle buvait, je pris dans mes mains ses mains froides; mais ses faibles doigts essayèrent de m'échapper, ses yeux vitreux évitèrent les miens.

« Eh bien! dis-je enfin, aimez-moi ou haïsssez-moi, en tout

cas vous avez mon plein et libre pardon; demandez celui de Dieu et soyez en paix. »

Pauvre femme malade! il était trop tard désormais pour changer son âme : vivante, elle m'avait haïe; mourante, elle devait me haïr encore.

La garde entra, suivie de Bessie; je restai encore une demi-heure, espérant découvrir chez Mme Reed quelque marque d'affection; mais elle n'en donna aucune, elle était retombée dans son engourdissement; elle ne recouvra pas ses esprits, elle mourut la nuit même, à minuit; je n'étais pas là pour lui fermer les yeux, et ses filles non plus. Le lendemain, on vint nous avertir que tout était fini. Eliza et moi nous allâmes pour la voir. Georgiana, en apprenant cette nouvelle, se mit à sangloter tout haut, et dit qu'elle n'osait pas venir avec nous. Sarah Reed, jadis robuste, active, rigide et calme, était étendue sur son lit de mort; ses yeux de bronze étaient recouverts par leurs froides paupières; son front et ses traits vigoureux portaient encore l'empreinte de son âme inexorable. Ce cadavre était pour moi un objet étrange et solennel; j'y jetai un regard sombre et triste; il n'inspirait aucun doux sentiment d'espérance, de pitie ou de résignation. Je sentis une poignante angoisse, à cause de *ses* douleurs, non pas de *ma* perte, et une sombre terreur devant la mort contemplée sous cette forme effrayante.

Eliza regarda sa mère avec calme, puis elle dit, après un silence de quelques minutes :

« Avec sa constitution elle aurait dû vivre longtemps; les chagrins l'ont tuée. »

La bouche d'Eliza fut un instant contractée par un spasme léger; puis elle quitta la chambre, et je la suivis. Personne n'avait versé une larme.

---

## CHAPITRE XXII.

M. Rochester ne m'avait accordé qu'une semaine, et pourtant je ne quittai Gateshead qu'au bout d'un mois. Je voulais partir immédiatement après les funérailles; mais Georgiana me pria de rester jusqu'à son départ pour Londres : car elle venait enfin d'être invitée par son oncle, M. Gibson, qui était venu assister à l'enterrement de Mme Reed et régler les affaires de famille.

Georgiana disait qu'elle craignait de rester seule avec sa sœur, car elle ne pouvait trouver près d'elle ni sympathie pour ses tristesses ni soutien pour ses terreurs; elle ne voudrait même pas l'aider dans ses préparatifs. Je fus donc obligée de supporter aussi bien que possible les plaintes et les lamentations de cet esprit faible, et je fis de mon mieux pour coudre et emballer ses toilettes. Il est vrai que, pendant que je travaillais, elle se reposait, et je pensais en moi-même : « Si nous étions destinées à vivre ensemble, ma cousine, nous commencerions les choses différemment; je ne m'accommoderais pas de tout supporter ainsi; je vous laisserais votre part de travail, et si vous ne la faisiez pas, eh bien, personne n'y toucherait; je vous demanderais aussi de garder pour vous quelques-unes de ces plaintes à moitié sincères; mais comme nos rapports doivent être très-courts et ont commencé sous de tristes auspices, je consens à être facile et patiente. »

Enfin Georgiana partit; ce fut alors Eliza qui me pria de rester encore une semaine; ses plans, disait-elle, demandaient tout son temps et toute son attention; elle devait se rendre dans un pays inconnu. Elle s'enfermait dans sa chambre, et y restait toute la journée à remplir des malles, à vider des tiroirs et à brûler des papiers; elle n'avait de communication avec personne; elle me demanda de surveiller la maison, de recevoir les visites et de répondre aux lettres de condoléance.

Un matin, elle me dit que j'étais libre, et elle ajouta :

« Je vous remercie de vos services et de votre conduite discrète; il y a une grande différence entre vivre avec quelqu'un comme vous ou avec Georgiana; vous accomplissez votre tâche dans la vie et vous n'êtes à charge à personne. Demain, continua-t-elle, je pars pour le continent; j'irai m'installer dans une maison religieuse, près de Lille; un couvent, comme vous diriez. Là, je serai tranquille; pendant quelque temps, j'étudierai le dogme catholique et j'examinerai soigneusement ce système religieux; si, comme je le crois, il est combiné pour que toute chose soit faite décemment et en ordre, j'accepterai les lois de Rome et je prendrai probablement le voile. »

Je n'exprimai aucune surprise, lorsqu'elle m'apprit sa résolution, et je n'essayai nullement de la dissuader. « Voilà qui vous convient parfaitement, pensai-je au contraire; Dieu veuille que cela vous fasse du bien! »

Quand nous nous séparâmes, elle me dit :

« Adieu, cousine Jane; je vous souhaite du bonheur; vous avez passablement de bon sens.

— Vous n'en manquez pas non plus. Eliza, lui répondis-je, mais je pense qu'avant une année votre bon sens sera enfermé dans les murs d'un couvent français... Du reste, ces choses ne me regardent pas, et, si cela vous convient, peu m'importe.

— Vous avez raison, » reprit-elle; et chacune de nous prit une route différente.

Comme je n'aurai plus occasion de parler ni d'elle ni de sa sœur, j'avertirai tout de suite le lecteur que Georgiana épousa un vieux noble très-riche et qu'Eliza prit le voile; elle est maintenant supérieure du couvent où eut lieu son noviciat, et qu'elle dota de sa fortune.

Je ne connaissais pas encore les sensations qu'on éprouve en retournant chez soi après une absence. Je savais ce que j'avais éprouvé dans mon enfance quand je rentrais à Gateshead après une longue promenade, pour y être grondée, à cause de ma mine froide et triste; plus tard, lorsque je revenais de l'église, à Lowood, je désirais un repas nourrissant et un bon feu, et je ne pouvais avoir ni l'un ni l'autre : les retours n'avaient rien de très-agréable; je n'étais pas attirée vers ma demeure par un de ces aimants dont la force attractive augmente à mesure que l'objet approche; je ne savais pas encore l'effet que devait me produire le retour à Thornfield.

Mon voyage me sembla tres-ennuyeux : il fallait faire cinquante milles le premier jour, autant le second, et passer une nuit à l'hôtel. Pendant les douzes premières heures, je pensai aux derniers moments de Mme Reed; je voyais sa figure pâle et décomposée; j'entendais sa voix altérée; je me rappelais le jour des funérailles, le cercueil, le corbillard, la longue file des fermiers et des serviteurs, le petit nombre de parents, les caveaux lugubres, l'église silencieuse, le service solennel. Puis, je songeai à Eliza et à Georgiana; je voyais l'une s'étalant dans un bal, l'autre enfermée dans la cellule d'un couvent, et je méditais en moi-même les particularités de leurs personnes et de leurs caractères. Le soir, j'arrivai à la ville de... Mes pensées s'évanouirent, et, pendant la nuit, mon imagination se reporta sur tout autre chose; étendue sur mon lit de voyage, j'oubliai le passé pour songer à l'avenir.

Je retournais à Thornfield, mais pour combien de temps? j'étais persuadée que mon séjour n'y serait pas long. J'avais reçu une lettre de Mme Fairfax. Elle m'apprenait que les invités de M. Rochester venaient de quitter le château; M. Rochester était à Londres depuis trois semaines, mais il devait revenir dans une quinzaine de jours; Mme Fairfax me disait qu'il était allé faire des préparatifs pour son mariage, et qu'il avait parlé d'acheter une voiture neuve. Elle ajoutait que ce mariage avec Mlle Ingram lui paraissait toujours bien étrange ; mais que, d'après ce qu'elle entendait dire et ce qu'elle voyait elle-même, elle ne pouvait plus douter que la cérémonie ne dût être prochaine.

« Ce serait bien de l'incrédulité que de ne pas croire encore, me disais-je tout bas ; non, je suis persuadée maintenant. »

Et alors je me demandais où j'irais; je rêvai à Mlle Ingram toute la nuit ; dans un de mes rêves, je la vis me fermer les portes de Thornfield et me montrer la grande route; M. Rochester la regardait les bras croisés, et promenait sur nous deux son sourire sardonique.

Je n'avais pas écrit à Mme Fairfax le jour de mon arrivée, parce que je ne désirais pas qu'on envoyât une voiture pour moi à Millcote; j'avais l'intention de faire tranquillement ce petit trajet, et, après avoir laissé ma malle aux soins de l'hôtelier, je quittai l'auberge de George à six heures du soir, et je pris le chemin qui conduisait à Thornfield. La route se faisait en partie au milieu des champs et était peu fréquentée.

C'était par une soirée d'été douce et belle, mais non pas brillante et splendide. Les faucheurs travaillaient encore, et le ciel, bien que chargé de quelques nuages, promettait un beau temps; le bleu du ciel était doux et pur dans les endroits où il se laissait voir ; les nuages étaient légers et hauts; l'occident, d'une teinte chaude, n'était traversé par aucune lueur humide; on eût dit un foyer allumé, un autel embrasé derrière ces vapeurs marbrées, et, à travers les fentes, on apercevait des rayons d'un rouge doré.

Je me sentais heureuse de voir le chemin s'abréger devant moi, si heureuse que je m'arrêtai pour me demander ce que signifiait cette joie, et pour me répéter que je ne retournais pas chez moi, ni dans un endroit où je dusse toujours rester, ni dans un lieu où je serais attendue par d'affectueux amis. « Mme Fairfax, me disais-je, me souhaitera tranquillement la bienvenue, la petite Adèle battra des mains et sautera de joie en me voyant ; mais je pense à un autre qui ne pense pas à moi. » Cependant rien n'est plus entêté que la jeunesse, plus aveugle que l'inexpérience, et toutes deux affirmaient qu'avoir le privilége de regarder M. Rochester, quand même il ne ferait pas attention à moi, c'était déjà un bonheur assez grand ; puis elles ajoutaient : « Dépêchez-vous, dépêchez-vous; tâchez d'être avec lui pendant que vous le pouvez; encore quelques jours, ou tout au plus quelques semaines, et vous serez séparée de lui pour jamais ! « Alors j'étouffais une nouvelle agonie, une pensée que je ne pouvais ni avouer ni entretenir en moi.

On faisait aussi les foins dans les prairies de Thornfield, ou plutôt les paysans retournaient chez eux, le râteau sur l'épaule, au moment où j'arrivais ; il ne me restait plus qu'un ou deux champs et la route à traverser avant d'atteindre les portes du château ; les buissons étaient pleins de roses, mais je n'avais pas le temps d'en cueillir, je désirais être arrivée. Je passai devant un grand églantier qui avançait ses branches fleuries jusqu'au milieu du sentier; j'aperçus la barrière étroite et les marches de pierre. M. Rochester était assis là, un livre et un crayon à la main ; il écrivait.

Ce n'était pas un fantôme, et pourtant je me sentis faiblir un instant ; pendant une minute, je ne fus pas maîtresse de moi. Qu'est-ce que cela signifiait? Je ne pensais pas trembler ainsi en le voyant, et je ne croyais pas que sa présence me ferait perdre la faculté de remuer ou de parler. « Dès que je pourrai marcher, me dis-je, je retournerai sur mes pas, je ne veux pas devenir complétement idiote ; je connais un autre chemin qui me conduira au château... »

Mais quand même j'en aurais connu vingt, cela ne m'aurait servi à rien, car il m'avait vue.

« Holà ! s'écria-t-il en déposant son livre et son crayon ; vous voilà donc! Venez ici, s'il vous plaît. »

Je pense que je m'avançai vers lui, quoique je ne puisse pas dire de quelle manière ; j'avais à peine conscience de ce que je faisais, et tout ce que je désirais c'était paraître calme, et surtout dominer les muscles de ma figure, qui, rebelles à ma volonté, s'efforçaient d'exprimer ce que j'avais résolu de cacher. Mais heureusement j'avais un voile, je le baissai. « Maintenant même, me dis-je, j'aurai peut-être encore de la peine à faire bonne contenance. »

« Eh! c'est là Jane Eyre, reprit M. Rochester; vous êtes venue à pied de Millcote? que voilà encore un tour digne de vous ! Pourquoi ne pas avoir envoyé chercher une voiture au château, et vous être fait traîner sur la route, comme tout le monde, plutôt que d'errer seule à la nuit tombante près de votre demeure, comme une ombre ou un songe? Que diable avez-vous fait pendant le mois dernier?

— J'ai été avec ma tante qui est morte, monsieur.

— Cette réponse est bien de vous ; bons anges, venez à mon secours ! Elle arrive de l'autre monde, de la demeure de ceux qui sont morts, et ne craint pas de me le dire, lorsqu'elle me rencontre seul dans l'obscurité. Si j'osais, je vous toucherais pour m'assurer que vous êtes un corps et non pas une ombre, petite elfe! mais autant essayer à prendre un feu follet dans un marais. Petite paresseuse, ajouta-t-il après s'être arrêté un instant, vous avez été loin de moi pendant tout un mois, et sans doute vous m'avez oublié. »

Je savais que j'aurais du plaisir à voir mon maître, mais que ce plaisir serait mélangé de tristesse à la pensée que bientôt il cesserait d'être mon maître, et que je n'étais rien pour lui; cependant il y avait chez M. Rochester, du moins je le pensais, une telle puissance pour communiquer le bonheur, que même goûter aux miettes qu'il éparpillait aux oiseaux étrangers comme moi, c'était prendre part à un splendide festin. Ses dernières paroles avaient été un baume : elles semblaient signifier qu'il ne lui était pas indifférent de se voir oublié par moi; puis il avait appelé Thornfield ma demeure. Hélas! je l'aurais bien désiré!

Il ne semblait pas disposé à quitter l'escalier, et j'osais à peine le prier de me faire place. Au bout de quelque temps, je lui demandai enfin s'il n'avait pas été à Londres.

« Oui, me répondit-il; vous l'avez deviné, je suppose.

— Mme Fairfax me l'a écrit.

— Et vous a-t-elle dit pourquoi?

— Oh! oui, monsieur, tout le monde le savait.

— Eh bien! Jane, il faudra que je vous montre la voiture, et vous me direz si elle convient bien à la femme de M. Rochester, et si, étendue sur ces coussins rouges, elle n'aura pas l'air de la reine Boadicea. Voyez-vous, Jane, je voudrais que mon extérieur s'accordât un peu mieux avec le sien; dites-moi, petite fée, ne pourriez-vous pas me donner quelque fiole merveilleuse qui me rendît beau?

— Cela dépasse le pouvoir de la magie, monsieur. » Et j'ajoutai en moi-même : « Un œil aimant est le plus grand charme; ce charme-là vous l'avez, et l'expression dure de votre visage a plus de pouvoir que la beauté même. »

Souvent M. Rochester avait lu mes pensées avec une justesse que je ne pouvais comprendre; pour le moment, il sembla ne point écouter ma réponse brève; il me sourit d'un de ces sourires que lui seul possédait et dont il n'usait que dans de rares occasions; il le trouvait sans doute trop beau pour en abuser; c'était la flamme brillante du sentiment, et, en me regardant, il jeta sur moi cet éclatant rayon.

« Passez, Jane, me dit-il en me faisant place sur l'escalier; retournez au château, et arrêtez votre petit pied errant et fatigué sur le seuil d'un ami. »

Ce que j'avais de mieux à faire, c'était de lui obéir en silence, car je n'avais plus de raison pour causer avec lui. Je montai les marches sans dire un mot et résolue à le quitter avec calme; mais quelque chose me retenait, une force irrésistible me contraignit à me retourner; je m'écriai, ou plutôt un sentiment que je ne pouvais maîtriser s'écria, en dépit de ma ferme volonté :

« Merci, monsieur Rochester, merci de votre grande bonté; je suis bien heureuse d'être revenue près de vous, et où vous êtes, là est ma demeure, ma seule demeure! »

Alors je me mis à marcher si vite que, s'il eût voulu me rattraper, il aurait eu de la peine. La petite Adèle devint presque folle de joie quand elle me revit; Mme Fairfax me reçut avec sa bonté ordinaire, Leah me sourit, et Sophie elle-même me dit bonsoir d'un air joyeux; tout cela me parut très-agréable. Il n'y a pas de bonheur plus grand que d'être aimé par ses semblables, et de sentir que votre présence est une joie pour eux.

Ce soir-là, je fermai résolûment les yeux pour ne pas voir l'avenir; je me bouchai les oreilles pour ne pas entendre la voix qui m'annonçait une prochaine séparation et des tristesses prochaines. Le thé achevé, Mme Fairfax prit son tricot, je m'assis sur une petite chaise près d'elle, et Adèle, agenouillée sur le tapis, se pressa contre moi; un sentiment de mutuelle affection semblait nous avoir entourées d'un cercle de paix; alors, dans le silence de mon âme, je priai Dieu de ne pas nous séparer trop tôt. Nous étions ainsi groupées, lorsque M. Rochester entra sans s'être fait annoncer; il sembla satisfait en nous voyant si unies.

« Madame Fairfax, dit-il, doit être bien contente d'avoir retrouvé sa fille d'adoption, et je vois qu'Adèle est toute prête à croquer sa petite maman anglaise. »

En l'entendant ainsi parler, j'espérai presque que, même après son mariage, il pourrait peut-être nous laisser toutes ensemble, nous placer dans quelque abri protégé par lui et que sa présence viendrait de temps en temps réjouir.

Thornfield resta quinze jours dans un calme complet. On ne parlait plus du mariage de M. Rochester, et aucun préparatif ne se faisait. Presque tous les jours, je demandais à Mme Fairfax si elle avait entendu dire quelque chose de définitif; sa réponse était toujours négative. Une fois, elle me dit avoir demandé à M. Rochester quand il amènerait sa femme au château : il ne lui avait répondu que par une plaisanterie et un regard étrange, et elle ne savait qu'en conclure.

Il y avait encore une chose qui m'étonnait beaucoup : c'est que personne de la famille Ingram ne venait au château, et que

M. Rochester ne se rendait jamais à Ingram-Park. Il est vrai que Blanche ne demeurait pas dans le même pays que M. Rochester, et que pour y arriver il fallait traverser vingt milles. Mais qu'étaient vingt milles pour un amoureux passionné ? pour un cavalier aussi habile et aussi infatigable que M. Rochester, ce n'était qu'une promenade. Je commençai à me bercer de l'espérance que le mariage était brisé, que la rumeur publique s'était trompée, que l'un des partis ou tous deux avaient changé d'opinion. Ordinairement j'étudiais la figure de mon maître pour savoir s'il était irrité ou triste ; mais jamais je ne l'avais vue aussi dégagée de nuages et de mauvais sentiments qu'alors. Si, dans les instants que mon élève et moi passions avec lui, il me voyait manquer de courage et tomber dans l'abattement, il s'efforçait d'être gai ; jamais il ne m'avait fait venir si souvent en sa présence, jamais il n'avait été aussi bon pour moi : hélas! jamais je ne l'avais tant aimé.

---

## CHAPITRE XXIII.

Un splendide été brillait sur l'Angleterre ; un ciel pur et un soleil radieux égayent rarement la Grande-Bretagne, même pendant un seul jour, et pourtant depuis longtemps déjà nous jouissions de cette faveur : on eût dit que les belles journées d'Italie venaient de quitter le Midi, comme de brillants oiseaux de passage, pour s'arrêter quelque temps sur les rochers d'Albion. On avait rentré les foins ; les champs verts qui entouraient Thornfield venaient d'être fauchés ; la route poudreuse était durcie par la chaleur ; les arbres se montraient dans tout leur éclat ; les teintes foncées des haies et des bois touffus contrastaient bien avec la nuance tendre des prairies nouvellement fauchées.

Un soir, Adèle, fatiguée d'avoir ramassé des baies la moitié de la journée, s'était couchée avec le soleil ; quand je la vis endormie, je la quittai pour me rendre dans le jardin.

C'était alors l'heure la plus agréable de la journée ; la grande chaleur avait cessé et une fraîche rosée tombait dans les plaines altérées et sur les montagnes desséchées ; pendant le jour, le soleil avait brillé sans nuage ; à ce moment, tout le ciel était empourpré. Les rayons du soleil couchant s'étaient concentrés sur un seul pic et brillaient avec l'éclat d'une fournaise ardente ou d'une pierre précieuse; ces lueurs se reflétaient sur la moitié du ciel, mais devenaient de plus en plus douces, à mesure qu'elles s'éloignaient de leur centre de lumière. L'orient avait aussi son charme avec son beau ciel d'un bleu foncé, et son étoile solitaire qui venait de se lever pour lui servir de modeste joyau; la lune, encore cachée à l'horizon, devait bientôt l'éclairer de ses doux rayons.

Je me promenai quelques instants sur le pavé; mais tout à coup une odeur légère et bien connue, celle d'un cigare, arriva jusqu'à moi : je regardai, et je m'aperçus que la fenêtre de la bibliothèque était entr'ouverte. Je savais que de là on pouvait suivre tous mes mouvements; aussi je me dirigeai vers le verger. C'était un lieu abrité et semblable à un Éden, plein d'arbres et de fleurs; un mur très-élevé le séparait de la cour, et une avenue de hêtres de la pelouse; à un des bouts, une barrière détruite le séparait seule des champs déserts; une allée tortueuse, bordée de lauriers et terminée par un gigantesque marronnier d'Inde entouré d'un banc, conduisait à la barrière. Émue par la douce rosée, par le silence et l'obscurité croissante, il me sembla que j'aimerais à passer ma vie en cet endroit. Je me promenai au milieu des fleurs et des arbres fruitiers dans le haut du verger, qui pour le moment était plus éclairé que le reste par les rayons de la lune naissante; je fus arrêtée tout à coup, non pas que j'eusse aperçu ou entendu quelque chose mais je venais de sentir encore une fois la même odeur.

L'aubépine, les aurones, le jasmin, les œillets et les roses avaient cessé de répandre leur parfum: cette odeur n'était produite ni par les arbres ni par les fleurs; je savais bien qu'elle venait du cigare de M. Rochester; je regardai autour de moi en écoutant. Je vis des arbres chargés de fruits mûrs, j'entendis le rossignol chanter dans le bois, mais je n'aperçus aucune forme humaine et je ne distinguai aucun bruit de pas; cependant, comme l'odeur augmentait, je résolus de me retirer. Au moment où je mettais la main sur la porte, M. Rochester entra; je reculai dans la niche tapissée de lierre : « Il ne restera pas longtemps, pensai-je; il retournera bientôt au château, et ainsi du moins il ne m'aura pas vue. »

Mais je m'étais trompée; le soir lui parut aussi agréable et le vieux jardin aussi attrayant qu'à moi. Il se promenait, tantôt soulevant les branches des groseilliers à maquereau pour en contempler les fruits aussi gros que des prunes, tantôt cueillant une cerise mûre, tantôt se penchant sur des fleurs, soit pour en respirer le parfum, soit pour examiner les gouttes de rosée renfermées dans leurs pétales. Un gros scarabée passa en bourdonnant près de moi et alla se poser sur une plante aux pieds de M. Rochester; il le vit et s'inclina pour le regarder.

« Maintenant, pensai-je, il me tourne le dos et il est occupé, peut-être pourrai-je sortir sans être remarquée. »

Je marchai sur le gazon, afin que ma présence ne fût pas révélée par le craquement du sable; M. Rochester se tenait à un ou deux mètres de l'endroit devant lequel j'étais obligée de passer; il semblait absorbé dans la contemplation de l'insecte. « Je pourrai très-bien me retirer sans être vue, » me dis-je. Au moment où je passai près de son ombre, projetée sur le jardin par la lune qui n'était pas encore complétement levée, il me dit tranquillement et sans se retourner :

« Jane, venez un peu ici voir cet insecte. »

Je n'avais fait aucun bruit; il n'avait pas d'yeux derrière le dos, son ombre m'avait donc sentie; je tressaillis d'abord, puis je m'approchai.

« Regardez ces ailes, me dit-il; cet animal me rappelle les insectes de l'Inde. Il est rare de voir en Angleterre un rôdeur de nuit aussi grand et aussi gai; ah! le voilà envolé. »

L'insecte partit. J'allais l'imiter, mais M. Rochester me suivit, et, au moment où j'atteignis la porte, il me dit :

« Revenez; par une nuit si belle, il serait honteux de rester enfermée, et personne ne peut désirer dormir au moment où le soleil couchant fait place à la lune qui se lève. »

Bien que souvent ma langue soit prompte à répondre, il y a des cas où je ne puis trouver une phrase pour m'excuser, et cela arrive presque toujours dans des circonstances où un simple mot et un prétexte plausible seraient bien nécessaires pour me tirer d'un embarras pénible. Je ne désirais pas me promener à cette heure avec M. Rochester dans le verger obscur, mais je ne pouvais trouver aucune raison pour le quitter. Je le suivis lentement, tout en cherchant un moyen de délivrance; mais il était lui-même si calme et si grave que j'eus honte de mon trouble : la pensée que ce que je faisais là n'était pas bien ne préoccupait que moi; la conscience de M. Rochester semblait parfaitement calme.

« Jane, me dit-il, lorsque, après être entrés dans l'allée bordée de lauriers, nous nous dirigeâmes du côté de la barrière et du marronnier d'Inde, Thornfield est une résidence agréable en été, n'est-ce pas?

— Oui, monsieur.

— Vous devez aimer cette maison, vous qui remarquez les beautés de la nature et qui vous attachez aux choses?

— En effet, je me suis attachée à Thornfield.

— Et, bien que je ne puisse comprendre comment, je me suis aperçu que vous aviez une certaine affection pour cette petite folle d'Adèle, et même pour la simple Mme Fairfax.

— Oui, monsieur, je les aime toutes deux, d'une manière différente, il est vrai.

— Et vous seriez fâchée de les quitter?

— Oui.

— C'est malheureux! dit-il; puis il soupira et s'arrêta. Il en est toujours ainsi dans la vie, continua-t-il; à peine êtes-vous installé dans un lieu agréable qu'une voix vous ordonne de vous lever et de partir, car l'heure du repos est expirée.

— Dois-je partir, monsieur? demandai-je; dois-je quitter Thornfield?

— Je crois que oui, Jane; j'en suis fâché, mais je crois qu'il le faudra. »

C'était un rude coup; mais je ne me laissai pas abattre.

« Eh bien, monsieur, je serai prête quand viendra l'ordre de marcher.

— Il est venu maintenant; je suis forcé de le donner ce soir.

— Alors, vous allez vous marier, monsieur?

— Pré-ci-sé-ment, ex-ac-te-ment; avec votre pénétration ordinaire, vous avez deviné juste.

— Et sera-ce bientôt, monsieur?

— Oh! oui, ma.... c'est-à-dire mademoiselle Eyre; vous vous rappelez bien, Jane, la première fois où, grâce soit à moi, soit à la run eur publique, vous avez compris que j'avais l'intention, moi, vieux célibataire, d'accepter des liens sacrés, d'entrer dans le saint état de mariage, en un mot, de presser Mlle Ingram sur mon cœur (mes deux bras y suffiront à peine; mais, après tout, d'une si belle créature on ne saurait trop prendre); eh bien, comme je le disais.... Mais écoutez-moi donc, Jane; ne tournez pas la tête; ne cherchez pas d'autres scarabées : celui que vous avez vu était quelque enfant qui venait de déserter sa demeure. Je voulais seulement vous rappeler que vous avez été la première à me dire, avec cette discrétion que je respecte en vous, cette prévoyance, cette prudence et cette humilité qui conviennent à votre position, que, dans le cas où j'épouserais Mlle Ingram, vous et la petite Adèle feriez mieux de vous retirer. Je ne parle pas du blâme implicite jeté sur ma bien-aimée par cet avis, et même je tâcherai de l'oublier lorsque vous serez loin d'ici.

Jane; je ne me souviendrai que de la sagesse d'un conseil que j'ai voulu suivre : il faut qu'Adèle aille en pension, et vous, mademoiselle Eyre, il faut changer de place.

— Oui, monsieur, je vais faire insérer ma demande tout de suite dans les journaux. En attendant, je suppose.... »

J'avais l'intention d'ajouter : « Je suppose que je puis rester ici jusqu'à ce que j'aie trouvé un nouvel abri. » Mais je m'arrêtai, sentant qu'il serait imprudent d'entreprendre une longue phrase, car je n'étais plus maîtresse de ma voix.

« Dans un mois environ j'espère être marié, continua M. Rochester; dans l'intervalle je m'occuperai de vous chercher de l'occupation et un asile.

— Je vous remercie, monsieur; je suis fâchée de vous donner....

— Oh! pas de remercîments; lorsqu'on a rempli ses devoirs aussi bien que vous, on a le droit de demander à celui au service duquel on a été, de faire pour vous tout ce qui est en son pouvoir. J'ai déjà entendu parler à ma future belle-mère d'une place qui, je le crois, vous conviendrait : il s'agit d'entreprendre l'éducation des cinq filles de Mme Dionysius O'Gall, de Betternutt-Lodge, en Irlande; je crois que vous aimerez l'Irlande; on dit que les habitants y sont pleins de cœur.

— C'est bien loin, monsieur.

— Qu'importe? une jeune fille aussi raisonnable que vous ne doit pas regarder à faire un long voyage.

— Ce n'est pas le voyage qui m'inqu'iète; mais la mer et une barrière entre....

— Entre quoi, Jane?

— Entre l'Irlande, et l'Angleterre, et Thornfield, et....

— Eh bien!

— Et *vous*, monsieur! »

Je prononçai cette dernière phrase presque involontairement, et involontairement aussi mes larmes se mirent à couler; néanmoins, je ne pleurais pas assez haut pour être entendue; je réprimai mes sanglots. La pensée de Mme O'Gall me glaçait le cœur, mais moins encore que la pensée des vagues destinées à murmurer éternellement entre moi et le maître auprès duquel je me promenais; cependant, ce qui était plus douloureux encore pour mon âme, c'était l'idée que la richesse, le rang et l'habitude étaient venus se placer entre moi et celui que j'aimais.

« C'est bien loin, repris-je de nouveau.

— Certainement; et lorsque vous serez en Irlande, je ne vous reverrai plus, Jane, c'est bien certain : car je n'irai jamais en

Irlande; je n'aime pas beaucoup ce pays. Nous avons été amis, Jane, n'est-ce pas?

— Oui, monsieur.

— Eh bien, lorsque des amis sont à la veille de se séparer, ils aiment à passer l'un près de l'autre le peu de temps qui leur reste; venez, nous allons parler de ce voyage et de cette séparation, pendant que les étoiles commencent leur course brillante dans le ciel. Tenez, voici un marronnier d'Inde entouré d'un banc; nous allons nous y asseoir tranquillement, bien que nous ne soyons plus destinés à nous placer ainsi l'un à côté de l'autre. »

Il me fit asseoir, et il s'approcha de moi.

« Il y a bien loin d'ici en Irlande, Jane, et je suis fâché de voir ma petite amie entreprendre un voyage si fatigant; mais si je ne puis rien trouver de mieux, que faire?... Jane, m'êtes-vous attachée? »

Je ne pus pas hasarder une réponse, mon cœur était trop plein.

« C'est que, dit-il, j'éprouve quelquefois pour vous un étrange sentiment, surtout lorsque vous êtes près de moi, comme maintenant : il me semble que j'ai dans le cœur une corde invisible, fortement attachée à une corde toute semblable et placée dans votre cœur; si un bras de mer et soixante lieues de terre doivent nous séparer, j'ai peur que cette corde sympathique ne se brise et que la blessure ne saigne intérieurement. Quant à vous, vous m'oublieriez.

— Jamais, monsieur! vous savez.... »

Il me fut impossible de continuer.

« Jane, entendez-vous le rossignol chanter dans les bois? écoutez! »

En écoutant, je sanglotais convulsivement, car je ne pouvais plus réprimer mes sentiments; je fus obligée de céder, et j'éprouvai dans tout mon être une souffrance aiguë. Quand je parlai, ce ne fut que pour exprimer un désir impétueux de n'être jamais née ou de n'être jamais venue à Thornfield.

« Est-ce parce que vous êtes fâchée de le quitter? » me demanda M. Rochester.

La souffrance et l'amour avaient excité chez moi une violente émotion, qui s'efforçait de devenir maîtresse absolue, de dominer, de régner et de parler.

« Oui, je suis triste de quitter Thornfield, m'écriai-je; j'aime Thorfield; je l'aime, parce que, pendant quelque temps, j'y ai vécu d'une vie délicieuse; je n'ai pas été foulée aux pieds et humiliée; je n'ai pas été ensevelie avec des esprits inférieurs;

on ne m'a pas éloignée de ce qui est beau, fort et élevé; j'ai vécu face à face avec ce que je révère et ce qui me réjouit; j'ai causé avec un esprit original, vigoureux et étendu; je vous ai connu, monsieur Rochester; et je suis frappée de terreur et d'angoisse en pensant qu'il faut m'éloigner de vous pour toujours; je vois la nécessité du départ, et c'est comme si je me voyais forcée de mourir.

— Où voyez-vous la nécessité de partir? demanda-t-il tout à coup.

— Où? ne me l'avez-vous pas vous-même montrée, monsieur?

— Et sous quelle forme?

— Sous la forme de Mlle Ingram, une jeune fille belle et noble, votre fiancée.

— Ma fiancée! Quelle fiancée? Je n'ai pas de fiancée.

— Mais vous en aurez une.

— Oui, j'en aurai une, dit-il en serrant les dents.

— Alors, il faut que je parte; vous l'avez dit vous-même.

— Non, il faut que vous restiez; je le jure, et je garderai mon serment!

— Je vous dis qu'il me faut partir, répondis-je, excitée par quelque chose qui ressemblait à la passion. Croyez-vous que je puisse rester en n'étant rien pour vous? croyez-vous que je sois une automate, une machine qui ne sent rien? croyez-vous que je souffrirais de me voir mon morceau de pain arraché de mes lèvres et ma goutte d'eau vive jetée de ma coupe? croyez-vous que, parce que je suis pauvre, obscure, laide et petite, je n'aie ni âme ni cœur? Et si Dieu m'avait faite belle et riche, j'aurais rendu la séparation aussi rude pour vous qu'elle l'est aujourd'hui pour moi! Ce n'est plus la convention, la coutume, ni même la chair mortelle qui vous parle; c'est mon esprit qui s'adresse à votre esprit, comme si tous deux, après avoir passé par la tombe, nous étions aux pieds de Dieu dans notre véritable égalité!

— Oui, dans notre véritable égalité, » répéta M. Rochester; puis il ajouta, en me serrant dans ses bras et en pressant ses lèvres contre les miennes : « Et, puisque nous sommes égaux, c'est ainsi que nous serons aux pieds de Dieu.

— Oui, monsieur, répondis-je. Et pourtant non; non, car vous êtes marié, ou du moins sur le point de l'être, et à une femme qui vous est inférieure, pour laquelle vous n'avez pas de sympathie, que vous n'aimez pas réellement, car je vous ai entendu rire d'elle! Moi, je mépriserais une pareille union; ainsi, je suis meilleure que vous. Laissez-moi partir.

— Où, Jane? pour l'Irlande?

— Oui, pour l'Irlande; je me suis rendue maîtresse de moi, maintenant je puis aller n'importe où.

— Jane, restez tranquille; ne vous débattez pas comme un oiseau sauvage pris au piége et qui arracherait ses plumes dans son désespoir.

— Je ne suis pas un oiseau, et aucun filet ne m'enveloppe; je suis libre; j'ai une volonté indépendante, et je m'en sers pour vous quitter. »

Un nouvel effort me dégagea de ses bras, et je me tins debout devant lui.

« Vous-même allez prendre une décision sur votre avenir, me dit-il; je vous offre ma main, mon cœur et la moitié de ce que je possède.

— Vous jouez une comédie dont je ne puis que rire.

— Je vous demande de passer votre vie près de moi, d'être une partie de moi et ma meilleure compagne sur la terre.

— Vous avez déjà fait votre choix et vous devez vous y tenir.

— Jane, calmez-vous; vous êtes trop exaltée. Moi aussi, je vais rester quelques instants tranquille. »

Le vent siffla dans l'allée et vint trembler entre les branches du marronnier, puis il alla se perdre au loin. La voix du rossignol était le seul bruit qu'on entendît à cette heure; en l'écoutant, je me remis à pleurer.

M. Rochester était tranquillement assis et me regardait avec une sérieuse douceur; il demeura muet quelque temps; enfin il me dit :

« Venez à côté de moi, Jane; tâchons de nous expliquer et de nous comprendre.

— Je ne reviendrai jamais près de vous; j'ai pu m'échapper et je ne reviendrai pas.

— Mais, Jane, je vous le demande comme à ma femme; c'est vous seule que je veux épouser. »

Je demeurai silencieuse; je croyais qu'il se moquait de moi.

« Venez, Jane, venez ici.

— Votre fiancée est entre nous. »

Il se leva et m'atteignit.

« Ma fiancée est ici, dit-il en me pressant de nouveau contre lui; ma fiancée est ici, parce qu'ici est mon égale et ma semblable. Jane, voulez-vous m'épouser? »

Je ne lui répondis pas et je m'efforçai de nouveau de lui échapper, car je n'avais pas foi en lui

« Vous doutez de moi, Jane?

— Entièrement.

— Vous n'avez pas foi en moi?

— Pas le moins du monde.

— Suis-je un menteur à vos yeux? demanda-t-il avec passion; petite incrédule, vous allez être convaincue. Ai-je de l'amour pour Mlle Ingram? non, et vous le savez. A-t-elle de l'amour pour moi? non; j'en ai la preuve. J'ai répandu le bruit que ma fortune n'était pas le tiers de ce qu'on la supposait, et je me suis arrangé de manière à ce que ce bruit arrivât jusqu'à elle; ensuite, je me suis présenté à son château pour voir le résultat de mes efforts : elle et sa mère m'ont reçu très- froidement; je ne veux pas, je ne puis pas épouser Mlle Ingram. Vous, créature étrange, qui n'êtes presque pas de la terre, je vous aime comme ma chair; vous, pauvre, petite, obscure et laide, je vous supplie de m'accepter comme mari.

— Moi! m'écriai-je; car, en voyant son sérieux et en entendant son impertinence, je commençais à croire à sa sincérité; moi qui n'ai point d'amis dans le monde, excepté vous, si toutefois vous êtes mon ami, moi qui ne possède rien que ce que vous m'avez donné?

— Vous, Jane; il faut que vous soyez tout entière à moi; le voulez-vous? répondez vite.

— Monsieur Rochester, tournez-vous du côté de la lune et laissez-moi regarder votre visage.

— Pourquoi?

— Parce que je veux y lire votre pensée ; tournez-vous?

— Vous ne pourrez pas lire sur mon visage plus que sur une page souillée et déchirée; lisez; mais dépêchez-vous, car je souffre. »

Sa figure était gonflée et agitée; ses traits étaient contractés et ses yeux animés d'un brillant regard.

« Oh! Jane, s'écria-t-il, vous me torturez avec votre regard scrutateur, bien qu'il soit généreux et droit; vous me torturez!

— Et pourquoi, si ce que vous dites est vrai, si votre offre est véritable? vous savez bien que je ne puis éprouver pour vous que des sentiments de reconnaissance et de dévouement; qu'y a-t-il de douloureux là dedans?

— De la reconnaissance! » s'écria-t-il; et il ajouta d'un ton irrité : « Jane, acceptez-moi vite; appelez-moi par mon nom; dites : *Édouard, je veux bien vous épouser.*

— Parlez-vous sérieusement? m'aimez-vous véritablement et désirez-vous sincèrement que je sois votre femme?

— Oui, et si un serment est nécessaire pour vous satisfaire eh bien, je le jure!

— Alors, monsieur, je vous épouserai.

— Appelez-moi Édouard, ma petite femme.

— Cher Édouard!

— Venez à moi; venez tout entière à moi, » dit-il; puis il ajout tout bas, me parlant à l'oreille, pendant que sa joue touchait la mienne: « Faites mon bonheur, et je ferai le vôtre. Dieu me pardonne, ajouta-t-il au bout de peu de temps, et que les hommes ne viennent pas se mêler de tout ceci; je l'ai et je la garderai.

— Les hommes n'auront pas besoin de s'en mêler, monsieur je n'ai pas de parents qui puissent s'opposer à vos projets.

— Et c'est ce qu'il y a de mieux, » dit-il.

Si je l'avais moins aimé, j'aurais remarqué dans son regard et dans sa voix une sauvage exaltation. Mais, assise près de lui, sortie de ce douloureux rêve de la séparation, appelée à une heureuse union, je ne pouvais penser qu'au bonheur qui venait de m'être si libéralement donné: bien des fois il me demanda « Êtes-vous heureuse, Jane? » et bien des fois je lui répondis: « Oui; » puis il murmurait tout bas:

» Oui, nous nous aimerons. Je l'ai trouvée sans ami, sans joie et le cœur glacé; je la garderai près de moi pour la caresser et la consoler; n'y a-t-il pas de l'amour dans mon cœur et de la constance dans mes résolutions? Et cela seul pourra racheter tout le reste devant le tribunal de Dieu. Je sais que mon Créateur m'approuve; peu m'importent les jugements du monde; quant à l'opinion des hommes, je la défie! »

La nuit venait de tomber; la lune n'était pas encore levée, et nous étions tous deux dans l'obscurité; quelque près que je fusse de mon maître, j'avais peine à voir son visage; le vent murmurait dans l'allée des lauriers, sifflait entre les branches du marronnier et envoyait son souffle jusqu'à nous.

« Il faut rentrer, me dit M. Rochester, le temps va changer; e serais resté avec toi jusqu'au matin, Jane.

— Moi aussi, » pensai-je; et je l'aurais peut-être dit, si un éclair ne fût venu déchirer la portion du ciel que je regardais; l'éclair fut suivi d'un craquement et d'un violent coup de tonnerre qui me sembla avoir éclaté tout près de nous. Je ne songeais qu'à cacher mes yeux éblouis contre l'épaule de M. Rochester; la pluie tombait à flots; nous traversâmes rapidement l'allée, les champs, et nous entrâmes dans la maison; mais, lorsque nous atteignîmes le perron, l'eau ruisselait sur nos vêtements. M. Rochester me retirait mon châle et secouait l'eau qui coulait de mes cheveux dénoués, lorsque Mme Fairfax sortit de sa chambre; ni moi ni M. Rochester ne l'aperçûmes au premier moment; la lampe était allumée; l'horloge marquait minuit.

« Dépêchez-vous de changer de vêtements, me dit-il, et maintenant bonsoir; bonsoir ma bien-aimée! »

Il m'embrassa à plusieurs reprises. Lorsqu'en le quittant je regardai autour de moi, je vis la veuve pâle, grave et étonnée; je me contentai de sourire et de gagner l'escalier. « Tout s'expliquera bientôt, » pensai-je. Cependant, lorsque je fus arrivée à ma chambre, je fus attristée de la pensée qu'un seul moment même elle avait pu se méprendre sur ce qu'elle avait vu; mais, au bout de peu de temps, la joie effaça tout autre sentiment; malgré le vent qui soufflait avec violence, le tonnerre qui retentissait avec force tout près de moi, les éclairs qui scintillaient vifs et rapprochés, la pluie qui, pendant deux heures, tomba avec la violence d'une cataracte, je n'éprouvai aucun effroi, et peu de cette crainte respectueuse qu'éveillait ordinairement chez moi la vue d'un orage. Trois fois M. Rochester vint frapper à ma porte pour voir si j'étais tranquille; c'était assez pour me rendre forte et calme contre tout.

Le lendemain matin, avant que je fusse levée, la petite Adèle accourut dans ma chambre pour me dire que le grand marronnier au bout du verger avait été frappé par le tonnerre et à moitié détruit.

---

## CHAPITRE XXIV.

Tout en m'habillant, je repassai dans ma mémoire les événements de la veille, et je me demandai si ce n'était point un rêve; je n'en fus bien convaincue que lorsque, ayant revu M. Rochester, je l'entendis me répéter ses promesses et me reparler de son amour.

En me peignant, je me regardai dans la glace, et je m'aperçus que je n'étais plus laide; mon visage était plein de vie et d'espérance, mes yeux semblaient avoir contemplé une fontaine de joie et emprunté l'éclat à ses ondes transparentes. Souvent je m'étais efforcée de ne pas regarder mon maître, craignant que ma figure ne lui déplût : aujourd'hui je pouvais lever mon regard jusqu'à lui sans avoir peur de refroidir son amour par l'expression de mon visage. Je mis une robe d'été, légère et d'une couleur claire; il me sembla que jamais vêtement ne m'avait mieux parée, parce que jamais aucun n'avait été porté avec tant de joie.

Quand je descendis dans la grande salle, je ne fus pas surprise de voir qu'une belle matinée de juin avait succédé à l'orage de la veille, et de sentir, à travers la porte ouverte, le souffle d'une brise fraîche et parfumée; la nature devait avoir quelque chose de joyeux; j'étais si heureuse! Une pauvre femme et un petit enfant pâle et en haillons s'arrêtèrent devant la porte; je courus vers eux pour leur donner tout l'argent que j'avais dans ma bourse, trois ou quatre schellings; bons ou mauvais, je voulais les voir heureux. Aussi les corneilles faisaient entendre leurs cris et les oiseaux chantaient; mais rien n'était aussi joyeux ni aussi musical que mon cœur!

Mme Fairfax apparut à la fenêtre avec un visage triste, et me dit gravement :

« Mademoiselle Eyre, voulez-vous venir déjeuner? »

Pendant le repas, elle fut calme et froide; mais je ne pouvais pas la détromper. Il fallait attendre que mon maître voulût bien expliquer tout ceci. Je mangeai ce que je pus, puis je me hâtai de remonter dans ma chambre; je rencontrai Adèle qui sortait de la salle d'étude.

« Où allez-vous? lui demandai-je, c'est l'heure du travail.

— M. Rochester m'a dit d'aller dans la chambre des enfants.

— Où est-il?

— Là, » me répondit-elle, en indiquant la pièce qu'elle venait de quitter.

J'entrai et je l'y trouvai en effet.

« Venez me dire bonjour, » me cria-t-il.

J'avançai joyeusement. Cette fois ce n'était pas un simple mot ou une poignée de main qui m'attendait, mais un baiser; je le trouvai tout naturel, et il me sembla doux d'être ainsi aimée et caressée par lui.

« Jane, vous êtes fraîche, souriante et jolie, dit-il, oui, vraiment jolie. Est-ce là la pâle petite fée que je connaissais? Quelle joyeuse figure, quelles joues fraîches et quelles lèvres roses! comme ces cheveux et ces yeux sont d'un brun brillant! »

J'avais des yeux verts, mais il faut excuser cette méprise : il paraît qu'ils avaient changé de couleur pour lui.

« Oui, monsieur, c'est Jane Eyre.

— Qui sera bientôt Jane Rochester, ajouta-t-il; dans quatre semaines, Jane, pas un jour de plus, entendez-vous? »

Je ne pouvais pas bien comprendre encore, j'étais tout étourdle ; en entendant parler M. Rochester, je n'éprouvai pas une joie intime, je ressentis comme un choc violent; je fus étonnée, presque effrayée.

« Vous avez rougi, et maintenant vous êtes bien pâle, Jane, pourquoi ?

— Parce que vous m'avez appelée Jane Rochester, et cela me semble étrange.

— Oui, la jeune Mme Rochester, la fiancée de Fairfax Rochester.

— Cela ne se pourra pas, monsieur ; le nom de Jane Rochester sonne étrangement; les hommes ne jouissent jamais d'un bonheur complet sur la terre; je ne suis pas destinée à avoir un sort plus heureux que les autres jeunes filles dans ma position ; me figurer un tel bonheur, c'est croire à un conte de fée.

— Eh bien, celui-là, j'en ferai une réalité; je commencerai dès demain. Ce matin, j'ai écrit à mon banquier de Londres, pour qu'il m'envoyât certains bijoux qu'il a en sa possession ; ils ont toujours appartenu aux dames de Thornfield ; dans un jour ou deux, j'espère pouvoir les remettre entre vos mains : car je veux vous entourer des mêmes soins et des mêmes attentions que si vous étiez la fille d'un lord.

— Oh ! monsieur, ne pensez pas aux bijoux, je n'aime pas à en entendre parler; des bijoux pour Jane Eyre ! Cela aussi me semble étrange et peu naturel; je préférerais n'en point avoir.

— Je veux mettre moi-même la chaîne de diamants autour de votre cou et placer le cercle d'or sur votre front : car sur ce front du moins la nature a posé son cachet de noblesse. Je veux attacher des bracelets sur ces poignets délicats, et charger d'anneaux ces doigts de fée.

— Non, non, monsieur, pensez à autre chose; ne me parlez pas de cela, et surtout de cette manière; ne vous adressez pas à moi comme si j'étais belle; je suis une institutrice laide et semblable à une quakeresse.

— Vous êtes belle à mes yeux; vous avez la beauté que j'aime vous êtes délicate et aérienne.

— Vous voulez dire chétive et nulle. Vous rêvez, monsieur ou vous raillez; pour l'amour de Dieu, ne soyez pas ironique.

— Je forcerai le monde à vous déclarer belle, » ajouta-t-il.

Mon embarras croissait à l'entendre parler ainsi ; il me semblait qu'il voulait soit se tromper, soit essayer de me tromper moi-même.

« Je vêtirai ma Jane de satin et de dentelle, continua-t-il.

je mettrai des roses dans ses cheveux, et je couvrirai sa tête bien-aimée d'un voile sans prix.

— Et alors vous ne me reconnaîtrez pas, monsieur; je ne serai plus votre Jane Eyre, mais un singe déguisé en arlequin, un geai recouvert de plumes d'emprunt. Je ne serais pas plus étonnée de vous voir habillé en acteur que moi revêtue d'une robe de cour; et pourtant je ne vous trouve pas beau, bien que je vous aime tendrement, trop tendrement pour vous flatter; ainsi donc ne me flattez pas non plus. »

Il continua à parler sur le même ton, malgré ma prière.

« Aujourd'hui même, reprit-il, je vous mènerai dans la voiture à Millcote pour que vous y choisissiez quelques vêtements. Je vous ai dit que nous serions mariés dans quatre semaines; le mariage aura lieu tranquillement dans la chapelle du château; ensuite nous partirons pour la ville. Après un court séjour j'emmènerai mon trésor dans des régions plus rapprochées du soleil que l'Angleterre, dans les vignes françaises, et les plaines d'Italie; elle verra tout ce qui est fameux dans l'histoire ancienne et dans les temps modernes; elle goûtera à l'existence des villes; elle apprendra sa valeur par une juste comparaison avec les autres femmes.

— Je voyagerai, monsieur, et avec vous?

— Vous passerez quelque temps à Paris, à Rome, à Naples, à Florence, à Venise, à Vienne; tous les pays que j'ai parcourus seront traversés par vous; partout où mon éperon a frappé, vous poserez votre pied de sylphide. Il y a dix ans, j'ai parcouru l'Europe à moitié fou de dégoût, de haine, de rage, et un peu semblable à ceux qui m'accompagnaient; cette fois, guéri et purifié, je la visiterai avec l'ange qui est mon soutien. »

Je souris en l'entendant parler ainsi.

« Je ne suis pas un ange, dis-je, et je n'en serai pas un tant que je vivrai; je ne serai que moi-même. Il ne faut pas vous attendre à trouver rien de céleste en moi; vous seriez aussi trompé que moi si je voulais trouver quelque chose de divin en vous.

— Que vous attendez-vous à trouver chez moi?

— Pendant quelque temps peut-être, vous serez comme maintenant, mais cela durera peu; ensuite vous deviendrez froid, capricieux, sombre, et j'aurai beaucoup de peine à vous plaire; puis, quand vous serez habitué à moi, vous m'aimerez de nouveau, je ne dis pas d'amour, mais d'affection. Je pense que votre amour s'éteindra au bout de six mois ou même de moins; j'ai vu dans les livres écrits par les hommes que c'était le temps le plus long accordé à l'ardeur d'un mari; mais je pense après tout que, comme amie et comme compagne, je ne serai jamais tout à fait déplaisante aux yeux de mon cher maître.

— Ne plus vous aimer, puis vous aimer encore! moi je sais que je vous aimerai toujours, et je vous forcerai à confesser que ce n'est pas seulement de l'affection, mais de l'amour, et un amour véritable, fervent et sûr.

— Vous êtes capricieux.

— Pour les femmes qui ne me plaisent que par leur visage je suis pire que le diable, quand je découvre qu'elles n'ont ni âme ni cœur, quand je les vois basses, triviales, peut-être imbéciles, dures et méchantes; mais pour un œil pur, une langue éloquente, une âme de feu, un caractère qui peut se plier sans se briser, à la fois souple et fort, maniable et résistant, je suis toujours fidèle et aimant.

— Avez-vous jamais rencontré une telle nature, monsieur? avez-vous jamais aimé une telle femme?

— Je l'aime maintenant.

— Quant à moi, je n'atteindrai jamais à cet idéal, même sur un seul point.

— Je n'ai point rencontré de femmes qui vous ressemblassent, Jane; vous me plaisez et vous me dominez; vous semblez vous soumettre, et j'aime votre manière de plier. Quand je retourne sous mes doigts un écheveau de soie, je sens dans mes bras un tressaillement qui continue jusque dans mon cœur; eh bien, de même je me sens gagné par vous, et votre influence est plus douce que je ne puis le dire; cette défaite me donne plus de joie que n'importe quel triomphe! Pourquoi souriez-vous, Jane? que signifie cet air inexplicable?

— Je pensais, monsieur (excusez-moi, mon idée était involontaire), je pensais à Hercule et à Samson, près de celles qui les avaient charmés.

— Et vous, petite fée, vous étiez....

— Silence, monsieur! Il n'y a pas plus de sagesse dans vos paroles que de raison dans les actes de ceux dont je vous parlais tout à l'heure; mais il est probable que, s'ils avaient été mariés, la sévérité du mari aurait expié la douceur de l'amant, et c'est ce que je crains en vous; je voudrais savoir ce que vous me répondrez dans un an, si je vous demande une faveur qu'il ne vous plaira pas de m'accorder.

— Demandez-moi quelque chose maintenant, Jane, la moindre chose; je désire être prié.

— Je le veux bien, monsieur; ma pétition est toute prête.

— Parlez; mais si vous me regardez, et si vous me regardez

de cette manière, je me verrai forcé de vous promettre d'avance, ce qui serait une folie à moi.

— Pas du tout, monsieur; voici simplement ce que je voulais vous demander : n'envoyez pas chercher vos bijoux, et ne me mettez pas une couronne de roses; autant vaudrait entourer d'une dentelle d'or ce grossier mouchoir de poche que vous tenez à la main.

— C'est-à-dire qu'autant vaudrait dorer l'or le plus pur, je le sais; aussi serez-vous satisfaite, pour le moment du moins; je vais écrire à mon banquier. Mais vous ne m'avez encore rien demandé; priez-moi de vous donner quelque chose.

— Eh bien, monsieur, ayez la bonté de satisfaire ma curiosité sur un point. »

Il se troubla.

« Comment, comment? dit-il vivement; la curiosité est dangereuse; heureusement je n'ai pas juré de vous répondre.

— Il n'y a aucun danger à me répondre, monsieur.

— Parlez donc, Jane; mais plutôt que cette simple question, à laquelle est peut-être lié un secret, je préférerais que vous m'eussiez demandé la moitié de ce que je possède.

— Eh bien, roi Assuérus, que ferais-je de la moitié de vos richesses? me prenez-vous pour un usurier juif, désirant s'approprier des terres? J'aimerais bien mieux avoir votre confiance; vous me donnerez bien votre confiance, n'est-ce pas, puisque vous me donnez votre amour?

— Vous êtes la bienvenue, Jane, à connaître tous ceux de mes secrets qui sont dignes de vous; mais pour l'amour de Dieu, ne demandez pas un fardeau inutile; ne tendez pas vos lèvres vers une coupe empoisonnée, et ne me soumettez pas à un examen trop dur.

— Pourquoi pas, monsieur? vous venez de me dire que vous aimiez à être vaincu, et qu'il vous était doux de vous sentir persuadé. Ne pensez-vous pas que je ferais bien de vous arracher une confession, de prier, de supplier, de pleurer même, si c'est nécessaire, rien que pour essayer mon pouvoir?

— Je vous défie dans un tel essai; cherchez à deviner, et le cessera aussitôt.

— Alors, monsieur, vous renoncez facilement. Mais, comme votre regard est sombre! vos paupières sont devenues aussi épaisses que mon doigt, et votre front ressemble à celui d'un Jupiter tonnant. C'est là l'air que vous aurez lorsque vous serez marié, monsieur, je suppose?

— Et vous, reprit M. Rochester si c'est là l'air que vous aurez lorsque vous serez mariée, il faudra bien vite rompre : car en ma qualité de chrétien, je ne puis pas vivre avec un lutin. Mais que vouliez-vous me demander, petite créature? dépêchez-vous.

— Voyez, vous n'êtes même plus poli. Du reste, j'aime mieux la rudesse que la flatterie; j'aime mieux être une petite créature qu'un ange. Voici ce que j'avais à vous demander : pourquoi avez-vous pris tant de peine à me persuader que vous vouliez épouser Mlle Ingram?

— Est-ce tout? Dieu soit loué! » Son front se dérida; il me regarda en souriant, lissa mes cheveux et sembla heureux comme s'il venait d'éviter un danger. « Je puis vous faire ma confession, Jane, dit-il, bien que je risque un peu de vous indigner, et je sais tout ce qu'il y a de flamme en vous lorsque vous êtes irritée; vous étiez pleine d'ardeur, hier soir, quand vous vous révoltiez contre la destinée et que vous vous déclariez mon égale : car c'est vous, Jane, qui l'avez dit!

— Sans doute; mais répondez, monsieur, je vous prie, à la question que je vous ai faite sur Mlle Ingram.

— Eh bien! j'ai fait la cour à Mlle Ingram pour vous rendre aussi follement amoureuse de moi que je l'étais de vous; je savais que le meilleur moyen d'arriver à mon but était d'exciter votre jalousie.

— Très-bien; comme cela vous rapetisse! vous n'êtes pas plus grand que le bout de mon petit doigt. C'était une honte et un scandale d'agir ainsi; les sentiments de Mlle Ingram n'étaient donc rien à vos yeux?

— Tous ses sentiments se réduisent à un seul : l'orgueil; il est bon qu'elle soit humiliée. Étiez-vous jalouse, Jane?

— Peu importe, monsieur; il n'est point intéressant pour vous de le savoir. Répondez-moi encore une fois franchement : croyez-vous que Mlle Ingram ne souffrira pas de votre galanterie déloyale? Ne se sentira-t-elle pas bien abandonnée?

— C'est impossible, puisque je vous ai dit, au contraire, que c'était elle qui m'avait abandonné; la pensée que je n'étais pas riche a refroidi ou plutôt a éteint sa flamme en un moment.

— Vous formez de curieux projets, monsieur Rochester; je crains que vos principes ne soient quelquefois bizarres.

— Jamais personne ne leur a donné une bonne direction, Jane et ils ont bien pu s'égarer souvent.

— Eh bien! sérieusement, dites-moi si je puis accepter le grand bonheur que vous me proposez, sans crainte de voir une autre souffrir les douleurs amères que j'endurais il y a quelque temps.

— Oui, vous le pouvez, ma chère et bonne enfant; personne au monde n'a pour moi un amour pur comme le vôtre; la croyance à votre affection, Jane, est un baume bien doux pour mon âme. »

Je pressai mes lèvres contre la main qu'il avait laissée sur mon épaule. Je l'aimais beaucoup, plus que je ne voulais me l'avouer, plus que ne peuvent l'exprimer des mots.

« Demandez-moi encore quelque chose, me dit-il; c'est mon bonheur d'être prié et de céder.

— J'avais une autre pétition toute prête. Communiquez vos intentions à Mme Fairfax, monsieur, dis-je; elle m'a vue hier soir dans la grande salle avec vous, et elle a été étonnée; donnez-lui quelques explications avant que je la revoie : cela me fait de la peine d'être mal jugée par une femme aussi excellente.

— Montez dans votre chambre, et mettez votre chapeau, me répondit-il; je voudrais vous emmener ce matin à Millcote. Pendant que vous vous habillerez, je vais éclairer l'intelligence de la vieille dame. Vous croit-elle perdue, parce que vous m'avez donné votre amour?

— Elle pense que j'ai oublié ma place, et vous la vôtre, monsieur.

— Votre place est dans mon cœur; et malheur à ceux qui voudraient vous insulter, maintenant ou plus tard! Allez vous habiller. »

Ce fut bientôt fait, et lorsque j'entendis M. Rochester quitter la chambre de Mme Fairfax, je me hâtai de descendre. La vieille dame était à lire sa Bible comme tous les matins; elle avait posé ses lunettes sur le livre; pour le moment, elle semblait avoir oublié l'occupation suspendue par l'entrée de M. Rochester; ses yeux, fixés sur la muraille, indiquaient la surprise d'un esprit tranquille qui vient d'apprendre une nouvelle extraordinaire. En me voyant, elle se leva, fit un effort pour sourire, et murmura quelques mots de félicitation; mais le sourire expira sur ses lèvres et la phrase fut laissée inachevée; elle mit ses lunettes, ferma sa Bible, et éloigna sa chaise de la table.

« Je suis si étonnée, mademoiselle Eyre, dit-elle, que je ne sais ce que je dois vous dire. Certainement je n'ai pas rêvé.... Quelquefois, lorsque je suis assise seule, je m'endors et je me figure des choses qui ne sont jamais arrivées; bien souvent j'ai cru voir mon mari, qui est mort il y a quinze ans, s'asseoir à côté de moi, et je l'ai même entendu m'appeler Alice, comme il avait coutume de le faire. Pouvez-vous me dire si M. Rochester vous a vraiment demandé de l'épouser? Ne vous moquez pas de moi; mais il me semble bien qu'il est entré ici, il y a cinq minutes, pour me dire que dans un mois vous seriez sa femme.

— Il m'a dit la même chose, répondis-je.

— Vraiment! Et croyez-vous ce qu'il vous a dit? Avez-vous accepté?

— Oui. »

Elle me regarda avec étonnement.

« Je ne l'aurais jamais cru. C'est un homme orgueilleux, tous les Rochester l'étaient; son père aimait l'argent, et lui-même a toujours passé pour économe. Il a l'intention de vous épouser?

— Il me l'a dit. »

Elle me regarda, et je lus dans ses yeux qu'elle ne trouvait en moi aucun charme assez puissant pour résoudre l'énigme.

« Je ne comprends pas cela, continua-t-elle; mais sans doute c'est vrai, puisque vous le dites. Comment tout cela s'expliquera-t-il? je ne le sais pas. On conseille souvent l'égalité de fortune et de position; puis il y a vingt ans de différence entre vous, il pourrait presque être votre père.

— Non, en vérité, madame Fairfax, m'écriai-je; il n'a pas l'air de mon père le moins du monde, et ceux qui nous verront ensemble ne pourront pas le supposer un instant; M. Rochester semble aussi jeune et est aussi jeune que certains hommes de vingt-cinq ans.

— Et c'est vraiment par amour qu'il veut vous épouser? » me demanda-t-elle.

Je fus si blessée par sa froideur et son scepticisme, que mes yeux se remplirent de larmes.

« Je suis fâchée de vous faire de la peine, continua la veuve; mais vous êtes si jeune et vous connaissez si peu les hommes! je voudrais vous mettre sur vos gardes. Il y a un vieux dicton qui dit *que tout ce qui brille n'est pas or*, et je crains qu'il n'y ait là-dessous quelque chose que ni vous ni moi ne pouvons deviner.

— Comment! suis-je donc un monstre? m'écriai-je. Est-il impossible que M. Rochester ait une affection sincère pour moi?

— Non, vous êtes très-bien et vous avez même gagné depuis quelque temps; je crois que M. Rochester vous aime; j'ai toujours remarqué que vous étiez sa favorite; souvent j'ai souffert pour vous de cette préférence si marquée, et j'aurais désiré pouvoir vous mettre sur vos gardes : mais j'hésitais à placer sous vos yeux même la possibilité du mal. Je savais qu'une semblable pensée vous choquerait, vous offenserait peut-être; je vous savais profondément modeste et sensible; je pensais qu'on pouvait vous livrer à vous-même. Je ne puis pas vous dire ce que j'ai souffert la nuit dernière, lorsqu'après vous avoir cherchée dans toute la maison, je n'ai pas pu vous trouver, ni M. Rochester non plus, et quand je vous ai vus revenir ensemble à minuit....

— Eh bien! peu importe cela maintenant, interrompis-je avec impatience. Il suffit que tout se soit bien passé.

— Et j'espère que tout ira bien jusqu'à la fin, dit-elle. Mais, croyez-moi, vous ne pouvez pas prendre trop de précautions; gardez M. Rochester à distance; défiez-vous de vous-même autant que de lui; des hommes dans sa position n'ont pas l'habitude d'épouser leurs institutrices. »

L'impatience me gagnait; heureusement Adèle entra en courant :

« Laissez-moi aller à Millcote avec vous, s'écria-t-elle; M. Rochester ne le veut pas, et pourtant il y a bien de la place dans la voiture neuve; demandez-lui de me laisser aller, mademoiselle.

— Certainement, Adèle. »

Et je me hâtai de sortir, heureuse d'échapper à une si rude conseillère. La voiture était prête, on l'amenait devant la maison; mon maître s'avançait vers elle, et Pilote l'accompagnait.

« Adèle peut venir avec nous, n'est-ce pas, monsieur? demandai-je.

— Je lui ai dit que non; je ne veux pas avoir de marmot; je désire être seul avec vous.

— Laissez-la venir, monsieur Rochester, je vous en prie; cela vaudra mieux.

— Non, ce serait une entrave. »

Son regard et sa voix étaient absolus : les avertissements et les doutes de Mme Fairfax m'avaient glacée; je n'avais plus aucune certitude dans mes espérances; je ne cherchais plus à exercer mon pouvoir sur M. Rochester. J'allais obéir machinalement et sans dire un mot de plus; mais, en m'aidant à monter dans la voiture, il me regarda.

« Qu'y a-t-il donc? me demanda-t-il; toute la joie est disparue de votre visage. Désirez-vous vraiment que la petite vienne? et cela vous contrariera-t-il si je la laisse ici?

— Je préférerais qu'elle vînt, monsieur.

— Eh bien! allez chercher votre chapeau, et revenez aussi vite que l'éclair, » cria-t-il à Adèle.

Elle lui obéit avec promptitude.

« Après tout, qu'importe une petite contrainte d'une matinée? dit-il; bientôt je vous demanderai vos conversations, vos pensées, et votre société pour toujours. »

Lorsque Adèle fut dans la voiture, elle se mit à m'embrasser pour m'exprimer sa reconnaissance, mais elle fut immédiatement reléguée dans un coin à côté de M. Rochester. Elle jeta un coup d'œil de mon côté : un voisin si sombre la gênait; elle n'osait lui faire part d'aucune de ses observations, ni lui rien demander.

« Laissez-la venir près de moi, m'écriai-je; elle vous gênera peut-être, monsieur; il y a bien assez de place de ce côté. »

Il me la passa, comme il eût fait d'un petit chien.

« Je l'enverrai prochainement en pension, » me dit-il en souriant.

Adèle l'entendit et lui demanda si elle irait en pension sans mademoiselle.

« Oui, répondit-il, tout à fait sans elle, car je l'emmènerai avec moi dans la lune; là, je chercherai une caverne dans une vallée entourée de montagnes volcaniques, et elle y demeurera avec moi, avec moi seul.

— Elle n'aura rien à manger; vous la ferez mourir de faim, fit observer Adèle.

— J'irai ramasser de bonnes choses pour son déjeuner et son dîner; dans la lune, les plaines et les collines en sont remplies, Adèle.

— Elle aura froid; comment fera-t-elle du feu?

— Dans la lune, le feu sort des montagnes; quand elle aura froid, je la porterai sur le sommet d'un volcan et je l'assoirai sur le bord du cratère.

— Oh! qu'elle y sera mal et peu confortablement! Ses vêtements s'useront; comment lui en donnerez-vous de nouveaux? »

M. Rochester fit semblant d'être embarrassé.

« Hem! dit-il, que feriez-vous, Adèle? Creusez-vous la tête pour trouver un expédient. Que pensez-vous d'un nuage bleu ou rose pour une robe, et ne ferait-on pas une bien jolie écharpe avec un morceau d'arc-en-ciel?

— Elle est bien mieux ici, déclara Adèle après avoir réfléchi; d'ailleurs, elle se fatiguerait de vivre toute seule avec vous dans la lune. A la place de mademoiselle, je ne consentirais jamais à aller avec vous.

— Elle y a consenti ; elle me l'a promis.

— Mais vous ne pourrez pas l'emmener là-haut, il n'y a pas de chemin pour aller dans la lune ; il n'y a que l'air, et ni elle ni vous ne savez voler.

— Adèle, regardez ce champ. »

Nous avions dépassé les portes de Thornfield et nous roulions légèrement sur la belle route de Millcote ; la poussière avait été abattue par l'orage ; les haies vives et les grands arbres, rafraîchis par la pluie, verdissaient de chaque côté.

« Il y a à peu près quinze jours, Adèle, dit M. Rochester, je me promenais dans ce champ, le soir du jour où vous m'aviez aidé à faire du foin dans les prairies du verger. Comme j'étais fatigué d'avoir ramassé de l'herbe, je m'assis sur les marches que vous voyez là ; je pris un crayon et un petit cahier, puis je me mis à écrire un malheur qui m'était arrivé il y a longtemps, et à désirer des jours meilleurs. J'écrivais rapidement, malgré l'obscurité croissante, quand je vis quelque chose s'avancer dans le sentier et s'arrêter à deux mètres de moi. Je levai les yeux, et j'aperçus une petite créature, portant sur la tête un voile fait avec les fils de la vierge. Je lui fis signe d'approcher ; elle fut bientôt tout près de moi ; je ne lui parlai pas, et elle ne me parla pas, mais elle lut dans mes yeux, et moi dans les siens. Voici le résultat de notre entretien muet.

« C'était une *fée* venue du pays des Elfes, et son voyage avait pour but de me rendre heureux ; je devais quitter le monde et me retirer avec elle dans un lieu solitaire, comme la lune, par exemple, et avec sa tête elle m'indiquait le croissant argenté qui se levait au-dessus des montagnes ; elle m'apprit que là-haut il y avait des cavernes d'albâtre et des vallées d'argent où nous pourrions demeurer. Je lui dis que j'aimerais bien à y aller, mais je lui fis remarquer que je n'avais pas d'ailes pour voler. « Oh ! répondit la fée, peu importe ; voilà un talisman qui lèvera « toutes les difficultés. » Et elle me montra un bel anneau d'or. « Mettez-le, me dit-elle, sur le quatrième doigt de votre main « gauche, et je serai à vous et vous serez à moi ; nous quitterons « la terre ensemble, et nous ferons notre ciel là-haut. » Et elle indiqua de nouveau la lune. Adèle, l'anneau est dans ma poche, déguisé en une pièce d'or ; mais bientôt je lui rendrai sa véritable forme.

— Mais qu'est-ce que mademoiselle a à faire avec cette histoire ? Peu m'importe la fée ; vous m'avez dit que vous vouliez emmener mademoiselle dans la lune.

— Mademoiselle est une fée, ajouta-t-il mystérieusement.

Je dis alors à Adèle de ne point s'inquiéter de ces plaisanteries. Elle, de son côté, fit provision d'esprit et déclara avec son scepticisme français que M. Rochester était un vrai menteur, qu'elle ne faisait aucune attention à ses contes de fées; que, du reste, il n'y avait pas de fées, et que, quand même il y en aurait, elles ne lui apparaîtraient certainement pas pour lui donner un anneau et lui offrir d'aller vivre dans la lune.

L'heure qu'on passa à Millcote fut un peu ennuyeuse pour moi. M. Rochester me força à aller dans un magasin de soieries, et voulut me faire choisir une demi-douzaine de robes; je n'en avais nullement envie, et lui demandai de remettre tout cela à plus tard : mais non, il fallut bien obéir. Tout ce que purent faire mes supplications fut de réduire à deux robes seulement les six que voulait me donner M. Rochester; mais il jura que ces deux-là seraient choisies par lui. Je vis avec anxiété ses yeux se promener sur les étoffes claires; enfin il se décida pour une soie d'une riche couleur d'améthyste et pour un satin rose. Je recommençai à lui parler tout bas et je lui dis qu'autant vaudrait m'acheter une robe d'or et un chapeau d'argent; que certainement je ne porterais jamais les étoffes qu'il avait choisies. Après bien des difficultés, car il était inflexible comme la pierre, il se décida à prendre une robe de satin noir et une autre de soie gris-perle : « Cela ira pour maintenant, » dit-il; mais il ajouta qu'un jour à venir, il voulait me voir briller comme un parterre.

Je me sentis soulagée quand nous fûmes sortis du magasin de soieries et de la boutique du bijoutier. Plus M. Rochester me donnait, plus mes joues devenaient brûlantes et plus j'étais saisie d'ennui et de dégoût. Lorsque, fiévreuse et fatiguée, je m'assis de nouveau dans la voiture, je me rappelai que les derniers événements tristes et joyeux m'avaient complétement fait oublier la lettre de mon oncle John Eyre à Mme Reed, ainsi que son intention de m'adopter et de me léguer ses biens. « Ce serait un soulagement pour moi d'avoir quelque chose qui m'appartînt, me disais-je; je ne puis pas supporter d'être habillée comme une poupée par M. Rochester, ou, seconde Danaé, de voir tomber tous les jours autour de moi une pluie d'or. Dès que je serai rentrée, j'écrirai à Madère, à mon oncle John, et je lui dirai avec qui je vais me marier; si je savais qu'un jour je pourrais augmenter la fortune de M. Rochester, je supporterais plus facilement les dépenses qu'il fait maintenant pour moi. » Un peu soulagée par ce projet, que je mis à exécution le jour même, je me hasardai encore une fois à rencontrer le regard de mon maître qui me cherchait toujours, bien que je détournasse sans cesse les yeux de son visage ; il sourit, et il me sembla que ce sourire était celui qu'un sultan accorderait dans un jour d'amour et de bonheur à une esclave enrichie par son or et ses bijoux. Je repoussai sa main qui cherchait toujours la mienne, et je la retirai toute rouge de ses étreintes passionnées.

« Vous n'avez pas besoin de me regarder ainsi, dis-je, et si vous continuez, je ne porterai plus jusqu'au dernier moment que ma vieille robe de Lowood, et je me marierai avec cette robe de guingan lilas ; vous pourrez vous faire un habit de noce avec la soie gris-perle et une collection de gilets avec le satin noir. »

Il me caressa et frotta ses mains.

« Oh ! quel bonheur de la voir et de l'entendre ! s'écria-t-il ; comme elle est originale et piquante ! je ne changerais pas cette petite Anglaise contre tout le sérail du Grand Turc, contre les yeux de gazelles et les tailles de houris. »

Cette allusion orientale me déplut.

« Je ne veux pas du tout remplacer un sérail pour vous, dis-je ; si ces choses-là vous plaisent, monsieur, allez sans retard dans les bazars de Stamboul et dépensez en esclaves un peu de cet argent que vous ne savez comment employer ici.

— Et que ferez-vous, Jane, pendant que j'achèterai toutes ces livres de chair et toute cette collection d'yeux noirs ?

— Je me préparerai à partir comme missionnaire pour prêcher la liberté aux esclaves, ceux de votre harem y compris ; je m'y introduirai et j'exciterai la révolte ; et vous, pacha, en un instant vous serez enchaîné, et je ne briserai vos liens que lorsque vous aurez signé la charte la plus libérale qui ait jamais été imposée à un despote.

— Je consentirai bien à être à votre merci, Jane.

— Oh ! je serais sans miséricorde, monsieur Rochester, surtout si vos yeux avaient la même expression que maintenant ; en voyant votre regard, je serais certaine que vous ne signez la charte que parce que vous y êtes forcé, et que votre premier acte serait de la violer.

— Eh bien, Jane, que voudriez-vous donc ? Je crains qu'outre le mariage à l'autel, vous ne me forciez à accepter toutes les cérémonies d'un mariage du monde. Je vois que vous ferez vos conditions : quelles seront-elles ?

— Je ne vous demande qu'un esprit facile, monsieur, et qui sache se dégager des obligations du monde. Vous rappelez-vous ce que vous m'avez dit de Céline Varens, des diamants et des cachemires que vous lui avez donnés? Je ne veux pas être une autre Céline Varens ; je continuerai à être la gouvernante d'Adèle; je gagnerai ainsi ma nourriture, mon logement et trente livres par an ; je subviendrai moi-même aux dépenses de ma toilette, et vous ne me donnerez rien, si ce n'est....

— Si ce n'est quoi?

— Votre affection; et si je vous donne la mienne en retour, nous serons quittes.

— Eh bien, dit-il, vous n'avez pas votre égale en froide impudence et en orgueil sauvage! Mais voilà que nous approchons de Thornfield. Vous plaira-t-il de dîner avec moi? me demanda-t-il, lorsque nous franchîmes les portes du parc.

— Non, monsieur, je vous remercie.

— Et pourrai-je connaître la raison de votre refus?

— Je n'ai jamais dîné avec vous, monsieur, et je ne vois aucune raison pour le faire jusqu'à....

— Jusqu'à quand? vous aimez les moitiés de phrase.

— Jusqu'à ce que je ne puisse pas faire autrement.

— Croyez-vous que je mange en ogre ou en goule, que vous craignez de m'avoir comme compagnon de vos repas?

— Je n'ai jamais pensé cela, monsieur; mais je désire continuer mes anciennes habitudes pendant un mois encore.

— Vous voulez renoncer d'un seul coup à votre esclavage.

— Je vous demande pardon, monsieur ; je continuerai comme autrefois. Je resterai loin de vous tout le jour, comme je l'ai fait jusqu'ici; vous pourrez m'envoyer chercher le soir quand vous désirerez me voir, et alors je viendrai, mais à aucun autre moment.

— Je voudrais fumer, Jane, ou avoir une pincée de tabac pour m'aider à supporter tout cela, pour me donner une contenance, comme dirait Adèle; malheureusement je n'ai ni ma boîte à cigares ni ma tabatière. Écoutez-moi; c'est maintenant votre tour, petit tyran, mais ce sera bientôt le mien, et quand je me serai emparé de vous, je vous attacherai (au figuré) à une chaîne comme celle-ci, dit-il en montrant la chaîne de sa montre; oui, chère enfant, je vous porterai bien près de mon cœur, de peur de perdre mon plus précieux bijou. »

Il dit cela en m'aidant à descendre de la voiture, et, pendant qu'il prenait Adèle, j'entrai dans la maison et je me hâtai de monter l'escalier.

Il me fit venir près de lui tous les soirs. Je lui avais préparé une occupation, car j'étais décidée à ne pas passer ce long tête-àtête en conversation; je me rappelais sa belle voix et je savais qu'il aimait à chanter comme presque tous les bons chanteurs. Je ne chantais pas bien, et, ainsi qu'il l'avait lui-même déclaré, je n'étais pas bonne musicienne; mais je me plaisais beaucoup à entendre une musique bien exécutée. A peine le crépuscule, cette heure des romances, eut-il assombri son bleu et déployé sa bannière d'étoiles, que j'ouvris le piano et que je le priai pour l'amour de Dieu de me chanter quelque chose. Il me dit qu'il était capricieux et qu'il préférerait chanter une autre fois; mais je lui répondis que le moment ne pouvait être plus favorable. Il me demanda si sa voix me plaisait.

« Beaucoup, » répondis-je.

Je n'aimais pas à flatter sa vanité; mais cette fois je désirais l'exciter pour arriver plus vite à mon but.

« Alors, Jane, il faut jouer l'accompagnement.

— Très-bien, monsieur; je vais essayer. »

J'essayai en effet, mais bientôt je fus chassée du tabouret et appelée petite maladroite; il me poussa de côté sans cérémonie : c'était justement ce que je désirais. Il prit ma place et s'accompagna lui-même; car il jouait aussi bien qu'il chantait. Il me relégua dans l'embrasure de la fenêtre, et, pendant que je regardais les arbres et les prairies, il chanta les paroles suivantes, sur un air suave et doux :

« L'amour le plus véritable qui ait jamais enflammé un cœur répandait par de rapides tressaillements la vie dans chacune de mes veines.

« Chaque jour, son arrivée était mon espoir, son départ ma tristesse : tout ce qui pouvait retarder ses pas glaçait le sang dans mes veines.

« Je m'étais dit qu'être aimé comme j'aimais serait pour moi un bonheur infini, et je fis d'ardents efforts pour y arriver.

« Mais l'espace qui nous séparait était aussi large, aussi dangereux à franchir et aussi difficile à frayer que les vagues écumeuses de l'Océan vert.

« Il n'était pas mieux hanté que les sentiers favoris des brigands dans les bois et les lieux solitaires; car le pouvoir et la justice, le malheur et la haine étaient entre nous.

« Je bravai le danger; je méprisai les obstacles; je défiai les mauvais présages; je passai impétueusement au-dessus de tout ce qui me fatiguait, m'avertissait et me menaçait.

« Et mon arc-en-ciel s'étendit rapide comme la lumière, il s'étendit comme dans un rêve; cet enfant de la pluie et du soleil s'éleva glorieusement devant mon regard.

« Mais ce signe solennel de la joie brille doucement sur des nuages d'une triste teinte; cependant peu m'importe pour le moment de savoir si des malheurs pesants et douloureux sont proches.

« Je n'y pense pas dans ce doux instant, et pourtant tout ce que j'ai renversé peut arriver sur des ailes fortes et agiles pour demander vengeance.

« La haine orgueilleuse peut me frapper et me faire tomber; la justice, m'opposer d'invincibles obstacles; le pouvoir oppresseur peut, d'un regard irrité, me jurer une inimitié éternelle.

« Mais avec une noble fidélité, celle que j'aime a placé sa petite main dans les miennes, et a juré que les liens sacrés du mariage nous uniraient tous deux.

« Mon amour m'a promis de vivre et de mourir avec moi; son serment a été scellé par un baiser; j'ai donc enfin le bonheur infini que j'avais rêvé : je suis aimé comme j'aime. »

Il se leva et s'avança vers moi; sa figure était brûlante, ses yeux de faucon brillaient; chacun de ses traits annonçait la tendresse et la passion. Je fus embarrassée un moment, puis je me remis; je ne voulais pas de scènes sentimentales ni d'audacieuses déclarations : j'en étais menacée; il fallait préparer une arme défensive. Lorsqu'il s'approcha de moi, je lui demandai avec aigreur qui il comptait épouser.

« C'est une étrange question dans la bouche de ma Jane chérie, » me dit-il

Je déclarai que je la trouvais très-naturelle et même très-nécessaire. Il avait dit que sa femme mourrait avec lui : qu'est-ce que cela signifiait? je n'avais nullement l'intention de mourir avec lui, il pouvait bien y compter.

Il me répondit que tout ce qu'il désirait, tout ce qu'il demandait, c'était de me voir vivre près de lui, que la mort n'était pas faite pour moi.

« Si, en vérité, repris-je : j'ai tout aussi bien le droit de mourir que vous, lorsque mon temps sera venu; mais j'attendrai le moment et je ne le devancerai pas. »

Il me demanda si je voulais lui pardonner sa pensée égoïste, et sceller mon pardon d'un baiser.

Je le priai de m'excuser; car je n'avais nulle envie de l'embrasser.

Alors il s'écria que j'étais une petite créature bien dure; et il ajouta que toute autre femme aurait fondu en larmes, en entendant de semblables strophes à sa louange.

Je lui déclarai que j'étais naturellement dure et inflexible, qu'il aurait de nombreuses occasions de le voir, et que, du reste, j'étais décidée à lui montrer bien des côtés bizarres de ma nature, pendant les quatre semaines qui allaient venir, afin qu'il sût à quoi il s'engageait, alors qu'il était encore temps de se rétracter.

Il me demanda de rester tranquille et de parler raisonnablement.

Je lui répondis que je voulais bien rester tranquille, mais que je me flattais de parler raisonnablement.

Il s'agita sur sa chaise et laissa échapper des mouvements d'impatience. « Très-bien, pensai-je; vous pouvez vous remuer et vous mettre en colère, si cela vous plaît; mais je suis persuadée que c'est là la meilleure conduite à tenir avec vous. Je vous aime plus que je ne puis le dire; mais je ne veux pas tomber dans une exagération de sentiment; je veux, par l'aigreur de mes réponses, vous éloigner du précipice, et maintenir entre vous et moi une distance qui sera favorable à tous deux. »

Peu à peu il arriva à une grande irritation; lorsqu'il se fut retiré dans un coin obscur, tout au bout de la chambre, je me levai, et je dis de ma voix ordinaire et avec mon respect accoutumé :

« Je vous souhaite une bonne nuit, monsieur ! » Puis je gagnai la porte de côté et je sortis.

Je continuai le même système pendant les quatre semaines d'épreuve, et j'eus un succès complet. Il était souvent rude et de mauvaise humeur; néanmoins je voyais bien qu'il se maintenait dans d'excellentes dispositions : la soumission d'un agneau, la sensibilité d'une tourterelle auraient mieux nourri son despotisme; mais cette conduite plaisait à son jugement, satisfaisait sa raison, et même était plus en harmonie avec ses goûts.

Devant les étrangers, j'étais comme autrefois calme et respectueuse : une conduite différente eût été déplacée; c'était seulement dans les conversations du soir que je l'irritais et l'affligeais ainsi. Il continuait à m'envoyer chercher au moment où l'horloge sonnait sept heures; mais, quand j'apparaissais, il n'avait plus sur les lèvres ces doux mots : « Mon amour, » et : « Ma chérie; » les meilleures expressions qu'il eût à mon service, étaient : « Poupée provoquante, fée malicieuse, esprit mobile; » les grimaces avaient pris la place des caresses. Au lieu de me donner une poignée de main, il me pinçait le bras; au lieu de m'embrasser le cou, il me tirait l'oreille : j'en étais contente; je préférais ces rudes faveurs à des avances trop tendres. Je coyais que Mme Fairfax m'approuvait; son inquiétude sur mon vompte disparaissait; j'étais sûre que ma conduite était bonne. M. Rochester déclarait qu'il en était fatigué, mais que, du reste, il se vengerait prochainement. Je riais tout bas de ses menaces : « Je puis vous forcer à être raisonnable maintenant, pensais-je, et je le pourrai bien aussi plus tard; si un moyen perd sa vertu, nous en chercherons un autre. »

Cependant ma tâche n'était pas facile; bien souvent j'aurais préféré lui plaire que de l'irriter. Il était devenu pour moi plus que tout au monde, plus que les espérances divines elles-mêmes; il était venu se placer entre moi et toute pensée religieuse, comme une éclipse entre l'homme et le soleil. La créature ne me ramenait pas au créateur, car de l'homme j'avais fait un Dieu.

---

## CHAPITRE XXV.

Le mois accordé par M. Rochester était écoulé; on pouvait compter les heures qui restaient : il n'y avait plus moyen de reculer le jour du mariage, tout était prêt. Moi, du moins, je n'avais plus rien à faire; mes malles étaient fermées, ficelées et rangées le long du mur de ma petite chambre; le lendemain elles devaient rouler sur la route de Londres avec moi, ou plutôt avec une Jane Rochester que je ne connaissais pas. Il n'y avait plus qu'à clouer les adresses sur les malles.

M. Rochester lui-même avait écrit sur plusieurs morceaux de carton : « Mme Rochester, hôtel de.... à Londres; » mais je n'avais pas pu me décider à les placer sur les caisses. Mme Rochester! elle n'existait pas et elle ne naîtrait pas d'ici au lendemain matin. Je voulais la voir avant de déclarer que toutes ces choses lui appartenaient. C'était bien assez que, dans le petit cabinet de toilette, des vêtements qu'on disait être à elle eussent remplacé ma robe de Lowood et mon chapeau de paille; car certainement cette robe gris-perle, ce voile léger suspendus au portemanteau, n'étaient point à moi. Je fermai la porte pour ne pas apercevoir ces vêtements, qui, grâce à leur couleur claire, formaient comme une lueur fantastique dans l'obscurité de ma chambre. « Restez seuls, dis-je, vous qui éveillez des songes étranges ! Je suis fiévreuse ! j'entends le vent siffler, et je vais descendre pour me rafraîchir à son souffle. »

Je n'étais pas agitée seulement par l'activité des préparatifs et par la pensée de la vie nouvelle qui demain allait commencer pour moi. Ces deux choses concouraient sans doute à me donner cette agitation, qui me poussa à errer dans les champs à une heure aussi avancée; mais il y avait une troisième cause plus forte que les autres.

Mon cœur était tourmenté par une idée étrange et douloureuse; il m'était arrivé une chose que je ne pouvais comprendre; seule, j'en avais connaissance. L'événement avait eu lieu la nuit précédente. Ce jour-là, M. Rochester s'était absenté de la maison et n'était point encore revenu ; des affaires l'avaient appelé dans une de ses terres, éloignée d'une trentaine de milles, et il fallait qu'il s'en occupât lui-même avant de quitter l'Angleterre. J'attendais son retour pour soulager mon esprit et chercher avec lui la solution de cette énigme qui m'inquiétait. Lecteurs, attendez avec moi, et vous aurez part à ma confidence, quand je lui révélerai mon secret.

Je me dirigeai du côté du verger, afin d'y trouver un abri contre le vent qui, pendant toute la journée, avait soufflé du sud sans pourtant amener une goutte de pluie. Au lieu de cesser, il semblait augmenter ses mugissements; les arbres pliaient tous du même côté, sans jamais se tordre en différents sens; ils relevaient leurs branches à peine une fois dans une heure, tant était violent et continuel le vent qui inclinait leurs têtes vers le nord. Les nuages couraient rapides et épais d'un pôle à l'autre; et, dans cette journée de juillet, on n'avait pas vu un coin de ciel bleu.

J'éprouvais un plaisir sauvage à courir sous le vent, et à étourdir mon esprit troublé, au sein de ce torrent d'air qui mugissait dans l'espace. Après avoir descendu l'allée de lauriers, je regardai le marronnier frappé par la foudre. Il était noir et flétri; le tronc fendu bâillait comme un fantôme; les deux côtés de l'arbre n'étaient pas complétement séparés l'un de l'autre, la base vigoureuse et les fortes racines les unissaient encore; mais la vie était détruite, la sève ne pouvait plus couler. De chaque côté, les grandes branches retombaient flétries et mortes, et le prochain orage ne devait pas laisser l'arbre debout; mais, pour le moment, ces deux morceaux semblaient encore former un tout: c'était une ruine, mais une ruine entière.

« Vous faites bien de vous tenir serrés l'un contre l'autre, dis-je, comme si le fantôme eût pu m'entendre; vous êtes brisés et déchirés, et pourtant il doit y avoir encore un peu de vie en vous, à cause de l'union de vos fidèles racines. Vos feuilles ne reverdiront plus; les oiseaux ne viendront plus sur vos branches pour chanter et faire leurs nids; le temps de l'amour et du plaisir est passé; mais vous ne tomberez pas dans le désespoir, car chacun de vous a un compagnon pour sympathiser avec lui, au jour de sa ruine. »

A ce moment, la lune éclairait la fente qui les séparait; son disque était d'un rouge sang et à moitié voilé par les nuages; elle sembla me jeter un regard sauvage et terrible, puis se cacha rapidement derrière les nuages. Le vent cessa un instant de mugir dans Thornfield; mais, dans les bois et les ruisseaux lointains, on entendit des gémissements mélancoliques : c'était si triste que je m'éloignai en courant.

J'errai quelque temps dans le verger, ramassant les pommes dont le gazon était couvert; je m'amusai à séparer celles qui étaient mûres, et je les portai dans l'office, puis je remontai dans la bibliothèque pour m'assurer si le feu était allumé : car, bien qu'on fût en été, je savais que, par cette triste soirée, M. Rochester aimerait à trouver un foyer réjouissant. Le feu était allumé depuis quelque temps, et brûlait activement; je plaçai le fauteuil de M. Rochester au coin de la cheminée, et je roulai la table à côté; je baissai les rideaux, et je fis apporter des bougies toutes prêtes à être allumées. Lorsque j'eus achevé ces préparatifs, j'étais plus agitée que jamais; je ne pouvais ni rester assise ni demeurer à la maison. Une petite pendule dans la chambre et l'horloge de la grande salle sonnèrent dix heures en même temps.

« Comme il est tard! me dis-je; je m'en vais aller devant les portes du parc; la lune brille par moments; on voit assez loin sur la route; peut-être arrive-t-il maintenant; en allant à sa rencontre, j'éviterai quelques moments d'attente. »

Le vent soufflait dans les grands arbres qui encadraient la porte; mais, aussi loin que je pus voir sur la route, tout y était tranquille et solitaire; excepté lorsqu'un nuage venait obscurcir la lune, le chemin n'offrait aux regards qu'une ligne longue, pâle et sans animation.

Une larme vint obscurcir mes yeux, larme de désappointement et d'impatience; honteuse, je l'essuyai rapidement. J'errai encore quelque temps : la lune avait entièrement disparu derrière des nuages épais; la nuit devenait de plus en plus sombre, et la pluie augmentait.

« Je voudrais le voir venir! je voudrais le voir venir! m'écriai je, saisie d'un accès de mélancolie. J'espérais qu'il arriverai avant le thé; voilà la nuit. Qu'est-ce qui peut le retarder? Lui est-il arrivé quelque accident? »

L'événement de la nuit précédente se présenta de nouveau à mon esprit : j'y vis l'annonce d'un malheur. J'avais peur que mes espérances ne fussent trop belles pour se réaliser; j'avais été si heureuse ces derniers temps, que je craignais que mon bonheur ne fût arrivé au faîte et ne dût commencer son déclin.

« Eh bien! pensai-je, je ne puis pas retourner à la maison; je ne pourrai pas rester assise au coin du feu, pendant que je le sais dehors par ce mauvais temps. J'aime mieux avoir les membres fatigués que le cœur triste; je m'en vais aller à sa rencontre. »

Je sortis; j'allai vite, mais pas loin. Je n'avais pas fait un quart de mille que j'entendis le pas d'un cheval; un cavalier arriva au grand galop; un chien courait à ses côtés. Plus de tristes pressentiments; c'était lui! il arrivait monté sur Mesrour et suivi de Pilote. Il me vit, car la lune s'était dégagée des nuages et brillait dans le ciel; il prit son chapeau et le remua au-dessus de sa tête; je courus à sa rencontre.

« Ah! s'écria-t-il en me tendant la main et en se baissant vers moi, vous ne pouvez pas vous passer de moi, c'est évident; mettez le pied sur mon éperon, donnez-moi vos deux mains et montez. »

J'obéis, la joie me rendit agile; je sautai devant lui; je reçus un baiser, et je supportai mon triomphe le mieux possible. Dans son exaltation, il s'écria :

« Y a-t-il quelque chose, Jane, que vous venez au-devant de moi à une heure semblable? Y a-t-il quelque mauvaise nouvelle?

— Non; mais je croyais que vous ne viendriez jamais, et je ne pouvais pas vous attendre tranquillement à la maison, surtout par cette pluie et ce vent.

— Du vent et de la pluie, en vérité? Vous êtes mouillée comme une nymphe des eaux; enveloppez-vous dans mon manteau.

Mais il me semble que vous avez la fièvre, Jane, vos joues et vos mains sont brûlantes. Je vous le demande encore, n'y a-t-il rien?

— Non, monsieur, rien maintenant; je ne suis plus ni effrayée ni malheureuse.

— Alors vous l'avez été?

— Un peu; je vous raconterai cela plus tard, monsieur; mais je suis persuadée que vous rirez de mon inquiétude.

— Je rirai de bon cœur, lorsque la matinée de demain sera passée; jusque-là je n'ose pas, je ne suis pas encore bien sûr de ma proie. Depuis un mois, vous êtes devenue aussi difficile à prendre qu'une anguille, aussi épineuse qu'un buisson de roses; partout où je posais mes doigts, je sentais une pointe aiguë; et maintenant il me semble que je tiens entre mes bras un agneau plein de douceur. Vous vous êtes éloignée du troupeau pour chercher votre berger, n'est-ce pas, Jane?

— J'avais besoin de vous; mais ne vous félicitez pas trop tôt. Nous voici arrivés à Thornfield; laissez-moi descendre. »

Il me déposa à terre; John vint prendre le cheval, et M. Rochester me suivit dans la grande salle pour me dire de changer de vêtements et de venir le retrouver dans la bibliothèque. Au moment où j'allais monter l'escalier, il m'arrêta et me fit promettre de ne pas être lente : je ne le fus pas non plus, et au bout de cinq minutes je le rejoignis; il était à souper.

« Prenez un siége et tenez-moi compagnie, Jane. S'il plaît à Dieu, après ce repas vous n'en prendrez plus qu'un à Thornfield, d'ici à longtemps du moins. »

Je m'assis près de lui, mais je lui dis que je ne pouvais pas manger.

« C'est à cause de votre voyage de demain, Jane; la pensée que vous allez voir Londres vous ôte l'appétit.

— Ce projet n'est pas bien clair pour moi, monsieur, et je ne puis pas trop dire quelles sont les idées qui me préoccupent ce soir; tout dans la vie me semble manquer de réalité.

— Excepté moi; je suis bien chair et os, touchez-moi

— Vous surtout, monsieur, me semblez un fantôme; vous êtes un véritable rêve. »

Il étendit sa main en riant.

« Cela est-il un rêve? » dit-il en la posant sur mes yeux.

Il avait une main ronde, forte, musculeuse, et un bras long et vigoureux.

« Oui, lorsque je la touche, c'est un rêve, dis-je en l'éloignant de mon visage. Monsieur, avez-vous fini de souper?

— Oui, Jane. »

Je sonnai et je fis retirer le plateau. Lorsque nous fûmes seuls de nouveau, j'attisai le feu et je m'assis sur une chaise basse aux pieds de mon maître.

« Il est près de minuit, dis-je.

— Oui; mais rappelez-vous, Jane, que vous m'avez promis de veiller avec moi la nuit qui précéderait mon mariage.

— Oui, et je tiendrai ma promesse, au moins pour une heure ou deux; je n'ai point envie d'aller me coucher.

— Tous vos préparatifs sont-ils finis?

— Tous, monsieur.

— Les miens aussi; j'ai tout arrangé. Nous quitterons Thornfield demain matin, une demi-heure après notre retour de l'église.

— Très-bien, monsieur.

— En prononçant ce mot-là, vous avez souri étrangement, Jane; comme vos joues se sont colorées et comme vos yeux brillent! Êtes-vous bien portante?

— Je le crois.

— Vous le croyez! Mais qu'y a-t-il donc? dites-moi ce que vous éprouvez.

— Je ne le puis pas, monsieur, aucune parole ne peut exprimer ce que j'éprouve. Je voudrais que cette heure durât toujours; qui sait ce qu'amènera la prochaine?

— C'est de la mélancolie, Jane; vous avez été trop excitée ou trop fatiguée.

— Monsieur, vous sentez-vous calme et heureux?

— Calme, non, mais heureux jusqu'au fond du cœur. »

Je regardai et je cherchai à lire la joie sur son visage; je remarquai sur sa figure une expression ardente.

« Confiez-vous à moi, Jane, me dit-il; soulagez votre esprit du poids qui l'opprime en le partageant avec moi; que craignez-vous? Avez-vous peur de ne pas trouver en moi un bon mari?

— Aucune pensée n'est plus éloignée de mon esprit.

— Craignez-vous le monde nouveau dans lequel vous allez en trer, la vie qui va commencer pour vous?

— Non.

— Jane, vous m'intriguez; votre regard et votre voix annoncent une douloureuse audace qui m'étonne et m'attriste; j'ai besoin d'une explication

- Alors, monsieur, écoutez-moi. La nuit dernière vous n'étiez pas à la maison.

— Non, je le sais; et il y a quelques instants vous avez parlé d'une chose qui avait eu lieu en mon absence. Sans doute ce n'est rien d'important, mais enfin cela vous a troublée ; racontez-le moi. Peut-être Mme Fairfax vous a-t-elle dit quelque chose, ou peut-être avez-vous entendu une conversation des domestiques ; et votre dignité trop délicate aura été blessée.

— Non, monsieur. »

Minuit sonnait ; j'attendis que le timbre eût cessé son bruit argentin et l'horloge ses sonores vibrations, puis je continuai :

« Hier, toute la journée, j'ai été très-occupée et très-heureuse au milieu de cette incessante activité ; car je n'ai aucune crainte en entrant dans cette vie nouvelle, comme vous semblez le croire : c'est au contraire une grande joie pour moi d'avoir l'espérance de vivre avec vous, parce que je vous aime. Non, monsieur, ne me faites aucune caresse maintenant, laissez-moi parler sans m'interrompre. Hier j'avais foi en la Providence et je croyais que tout travaillait à notre bonheur ; la journée avait été belle, si vous vous le rappelez, l'air était si doux que je ne pouvais rien craindre pour vous. Le soir je me promenai quelques instants devant la maison en pensant à vous ; je vous voyais en imagination tout près de moi, et votre présence me manquait à peine. Je pensais à l'existence qui allait commencer pour moi, je pensais à la vôtre aussi, plus vaste et plus agitée que la mienne, de même que la mer profonde qui reçoit dans son sein tous les petits ruisseaux est aussi plus vaste et plus agitée que l'eau basse d'un détroit resserré entre les terres. Je me demandais pourquoi les philosophes appelaient ce monde un triste désert ; pour moi, il me semblait rempli de fleurs. Lorsque le soleil se coucha, l'air devint froid et le ciel se couvrit de nuages ; je rentrai. Sophie m'appela pour regarder ma robe de mariée qu'on venait d'apporter, et au fond de la boîte je trouvai votre présent, le voile, que dans votre extravagance princière vous aviez fait venir de Londres ; je suppose que, comme j'avais refusé les bijoux, vous aviez voulu me forcer à accepter quelque chose d'aussi précieux. Je souris en le dépliant, et je me demandai comment je vous taquinerais sur votre goût aristocratique et vos efforts à déguiser votre fiancée plébéienne sous les vêtements de la fille d'un pair ; je cherchais comment je m'y prendrais pour venir vous montrer le voile de blonde brodée que j'avais moi-même préparé pour recouvrir ma tête. Je vous aurais demandé si ce n'était pas suffisant pour une femme qui ne pouvait apporter à son mari ni fortune, ni beauté, ni relations ; je voyais d'avance votre regard, j'entendais votre impétueuse réponse républicaine ; je vous entendais déclarer avec dédain que vous ne désiriez pas augmenter vos richesses ou obtenir un rang plus élevé en épousant soit une bourse, soit un nom.

— Comme vous lisez bien en moi, petite sorcière! s'écria M. Rochester. Mais qu'avez-vous trouvé dans le voile, sinon des broderies? Recouvrait-il une épée ou du poison, que votre regard devient si lugubre?

— Non, non, monsieur, la délicatesse et la richesse du tissu ne recouvraient rien, sinon l'orgueil des Rochester; mais je suis habituée à ce démon, et il ne m'effraye plus. Cependant, à mesure que l'obscurité approchait, le vent augmentait; hier soir il ne soufflait pas avec violence comme aujourd'hui, mais il faisait entendre un gémissement triste et bien plus lugubre: j'aurais voulu que vous fussiez à la maison. J'entrai ici, la vue de cette chaise vide et de ce foyer sans flamme me glaça. Quelque temps après, j'allai me coucher, mais je ne pus pas dormir: j'étais agitée par une anxiété que je ne pouvais comprendre; le vent qui s'élevait toujours semblait chercher à voiler quelque son douloureux. D'abord je ne pus pas me rendre compte si ces sons venaient de la maison ou du dehors; ils se renouvelaient sans cesse, aussi douloureux et aussi vagues; enfin je pensai que ce devait être quelque chien hurlant dans le lointain. Je fus heureuse lorsque le bruit cessa; mais cette nuit sombre et triste me poursuivit dans mes rêves; tout en dormant, je continuais à désirer votre présence, et j'éprouvais vaguement le sentiment pénible qu'une barrière nous séparait. Pendant le commencement de mon sommeil, je croyais suivre les sinuosités d'un chemin inconnu; une obscurité complète m'environnait; la pluie mouillait mes vêtements. Je portais un tout petit enfant, trop jeune et trop faible pour marcher; il frissonnait dans mes bras glacés et pleurait amèrement. Je croyais, monsieur, que vous étiez sur la route beaucoup en avant, et je m'efforçais de vous rejoindre; je faisais efforts sur efforts pour prononcer votre nom et vous prier de vous arrêter: mais mes jambes étaient enchaînées, mes paroles expiraient sur mes lèvres, et, pendant ce temps, je sentais que vous vous éloigniez de plus en plus.

— Et ces rêves pèsent encore sur votre esprit, Jane, maintenant que je suis près de vous, nerveuse enfant! Oubliez des malheurs fictifs, pour ne penser qu'au bonheur véritable. Vous dites que vous m'aimez, Jane, je ne l'oublierai pas, et vous ne pouvez plus le nier; ces mots-là n'ont pas expiré sur vos lèvres, je les ai bien entendus; ils étaient clairs et doux, peut-être trop solennels, mais doux comme une musique. Vous m'avez dit: « Il est beau pour moi d'avoir l'espérance de vivre avec vous,

« Édouard, parce que je vous aime. » M'aimez-vous, Jane? répétez-le encore.

— Oh! oui, monsieur, je vous aime de tout mon cœur.

— Eh bien, dit-il, après quelques minutes de silence, c'est étrange, ce que vous venez de dire m'a fait mal. Je pense que c'est parce que vous l'avez dit avec une énergie si profonde et si religieuse, parce que dans le regard que vous avez fixé sur moi il y avait une foi, une fidélité et un dévouement si sublimes, que j'ai cru voir un esprit près de moi et que j'en ai été ébloui. Jane, regardez-moi comme vous savez si bien regarder; lancez-moi un de vos sourires malins et provoquants; dites-moi que vous me détestez, taquinez-moi, faites tout ce que vous voudrez, mais ne m'agitez pas; j'aime mieux être irrité qu'attristé.

— Je vous taquinerai tant que vous voudrez quand j'aurai achevé mon récit; mais écoutez-moi jusqu'au bout.

— Je croyais, Jane, que vous m'aviez tout dit, et que votre tristesse avait été causée par un rêve. »

Je secouai la tête.

« Quoi! s'écria-t-il, y a-t-il encore quelque chose? mais je ne veux pas croire que ce soit rien d'important; je vous avertis d'avance de mon incrédulité. Continuez. »

Son air inquiet, l'impatience craintive que je remarquais dans ses manières, me surprirent; néanmoins, je poursuivis.

« Je fis un autre rêve, monsieur; Thornfield n'était plus qu'une ruine déserte, et servait de retraite aux chauves-souris et aux hiboux; de toute la belle façade, il ne restait qu'un mur très-élevé, mais mince et qui semblait fragile; par un clair de lune, je me promenais sur l'herbe qui avait poussé à la place du château détruit; je heurtais tantôt le marbre d'une cheminée, tantôt un fragment de corniche. Enveloppée dans un châle, je portais toujours le petit enfant inconnu; je ne pouvais le déposer nulle part, malgré la fatigue que je ressentais dans les bras; bien que son poids empêchât ma marche, il fallait le garder. J'entendais sur la route le galop d'un cheval; j'étais persuadée que c'était vous, et que vous vous en alliez dans une contrée lointaine pour bien des années. Je montai sur le mur avec une rapidité fiévreuse et imprudente, désirant vous apercevoir une dernière fois : les pierres roulèrent sous mes pieds; les branches de lierre auxquelles je m'étais accrochée se brisèrent; l'enfant effrayé me prit par le cou et faillit m'étrangler. Enfin, j'arrivai au haut du mur; je vous aperçus comme une tache sur une ligne blanche; à chaque instant vous paraissiez plus petit le vent soufflait si fort que je ne pouvais pas me tenir. Je m'assis sur le mur et j'apaisai l'enfant sur mon sein. Je vous vis tourner un angle de la route, je me penchai pour vous voir encore; le mur éboula un peu; je fus effrayée, l'enfant glissa de mes genoux, je perdis l'équilibre, je tombai et je m'éveillai.

— Maintenant, Jane, est-ce tout?

— C'est toute la préface, monsieur; l'histoire va venir. Lorsque je m'éveillai, un rayon passa devant mes yeux. « Oh! voilà le « jour qui commence, » pensai-je; mais je m'étais trompée: c'était la lumière d'une chandelle. Je supposai que Sophie était entrée; il y avait une bougie sur la table de toilette, et la porte du petit cabinet où, avant de me coucher, j'avais suspendu ma robe de mariée et mon voile, était ouverte. J'entendis du bruit; je demandai aussitôt : « Sophie, que faites-vous là? » Personne ne répondit; mais quelqu'un sortit du cabinet, prit la chandelle et examina les vêtements suspendus au portemanteau. « Sophie, « Sophie! » m'écriai-je de nouveau, et tout demeura silencieux. Je m'étais levée sur mon lit, et je me penchais en avant; je fus d'abord étonnée, puis tout à fait égarée. Mon sang se glaça dans mes veines. Monsieur Rochester, ce n'était ni Sophie, ni Leah, ni Mme Fairfax; ce n'était même pas, j'en suis bien sûre, cette étrange femme que vous avez ici, Grace Poole.

— Il fallait bien que ce fût l'une d'elles, interrompit mon maître.

— Non, monsieur, je vous assure que non; jamais je n'avais vu dans l'enceinte de Thornfield celle qui était devant moi. La taille, les contours, tout était nouveau pour moi.

— Faites-moi son portrait, Jane.

— Elle m'a paru grande et forte; ses cheveux noirs et épais pendaient sur son dos. Je ne sais quel vêtement elle portait : il était blanc et droit; mais je ne puis vous dire si c'était une robe, un drap, ou un linceul.

— Avez-vous vu sa figure?

— Pas dans le premier moment; mais bientôt elle décrocha mon voile, le souleva, le regarda longtemps et, le jetant sur sa tête, se tourna vers une glace; alors je vis parfaitement son visage et ses traits dans le miroir.

— Et comment étaient-ils?

— Ils me parurent effrayants; oh! monsieur, jamais je n'ai vu une figure semblable : son visage était sauvage et flétri; je voudrais pouvoir oublier ces yeux injectés qui roulaient dans leur orbite et ces traits noirs et gonflés.

— Les fantômes sont généralement pâles, Jane.

— Celui-là, monsieur, était d'une couleur pourpre ; il avait les lèvres noires et enflées, le front sillonné, les sourcils foncés et placés beaucoup au-dessus de ses yeux rouge sang. Voulez-vous que je vous dise qui ce fantôme m'a rappelé ?

— Oui, Jane.

— Eh bien ! il m'a rappelé le spectre allemand qu'on nomme vampire.

— Eh bien ! que fit-il ?

— Monsieur, il retira mon voile de dessus sa tête, le déchira en deux, le jeta à terre et le foula aux pieds.

— Après ?

— Il souleva le rideau de la fenêtre et regarda dehors ; peut-être vit-il le jour poindre, car il prit la chandelle et se dirigea vers la porte ; mais le fantôme s'arrêta devant mon lit, ses yeux flamboyants se fixèrent sur moi. Il approcha sa lumière tout près de ma figure et l'éteignit sous mes yeux ; je sentis que son terrible visage était tout près du mien, et je perdis connaissance ; pour la seconde fois de ma vie seulement, je m'évanouis de peur.

— Qui était avec vous, lorsque vous recouvrâtes vos sens ?

— Personne, monsieur, il faisait grand jour. Je me levai ; je me baignai la tête dans l'eau ; je bus ; je me sentais faible, mais nullement malade, et je résolus de ne raconter mon aventure qu'à vous seul. Maintenant, monsieur, dites-moi quelle était cette femme.

— Une création de votre cerveau exalté, c'est certain ; il faut que je prenne grand soin de vous, mon trésor : des nerfs comme les vôtres demandent des ménagements.

— Monsieur, soyez sûr que mes nerfs n'ont rien à faire là dedans ; la vision est réelle, tout ce que je vous ai raconté a eu lieu.

— Et vos rêves précédents étaient-ils réels aussi ? Le château de Thornfield est-il en ruine ? Suis-je séparé de vous par d'insurmontables obstacles ? Est-ce que je vous quitte sans une larme, sans un baiser, sans une parole ?

— Pas encore.

— Suis-je sur le point de le faire ? Le jour qui doit nous lier à jamais est déjà commencé, et, quand nous serons unis, je vous assure que vous n'aurez plus de ces terreurs d'esprit.

— Des terreurs d'esprit, monsieur ! Je voudrais pouvoir croire qu'il en est ainsi ; je le souhaite plus que jamais, puisque vous-même ne pouvez pas m'expliquer ce mystère.

— Et puisque je ne le puis pas, Jane, c'est que la vision n'a pas été réelle.

— Mais, monsieur, lorsque ce matin, en me levant, je me suis dit la même chose, et que, pour raffermir mon courage, j'ai regardé tous les objets qui me sont familiers et dont l'aspect était si joyeux à la lumière du jour, j'aperçus la preuve évidente de ce qui s'était passé : mon voile était jeté à terre et déchiré en deux morceaux. »

Je sentis M. Rochester tressaillir; il m'entoura rapidement de ses bras.

« Dieu soit loué, s'écria-t-il, que le voile seul ait été touché, puisqu'un être malfaisant est venu près de vous la nuit dernière! Oh! quand je pense à ce qui aurait pu arriver!... »

Il était tout haletant et il me pressait si fort contre lui que je pouvais à peine respirer. Après quelques minutes de silence, il continua gaiement :

« Maintenant, Jane, je vais vous expliquer tout ceci : cette vision est moitié rêve, moitié réalité; je ne doute pas qu'une femme ne soit entrée dans votre chambre, et cette femme était, devait être Grace Poole; vous-même l'appeliez autrefois une créature étrange, et, d'après tout ce que vous savez, vous avez raison de la nommer ainsi. Que m'a-t-elle fait? qu'a-t-elle fait à Mason? Plongée dans un demi-sommeil, vous l'avez vue entrer et vous avez remarqué ce qu'elle faisait : mais, fiévreuse et presque dans le délire, vous l'avez vue telle qu'elle n'est pas. La figure enflée, les cheveux dénoués, la taille d'une prodigieuse grandeur, tout cela n'est qu'une invention de votre imagination, une suite de vos cauchemars : le voile déchiré, voilà ce qui est vrai et bien digne d'elle. Vous allez me demander pourquoi je garde cette femme dans ma maison. Lorsqu'il y aura un an et un jour que nous serons mariés, je vous le dirai, mais pas maintenant. Eh bien! Jane, êtes-vous satisfaite? acceptez-vous mon explication? »

Je réfléchis, et elle me parut en effet la seule possible. Je n'étais pas satisfaite; mais, pour plaire à M. Rochester, je m'efforçai de le paraître : certainement j'étais soulagée. Je lui répondis par un joyeux sourire, et comme une heure était sonnée depuis longtemps, je me préparai à le quitter.

« Est-ce que Sophie ne couche pas avec Adèle dans la chambre des enfants? me demanda-t-il en allumant sa bougie.

— Oui, monsieur, répondis-je.

— Il y a assez de place pour vous dans le petit lit d'Adèle; couchez avec elle cette nuit, Jane. Il n'y aurait rien d'étonnant à ce que l'événement que vous m'avez raconte eût excité vos nerfs. Je préfère que vous ne couchiez pas seule ; promettez-moi d'aller dans la chambre d'Adèle.

— J'en serai même très-contente, monsieur.

— Fermez bien votre porte en dedans. Quand vous monterez, dites à Sophie de vous éveiller de bonne heure ; car il faut que vous soyez habillée et que vous ayez déjeuné avant huit heures. Et maintenant, plus de sombres pensées ; chassez les tristes souvenirs, Jane. Entendez-vous comme le vent est tombé? ce n'est plus qu'un petit murmure ; la pluie a cessé de battre contre les fenêtres. Regardez, dit-il en soulevant le rideau, voilà une belle nuit. »

Il disait vrai : la moitié du ciel était entièrement pure ; le vent d'ouest soufflait, et les nuages fuyaient vers l'est en longues colonnes argentées ; la lune brillait paisiblement.

« Eh bien ! me dit M. Rochester en interrogeant mes yeux, comment se porte ma petite Jane, maintenant?

— La nuit est sereine, monsieur, et je le suis également.

— Et cette nuit vous ne rêverez pas séparation et chagrin, mais vos songes vous montreront un amour heureux et une union bénie. »

La prédiction ne fut qu'à moitié accomplie : je ne fis pas de rêves douloureux, mais je n'eus pas non plus de songes joyeux ; car je ne dormis pas du tout. La petite Adèle dans mes bras, je contemplai le sommeil de l'enfance, si tranquille, si innocent, si peu troublé par les passions, et j'attendis ainsi le jour ; tout ce que j'avais de vie s'agitait en moi. Aussitôt que le soleil se leva, je sortis de mon lit. Je me rappelle qu'Adèle se serra contre moi au moment où je la quittai ; je l'embrassai et je dégageai mon cou de sa petite main ; je me mis à pleurer, émue par une étrange émotion, et je quittai Adèle, de crainte de troubler par mes sanglots son repos doux et profond. Elle semblait être l'emblème de ma vie passée, et celui au-devant duquel j'allais bientôt me rendre, le type redouté, mais adoré, de ma vie future et inconnue.

---

## CHAPITRE XXVI.

A sept heures, Sophie entra dans ma chambre pour m'habiller; ma toilette dura longtemps, si longtemps, que M. Rochester, impatienté de mon retard, envoya demander pourquoi je ne descendais pas. Sophie était occupée à attacher mon voile (le simple voile de blonde) à mes cheveux; je m'échappai de ses mains aussitôt que je le pus.

« Arrêtez, me cria-t-elle en français; regardez-vous dans la glace; vous n'y avez pas encore jeté un seul coup d'œil. »

Je revins vers la glace et j'aperçus une femme voilée qui me ressemblait si peu, que je crus presque voir une étrangère.

« Jane! » cria une voix, et je me hâtai de descendre.

Je fus reçue au bas de l'escalier par M. Rochester.

« Petite flâneuse, me dit-il, mon cerveau est tout en feu d'impatience, et vous me faites attendre si longtemps! »

Il me fit entrer dans la salle à manger et m'examina attentivement; il me déclara belle comme un lis, et prétendit que je n'étais pas seulement l'orgueil de sa vie, mais aussi celle que désiraient ses yeux; puis il me dit qu'il ne m'accordait que dix minutes pour manger. Il sonna. Un domestique, nouvellement entré dans la maison comme valet de pied, répondit à l'appel.

« John prépare-t-il la voiture? demanda M. Rochester.

— Oui, monsieur.

— Les bagages sont-ils descendus?

— On s'en occupe, monsieur.

— Allez à la chapelle, et voyez si M. Wood (c'était le nom du ministre) et son clerc sont arrivés; vous reviendrez me le dire. »

L'église était juste au delà des portes. Le domestique fut bientôt de retour.

« M. Wood, dit-il, est arrivé; il s'habille.

— Et la voiture?

— Les chevaux sont attelés.

— Nous n'en aurons pas besoin pour aller à l'église; mais il faut qu'elle soit prête à notre retour, les bagages arrangés et le cocher sur son siége.

— Oui, monsieur

— Jane, êtes-vous prête? »

Je me levai. Il n'y avait ni garcon ni fille d'honneur, ni parents pour nous servir d'escorte, personne enfin que M. Rochester et moi. Mme Fairfax était dans la grande salle lorsque nous y passâmes ; je lui aurais volontiers parlé, mais ma main était tenue par une main d'airain, et je fus entraînée avec une telle rapidité que j'avais peine à suivre mon maître : mais il suffisait de regarder sa figure pour comprendre qu'il ne tolérerait pas une seconde de retard. Je me demandais si jamais fiancé, à un tel moment, avait eu, comme M. Rochester, un visage dont l'expression indiquait la ferme volonté d'accomplir un projet à tout prix, ou si jamais fiancé avait eu des yeux aussi brillants et aussi pleins d'ardeur sous un front d'acier.

Je ne sais pas si la journée était radieuse ou non ; en descendant vers l'église, je ne regardai ni le ciel ni la terre ; mon cœur était avec mes yeux, et tous deux n'étaient occupés que de M. Rochester. J'aurais voulu voir la chose invisible sur laquelle il paraissait attacher un regard ardent, pendant que nous avancions ; j'aurais voulu connaître la pensée qui semblait vouloir s'emparer de lui avec force, et contre laquelle il avait l'air de lutter.

Il s'arrêta devant la porte du cimetière et s'aperçut que j'étais hors d'haleine.

« Je suis cruel dans mon amour, me dit-il ; reposez-vous un instant ; appuyez-vous sur moi, Jane. »

Je me rappelle encore la maison de Dieu, vieille et grise, et s'élevant avec calme devant nous ; une corneille volait autour du clocher et se détachait sur un rude ciel du matin. Je me rappelle aussi les tombes recouvertes de verdure, et je n'ai point oublié deux étrangers qui se promenaient dans le cimetière et qui lisaient les inscriptions gravées sur les tombeaux. Je les remarquai, parce que, lorsqu'ils nous aperçurent, ils passèrent derrière l'église ; je pensai qu'ils allaient entrer par la porte de côté et assister à la cérémonie. M. Rochester ne les remarqua pas. Il était trop occupé à me regarder, car le sang avait un moment quitté mon visage ; je sentais mon front humide et mes lèvres froides. Au bout de peu de temps, je fus remise, et alors il s'avança doucement avec moi vers la porte de l'église.

Nous entrâmes dans l'humble temple. Le prêtre était habillé et nous attendait devant l'autel ; le clerc se tenait à côté de lui. Tout était tranquille. Deux ombres seulement s'agitaient dans un coin éloigné. Je ne m'étais pas trompée : ils étaient entrés avant nous et s'étaient placés tout près du caveau des Rochester ; ils nous tournaient le dos et pouvaient apercevoir à travers la barrière le marbre d'une tombe terni par le temps, où un ange agenouillé gardait les restes de Damer de Rochester, tué dans les marais de Marston, à l'époque de la guerre civile, et de sa femme Elisabeth.

Nous prîmes nos places devant la barrière de communion. Ayant entendu un pas léger derrière moi, je regardai par-dessus mon épaule : un monsieur, l'un des étrangers, s'avançait vers nous. Le service commença ; on lut l'explication du mariage qui allait avoir lieu ; le ministre s'avança, et, s'inclinant légèrement devant M. Rochester, continua :

« Je vous demande et vous adjure tous deux (comme vous le ferez le jour redoutable du jugement, où tous les secrets du cœur seront découverts), si vous connaissez aucun empêchement à être unis légitimement par le mariage, de le confesser ici ; car soyez certains que tous ceux qui ne sont pas unis dans les conditions exigées de Dieu ne sont pas unis par lui, et leur mariage n'est pas légitime. »

Il s'arrêta, selon la coutume ; ce silence n'est peut-être pas interrompu une fois par siècle. Le prêtre, qui n'avait pas levé les yeux de dessus son livre et n'avait retenu son souffle que pour un instant, allait continuer ; sa main était déjà étendue vers M. Rochester, et ses lèvres s'entr'ouvraient pour demander : « Déclarez-vous prendre cette jeune fille pour femme légitime ? » quand une voix claire et distincte s'écria :

« Le mariage ne peut pas avoir lieu, il y a un empêchement. »

Le ministre regarda celui qui venait de parler, et se tut, ainsi que le clerc.

M. Rochester tressaillit légèrement, comme si un tremblement de terre eût agité le sol sous ses pieds ; mais bientôt il dit, en se raffermissant et sans tourner les yeux :

« Monsieur le ministre, continuez la cérémonie. »

Ces mots, prononcés d'une voix profonde, mais basse, furent suivis d'un grand silence. M. Wood reprit :

« Je ne puis pas continuer avant d'avoir examiné ce qui vient d'être dit. Il faut que la vérité ou le mensonge me soit clairement démontré.

— La cérémonie ne peut être poursuivie, ajouta la voix derrière nous, car je suis à même de prouver ce que j'avance ; il y a un obstacle insurmontable. »

M. Rochester entendit, mais ne sembla pas remarquer ces paroles ; il se tenait debout, immobile et froid ; il ne fit qu'un seul mouvement, et ce fut pour s'emparer de ma main. Oh! combien son étreinte me parut forte et ardente ! Son front ferme, pâle et massif, était semblable au marbre des carrières; ses yeux brillaient incisifs et farouches.

M. Wood semblait embarrassé.

« Et quel est cet empêchement? continua-t-il : on pourra peut-être vaincre l'obstacle; expliquez-vous.

— Ce sera difficile; j'ai dit qu'il était insurmontable, et je ne parle pas au hasard. »

Celui qui avait parlé s'avança et s'appuya sur la barrière; il continua, en articulant d'une voix ferme, calme, distincte, mais basse :

« L'empêchement consiste simplement en un premier mariage; M. Rochester a une femme qui vit encore. »

Ces mots, prononcés à voix basse, ébranlèrent mes nerfs comme ne l'aurait pas fait un coup de tonnerre; ces douloureuses paroles agirent plus puissamment sur mon sang que le feu ou la glace; mais j'étais maîtresse de moi, et je ne craignis pas de m'évanouir. Je regardai M. Rochester et je le forçai à me regarder; sa figure était aussi décolorée qu'un rocher, ses yeux seuls brillaient comme l'éclair; il ne nia rien, il sembla défier tout. Il serrait son bras autour de ma taille, et me tenait près de lui, mais sans parler, sans sourire, sans paraître même reconnaître en moi une créature humaine.

« Qui êtes-vous? demanda-t-il à l'inconnu.

— Je m'appelle Briggs, et je suis un procureur de la rue... à Londres, répondit-il.

— Et vous m'accusez d'avoir une femme?

— Oui, monsieur; je suis venu vous rappeler l'existence de votre femme, que la loi reconnaît, si vous ne la reconnaissez pas.

— Parlez-moi d'elle, s'il vous plaît; dites-moi son nom, celui de ses parents, et le lieu où elle demeure.

— Certainement. »

M. Briggs tira tranquillement un papier de sa poche et lut d'un ton officiel ce qui suit :

« J'affirme et je puis prouver que le vingt novembre (puis venait une date qui remontait à quinze ans), Édouard Fairfax Rochester, du château de Thornfield, dans le comté de...., et du manoir de Ferndear, dans le comté de..., en Angleterre, a épousé ma sœur Berthe-Antoinette Mason, fille de Jonas Mason, commerçant, et d'Antoinette, sa femme, créole, à l'église de..., ville espagnole, Jamaïque; l'acte de mariage sera trouvé dans les registres de l'église. J'en ai une copie en ma possession.

« *Signé* Richard Mason.

« Si ce papier est authentique, il peut prouver que j'ai été marié ; mais il ne prouve pas que la femme qui y est mentionnée vit encore.

— Elle vivait il y a trois mois, répondit l'homme de loi.

— Comment le savez-vous ?

— J'ai un témoin, monsieur, et vous-même aurez peine à le contredire.

— Amenez-le, ou allez au diable !

— Je vais d'abord l'amener, il est ici. Monsieur Mason, ayez la bonté d'avancer. »

En entendant prononcer ce nom, M. Rochester serra les dents, un tremblement convulsif s'empara de lui ; comme j'étais tout près de lui, je sentis ses mouvements de rage ou de désespoir. Le second étranger, qui jusque-là était resté caché dans le fond, s'avança ; une figure pâle vint se placer au-dessus de l'épaule du procureur ; oui, c'était bien M. Mason lui-même. M. Rochester se retourna et le regarda. J'ai dit plusieurs fois déjà que ses yeux étaient noirs ; pour le moment, ils lançaient une lumière fauve et comme sanglante ; son visage s'anima, on eût dit que le feu qui brûlait dans son cœur s'était répandu jusque sur ses joues et sur son front décolorés. Il leva son bras vigoureux ; peut-être allait-il frapper Mason, le jeter sur les dalles de l'église, et d'un seul coup retirer la vie à ce faible corps ; mais Mason, effrayé de ce geste, se recula et cria faiblement : « Grand Dieu ! » Alors le mépris s'empara de M. Rochester ; sa haine vint se fondre en un froid dédain ; il se contenta de demander :

« Qu'avez-vous à dire ? »

Une réponse inintelligible sortit des lèvres pâles de Mason.

« Le diable s'en mêle si vous ne pouvez pas répondre distinctement ! Je vous demande de nouveau : Qu'avez-vous à dire ?

— Monsieur, monsieur, interrompit le ministre, n'oubliez pas que vous êtes dans un lieu saint. »

Puis, s'adressant à Mason, il lui demanda doucement :

« Pouvez-vous nous dire, monsieur, si la femme de M. Rochester vit encore ?

— Courage ! continua l'homme de loi, parlez haut.

— Elle vit et demeure au château de Thornfield, dit Mason d'une voix un peu plus claire ; je l'y ai vue au mois d'avril dernier, je suis son frère.

— Au château de Thornfield ? s'écria le ministre ; c'est impossible ; il y a longtemps que je demeure dans le voisinage, monsieur, et je n'ai jamais entendu parler d'aucune dame Rochester au château de Thornfield. »

Un sourire amer effleura les lèvres de M. Rochester, et il murmura :

« Non, j'ai pris soin que personne n'entendît parler d'elle, sous son nom du moins. » Il s'arrêta pendant une dizaine de minutes, sembla se consulter, prit enfin son parti et dit : « En voilà assez ; la vérité va paraître au jour comme le boulet qui sort du canon. Wood, fermez votre livre et retirez vos vêtements de prêtre ; John Green (c'était le nom du clerc), quittez l'église, le mariage n'aura pas lieu aujourd'hui. »

Le clerc obéit.

M. Rochester continua rapidement :

« Le mot bigamie sonne mal à vos oreilles, et pourtant je voulais être bigame ; mais le destin ne m'a pas été favorable, ou plutôt la Providence s'est opposée à mes projets. Dans ce moment-ci, je ne vaux guère mieux que le démon, et, comme me le dirait sans doute mon pasteur, je mérite les plus sévères jugements de Dieu, je mérite d'être livré à l'immortel ver rongeur, d'être jeté dans les flammes qui ne s'éteignent jamais. Messieurs, je ne puis plus exécuter mon plan ; cet homme de loi et son client ont dit la vérité : j'ai été marié, et ma femme vit encore. Wood, vous dites que vous n'avez jamais entendu parler de Mme Rochester au château ; mais sans doute vous avez souvent prêté l'oreille à ce qu'on racontait sur cette folle mystérieuse gardée avec soin ; plusieurs vous auront dit que c'était une sœur bâtarde, d'autres que c'était une ancienne maîtresse. Je vous déclare, maintenant, que c'est ma *femme*, celle que j'ai épousée il y a quinze ans ; elle s'appelle Berthe Mason, et est sœur de cet homme résolu que vous voyez là, pâle et tremblant, et qui vous montre ce que peut supporter un cœur fort. Réjouissez-vous, Dick, ne me craignez jamais à l'avenir ; je ne vous frapperai pas plus que je ne frapperais une femme. Berthe Mason est folle ; elle est issue d'une famille dans laquelle presque tous sont fous ou idiots depuis trois générations ; sa mère était ivrogne et folle, je le découvris après mon mariage, car on avait gardé le silence sur les secrets de famille ; Berthe, en fille obéissante, copia sa mère en tout. Oh ! j'avais une compagne charmante, pure, sage et modeste ; vous pouvez facilement supposer que j'étais heureux ; j'ai eu sous les yeux de beaux spectacles ! Oh ! certes, je suis bien tombé. Si vous saviez tout.... Mais je ne vous dois pas de plus amples explications. Briggs, Wood, Mason, je vous invite tous à venir à la maison et à visiter la malade de Mme Poole, ma femme; vous verrez quelle créature j'ai épousée, et vous jugerez si je n'ai pas le droit de briser cette union et de chercher à m'associer un être humain. Cette jeune fille, ajouta-t-il en me regardant, ne connaissait pas plus que vous l'épouvantable secret; elle croyait que tout était beau et légitime; elle n'a jamais pensé qu'elle allait être liée par une union feinte à un misérable déjà uni à une compagne folle et abrutie. Venez tous, suivez-moi! »

Il quitta l'église en me tenant toujours fortement; les trois messieurs suivaient; nous trouvâmes la voiture devant la grande porte du château.

« Ramenez-la à l'écurie, John, dit froidement M. Rochester; nous n'en aurons pas besoin aujourd'hui. »

Lorsque nous entrâmes, Mme Fairfax, Adèle, Sophie, Leah, s'avancèrent au-devant de nous pour nous saluer.

« Arrière, vous tous! s'écria le maître, nous n'avons pas besoin de vos félicitations; elles arrivent quinze ans trop tard. »

Il passa, me tenant toujours par la main et faisant signe aux messieurs de le suivre. Nous montâmes le premier escalier, nous traversâmes le corridor, enfin nous arrivâmes au troisième. Une petite porte basse fut ouverte par M. Rochester, et nous entrâmes dans la chambre garnie de tapisserie, où je reconnus le grand lit et l'armoire que j'avais déjà vus une fois.

« Vous connaissez cette chambre, Mason, dit notre guide; c'est ici qu'elle vous a frappé et mordu. »

Il souleva les tentures de la seconde porte, et l'ouvrit également. Nous aperçûmes une chambre sans fenêtre; devant la cheminée se trouvait un garde-feu fort élevé, une lampe suspendue au plafond éclairait seule la chambre; Grace Poole, penchée sur le feu, semblait faire cuire quelque chose. Une forme s'agitait dans le coin le plus obscur de la pièce; au premier abord, on ne pouvait pas dire si c'était une créature humaine ou un animal; elle paraissait marcher à quatre pattes et elle faisait entendre un rugissement de bête sauvage; mais elle portait des vêtements, et une masse de cheveux noirs et gris retombaient sur sa tête comme une épaisse crinière.

« Bonjour, madame Poole, dit M. Rochester; comment allez-vous aujourd'hui et comment se porte votre malade?

— Nous allons assez bien, monsieur, je vous remercie, dit Grace en soulevant soigneusement sa casserole qui bouillait; on est un peu exaltée, mais pas furieuse. »

Un cri effrayant sembla contredire ce rapport favorable; la hyène se leva et parut toute droite sur ses pieds.

« Oh ! monsieur, elle vous voit ; vous feriez mieux de vous en aller, s'écria Grace.

— Quelques instants seulement, Grace ; il faut que vous nous permettiez de rester quelques instants.

— Eh bien alors, monsieur, prenez garde ! pour l'amour de Dieu, prenez garde ! »

La folle hurla ; elle écarta les cheveux de son visage et regarda les visiteurs.

Je reconnus cette figure rouge et ces traits enflés.

« Retirez-vous, dit M. Rochester en me repoussant de côté ; elle n'a pas de couteau aujourd'hui, je suppose, et je suis sur mes gardes.

— On ne sait jamais ce qu'elle a, monsieur ; elle est si rusée, et il n'est pas possible à un homme de mesurer sa force.

— Nous ferions mieux de la quitter, murmura Mason.

— Allez au diable ! lui répondit son beau-frère.

— Gare ! » cria Grace.

Les trois messieurs se retirèrent ensemble ; M. Rochester me jeta derrière lui ; la folle sauta sur lui, le prit à la gorge et voulut lui mordre les joues. Ils luttèrent ; c'était une forte femme, presque aussi grande que son mari et plus grosse ; elle déploya une force virile ; plus d'une fois elle fut au moment de l'étrangler. Il serait bien vite venu à bout d'elle par un coup vigoureux ; mais il ne voulait pas frapper, il voulait seulement lutter. Enfin il s'empara des bras de la folle, il les lui attacha derrière le dos avec une corde que lui donna Grace ; avec une autre corde, il la lia à une chaise. Cette opération s'accomplit au milieu des cris les plus sauvages et des convulsions les plus horribles ; alors M. Rochester se tourna vers les spectateurs, il les regarda avec un sourire amer et triste.

« Voilà ma femme ! dit-il ; voilà les seuls embrassements que je doive jamais connaître, voilà les caresses qui doivent adoucir mes heures de repos ; et voilà ce que je désirais avoir (il posa sa main sur mon épaule), cette jeune fille qui a su rester grave et calme devant la porte de l'enfer et les gambades du démon ; je l'aimais à cause de ce contraste si grand entre elle et celle que je déteste. Wood et Briggs, regardez la différence ; comparez ces yeux limpides avec les boules rouges que vous voyez rouler là-bas ; comparez cette figure à ce masque, cette taille à ce corps grossier, et maintenant jugez-moi, ministre de l'Évangile et homme de la loi : seulement, rappelez-vous que vous serez jugés comme vous aurez jugé. A présent, hors d'ici, il faut que j'enferme ma proie. »

Tout le monde se retira. M. Rochester resta un moment derrière nous pour donner quelques ordres à Grace Poole; lorsque nous descendîmes l'escalier, l'homme de loi s'adressa à moi.

« Quant à vous, madame, me dit-il, vous êtes innocente, et votre oncle sera bien heureux de l'apprendre, si toutefois il vit encore quand M. Mason retournera à Madère.

— Mon oncle! Que savez-vous de lui? le connaissez-vous?

— M. Mason le connaît; M. Eyre a été le correspondant de sa maison pendant quelques années. Quand votre oncle reçut la lettre où vous lui faisiez part de votre union avec M. Rochester, M. Mason se trouvait à Madère, où il s'était arrêté pour le rétablissement de sa santé, avant de retourner à la Jamaïque. M. Eyre lui communiqua votre lettre, parce qu'il savait que M. Mason connaissait un gentleman du nom de Rochester; M. Mason, étonné et épouvanté, comme vous pouvez le supposer, révéla la vérité. Votre oncle, je suis fâché de vous le dire, est maintenant couché sur un lit de douleur; vu la nature de sa maladie (il est attaqué d'une consomption) et l'état dans lequel il se trouve, il est probable qu'il ne se relèvera jamais. Il n'a donc pas pu aller lui-même en Angleterre pour vous arracher au sort qui vous menaçait; mais il a supplié M. Mason de ne pas perdre de temps et de faire tous ses efforts pour empêcher ce mariage. Il l'a adressé à moi; j'y ai mis le plus d'empressement possible, et, Dieu merci, je ne suis pas arrivé trop tard; vous aussi, vous devez remercier le Seigneur. Si je n'étais pas bien certain que votre oncle sera mort avant que vous ayez le temps d'arriver à Madère, je vous conseillerais de partir avec M. Mason; mais, dans l'état actuel des choses, je pense que vous ferez mieux de demeurer en Angleterre, jusqu'à ce que vous entendiez parler de M. Eyre. Avez-vous encore quelque chose qui vous force à rester? demanda le procureur à M. Mason.

— Non, non, partons! » répondit celui-ci avec anxiété; et ils s'éloignèrent sans prendre congé de M. Rochester. Le ministre resta pour adresser quelques paroles de conseil ou de reproche à son orgueilleux paroissien; son devoir accompli, il partit également.

Je m'étais retirée dans ma chambre et j'étais debout devant ma porte entr'ouverte, lorsque je l'entendis s'éloigner. La maison s'était vidée; je m'enfermai dans ma chambre, je tirai le verrou pour que personne ne pût entrer, et je me mis, non pas à pleurer et à me désoler, j'étais encore trop calme pour cela, mais à retirer machinalement mes vêtements de mariée et à les remplacer par la robe de stoff que je croyais avoir portée la veille pour la dernière fois; alors je m'assis. J'étais faible et je cachai ma tête dans mes deux bras croisés sur la table; je me mis à penser; jusque-là je n'avais qu'entendu, vu et suivi celui qui m'avait conduite ou plutôt traînée; j'avais vu les événements succéder aux événements, les révélations aux révélations; maintenant l'heure de la méditation était venue.

La matinée avait été assez tranquille, à l'exception de la scène avec la folle. A l'église tout s'était passé avec calme; il n'y avait eu ni explosions de passions, ni vives altercations, ni disputes, ni défis, ni larmes, ni sanglots; on avait seulement prononcé quelques mots : un homme était venu déclarer avec sang-froid qu'il existait un empêchement au mariage; M. Rochester avait fait plusieurs questions dures et brèves; les réponses avaient été claires et évidentes; mon maître s'était décidé à avouer la vérité tout entière, et nous avait montré la preuve vivante de son crime; les étrangers s'étaient éloignés, et tout était fini.

J'étais là, dans ma chambre, comme ordinairement; je n'avais été ni blessée ni frappée; et pourtant où était la Jane d'autrefois? où était sa vie? où étaient ses espérances?

Jane Eyre, si ardente dans son espoir; Jane Eyre, qui avait été presque femme, n'était plus qu'une jeune fille triste et seule: sa vie était décolorée et ses rêves détruits! Il était survenu une gelée de Noël aux plus beaux jours de l'été, une tempête de décembre au milieu de juin; la glace avait saisi les pommes mûres et détruit les roses en fleur; le givre avait recouvert les foins et les blés. Hier, dans les sentiers, on respirait le parfum des fleurs, et aujourd'hui des monceaux de neige que n'a foulée aucun pied les ont rendus impraticables; les bois qui, il y a douze heures, se balançaient odoriférants et touffus, ainsi que des bosquets épanouis aux tropiques, s'étendent maintenant dévastés, sauvages et blancs, comme les forêts de la Norvége. Mes espérances étaient mortes, frappées par un destin amer, de même qu'en une nuit périrent tous les premiers-nés d'Égypte. Je pensais à mes rêves si beaux hier encore, et qui aujourd'hui n'étaient plus que des cadavres froids et livides, que rien ne pouvait ressusciter. Je pensais à mon amour, ce sentiment qui appartenait à mon maître, que lui seul avait créé; il tremblait dans mon cœur comme un enfant malade dans un froid berceau; la souffrance et l'angoisse s'étaient emparées de lui, et il ne pouvait pas aller chercher les bras de M. Rochester; il ne pouvait pas se réchauffer sur la poitrine du maître de Thornfield. Oh! maintenant je ne pourrais plus jamais me tourner vers lui; je n'avais plus foi en lui; ma confiance était détruite. M. Rochester n'était plus à mes yeux ce qu'il avait été; car il n'était pas tel que je l'avais cru. Je ne voulais pas le déclarer vicieux, je ne voulais pas dire qu'il m'avait trompée; cependant il n'était plus pour moi cet homme d'une irréprochable sincérité que j'avais connu jadis. Il fallait le quitter, je le voyais bien; mais quand? comment? et pour aller où? Je ne le savais pas encore; et pourtant j'étais certaine que lui-même me chasserait de Thornfield; il me semblait qu'il ne pouvait pas m'aimer d'une véritable affection; il n'avait eu qu'une passion passagère, et il n'avait plus besoin de moi, puisqu'il ne pouvait pas la satisfaire : je craignais même de le rencontrer, car je croyais qu'il devait me détester. Oh! combien j'avais été aveugle et faible dans ma conduite!

Ma vue se voila; je crus que l'obscurité se répandait autour de moi; mes pensées devenaient confuses. Il me sembla qu'impuissante et abandonnée, je m'étais couchée sur le lit desséché d'une rivière; j'entendais le bruit de l'eau qui se précipitait des montagnes lointaines; je sentais le torrent avancer; je n'avais pas la volonté de me lever ni la force de me sauver; j'étais étendue, faible et désirant la mort. Une seule idée s'agitait encore en moi : la pensée de Dieu. Elle me fit concevoir une prière; les mots suivants erraient dans mon esprit obscurci, mais je n'avais pas la force de les prononcer : « Mon Dieu! ne vous éloignez pas de moi, car le danger est proche et personne ne peut venir à mon secours. »

En effet, le danger était proche, et comme je n'avais rien demandé au ciel pour l'éloigner, comme je n'avais ni plié les genoux, ni joint les mains, ni remué les lèvres, il arriva. Le torrent monta sur moi en vagues lourdes et pleines. On eût dit que ma vie abandonnée, mon amour perdu, mes espérances brisées, ma foi détruite, toutes mes douleurs enfin, s'étaient réunis dans ce flot puissant. Je ne puis pas décrire cette heure amère; mon âme était inondée, j'enfonçais de plus en plus dans une eau bourbeuse; je ne pouvais pas me tenir debout, le flot m'envahissait.

---

## CHAPITRE XXVII.

Dans le courant de l'après-midi, je relevai la tête, et, regardant autour de moi, je vis sur la muraille le reflet du soleil couchant. Je me demandai : « Que dois-je faire? »

Une voix intérieure me répondit : « Il faut quitter Thornfield. »

La réponse fut si prompte, si terrible, que je me bouchai les oreilles; je dis que je ne pouvais pas supporter ces paroles.... « Ne pas être la femme d'Édouard Rochester, ajoutai-je, voilà le comble de mes maux; m'éveiller des plus doux songes pour ne trouver autour de moi que le vide et la tristesse, voilà ce qu'il m'est encore possible de supporter : mais le quitter immédiatement et pour toujours, non, je ne le puis pas. »

Mais alors la voix intérieure me répondit que je le pouvais et me prédit que je le ferais. Je luttai contre ma propre résolution; j'aurais voulu être faible pour éviter les nouvelles souffrances que je prévoyais; ma conscience devenait tyrannique, tenait ma passion à la gorge et lui disait avec hauteur qu'elle avait à peine trempé son pied délicat dans la fange, mais que bientôt un bras d'airain la précipiterait dans des gouffres d'agonie.

« Eh bien! alors, m'écriai-je, que je sois mise en pièces, mais que quelqu'un vienne à mon secours!

— Non, ce sera toi-même qui te déchireras, et personne ne viendra à ton aide; tu arracheras toi-même ton œil droit; tu arracheras toi-même ta main droite; ton cœur sera la victime, et toi le sacrificateur. »

Je me levai, frappée d'effroi devant cette solitude hantée par un juge si inexorable, devant ce silence où se faisait entendre une voix si terrible; mais je m'aperçus que j'étais tout étourdie. Je me sentais sur le point de m'évanouir d'inanition et de faiblesse; je n'avais ni mangé ni bu de toute la journée; je n'avais même pas déjeuné le matin. Je réfléchis avec une douloureuse angoisse que, depuis le moment où je m'étais enfermée dans ma chambre, personne n'était venu me demander comment je me portais ou m'inviter à descendre; Mme Fairfax ne m'avait pas cherchée; la petite Adèle elle-même n'avait pas frappé à ma porte. « Les amis vous oublient toujours dans la mauvaise fortune, » murmurai-je en tirant le verrou et en sortant de ma chambre. J'allai me frapper contre un obstacle; ma tête était encore étourdie, ma vue troublée et mes membres faibles; je fus quelque temps avant de me remettre; je ne tombai pas à terre; un bras me reçut; je regardai, et je vis M. Rochester assis sur une chaise devant la porte de ma chambre.

« Vous vous êtes donc enfin décidée à sortir! me dit-il; j'ai écouté et j'ai attendu bien longtemps; mais je n'ai pas entendu un seul mouvement, pas même un sanglot. Si ce silence de mort avait duré encore cinq minutes, j'aurais enfoncé la porte comme un voleur de nuit. Ainsi, vous m'évitez; vous vous enfermez et vous pleurez seule : j'aurais préféré vous voir venir à moi dans un accès de violence; vous êtes passionnée; je m'attendais à une scène; je m'étais préparé à voir vos larmes, mais j'avais besoin qu'elles fussent versées dans mon sein. Un sol insensible les a reçues, ou vous les avez bien vite essuyées. Non, je me trompe; vous n'avez pas pleuré du tout; vos joues sont pâles, vos yeux fatigués, mais je ne vois aucune trace de larmes. Alors votre cœur a répandu des larmes de sang.

« Eh bien! Jane, pas un mot de reproche? Rien d'amer, rien de poignant? Rien qui attriste le cœur ou excite la passion? Vous restez tranquillement assise où je vous ai placée, et vous me regardez de vos yeux fatigués et calmes.... Jane, je n'ai point eu l'intention de vous blesser ainsi; si l'homme possédant une seule petite brebis qui lui est chère comme sa fille, qui mange son pain, boit dans sa coupe et dort sur son sein, la conduit par mégarde à la boucherie et la tue, il ne se repentira pas plus devant la blessure sanglante que moi devant ce que j'ai fait. Me pardonnerez-vous jamais? »

Je lui pardonnai à l'instant même. Ses yeux exprimaient un remords si profond, sa voix une pitié si sincère, ses manières une énergie si mâle, il y avait encore tant d'amour en moi et en lui, que je lui pardonnai tout, non pas de vive voix, mais au fond de mon cœur.

« Vous me trouvez bien misérable, Jane? » reprit-il en me regardant attentivement.

Il s'étonnait, sans doute, de mon silence et de ma douceur, résultant plutôt de ma faiblesse que de ma volonté.

« Oui, monsieur, répondis-je.

— Alors dites-le-moi sans craindre d'être trop amère, reprit-il; ne m'épargnez pas.

— Je ne puis pas; je suis fatiguée et malade; je voudrais un peu d'eau. »

Il frémit et poussa un profond soupir; puis, me prenant dans ses bras, il me descendit. Je ne me rendis pas compte d'abord dans quelle pièce il m'avait portée; tout était obscur devant mes yeux; bientôt je sentis la chaleur vivifiante du feu : car, bien qu'on fût en été, j'étais froide comme la glace. M. Rochester approcha du vin de mes lèvres; j'y goûtai et je me sentis ranimée; puis je mangeai quelque chose qu'il m'offrit, et bientôt je redevins moi-même. J'étais dans la bibliothèque, assise dans le fauteuil de mon maître; M. Rochester se tenait tout près de moi.

« Si je pouvais mourir maintenant sans avoir des souffrances trop aiguës à supporter, pensai-je, j'en serais bien heureuse; alors je ne serais pas obligée de faire le douloureux effort qui brisera mon cœur lorsqu'il faudra me séparer de M. Rochester. Il paraît qu'il faut le quitter, et pourtant je n'en sens pas le besoin, je ne le puis pas.

— Comment êtes-vous maintenant, Jane? me demanda M. Rochester.

— Beaucoup mieux, monsieur; je serai bientôt tout à fait remise.

— Goûtez encore au vin, Jane. »

J'obéis; puis il posa le verre sur la table, se plaça devant moi et me regarda attentivement; tout à coup il se retourna et jeta un cri plein d'une émotion passionnée. Il marcha rapidement dans la chambre et revint; il s'arrêta près de moi comme pour m'embrasser; mais je me rappelai que ses caresses étaient interdites : je détournai mon visage et je repoussai le sien.

« Comment! qu'est-ce que cela? s'écria-t-il rapidement; oh! je comprends; vous ne voulez pas embrasser le mari de Berthe Mason; vous trouvez que mes bras ne sont plus vides et que je ne dispose plus de mes baisers.

— En tout cas, monsieur, il n'y a pas de place pour moi près de vous, et je n'ai aucun droit à vos embrassements.

— Pourquoi, Jane? Je veux vous épargner la peine de parler, et je vais répondre pour vous : « Parce que j'ai déjà une « femme, me direz-vous. » Ai-je deviné juste?

— Oui.

— Si vous pensez ainsi, il faut que vous ayez de moi une étrange opinion; il faut que vous me considériez comme un indigne libertin, comme un vil scélérat qui a cherché à exciter votre amour désintéressé pour vous conduire dans un piége hardiment préparé, pour vous dépouiller de votre dignité et de votre honneur. Qu'avez-vous à répondre à cela? Je vois que vous ne pouvez rien dire : d'abord, vous êtes encore faible et vous avez déjà assez de peine à respirer; puis, vous ne pouvez pas vous habituer à l'idée de m'accuser et de m'avilir; enfin, les portes sont ouvertes à vos larmes, et si vous parliez trop, elles couleraient abondamment, et vous ne voulez pas vous irriter ni faire de scène. Vous vous demandez comment vous allez agir, mais vous trouvez inutile de parler; je vous connais, et je suis sur mes gardes.

— Monsieur, dis-je, je ne désire pas vous faire de mal. »

Ma voix tremblante m'avertit qu'il fallait interrompre ici ma phrase.

« Vous cherchez à me détruire, non pas dans le sens que vous donnez à ce mot, mais dans celui que je lui donne. Vous venez presque de me dire que j'étais un homme marié, et, comme tel, vous m'éviterez, vous vous éloignerez de moi; tout à l'heure vous avez refusé de m'embrasser. Vous avez résolu de devenir une étrangère pour moi, de vivre sous ce toit simplement comme l'institutrice d'Adèle; si jamais je vous adresse une parole affectueuse, si jamais un doux sentiment vous porte vers moi, vous vous direz : « Cet homme a été au moment de faire de moi sa « maîtresse; il faut que je sois de la glace et du roc pour lui; » et en effet vous serez de la glace et du roc. »

Après avoir éclairci et raffermi ma voix, je répondis :

« Tout est changé pour moi, monsieur, et moi aussi il faut que je change. Je n'en doute pas : il n'y a qu'un moyen d'éviter la lutte contre les sentiments, le combat contre les souvenirs; il faut qu'Adèle ait une autre gouvernante, monsieur.

— Oh! Adèle ira en pension, c'est décidé depuis longtemps. Je ne veux pas vous voir tourmentée par les hideux souvenirs que vous rappellerait Thornfield, cette place maudite, cette tente d'Achan, ce sépulcre insolent qui montre à la lumière du ciel le fantôme d'une morte vivante, cet enfer de pierre, habité par un seul démon, plus redoutable à lui seul que toutes les légions sataniques. Jane, vous ne resterez pas là, je ne le veux pas; j'ai eu tort de vous amener à Thornfield, car je savais comment il était hanté. Avant même de vous voir, j'avais ordonné de vous cacher tout ce qu'on racontait sur ce lieu maudit, parce que je craignais qu'aucune gouvernante ne voulût rester avec Adèle, si elle avait su par qui le château était habité, et mes plans ne me permettaient pas d'emmener ailleurs ma folle, bien que je possède une vieille maison, le manoir de Ferndear, plus retirée et plus cachée que celle-ci, et où j'aurais pu l'enfermer en sûreté; mais je craignais l'humidité de ce château, placé au milieu des bois, et ma conscience scrupuleuse s'est refusée à cet arrangement. Il est probable que les froides murailles m'auraient bientôt débarrassé d'elle; mais à chacun son vice, et moi je n'ai pas celui d'assassiner, indirectement même, ceux que je hais le plus.

« Cependant, vous cacher la présence de la folle, c'était comme recouvrir un enfant d'un manteau et le placer près d'un arbre élevé; le voisinage de ce démon est empoisonné et le fut toujours. Mais je fermerai le château de Thornfield; je mettrai des pointes aiguës au-dessus de la grande porte, des barres de fer devant les fenêtres du rez-de-chaussée. Je donnerai à Mme Poole deux cents livres sterling par an pour qu'elle demeure ici avec *ma femme*, ainsi que vous appelez cette terrible furie; Grace fait beaucoup pour de l'argent. Je ferai venir aussi son fils, le gardien de Grimsby-Retreat, pour lui tenir compagnie et l'aider lorsque ma femme sera excitée par ses esprits familiers à brûler les gens dans leur lit, à les frapper, à leur arracher la chair de dessus les os, et ainsi de suite.

— Monsieur, interrompis-je, vous êtes inexorable pour cette malheureuse femme; vous parlez d'elle avec une antipathie vindicative et une haine furieuse : c'est cruel à vous; elle n'est pas responsable de sa folie.

— Ma chère petite Jane (laissez-moi vous appeler ainsi, car vous êtes ma bien-aimée), vous ne savez pas de qui vous parlez, et voilà que vous me jugez encore mal. Ce n'est pas parce qu'elle est folle que je la hais; si vous étiez folle, croyez-vous que je vous haïrais?

— Je le crois, en vérité, monsieur.

— Alors, vous vous trompez; vous ne me connaissez pas, et vous ignorez de quel amour je suis capable; chaque partie de votre chair m'est aussi précieuse que la mienne; dans la souffrance et la maladie, je l'aimerais encore; votre esprit est mon trésor, et même brisé, il serait toujours mon trésor. Si vous étiez folle, vous trouveriez pour vous retenir mes bras, au lieu d'une camisole de force; quand même vos étreintes seraient furieuses, elles auraient encore du charme pour moi; si vous vous jetiez sur moi, comme cette femme l'a fait hier, tout en cherchant à vous dominer, je vous recevrais dans un embrassement plein de tendresse. Lorsque vous seriez calme, vous n'auriez pas d'autre garde que moi; je saurais vous veiller avec une infatigable tendresse, bien que vous ne pussiez me récompenser par aucun sourire; je ne me lasserais pas de regarder vos yeux, quand même ils ne me reconnaîtraient plus. Mais pourquoi songer à cela? Je parlais de quitter Thornfield; vous le savez, tout est prêt pour le départ; demain vous partirez. Je ne vous demande que de passer encore une nuit sous ce toit, Jane, et alors, adieu pou. toujours à ses misères et à ses terreurs; j'ai un endroit qui ser un sanctuaire sûr contre les douloureux souvenirs, les indiscrets malencontreux, et même le mensonge et la calomnie.

— Prenez Adèle avec vous, monsieur, interrompis-je; elle vous tiendra compagnie.

— Que voulez-vous dire, Jane? Ne vous ai-je pas déclaré qu'Adèle irait en pension? et qu'ai-je besoin d'un enfant pour me tenir compagnie, d'un enfant qui n'est pas le mien, mais bien le bâtard d'une danseuse française? Pourquoi m'importuner d'elle? pourquoi, je vous le demande, voulez-vous me donner Adèle pour compagne?

— Vous parlez d'une retraite, monsieur; la retraite et la solitude sont trop tristes pour vous.

— La solitude, la solitude! répéta-t-il avec irritation. Je vois qu'il faut en venir au fait; je ne puis pas deviner l'expression problématique de votre visage. Vous partagerez ma solitude; comprenez-vous? »

Je secouai la tête; il me fallut un certain courage pour risquer même cette négation muette, lorsque je voyais M. Rochester si excité. Il se promenait rapidement dans la chambre, et, en m'entendant, il s'arrêta, comme s'il eût tout à coup pris racine, il me regarda longtemps et durement. Je détournai mes yeux de son visage; je les fixai sur le feu, et je m'efforçai de feindre le calme.

« Vu la nature remuante de Jane, dit-il enfin, avec plus de tranquillité que je n'avais lieu d'en attendre d'après son regard, l'écheveau de soie s'est assez bien dévidé jusqu'ici; mais je savais bien qu'il arriverait un nœud et que la soie se brouillerait; le voilà venu; maintenant il faudra passer par toutes sortes de vexations, d'impatiences et d'ennuis. Par le ciel! j'ai besoin d'exercer un peu ma force de Samson, et ma main brisera l'obstacle aussi facilement qu'un fil délié. »

Il recommença à se promener; mais bientôt il s'arrêta de nouveau devant moi.

« Jane, me dit-il, voulez-vous entendre raison? » Puis, approchant ses lèvres de mon oreille, il ajouta : « Parce que, si vous ne le voulez pas, j'emploierai la violence. »

Sa voix était dure, son regard celui d'un homme qui se prépare à une tentative imprudente, et va se lancer tête baissée dans une licence effrénée. Je vis bien qu'il suffisait d'un moment, d'un nouvel accès de rage pour que je ne fusse plus maîtresse de lui; je n'avais pour le dominer que l'instant présent; un mouvement de répulsion, la fuite ou la peur, auraient décidé de mon sort et du sien; mais je n'étais pas effrayée le moins du monde; je sentais une force intérieure; je comprenais que j'aurais de l'influence sur lui, et cette pensée me soutenait. La crise était dangereuse, mais elle avait son charme; j'éprouvais une sensation semblable à celle qui doit remplir le cœur de l'Indien au moment où il lance son canot sur le rapide d'un fleuve. Je m'emparai des mains crispées de M. Rochester; je desserrai ses doigts, et je lui dis doucement :

« Asseyez-vous; je parlerai aussi longtemps que vous voudrez, et j'écouterai tout ce que vous aurez à me dire, que ce soit raisonnable ou non. »

Il s'assit, mais resta muet. Depuis quelque temps je luttais contre les larmes, j'avais fait de grands efforts pour les retenir, parce que je savais que M. Rochester n'aimerait pas à me voir pleurer; mais je pensais que maintenant je pouvais les laisser couler aussi longtemps et aussi librement que je le désirais; si cela l'ennuyait, eh bien, tant mieux. Je donnai donc un libre cours à mes larmes, et je me mis à pleurer du fond du cœur.

Bientôt il me supplia ardemment de me calmer; je lui répondis que je ne le pouvais pas, tant que je le voyais irrité.

« Mais je ne suis pas fâché, Jane, me dit-il; seulement je vous aime trop, et tout à l'heure votre petite figure avait une expression si froide et si résolue, que je n'ai pas pu la supporter. Taisez-vous maintenant, et essuyez vos yeux. »

Sa voix radoucie me prouva qu'il était calmé, et moi, à mon tour, je redevins plus tranquille. Il fit un effort pour appuyer sa tête sur mon épaule, mais je ne le voulus pas. Il essaya de m'attirer à lui; je m'y refusai également.

« Jane, Jane, me dit-il avec un accent de tristesse si profonde que tous mes nerfs tressaillirent, vous ne m'aimez donc pas? Vous n'étiez tentée que par ma position; tout ce que vous désiriez, c'était d'être appelée ma femme; et maintenant que vous me croyez incapable de devenir votre mari, vous me fuyez comme si j'étais un reptile immonde ou un monstre malfaisant. »

Ces mots me firent mal; mais que dire, que faire? J'aurais probablement dû ne rien dire et ne rien faire; mais j'étais tellement repentante de l'avoir ainsi attristé, que je ne pus pas m'empêcher de désirer répandre quelques gouttes de baume sur la blessure que je venais de faire.

« Je vous aime, m'écriai-je, et plus que jamais; mais je ne dois ni montrer ni nourrir ce sentiment, et je l'exprime ici pour la dernière fois.

— La dernière fois, Jane? Comment! croyez-vous que vous pourrez vivre avec moi, me voir tous les jours, et, tout en continuant à m'aimer, rester sans cesse froide à mon égard?

— Non, monsieur; je suis sûre que je ne le pourrai pas; aussi, je ne vois qu'une chose possible; mais vous allez vous irriter si je vous dis ce que c'est.

— Oh! dites toujours; si je me mets en colère, vous avez la ressource des larmes.

— Monsieur Rochester, il faut que je vous quitte.

— Pour combien de temps? Jane, pour quelques minutes? afin de lisser vos cheveux qui sont un peu en désordre et de baigner votre visage qui est fiévreux?

— Il faut que je quitte Adèle et Thornfield, que je me sépare de vous pour toujours, que je commence une existence nouvelle au milieu de visages étrangers et de scènes inconnues.

— Certainement, et je vous l'ai déjà dit. Je passe sous silence votre folle idée de vous séparer de moi; non, vous allez, au contraire, devenir une partie de moi-même. Quant à la nouvelle existence dont vous parlez, vous avez raison; oui, vous serez ma femme, je ne suis pas marié; vous serez Mme Rochester, de fait et de nom. Je vous serai fidèle tant que je vivrai; je vous emmènerai dans une de mes propriétés, au sud de la France; une villa aux blanches murailles, bâtie sur les bords de la Méditerranée; là, votre vie sera heureuse, abritée et innocente. Ne craignez pas que je vous trompe jamais et que je fasse de vous ma maîtresse. Pourquoi secouez-vous la tête, Jane? Soyez raisonnable, vous allez encore me rendre fou. »

Sa voix et ses mains tremblèrent; ses larges narines se dilatèrent, ses yeux devinrent ardents, et pourtant j'osai parler.

« Monsieur, dis-je, votre femme existe; vous-même l'avez déclaré ce matin; si je vivais avec vous comme vous le désirez, je serais votre maîtresse; le nier serait un sophisme, un mensonge.

— Jane, vous oubliez que je ne suis pas un homme doux; je ne suis ni patient, ni froid, ni à l'abri de la passion; par pitié pour moi et pour vous, mettez votre doigt sur mon pouls, écoutez-en les battements et prenez garde. »

Il dégagea son poignet et me le tendit; ses joues et ses lèvres, que le sang avait abandonnées, devinrent livides. J'étais dans une grande agitation; je trouvais cruel de le torturer ainsi par une résistance qui lui était insupportable. Céder était impossible. Je fis ce que font instinctivement toutes les créatures humaines lorsqu'elles se trouvent dans un grand danger; je demandai du secours à un être plus grand que l'homme, et les mots : « Mon Dieu, aidez-moi ! » s'échappèrent involontairement de mes lèvres.

« Je suis un fou, s'écria tout à coup M. Rochester, de lui dire ainsi que je ne suis pas marié, sans lui expliquer pourquoi; j'oublie qu'elle ne connaît rien du caractère de cette femme et des circonstances qui ont décidé notre union infernale; oh! je suis sûr que Jane sera de mon opinion lorsqu'elle saura tout ce que je sais. Mettez votre main dans la mienne, Jane, afin que je sois certain, par la vue et le toucher, que vous êtes près de moi; je veux vous exposer ma situation en quelques mots; pouvez-vous m'écouter?

— Oui, monsieur; pendant des heures, si vous voulez.

— Je ne vous demande que quelques minutes Jane, avez-vous jamais entendu dire que je n'étais pas l'aîné de ma famille, que j'avais un frère plus âgé que moi?

— Oui, monsieur; Mme Fairfax me l'a dit.

— Avez-vous entendu dire que mon frère était avare?

— Oui, monsieur.

— Eh bien! Jane, mon père ne voulait pas partager ses biens; il ne pouvait pas se faire à l'idée de diviser ses propriétés et de m'en donner une portion. Il avait décidé qu'elles appartiendraient en entier à mon frère; et cependant il ne pouvait pas supporter la pensée que son fils serait pauvre; il voulut m'enrichir par un mariage, et il se mit à me chercher une compagne. M. Mason, planteur et commerçant dans les Indes, était une de ses anciennes connaissances. Mon père savait que la fortune de M. Mason était véritablement grande; il prit des informations et apprit que son ancien ami avait un fils et une fille, et qu'il donnerait à cette dernière une dot de trente mille livres sterling; c'était suffisant. Lorsque je sortis du collége, on m'envoya à la Jamaïque épouser cette fiancée qu'on avait retenue pour moi. Mon père ne me parla pas de la fortune; mais il me dit que Mlle Mason était l'orgueil de la ville espagnole, à cause de sa beauté : c'était vrai. Elle était belle comme Blanche Ingram; grande, brune et majestueuse. Elle et sa famille me désiraient à cause de ma naissance; on me montra ma fiancée au bal et splendidement vêtue; je la vis rarement seule, et j'eus très-peu de conversations intimes. Elle me flattait et déployait pour moi ses charmes et ses talents. Tous les hommes semblaient l'admirer et m'envier; je fus ébloui; mes sens furent excités; comme j'étais ignorant et inexpérimenté, je crus que je l'aimais. Les stupides rivalités de la société, les fiévreux désirs et l'aveuglement des jeunes gens, entraînent un homme dans les plus grandes folies; les parents de Berthe m'encourageaient; ses poursuivants piquaient mon amour-propre; elle-même m'attirait, et ainsi le mariage fut conclu avant que j'eusse encore eu le temps de me reconnaître. Oh! je ne peux plus me respecter quand je pense à cet acte; un mépris qui me torture s'empare de moi. Je ne l'ai jamais ni aimée, ni estimée, ni connue; je n'étais pas sûr qu'elle eût une seule vertu; je n'avais remarqué ni modestie, ni bienveillance, ni candeur, ni délicatesse dans son esprit et ses manières : et je l'ai épousée, tant j'étais imbécile, aveugle, vil et grossier; j'aurais été *moins* coupable si.... mais rappelons-nous à qui nous parlons.

« Je n'avais jamais vu la mère de ma fiancée, je la croyais morte. La lune de miel passée, j'appris mon erreur; elle n'était que folle et enfermée dans une maison de santé. Il y avait aussi un jeune frère, un idiot. L'aîné, que vous avez vu (et que je ne puis pas haïr, bien que je déteste toute sa famille, parce que cet esprit faible a montré, par son continuel intérêt pour sa malheureuse sœur, qu'il y avait en lui quelque peu d'affection, et parce qu'autrefois il a eu pour moi un attachement de chien), aura probablement, un jour à venir, le même sort que les autres; mon père et mon frère savaient tout cela; mais ils ne pensèrent qu'aux trente mille livres, et se joignirent au complot tramé contre moi.

« C'étaient d'odieuses découvertes : j'étais mécontent de voir qu'on m'avait traîtreusement caché ce secret; mais, sans la part que ma femme y avait prise, je n'aurais jamais songé à lui faire un reproche du malheur de sa famille, même lorsque je m'aperçus que sa nature était différente de la mienne et que ses goûts ne pouvaient me convenir. Son esprit était commun, bas, étroit, et incapable de comprendre rien de noble et d'élevé. Quand je vis que je ne pouvais pas passer agréablement avec elle une seule soirée, ni même une seule heure, que toute conversation était impossible, parce que, quel que fût le sujet que je choisissais, je recevais immédiatement une réponse dure, grossière, perverse ou stupide; lorsque je m'aperçus que je ne pouvais même pas avoir une maison tranquille et bien installée, parce qu'aucun domestique ne pouvait supporter ses accès de violence, son mauvais caractère, ses ordres absurdes, tyranniques et contradictoires; eh bien, même alors, je me contins; j'évitai les reproches; j'essayai de dévorer en secret mon dépit et mon dégoût; je réprimai ma profonde antipathie.

« Jane, je ne veux pas vous troubler par d'horribles détails, quelques mots suffiront pour ce que j'ai à dire. J'ai vécu quatre ans avec cette femme que vous avez vue là-haut, et je vous assure qu'elle m'a bien éprouvé. Ses instincts se développaient avec une rapidité effrayante, ses vices grandissaient à chaque instant; ils étaient si forts, que la cruauté seule pouvait les dominer, et je ne voulais pas être cruel. Quelle intelligence de pygmée, quelles gigantesques tendances au mal, et combien ces tendances me furent funestes! Berthe Mason, digne fille d'une mère infâme, me traîna à travers toutes les agonies dégradantes et hideuses qui attendent un homme lié à une femme sans tempérance ni chasteté.

« Mon frère mourut, et mon père le suivit bientôt. Il y avait quatre ans que nous étions mariés; j'étais riche, et pourtant j'étais bien misérable. La nature la plus impure et la plus dépravée que j'aie jamais connue était unie à moi; la loi et la société la déclaraient une portion de moi-même, et je ne pouvais me débarrasser d'elle par aucun moyen légal : car les médecins découvrirent alors que ma femme était folle; ses excès avaient développé prématurément les germes de la maladie. Jane, mon récit vous déplaît, vous avez l'air souffrante; voulez-vous que je remette la fin à un autre jour?

— Non, monsieur, finissez-le; je vous plains, je vous plains sincèrement.

— Jane, chez quelques-uns la pitié est une chose si dangereuse et si insultante, qu'on fait bien de prier ceux qui vous l'offrent de la garder pour eux; mais c'est la pitié qui sort des cœurs durs et personnels. C'est un sentiment à double face, à la fois souffrance égoïste d'entendre raconter les douleurs des autres, et mépris ignorant pour ceux qui les ont endurées; mais telle n'est pas votre pitié à vous, Jane, ce n'est pas là le sentiment que je lis dans ce moment sur votre visage, qui anime vos yeux, soulève votre cœur et fait trembler votre main dans la mienne : votre pitié, ma bien-aimée, est la mère souffrante de l'amour, ses angoisses sont les douleurs naturelles de la divine passion; je l'accepte, Jane. Que la fille s'avance librement; mes bras sont ouverts pour la recevoir.

— Maintenant, monsieur, continuez. Que fîtes-vous lorsque vous vous aperçûtes que votre femme était folle?

— Jane, je fus bien près du désespoir; entre moi et l'abîme il n'y avait plus qu'un petit reste de dignité humaine. Aux yeux du monde, j'étais honteusement déshonoré; mais je résolus d'être pur à mes yeux. Jusqu'au dernier moment je m'éloignai d'elle pour ne pas sentir la souillure de ses crimes; je repoussai toute union avec cet esprit vicieux, et pourtant la société continuait à unir nos *noms* et nos personnes; je la voyais et je l'entendais tous les jours; un peu de son haleine était mêlé à l'air que je respirais.

« Et, d'ailleurs, je me rappelais que j'avais été son mari; alors, comme maintenant, ce souvenir était odieux pour moi; je savais que, tant qu'elle vivrait, je ne pourrais pas épouser une autre femme meilleure qu'elle. Bien qu'elle fût plus âgée que moi de cinq ans (sa famille et mon père m'avaient trompé, même sur son âge), il était probable qu'elle vivrait autant que moi, car son corps était aussi robuste que son esprit était infirme. Ainsi, à l'âge de vingt-six ans, toutes mes espérances étaient brisées.

« Une nuit, je fus réveillé par les cris de Berthe Mason; depuis que les médecins l'avaient déclarée folle, elle était enfermée. C'était par une de ces brûlantes nuits des Indes qui souvent précèdent un ouragan; ne pouvant m'endormir, je me levai et j'ouvris la fenêtre; l'air était transformé en un torrent de soufre, je ne pus trouver de fraîcheur nulle part. Les moustiques entraient par les fenêtres et bourdonnaient dans la chambre. J'entendais la mer, et le tumulte des flots était semblable au bruit qu'aurait occasionné un tremblement de terre; de sombres nuages envahissaient le ciel; la lune brillait au-dessus des vagues, large et rouge comme la gueule d'un canon; elle jetait une dernière flamme sur ce sol tremblant à l'approche d'un orage. Physiquement, j'étais ému par cette lourde atmosphère et cette scène terrible; les cris de la folle continuaient à retentir à mes oreilles; elle mêlait mon nom à toutes ses malédictions, avec un accent de haine digne d'un démon; jamais créature humaine n'a eu un vocabulaire plus vil que le sien. Bien que je fusse séparé d'elle par deux chambres, j'entendais chaque mot; dans l'Inde, toutes les maisons ont des murs très-minces, de sorte que ses hurlements, comparables à ceux du loup, arrivaient jusqu'à moi.

« Cette vie, m'écriai-je enfin, est semblable à l'enfer; dans « l'abîme sans fond réservé aux damnés, on doit respirer le même « air et entendre les mêmes bruits. J'ai le droit de jeter loin de « moi ce fardeau si je le puis; j'échapperai aux souffrances de « cette vie mortelle en délivrant mon âme de la chaîne pesante « qui l'étouffe. Oh! éternité douloureuse, inventée par les fanati- « ques, je ne te crains pas; rien ne peut être plus horrible que les « souffrances qui m'accablent; brisons cette existence et retour- « nons vers Dieu, dans notre patrie! »

« En disant ces mots, je m'agenouillai pour ouvrir une boîte qui contenait une paire de pistolets chargés. Je voulais me tuer; mais ce désir ne dura qu'un instant, car je n'étais pas fou, et cette crise de désespoir infini, qui excita en moi le désir et le projet de la destruction, ne dura qu'un instant.

« Un vent frais venu d'Europe souffla sur l'Océan et entra par la fenêtre ouverte; l'orage éclata, et, après la pluie, le tonnerre et les éclairs, le ciel redevint pur. Alors je pris une résolution, tout en me promenant dans mon jardin humide, sous les orangers, les grenadiers et les ananas mouillés par l'orage; et, pendant que la fraîche rosée des tropiques tombait autour de moi, je raisonnai ainsi. Écoutez-moi, Jane; car c'était une véritable sagesse qui m'avait montré le chemin que je devais suivre.

« Le doux vent d'Europe continuait à murmurer dans les

feuilles rafraîchies, et l'Atlantique roulait ses vagues glorieuses de leur liberté. Mon cœur, longtemps brisé et flétri, se ranima en entendant les accords de l'Océan; il me sembla qu'un sang vivifiant coulait en moi; mon être tout entier demandait une vie nouvelle; mon âme aspirait à une goutte d'eau pure. Je sentis l'espérance renaître, je compris que la régénération était possible; d'un des berceaux fleuris de mon jardin, j'aperçus la mer plus bleue que le ciel; l'ancien monde était au delà.

« Va, me disait l'espérance, retourne en Europe! Là, on ne sait « pas que tu portes un nom souillé et que tu traînes après toi un « impur fardeau; tu pourras emmener la folle en Angleterre, l'en« fermer à Thornfield avec les précautions et les soins nécessai« res; puis tu iras voyager où tu voudras et tu formeras les liens « qui te plairont. Cette femme qui t'a si longtemps fait souffrir, « qui a souillé ton nom, outragé ton honneur, flétri ta jeunesse, « elle n'est pas ta femme et tu n'es pas son mari. Veille à ce qu'on « prenne soin d'elle, ainsi que cela doit être, et tu auras fait tout « ce qu'exigent Dieu et l'humanité. Garde le silence sur ce qu'elle « est, tu ne dois le dire à personne; place-la dans un lieu sûr et « commode; cache bien sa honte, et quitte-la. »

« J'agis ainsi; mon père et mon frère n'avaient pas parlé de mon mariage à leurs connaissances, parce que, dans la première lettre où je leur appris mon union, je commençais déjà à en être dégoûté; d'après tout ce que j'avais su de la famille de Berthe Mason, je voyais un affreux avenir devant moi, et je suppliai mon père et mon frère de garder le secret. Bientôt la conduite de celle que mon père m'avait choisie pour femme devint telle, que lui-même eût rougi de la reconnaître pour sa belle-fille; loin de désirer de publier ce mariage, il mit autant de soin que moi à le cacher.

« Je la conduisis donc en Angleterre. Il fut bien terrible pour moi d'avoir un monstre semblable dans un vaisseau; ce fut un grand soulagement lorsque je la vis installée dans la chambre du troisième, dont le cabinet secret est devenu, depuis dix ans, le repaire d'une véritable bête sauvage. J'eus de la peine à lui trouver une garde: il fallait une personne en qui l'on pût avoir pleine confiance; sans cela les extravagances de la folle révéleraient inévitablement mon secret; puis elle avait des jours et même des semaines de lucidité dont elle se servait pour me tromper. Enfin j'ai trouvé Grace Poole, à Grimsby-Retreat. Elle et Carter, qui a pansé Mason le jour où la folle s'est jetée sur lui, sont les seules personnes qui aient jamais eu connaissance de mon secret; Mme Fairfax a peut-être soupçonné quelque chose, mais elle n'a jamais pu savoir rien de précis. Après tout, Grace a été discrète; mais, malheureusement, plusieurs fois sa vigilance a fait défaut, à cause d'un vice dont rien ne peut la corriger et qui résulte probablement de son rude métier. La folle est à la fois malfaisante et rusée; elle n'a jamais manqué de profiter des fautes de sa gardienne, une fois pour se saisir du couteau avec lequel elle a frappé son frère, deux fois pour prendre la clef de sa chambre : la première, elle a essayé de me brûler dans mon lit; la seconde, elle est venue vous visiter. Je remercie Dieu d'avoir veillé sur vous et d'avoir permis que la rage de Berthe s'assouvît sur votre voile, qui probablement lui rappelait vaguement le souvenir de son mariage. Je frémis en pensant à ce qui aurait pu arriver; mon sang se glace dans mes veines quand je songe que cette créature, qui s'est jetée sur moi ce matin, aurait pu se cramponner au cou de ma bien-aimée.

— Et qu'avez-vous fait, monsieur, demandai-je en le voyant s'interrompre, qu'avez-vous fait, après avoir installé votre femme ici? Où êtes-vous allé?

— Ce que j'ai fait, Jane? je me suis transformé en un feu follet. Où je suis allé? j'ai entrepris des voyages semblables à ceux du Juif-Errant. Je visitai tout le continent; mon désir et mon but étaient de trouver une femme bonne, intelligente, digne d'être aimée, et qui fût opposée à celle que je laissais à Thornfield.

— Mais vous ne pouviez pas vous marier, monsieur.

— J'étais décidé à le faire; j'étais convaincu que je le pouvais et que je le devais. Mon intention n'était pas de tromper comme je l'ai fait; je voulais raconter mon passé et faire mes propositions ouvertement. Il me semblait évident que tout le monde me considérerait comme libre d'aimer et d'être aimé, et je n'ai pas douté un seul instant que je trouverais une femme capable de me comprendre et de m'accepter, malgré la malédiction qui pesait sur moi.

— Eh bien, monsieur?

— Quand vous questionnez, Jane, vous me faites toujours sourire; vous ouvrez vos yeux comme un oiseau inquiet, et, de temps en temps, vous vous agitez brusquement; on dirait que les réponses n'arrivent pas assez promptement pour vous et que vous voudriez lire dans le cœur même. Mais, avant que je continue, apprenez-moi ce que vous voulez dire par votre : « Eh « bien, monsieur? » Vous répétez souvent cette petite phrase, et, je ne sais trop pourquoi, elle m'entraîne dans des discours sans fin.

— Je veux dire : Qu'y a-t-il après? Qu'avez-vous fait? qu'est-il résulté de cela?

— Précisément; et que désirez-vous savoir maintenant?

— Si vous avez trouvé une personne qui vous plût, si vous lui avez demandé de vous épouser, et ce qu'elle a répondu.

— Je puis vous dire si j'ai trouvé une personne qui me plût et si je lui ai demandé de m'épouser; mais ce qu'elle m'a répondu est encore à inscrire dans le livre de la destinée. Pendant dix longues années, j'errai partout, demeurant tantôt dans une capitale, tantôt dans une autre, quelquefois à Saint-Pétersbourg, le plus souvent à Paris; de temps en temps à Rome, Naples ou Florence. La Providence m'avait donné beaucoup d'argent et le passe-port d'un vieux nom, je pouvais choisir ma société; aucun cercle ne m'était fermé; je cherchai ma femme idéale parmi les ladies anglaises, les comtesses françaises, les signoras italiennes et les grafinnen allemandes : je ne pus pas la trouver. Il y a des moments où j'ai cru voir une forme et entendre une voix qui devaient réaliser mon rêve, mais j'étais bientôt déçu. Ne supposez pas pour cela que je demandais la perfection du corps ou de l'esprit; je demandais quelqu'un qui me plût, qui fût le contraire de la créole : je cherchai en vain. Je ne trouvai pas dans le monde une seule fille que j'eusse voulue pour femme, car je connaissais les dangers et les souffrances d'un mauvais mariage. Le désappointement me rendit nonchalant; j'essayai de la dissipation, jamais de la débauche, je la détestais et je la déteste : c'était là le vice de ma Messaline indienne. Le dégoût que me faisait éprouver la débauche restreignait souvent mes plaisirs. Je m'éloignai de toutes les jouissances qui pouvaient y ressembler, parce que je croyais ainsi me rapprocher de Berthe et de ses vices.

« Pourtant je ne pouvais pas vivre seul; j'eus des maîtresses. La première fut Céline Varens, encore une de ces fautes qui font qu'un homme se méprise quand il se les rappelle; vous savez déjà quelle était cette femme, et comment notre liaison se termina. Deux autres lui succédèrent : une Italienne, nommée Giacinta, et une Allemande, appelée Clara. Toutes deux passaient pour très-belles; mais que m'importa leur beauté, lorsque j'y fus habitué? Giacinta était violente et immorale; au bout de trois mois je fus fatigué d'elle. Clara était honnête et douce, mais lourde, froide et sans intelligence; elle n'était pas le moins du monde de mon goût : je fus bien aise de lui donner une somme suffisante pour lui assurer un état honnête et ainsi me débarrasser convenablement d'elle. Mais, Jane, je lis dans ce moment-ci, sur votre visage, que vous n'avez pas bonne opinion de moi; vous voyez en moi un misérable, dépourvu de principes et de sentiments, n'est-ce pas?

— En effet, monsieur, je ne vous aime pas autant que certains jours, je trouve très-mal de vivre ainsi, tantôt avec une maîtresse, tantôt avec une autre, et vous en parlez comme d'une chose toute simple..

— Je me suis laissé aller à ce genre de vie, et pourtant je n'aimais pas cette existence vagabonde; jamais je ne désirerai y revenir. Louer une maîtresse est ce qu'il y a de pire après acheter un esclave; tous deux sont inférieurs à vous, souvent par la nature, toujours par la position, et il est dégradant de vivre intimement avec des inférieurs. Maintenant je ne puis supporter le souvenir des moments que j'ai passés avec Céline, Giacinta et Clara. »

Je sentis la vérité des paroles de M. Rochester, et j'en conclus que si jamais je m'étais oubliée, si jamais j'avais négligé les principes appris dans mon enfance, si, poussée par la tentation, sous un prétexte quelconque et même avec toutes les excuses possibles, je m'étais décidée à succéder à ces malheureuses femmes, un jour ma mémoire exciterait chez M. Rochester le même sentiment que le souvenir de ses maîtresses. Je ne dis rien de ma conviction, il suffisait de l'avoir; je l'enfermai dans mon cœur, afin qu'elle pût me servir au jour de l'épreuve.

« Jane, pourquoi ne dites-vous pas : *Eh bien, monsieur?* car je n'ai pas fini. Vous paraissez grave, je vois bien que vous me désapprouvez encore; mais revenons à notre sujet. Au mois de janvier dernier, débarrassé de toutes mes maîtresses, l'esprit aigri et endurci par une vie errante, inutile et solitaire, désillusionné, mal disposé à l'égard des hommes et surtout des femmes (car je commençais à croire que les femmes fidèles, intelligentes et aimantes, n'existaient que dans les rêves), je revins en Angleterre, où m'appelaient des affaires.

« Je me dirigeais vers Thornfield par une froide soirée d'hiver, Thornfield, château détesté. Je ne m'attendais à y trouver ni calme ni bonheur; tout à coup j'aperçus une petite ombre tranquillement assise sur des marches dans le sentier de Hay; je passai devant elle avec autant d'indifférence que devant l'arbre qui lui faisait face : je n'avais aucun pressentiment de ce qu'elle serait pour moi; rien en moi ne m'avait averti que l'arbitre de mon existence, le génie de ma bonne ou de ma mauvaise conduite, attendait là sous un humble déguisement; je ne m'en doutai même pas lorsque, après l'accident arrivé à Mesrour, l'ombre vint vers moi et m'offrit gravement ses services. C'était une petite créature élancée et enfantine; on eût dit une linotte qui, voletant à mes pieds, m'eût proposé de me porter sur ses ailes délicates. Je fus maussade, mais elle ne voulut pas s'éloigner; elle resta près de moi avec une étrange persévérance, me regarda et me parla avec une sorte d'autorité; je devais être aidé par sa main, et je le fus en effet.

« Lorsque j'eus pressé cette épaule délicate, une séve nouvelle sembla se répandre dans mon corps. Il était heureux pour moi de savoir que cette petite elfe reviendrait, qu'elle appartenait à ma maison; sans cela je n'aurais pas pu, sans regret, la voir s'échapper et disparaître derrière les buissons. Ce soir-là, je vous écoutai revenir, Jane; vous ne vous doutiez probablement pas que je pensais à vous et que j'étudiais vos actions. Le jour suivant, je vous observai environ une demi-heure, pendant que vous amusiez Adèle. Je me rappelle que c'était un jour où la neige tombait, et que vous ne pouviez pas sortir; j'étais dans ma chambre, dont j'avais laissé la porte entr'ouverte: je pouvais voir et entendre. Adèle s'emparait de toute votre attention, mais je voyais bien que vos pensées étaient ailleurs; cependant vous étiez patiente avec elle, ma petite Jane; pendant longtemps vous lui avez parlé et vous l'avez amusée. Quand elle vous eut enfin quittée, vous êtes tombée dans une profonde rêverie, vous vous êtes mise à vous promener lentement le long du corridor; de temps en temps, en passant devant une fenêtre, vous regardiez la neige épaisse qui tombait, vous écoutiez les sanglots du vent, puis vous repreniez doucement votre marche et votre rêve. Je pense que vos visions n'étaient pas sombres; la douce lumière de vos yeux annonçait que vos pensées n'étaient ni tristes ni amères; votre regard révélait plutôt les beaux songes de la jeunesse, lorsque celle-ci suit, sur des ailes complaisantes, le vol de l'espérance jusqu'au ciel idéal. La voix de Mme Fairfax vous ayant réveillée, vous avez souri de vous-même d'une singulière manière; il y avait beaucoup de bon sens et de finesse dans votre sourire, Jane; il semblait dire: « Mes visions sont belles, « mais il ne faut pas oublier que ce ne sont que des visions; mon « cerveau a inventé un ciel rose, un Éden vert et fleuri, mais je « sais bien qu'il faut me frayer ma route dans un rude sentier et « lutter contre la tempête. » Alors vous êtes descendue et vous avez demandé à Mme Fairfax de vous donner quelque chose à faire, les comptes de la semaine à régler, je crois, ou quelque autre occupation de ce genre; j'étais fâché de vous perdre de vue.

« J'attendis le soir avec impatience, parce qu'alors au moins je pouvais vous appeler près de moi ; je soupçonnais en vous un caractère tout à fait neuf pour moi, je désirais le sonder plus profondément et le connaître mieux. Vous entrâtes dans la chambre avec un air à la fois timide et indépendant; vous étiez simplement habillée, dans le même genre qu'aujourd'hui. Je vous fis parler; au bout de peu de temps, je vous trouvai remplie de contrastes étranges : vos vêtements, vos manières, se ressentaient d'une discipline sévère; votre aspect était différent et annonçait une nature raffinée, mais qui ne connaissait pas du tout le monde et qui avait peur de donner une opinion défavorable d'elle en faisant quelque solécisme ou en disant une sottise. Mais, lorsqu'on s'adressait directement à vous, vous leviez sur votre interlocuteur un œil perçant, hardi et plein d'ardeur. Il y avait dans votre regard de la puissance et de la pénétration. Quand je vous faisais quelque question positive, vous trouviez toujours une réponse facile et prompte. Bientôt vous fûtes habituée à moi; je crois, Jane, que vous sentiez une sympathie entre vous et votre maître triste et maussade, car je fus étonné de voir avec quelle rapidité un certain bien-être charmant s'empara de vous. Quelque maussade que je fusse, vous ne témoigniez ni surprise, ni crainte, ni ennui, ni déplaisir de ma morosité; vous vous contentiez de m'examiner, et de temps en temps je vous voyais sourire avec une grâce si simple et si sage que je ne puis la décrire. Ce que j'apercevais me rendait heureux et excitait ma curiosité; j'aimais ce que je voyais, et je désirais voir davantage. Pourtant, je vous tins longtemps à distance et je ne cherchai que rarement votre compagnie. J'étais intelligent dans mon épicurisme, et je désirais prolonger le plaisir des découvertes; puis je craignais, en maniant trop librement la fleur, de voir son éclat se faner, de voir disparaître le doux charme de sa fraîcheur ; je ne savais pas alors que ce n'était point une floraison passagère et qu'elle devait toujours garder son brillant éclat, comme si elle eût été taillée dans un diamant indestructible. Je désirais aussi savoir si, le jour où je vous éviterais, vous me rechercheriez ; mais vous ne l'avez pas fait, vous êtes restée dans la salle d'étude aussi tranquille que votre pupitre et votre chevalet; si par hasard je vous rencontrais, vous passiez devant moi, me faisant simplement un léger salut comme marque de respect. Pendant tout ce temps-là, votre expression ordinaire était pensive; vous n'étiez pas triste, car vous ne souffriez pas, mais votre cœur n'était pas léger, parce que le présent ne vous offrait nulle joie, et l'avenir bien peu d'espérances. Je me demandais ce que vous pensiez de moi ou si même vous pensiez à moi; je vous examinai pour le savoir. Quand nous causions ensemble, il y avait quelque chose d'heureux dans votre regard et de satisfait dans vos manières; je vis que vous aviez un cœur sociable; le silence de la chambre d'étude et la monotonie de votre vie vous avaient rendue triste. Je me laissai aller au plaisir d'être bon à votre égard; la bonté éveilla bientôt votre émotion, votre figure devint douce et votre voix caressante. J'aimais à entendre prononcer mon nom par vos lèvres et avec votre accent heureux et reconnaissant; j'étais content lorsque, par une circonstance quelconque, nous nous rencontrions. Il y avait dans vos manières une curieuse incertitude lorsque vous me regardiez : vos yeux exprimaient un peu de doute et un trouble léger; vous ne saviez pas où me porterait mon caprice, et vous vous demandiez si j'allais jouer le rôle d'un maître sévère ou d'un ami doux et bienveillant. Je vous aimais trop, Jane, pour me poser en maître; quand je vous tendais cordialement la main, votre jeune visage exprimait tant de lumière et de bonheur, que j'avais bien de la peine à ne pas vous presser contre mon cœur.

— Ne me parlez plus de ces jours-là, monsieur, » interrompis-je en essuyant furtivement une larme.

Ses paroles me torturaient, car je savais ce qu'il me restait à faire, et prochainement. Tous ces souvenirs et toutes ces révélations de ce qu'éprouvait M. Rochester rendaient ma tâche plus difficile.

« Vous avez raison, Jane, reprit-il; pourquoi s'arrêter sur le passé, quand le présent est plus sûr et l'avenir plus beau? »

Je frissonnai en entendant cette orgueilleuse assertion.

« Vous comprenez bien la situation, n'est-ce pas? continua-t-il. Après une jeunesse et une virilité passées soit dans une inexprimable souffrance, soit dans une douloureuse solitude, j'ai enfin trouvé ce que je puis aimer sincèrement; je vous ai trouvée. Vous sympathisez avec moi, vous êtes la meilleure partie de moi-même, mon bon ange. Je suis lié à vous par un fort attachement; je vous crois bonne, généreuse et aimante; j'ai conçu dans mon cœur une passion fervente et solennelle; elle me conduit à vous, vous attire à moi, enlace votre existence à la mienne : flamme pure et puissante, elle fait un seul être de nous deux.

« C'est parce que je sentais et que je savais cela que j'ai résolu de vous épouser : me dire que j'ai déjà une femme, c'est une raillerie inutile; vous savez maintenant que je n'ai qu'un affreux démon. J'ai eu tort de chercher à vous tromper; mais je craignais votre entêtement et les préjugés qu'on vous avait donnés dans votre enfance. Je voulais vous bien posséder avant de me hasarder à une confidence : c'était lâche à moi ; j'aurais dû tout d'abord en appeler à votre noblesse, à votre générosité, comme je le fais maintenant ; vous raconter ma vie d'agonie, vous dire que j'avais faim et soif d'une existence plus noble et plus élevée, vous montrer non pas ma résolution (ce mot est trop faible), mais mon penchant irrésistible à aimer bien et fidèlement, puisque j'étais aimé fidèlement et bien. Alors je vous aurais demandé d'accepter ma promesse de fidélité et de me donner la vôtre ; Jane, faites-le maintenant. »

Il y eut un moment de silence.

« Pourquoi vous taisez-vous, Jane ? » me demanda-t-il.

Je subissais une rude épreuve ; une main de fer pesait sur moi. Moment terrible, plein de luttes, d'horreur et de souffrance ! Aucun être humain ne pouvait désirer d'être aimé plus que je ne l'étais ; celui qui m'aimait ainsi, je l'adorais, et il fallait renoncer à cette idole ; mon douloureux devoir était enfermé tout entier dans ce seul mot : se séparer !

« Jane, reprit M. Rochester, vous comprenez ce que je vous demande ; dites-moi seulement : « Je serai à vous ! »

— Monsieur Rochester, je ne serai pas à vous. »

Il y eut encore un long silence.

« Jane, reprit-il avec une douceur qui me brisa et me rendit froide comme la pierre, car sous cette voix tranquille je sentais les palpitations du lion ; Jane, avez-vous l'intention de me laisser prendre une route et de choisir l'autre ?

— Oui, monsieur.

— Jane, reprit-il en se penchant vers moi et en m'embrassant, le voulez-vous encore ?

— Oui, monsieur.

— Et maintenant ? continua-t-il en baisant doucement mon front et mes joues.

— Oui, monsieur ! m'écriai-je en me dégageant rapidement de son étreinte.

— Oh ! Jane, c'est cruel ! c'est mal ! Ce ne serait pas mal de m'aimer.

— Ce serait mal, monsieur, de vous obéir. »

Un regard sauvage souleva ses sourcils et sillonna son visage ; il se leva, mais se retint encore. J'appuyai ma main sur le dossier d'une chaise, pour me soutenir ; j'avais peur, mais ma résolution était prise.

« Un instant, Jane. Quand vous serez partie, jetez un regard sur ma triste vie ; tout le bonheur s'en ira avec vous. Que me restera-t-il? Je n'ai qu'une folle pour femme; autant vaudrait me présenter un des cadavres du cimetière. Que faire, Jane? où aller pour trouver une compagne? où chercher l'espérance?

— Faites comme moi; ayez confiance en Dieu et en vous : croyez au ciel, et espérez que nous nous y retrouverons.

— Ainsi vous ne voulez pas céder?

— Non.

— Alors vous me condamnez à vivre misérable, à mourir maudit? »

Sa voix s'éleva.

« Je vous conseille de vivre pur, et je désire vous voir mourir tranquille.

— Vous m'arrachez l'amour et l'innocence : à la place de l'amour, vous m'offrez la débauche; et, pour toute occupation, vous me proposez le vice.

— Non, monsieur, je ne vous condamne pas plus à cette destinée que je ne m'y condamne moi-même. Nous sommes nés pour souffrir et lutter, vous aussi bien que moi; résignez-vous; vous m'oublierez avant que je vous aie oublié.

— Vous me considérez comme un imposteur, vous ne croyez pas à ma loyauté. Je vous ai dit que je ne pourrais jamais changer, et vous me dites en face que je changerai bientôt; votre conduite prouve combien vous jugez mal, et combien vos idées sont fausses. Est-il mieux de jeter dans le désespoir un de ses semblables que de violer une loi humaine, lorsque personne ne doit en souffrir? car vous n'avez ni parents ni amis que vous craigniez d'offenser en demeurant avec moi. »

C'était vrai; et, pendant qu'il parlait, ma raison et ma conscience se tournaient traîtreusement contre moi; elles criaient presque aussi haut que mon cœur, et tous ensemble me disaient : « Oh! cède, cède! pense à sa souffrance, pense au danger où tu le laisses; regarde dans quel abattement il tombe losqu'il se voit abandonné. Souviens-toi que sa nature est impétueuse; songe aux suites du désespoir; console-le, sauve-le, aime-le! dis-lui que tu l'aimes et que tu seras à lui. Qui est-ce qui s'inquiète de toi dans le monde? qui est-ce qui sera offensé ou attristé par ce que tu feras? »

Et, malgré tout, je continuais à me dire : « Je me dois à moi-même; plus je suis isolée, moins j'ai d'amis et de soutiens, plus je dois me respecter. Je garderai les lois données par Dieu et sanctionnées par l'homme; je serai fidèle aux principes que j'ai acceptés lorsque j'étais raisonnable et non pas folle comme maintenant. Les lois et les principes ne nous ont pas été donnés pour les jours sans épreuves; ils ont été faits pour des moments comme celui-ci, alors que le cœur et l'âme se révoltent contre leur sévérité. Ils sont durs, mais ils ne seront pas violés; si je pouvais les briser à ma volonté, de quel prix seraient-ils? Ils ont une grande valeur, je l'ai toujours cru; et si je ne puis plus le croire maintenant, c'est parce que je suis insensée, que du feu coule dans mes veines, et que mon cœur bat trop pour que je puisse en compter les palpitations. A cette heure je dois m'en tenir aux opinions préconçues, et c'est sur ce terrain solide que je poserai mes deux pieds! »

Je le fis en effet; M. Rochester me regarda, et devina aussitôt mon intention. Sa rage fut excitée au plus haut point, et, sans s'inquiéter des suites de sa colère, il y céda un instant. Il traversa la chambre, me prit le bras et me saisit par la taille; il semblait me dévorer de son regard passionné; physiquement, je me sentais exposée à l'ardeur d'une fournaise enflammée, moi aussi impuissante que le chaume; mais je possédais encore mon âme, et j'éprouvais un sentiment de grande sécurité. Heureusement, l'âme a un interprète, interprète qui souvent n'a pas conscience de ce qu'il fait, mais qui est toujours fidèle: je veux parler des yeux. Les miens se dirigèrent vers la figure ardente de M. Rochester, et je poussai un soupir involontaire; son étreinte était douloureuse, et mes forces presque épuisées.

« Jamais, dit-il en serrant les dents, jamais je n'ai vu une créature aussi frêle et aussi indomptable. Elle est entre mes mains comme un fragile roseau, continua-t-il en me secouant de toute la force de son poignet; je pourrais la plier avec un de mes doigts: et quel bien cela ferait-il, si je la pliais, si je la domptais, si je la jetais à terre? Regardez ces yeux, regardez cette enfant résolue, sauvage et indépendante, qui semble me défier avec plus que le courage, avec la certitude du triomphe! Quand même je me rendrais maître de la cage, je ne pourrais pas m'emparer du bel oiseau sauvage; si je brise la fragile prison, mon outrage ne fera que donner la liberté au captif. Je pourrais conquérir la maison; mais celle qui l'occupe s'envolerait vers le ciel, avant que je pusse me déclarer possesseur de sa demeure d'argile! et c'est cette âme d'énergie, de vertu et de pureté que je veux, ce n'est pas seulement votre frêle enveloppe. Si vous le vouliez, vous pourriez voler librement vers moi, et venir vous abriter près de mon cœur; mais, saisie malgré vous, semblable à un pur esprit, vous échapperiez à mes embrassements; vous disparaîtriez avant que j'aie pu respirer votre parfum. Oh! venez, Jane, venez! »

En disant ces mots, il me lâcha et se contenta de me regarder. Il était plus difficile de résister à ce regard qu'à son étreinte passionnée; mais je ne voulais pas succomber : j'avais défié sa colère, il fallait maintenant supporter sa douleur. Je me dirigeai vers la porte.

« Vous partez, Jane? me dit-il.

— Oui, monsieur.

— Vous allez me quitter?

— Oui.

— Vous ne reviendrez pas? vous ne voulez pas être mon soutien, mon sauveur? Mon amour profond, ma grande douleur, mes supplications, tout cela n'est rien pour vous? »

Quelle inexprimable douleur dans sa voix! combien il me fut dur de répéter avec fermeté :

« Je pars.

— Jane! reprit-il.

— Monsieur Rochester?

— Eh bien, partez, j'y consens; mais rappelez-vous que vous me laissez ici dans l'angoisse. Montez dans votre chambre; rappelez-vous tout ce que je vous ai dit, Jane; jetez un regard sur mes souffrances, et pensez à moi. »

Il se retourna et alla se cacher le visage contre le sofa.

« Oh! Jane! s'écria-t-il avec un ton de douloureuse angoisse, oh! Jane, mon espérance, mon amour, ma vie! »

Et alors j'entendis sortir de sa poitrine un profond sanglot.

J'avais déjà gagné la porte, mais je revins sur mes pas, aussi résolue que lorsque je m'étais retirée. Je m'agenouillai près de lui; je soulevai son visage et le dirigeai de mon côté, j'embrassai sa joue et je lissai ses cheveux avec ma main.

« Dieu vous bénisse, mon cher maître! m'écriai-je; Dieu vous garde de la souffrance et du mal! puisse-t-il vous diriger, vous consoler, et vous récompenser de vos bontés passées pour moi!

— L'amour de ma petite Jane aurait été ma meilleure récompense, répondit-il; si je ne l'obtiens pas, mon cœur est à jamais brisé; mais Jane me donnera son amour; elle me le donnera noblement, généreusement. »

Le sang lui monta au visage, ses yeux brillèrent; il se leva et étendit les bras : mais j'échappai à son étreinte et je quittai subitement la chambre.

« Adieu! » cria mon cœur, lorsque je m'éloignai. — « Adieu, pour toujours! » ajouta le désespoir.

. . . . . . . . . . . . . . . . . . . . . . . . . . . . . . . . . . . .

Cette nuit-là, je ne pensais pas dormir; cependant, à peine

fus-je étendue, qu'un lourd sommeil s'appesantit sur moi. Je fus transportée en songe aux scènes de mon enfance; je rêvai que j'étais dans la chambre rouge de Gateshead, que la nuit était sombre et mon esprit en proie à une étrange terreur; il me sembla que la petite lumière qui, il y avait bien des années, m'avait fait évanouir de peur, après avoir glissé le long de la muraille, venait trembloter au milieu du sombre plafond. Je levai la tête pour regarder; le plafond se changea en des nuages noirs et élevés, la petite lumière en une de ces vapeurs rougeâtres qui entourent la lune. J'attendis le lever de la lune avec une singulière impatience, comme si ma destinée eût été écrite sur son disque rouge; elle se précipita hors des nuages comme elle ne l'a jamais fait. J'aperçus d'abord une main qui sortait des noirs plis du ciel et qui écartait les nuées; puis je vis, au lieu de la lune, une ombre blanche se dessinant sur un fond d'azur, et inclinant son noble front vers la terre. L'ombre ne pouvait se lasser de me regarder; enfin elle parla à mon esprit; malgré la distance immense, les sons m'arrivaient clairs et distincts, et j'entendis l'ombre murmurer à mon cœur :

« Ma fille, fuis la tentation.

— Oui, ma mère, » répondis-je.

Je me fis la même réponse lorsque je m'éveillai. Il faisait encore sombre; mais en juillet les nuits sont courtes, l'aurore commence à poindre presque aussitôt après minuit. « Il ne peut pas être trop tôt pour entreprendre la tâche que j'ai à accomplir, » pensai-je. Je me levai; j'étais habillée, car, pour me coucher, je n'avais retiré que mes souliers; je pris dans mes tiroirs un peu de linge, un bracelet et un anneau. En cherchant ces objets, mes doigts rencontrèrent les perles d'un collier que M. Rochester m'avait forcée d'accepter quelques jours auparavant; je le laissai : il ne m'appartenait pas; il appartenait à la fiancée imaginaire qui s'était envolée. Je fis un paquet des autres choses, je mis dans ma poche ma bourse, qui contenait vingt schellings (c'était tout ce que je possédais), j'attachai mon châle et mon chapeau; je pris mon paquet et mes souliers, que je ne voulais pas mettre encore, puis je sortis de ma chambre.

« Adieu, ma bonne madame Fairfax, murmurai-je en glissant près de sa porte. Adieu, ma chère petite Adèle, » dis-je en jetant un regard vers la chambre de l'enfant; je ne pouvais pas entrer pour l'embrasser, car il fallait tromper la surveillance d'une oreille bien fine qui veillait peut-être.

J'aurais voulu passer devant la chambre de M. Rochester sans m'arrêter; mais, lorsque je me trouvai devant sa porte, je sentis que les battements de mon cœur venaient de s'arrêter, et je fus obligée d'attendre un instant; là non plus on ne dormait pas. M. Rochester marchait avec agitation d'un bout de la pièce à l'autre, et il soupirait sans cesse. Si je le voulais, il y avait dans cette chambre tout un paradis pour moi, du moins un paradis d'un moment; je n'avais qu'à entrer et à dire : « Monsieur Rochester, je vous aimerai; je demeurerai avec vous jusqu'à la mort; » et alors mes lèvres se seraient rafraîchies à une source de délices. J'y pensai un instant.

« Ce maître plein de bonté, et qui ne peut pas dormir, attend le jour avec impatience, me dis-je; demain matin il m'enverra demander, et je serai partie; il me fera chercher, et en vain; il se sentira abandonné, il verra que je repousse son amour, il souffrira et tombera peut-être dans le désespoir. »

Je pensai à tout cela, ma main se dirigea vers le loquet; mais je la retirai vivement et je m'enfuis.

Je descendis tristement l'escalier; je savais ce que j'avais à faire et je le faisais machinalement. Je cherchai dans la cuisine la clef de la porte de côté, un peu d'huile et une plume afin de graisser la clef et la serrure; je pris du pain et de l'eau, car j'allais peut-être avoir une longue course à faire, et je ne voulais pas voir mes forces, déjà si épuisées, me manquer tout à coup; je fis tout cela dans le plus grand silence. J'ouvris la porte, je passai et je la refermai doucement. Le matin commençait à poindre dans la cour; les grandes portes étaient fermées à clef; heureusement, le guichet de l'une d'elles n'était fermé qu'au loquet : j'en profitai pour sortir, puis je la poussai derrière moi: J'étais maintenant hors de Thornfield.

A une distance d'un mille, au delà des champs, s'étendait une route qui allait dans la direction contraire à Millcote; je n'avais jamais parcouru cette route, mais souvent je l'avais remarquée et je m'étais demandé où elle conduisait : ce fut de ce côté-là que je dirigeai mes pas. Je ne devais plus me permettre aucune réflexion; je ne devais plus jeter de regards ni en arrière ni en avant. Je ne devais plus enfin accorder une seule pensée, soit au présent, soit à l'avenir : le premier était à la fois si doux et si profondément triste, que d'y songer seulement me retirerait tout courage et toute énergie; le dernier était confus et terrible comme le monde après le déluge.

Je longeai les champs, les haies et les sentiers jusqu'au lever du soleil; je crois que c'était par une belle matinée d'été. Mes souliers, que j'avais mis en quittant la maison, furent bientôt mouillés par la rosée; mais je ne regardais ni le soleil levant, ni les cieux qui souriaient, ni la nature qui s'éveillait. Celui qui traverse une belle scène pour arriver à l'échafaud ne pense pas aux fleurs qui s'épanouissent sur la route, mais bien plutôt au billot, à la hache, à la séparation de ses os et de ses veines, et au grand déchirement qui devra tout terminer; et moi je pensais à ma triste fuite, à mes courses errantes. Je ne pouvais m'empêcher de songer avec agonie à ce que j'avais laissé, à celui qui épiait dans sa chambre le lever du soleil, espérant me voir bientôt arriver pour lui dire que je voulais bien lui appartenir et rester près de lui. J'aspirais à être à lui, j'étais avide de retour; il n'était point trop tard, je pouvais encore lui épargner une angoisse bien douloureuse; j'étais sûre que ma fuite n'était pas découverte; je pouvais revenir, être sa consolation et son orgueil, l'arracher à la souffrance, peut-être empêcher sa perte. Oh! combien j'étais aiguillonnée par la crainte de le voir s'abandonner lui-même! ce qui m'était bien plus douloureux que s'il m'eût abandonnée. C'était comme un dard recourbé dans mon sein : si je voulais l'arracher, il me déchirait; si je l'enfonçais plus avant, il me torturait. Les oiseaux commencèrent à chanter dans les buissons et les taillis; ils étaient fidèles à leurs compagnons, eux emblèmes de l'amour. Et moi, qu'étais-je? Au milieu des souffrances de mon cœur, de mes efforts désespérés pour accomplir mon devoir, je me détestais. Je n'avais pas la consolation de me sentir approuvée par moi-même; je n'éprouvais aucune joie d'avoir su me respecter; j'avais injurié, blessé, abandonné mon maître. J'étais haïssable à mes yeux. Pourtant je ne pouvais pas revenir vers lui. Dieu me conduisait sans doute, car la douleur avait foulé aux pieds ma volonté et étouffé ma conscience; je pleurais amèrement en continuant ma route solitaire; je marchais rapidement comme quelqu'un dans le délire. Tout à coup je fus prise d'une faiblesse qui, commençant dans l'intérieur du corps, s'étendit aux membres; je tombai à terre. Je restai quelque temps ainsi, pressant ma figure contre le gazon humide. Je craignais, ou plutôt j'espérais mourir là; mais bientôt je pus me remuer; je rampai d'abord sur mes genoux et sur mes mains, enfin je me relevai, aussi résolue que jamais à gagner la route.

Quand je l'eus atteinte, je fus obligée de m'asseoir sous un buisson pour me reposer; j'entendis un bruit de roues et je vis une voiture arriver. Je me levai et fis un signe de la main; elle s'arrêta. Je demandai au conducteur où il allait; il me nomma un endroit éloigné, et où j'étais sûre que M. Rochester n'avait aucune connaissance. Je lui demandai quel prix il prenait pour y conduire; il me répondit trente schellings. Je lui dis que je n'en avais que vingt; il reprit qu'il tâcherait de s'en contenter. Comme la voiture était vide, il me permit d'entrer dans l'intérieur; la portière fut fermée et nous nous mîmes en route.

Vous tous qui lirez ce livre, puissiez-vous ne jamais éprouver ce que j'ai éprouvé! Puissent vos yeux ne jamais verser un torrent de larmes aussi amères et aussi déchirantes que les miennes! Puissent vos prières ne jamais s'élever aussi douloureuses et aussi désespérées vers le ciel! Puissiez-vous ne jamais craindre de devenir l'instrument du mal entre les mains de celui que vous aimez plus que tout!

---

# CHAPITRE XXVIII.

Deux jours sont passés. C'est un soir d'été; le cocher m'a descendue dans un endroit appelé Whitcross; il ne pouvait pas me conduire plus loin pour la somme que je lui avais donnée, et je ne possédais plus un schelling dans le monde; je suis seule, la voiture est déjà éloignée d'un mille. A ce moment, je m'aperçois que j'ai oublié mon petit paquet dans la poche de la voiture où je l'avais placé pour plus de sûreté; il faut maintenant qu'il y reste, et moi je n'ai plus aucune ressource.

Whitcross n'est pas une ville ni même un hameau; c'est un pilier de pierre placé à la réunion de quatre routes; il est peint en blanc, probablement pour qu'on puisse le voir de loin dans l'obscurité. Au sommet de ce pilier on aperçoit quatre bras qui indiquent à quelle distance on est des différentes villes; d'après les indications, la ville la plus proche était distante de dix milles, et la plus éloignée, de vingt. Les noms bien connus de ces villes m'apprirent dans quel pays j'étais : c'était un des comtés du centre, couvert de marécages et entouré de montagnes; à droite et à gauche on apercevait de grands marais; une série de montagnes s'étendaient bien loin au delà de la vallée que j'avais à mes pieds. La population ne devait pas être nombreuse. Je n'apercevais personne sur les routes qui se déroulaient aux quatre points cardinaux, larges, blanches et solitaires; elles avaient toutes été tracées au milieu même des marais, et la bruyère poussait épaisse et sauvage jusque sur le bord. Cependant le hasard pouvait amener un voyageur par là, et je désirais ne point être vue; des étrangers se demanderaient naturellement ce que je faisais là, et pourquoi j'étais devant ce poteau, errant sans but et comme si je m'étais égarée. On me questionnerait peut-être, et je ne pourrais faire que des réponses peu vraisemblables, qui exciteraient le soupçon.

Aucun lien ne m'attachait alors à la société; aucun charme, aucune espérance ne m'attiraient vers les hommes; pas un de ceux qui me verraient ne se sentirait pris de sympathie pour moi. Je n'avais pour tout parent que la nature, notre mère à tous; aussi ce fut sur son sein que j'allai chercher le repos.

J'entrai dans la bruyère, je me dirigeai vers un creux que j'avais aperçu sur le bord du marais; j'enfonçais dans les épaisses bruyères jusqu'aux genoux. Enfin, dans un coin reculé, je trouvai un rocher de granit recouvert de mousse; je m'assis dans l'enfoncement; ma tête était protégée par les larges pierres du rocher; au-dessus il n'y avait que le ciel.

Même dans cette retraite, il me fallut quelque temps avant d'être délivrée de toute inquiétude : j'avais une crainte vague que quelque chat sauvage ne s'élançât sur moi ou qu'un chasseur ne vînt à me découvrir. Si le vent mugissait un peu fort, je regardais autour de moi et j'avais peur d'apercevoir tout à coup un taureau sauvage; si un pluvier sifflait, je le prenais pour un homme; mais voyant que mes appréhensions n'étaient pas fondées, et calmée d'ailleurs par le profond silence du soir, je pris confiance. Jusque-là je n'avais pas encore pensé; je n'avais qu'écouté, regardé et craint : mais maintenant je pouvais réfléchir de nouveau.

Que devais-je faire? Où devais-je aller? Oh! questions intolérables pour moi, qui ne pouvais rien faire ni aller nulle part. Il fallait que mes membres fatigués et tremblants parcourussent un long chemin avant d'atteindre à une habitation humaine; il me fallait implorer la froide charité pour obtenir un abri et forcer la sympathie mécontente des indifférents. Il me fallait subir un refus presque certain, sans que mon histoire fût même écoutée, sans que mes besoins fussent satisfaits.

Je touchai la bruyère; elle était humide, bien que réchauffée par un soleil d'été. Je regardai le ciel; il était pur; une étoile se levait juste au-dessus de l'endroit où j'étais couchée; la rosée tombait doucement; on n'entendait même pas le murmure de la brise; la nature semblait douce et bonne pour moi. Je me dis qu'elle m'aimait, moi, pauvre délaissée; et, ne pouvant espérer des hommes que les insultes et la méfiance, je me cramponnai à elle avec une tendresse filiale. « Cette nuit-là, du moins, me dis-je, je serai son hôte comme je suis son enfant; ma mère me loger. sans me demander le prix de son bienfait. » Il me restait encore un morceau de pain que j'avais acheté avec mon dernier argent, dans une ville où nous passions à la nuit tombante; je vis çà et là des mûres noires et brillantes comme des perles de jais; j'en cueillis une poignée que je mangeai avec mon pain. Ma faim fut sinon satisfaite, du moins apaisée par ce repas d'ermite; je dis ma prière du soir et je choisis un lieu pour m'étendre.

A côté du rocher, la bruyère était très-épaisse; lorsque je fus étendue, mes pieds étaient tout à fait couverts, et elle s'élevait à droite et à gauche, assez haut pour ne laisser qu'un étroit passage à l'air de la nuit. Je pliai mon châle double et je l'étendis sur moi en place de couverture; une petite éminence recouverte de mousse me servit d'oreiller; ainsi installée je n'eus pas le moindre froid, du moins au commencement de la nuit.

Mon repos aurait été doux sans la tristesse qui m'accablait; mais mon cœur s'affaissait sous sa blessure déchirante; je le sentais saigner intérieurement: toutes ses fibres étaient brisées. Je tremblais pour M. Rochester, et une amère pitié s'était emparée de moi, mes incessantes aspirations criaient vers lui. Mutilée comme un oiseau dont les ailes sont brisées, je continuais à faire de vains efforts pour voler vers mon maître.

Torturée par ces pensées, je me levai et je m'agenouillai; la nuit était venue avec ses brillantes étoiles; c'était une nuit tranquille et sûre, trop sereine pour que la peur pût s'emparer de moi. Nous savons que Dieu est partout, mais certainement nous sentons encore mieux sa présence quand ses œuvres s'étendent devant nous sur une plus grande échelle. Lorsque, dans un ciel sans nuages, nous voyons chaque monde continuer sa course silencieuse, nous comprenons plus que jamais sa grandeur infinie, sa toute-puissance et sa présence en tous lieux. Je m'étais agenouillée afin de prier pour M. Rochester : levant vers le ciel mes yeux obscurcis de larmes, j'aperçus la voie lactée; en songeant à ces mondes innombrables qui s'agitent dans le firmament et ne nous laissent apercevoir qu'une douce traînée de lumière, je sentis la puissance et la force de Dieu. J'étais sûre qu'il pourrait sauver ce qu'il avait créé; j'étais convaincue qu'il ne laisserait périr ni le monde ni les âmes que la terre garde comme un précieux trésor; ma prière fut donc une action de grâces. « La source de la vie est aussi le sauveur des esprits, » pensai-je. Je me dis que M. Rochester était en sûreté; il appartenait à Dieu, et Dieu le garderait. Je me blottis de nouveau sur le sein de la montagne, et au bout de quelque temps le sommeil me fit oublier ma douleur.

Mais le jour suivant, le besoin m'apparut pâle et nu; depuis longtemps les petits oiseaux avaient quitté leurs nids; depuis longtemps les abeilles, profitant des belles heures du matin, recueillaient le suc des fleurs avant que la rosée fût séchée. Lorsque les longues ombres de l'aurore eurent disparu, lorsque le soleil brilla dans le ciel et sur la terre, je me levai et je regardai autour de moi.

Combien la journée était calme, belle et chaude! les marais s'étendaient devant moi comme un désert doré; partout le soleil brillait : j'aurais voulu pouvoir vivre là. Je vis un lézard courir le long du rocher, et une abeille occupée à sucer les baies : à ce moment, j'aurais voulu devenir abeille ou lézard, afin de trouver dans ces forêts une nourriture suffisante et un abri constant; mais j'étais un être humain, et il me fallait la vie des hommes; je ne pouvais pas rester dans un lieu où elle n'était pas possible. Je me levai; je regardai le lit que je venais de quitter; je n'avais aucune espérance dans l'avenir, et je me mis à regretter que pendant mon sommeil mon créateur n'eût pas emporté mon âme vers lui, afin que mon corps fatigué, délivré par la mort de toute lutte nouvelle contre la destinée, n'eût plus qu'à reposer en paix sur ce sol désert. Mais ma vie m'appartenait encore avec toutes ses souffrances, ses besoins, ses responsabilités. Il fallait supporter le fardeau, satisfaire les besoins, endurer les souffrances, accepter la responsabilité. Je me mis donc en marche.

Lorsque j'eus regagné Whitcross, je suivis une route à l'abri du soleil, qui alors était dans toute son ardeur; mon choix ne fut déterminé que par cette seule circonstance. Je marchai longtemps; enfin, je pensais que j'avais assez fait et que je pouvais, sans remords de conscience, céder à la fatigue qui m'accablait, cesser un moment cette marche forcée, m'asseoir sur une pierre voisine et me laisser aller à l'apathie qui s'était emparée de mon cœur et de mes membres, lorsque j'entendis tout à coup le son d'une cloche : ce devait être la cloche d'une église.

Je me dirigeai du côté du son, et au milieu de ces montagnes romanesques, dont je ne remarquais plus l'aspect depuis quelque temps, j'aperçus un village et un clocher. A ma droite, la vallée était remplie de pâturages, de bois et de champs de grains; un ruisseau tortueux coulait au milieu du feuillage aux teintes variées, des champs mûrs, de sombres forêts et des prairies éclairées par le soleil. Je fus tirée de ma rêverie par un bruit de roues, et je vis une charrette très-chargée qui montait péniblement le long de la colline; un peu plus loin, j'aperçus deux vaches et leur gardien. J'étais près du travail et de la vie : il fallait lutter encore, m'efforcer de vivre et me plier à la fatigue comme tant d'autres.

J'arrivai dans le village vers deux heures. Au bout de la seule rue du hameau, j'aperçus des pains à travers la fenêtre d'une petite boutique; j'en aurais voulu un. « Ce léger soutien me rendra un peu d'énergie, me dis-je; sans cela il me sera bien difficile de continuer. » Le désir de retrouver la force me revint dès que je me vis au milieu de mes semblables; je sentais que je serais bien humiliée s'il me fallait m'évanouir de faim dans la rue d'un hameau. N'avais-je rien sur moi que je pusse offrir en échange de ce pain? Je cherchai. J'avais un petit fichu de soie autour de mon cou; j'avais mes gants. Je ne savais pas comment on devait s'y prendre quand on était réduit à la dernière extrémité; je ne savais pas si l'une de ces deux choses serait acceptée; il était probable que non; en tous cas, il fallait essayer.

J'entrai dans la boutique; elle était tenue par une femme. Voyant une personne qui lui semblait habillée comme une dame, elle s'avança vers moi avec politesse et me demanda ce qu'il y avait pour mon service. Je fus prise de honte; ma langue se refusa à prononcer la phrase que j'avais préparée; je n'osai pas lui offrir les gants à demi usés ni le fichu chiffonné; d'ailleurs je sentais que ce serait absurde. Je la priai seulement de me laisser m'asseoir un instant, parce que j'étais fatiguée. Trompée dans son attente, elle m'accorda froidement ce que je lui demandais; elle m'indiqua un siége, j'y tombai aussitôt. J'avais envie de pleurer; mais, comprenant combien le moment était peu favorable pour me laisser aller à mon émotion, je me contins. Je lui demandai bientôt s'il y avait dans le village des tailleuses ou des couturières en linge.

« Oui, me répondit-elle, trois ou quatre; bien assez pour ce qu'il y a d'ouvrage. »

Je réfléchis. J'étais arrivée au moment terrible; je me trouvais face à face avec la nécessité; j'étais dans la position de toute personne sans ressource, sans amis, sans argent. Il fallait faire quelque chose; mais quoi? Il fallait m'adresser quelque part; mais où?

Je demandai à la boulangère si elle connaissait, dans le voisinage, quelqu'un qui eût besoin d'une domestique.

Elle me répondit qu'elle n'en savait rien.

« Quelle est la principale occupation dans ce pays? repris-je, que fait-on en général?

— Quelques-uns sont fermiers; beaucoup travaillent à la fonderie et à la manufacture d'aiguilles de M. Oliver, me répondit-elle.

— M. Oliver emploie-t-il des femmes?

— Mais non; c'est un travail fait pour les hommes.

— Et que font les femmes?

— Je ne sais pas; les unes font une chose et les autres une autre; il faut bien que les pauvres gens se tirent d'affaire comme ils peuvent. »

Elle semblait fatiguée de mes questions, et, en effet, quel droit avais-je de l'importuner ainsi? Un ou deux voisins arrivèrent; on avait évidemment besoin de ma chaise : je pris congé et je me retirai.

Je continuai à longer la rue, regardant toutes les maisons à droite et à gauche; mais je ne pus trouver aucune raison ni même aucun prétexte pour entrer dans l'une d'elles. Pendant une heure j'errai autour du village, m'éloignant quelquefois un peu, puis revenant sur mes pas. Très-fatiguée et souffrant beaucoup du manque de nourriture, j'entrai dans un petit sentier et je m'assis sous une haie; mais je me remis bientôt en route, espérant trouver quelque ressource ou du moins obtenir quelque renseignement. Au bout du sentier, j'aperçus une jolie petite maison devant laquelle était un petit jardin bien soigné et tout brillant de fleurs; je m'arrêtai. Pourquoi m'approcher de la porte blanche et toucher au bouton luisant? pourquoi les habitants de cette demeure auraient-ils désiré m'être utiles? Néanmoins je m'approchai et je frappai. Une jeune femme au regard doux et proprement habillée vint m'ouvrir la porte; je demandai d'une voix basse et tremblante, car mon cœur était sans espoir et mon corps épuisé, si l'on avait besoin d'une servante.

« Non, me répondit-elle, nous ne prenons pas de domestique.

— Pouvez-vous me dire, continuai-je, où je trouverais un travail quelconque? Je suis étrangère et ne connais personne ici; je voudrais travailler à n'importe quoi. »

Mais ce n'était pas l'affaire de cette jeune femme de penser à moi ou de me chercher une place; d'ailleurs, que de doutes devaient éveiller à ses yeux ma position et mon histoire! Elle secoua la tête et me dit qu'elle était fâchée de ne pouvoir me donner aucun renseignement, et la porte blanche se referma doucement et poliment, mais elle se referma en me laissant dehors; si elle l'eût laissée ouverte un peu plus de temps, je crois que je lui aurais mendié un morceau de pain, car j'étais tombée bien bas.

Je ne pouvais pas me décider à retourner au village, où d'ailleurs je n'entrevoyais aucune chance de secours. Je me sentais plutôt disposée à me diriger vers un bois peu distant, et dont l'épais ombrage semblait inviter au repos; mais j'étais si malade, si faible, si tourmentée par la faim, que l'instinct me fit errer autour des demeures humaines, parce que là il y avait plus de chance de trouver de la nourriture; la solitude ne serait plus ce qu'elle était autrefois pour moi, et le repos ne me soulagerait pas, car la faim me poursuivait et me rongeait comme un vautour.

Je m'approchai des maisons ; je les quittai; je revins, puis je m'éloignai de nouveau, repoussée sans cesse par la pensée que je n'y trouverais rien, que je n'avais pas le droit de réclamer de la sympathie pour mes souffrances. Le jour s'avançait pendant que j'errais ainsi comme un chien affamé et perdu. En traversant un champ, j'aperçus le clocher de l'église devant moi; je marchai dans cette direction. Près du cimetière, au milieu d'un jardin, je vis une petite maison bien bâtie, que je pensai être le presbytère. Je me rappelai que les étrangers qui arrivent dans un lieu où ils ne connaissent personne et qui cherchent un emploi s'adressent quelquefois au ministre; c'est la tâche des ministres d'aider, du moins de leurs avis, ceux qui veulent s'aider eux-mêmes. Il me semblait que j'avais quelque droit d'aller là chercher un conseil. Reprenant courage et rassemblant le peu de forces qui me restaient, j'atteignis la maison; je frappai à la porte de la cuisine; une vieille femme vint m'ouvrir. Je lui demandai si c'était bien là le presbytère.

« Oui, me répondit-elle.

— Le ministre y est-il?

— Non.

— Reviendra-t-il bientôt?

— Non, il n'est pas dans le pays.

— Est-il allé loin?

— Pas très-loin, à peu près à trois milles; il a été appelé par la mort subite de son père. Il est à Marsh-End, et ne reviendra probablement que dans une quinzaine de jours.

— Y a-t-il des dames dans la maison? »

Elle me répondit qu'elle était seule et qu'elle était femme de charge. Je ne pouvais pas lui demander du secours à elle; je ne pouvais pas encore mendier : je partis donc.

Je repris mon fichu de soie et je me remis à penser au pain de la petite boutique. Oh! si j'avais seulement eu une croûte, une bouchée de pain pour apaiser mes angoisses! Instinctivement je retournai vers le village; je revis la boutique et j'entrai. Bien que la femme ne fût pas seule, je me hasardai à lui demander si elle voulait me donner un petit pain en échange du fichu de soie.

Elle me regarda d'un air de soupçon et me répondit qu'elle n'avait jamais fait de marché semblable.

Presque désespérée, je lui demandai la moitié du petit pain; elle me refusa de nouveau en me disant qu'elle ne pouvait pas savoir d'où me venait ce fichu.

Je lui demandai si elle voulait prendre mes gants.

Elle me répondit qu'elle ne pourrait rien en faire.

Mais il n'est point agréable de traîner sur ces détails. Il y a des gens qui trouvent de la joie à songer à leurs douleurs passées : quant à moi, il m'est douloureux de penser à ces jours d'épreuve; je n'aime point à me rappeler ces moments d'abattement moral et de souffrance physique. Je ne blâmais aucun de de ceux qui me repoussaient; je sentais que c'était là ce à quoi je devais m'attendre et que je ne pouvais pas l'empêcher. Un mendiant ordinaire est souvent soupçonné; un mendiant bien vêtu l'est toujours. Il est vrai que je demandais du travail; mais qui était chargé de m'en procurer? Ce n'étaient certainement pas les personnes qui me voyaient pour la première fois et ne savaient pas à qui elles avaient affaire. Quant à la femme qui ne voulait pas prendre mon fichu en échange de son pain, elle avait raison, si l'offre lui semblait étrange ou l'échange peu profitable. Mais arrêtons-nous maintenant; je suis fatiguée de parler de cela.

Un peu avant la nuit, je passai près d'une ferme. Le fermier était assis sur le seuil de la porte et mangeait du pain et du fromage pour son souper; je m'arrêtai et je lui dis :

« Voulez-vous me donner un morceau de pain? j'ai bien faim. »

Il me regarda avec surprise; mais, sans rien répondre, il coupa une grosse tartine et me la donna. Il ne m'avait pas prise pour une mendiante, mais pour une dame très-originale que son pain noir aurait tentée; dès que j'eus perdu sa maison de vue, je m'assis et je me mis à manger.

N'espérant trouver aucun abri dans les maisons, j'allai chercher un refuge dans le bois dont j'ai déjà parlé; mais ma nuit fut mauvaise et mon repos sans cesse interrompu. La terre était humide, et l'air froid; plusieurs fois je fus dérangée par des bruits de pas et obligée de changer de place; je ne me sentais ni tranquille ni en sûreté. Il plut vers le matin, et tout le jour suivant fut humide. Ne me demandez pas, lecteurs, de vous donner un compte rendu exact de cette journée; comme la veille, je demandai de l'ouvrage et je fus repoussée; comme la veille, j'eus faim. Je ne mangeai qu'une seule fois dans tout le jour; passant devant la porte d'une ferme, je vis une petite fille qui allait jeter un reste de soupe dans l'auge à cochon; je la priai de me le donner. Elle me regarda d'un air étonné.

« Maman, cria-t-elle, voilà une femme qui me demande la soupe.

— Eh bien! donne-la-lui, si c'est une mendiante, répondit une voix dans la maison; le cochon n'en a pas besoin. »

L'enfant versa dans mes mains la soupe qui, en refroidissant, était devenue presque ferme; je la dévorai avidement.

Voyant la nuit venir, je m'arrêtai dans un sentier solitaire, où je me promenais depuis plus d'une heure.

« Mes forces m'abandonnent, me dis-je; je sens bien que je ne pourrai pas aller beaucoup plus loin : vais-je encore passer cette nuit comme une vagabonde? faudra-t-il, maintenant que la pluie commence à tomber, poser ma tête sur le sol froid et humide? Je crains de ne pas pouvoir faire autrement; car qui voudra me recevoir? Mais ce sera horrible avec cette faim, ce froid, cette faiblesse, cette tristesse et ce complet désespoir! Il est probable que je mourrai avant demain matin. Et pourquoi ne puis-je pas accepter la pensée de la mort? Pourquoi chercher à conserver une vie sans saveur? Parce que je sais que M. Rochester vit encore, ou du moins je le crois; puis, la nature se révolte à l'idée de mourir de faim et de froid. Oh! Providence, soutiens-moi encore un peu, aide-moi, dirige moi! »

Mes yeux voilés errèrent sur le paysage obscurci et brumeux: je vis que je m'étais éloignée du village. Il était tout à fait hors de vue; les champs qui l'entouraient avaient même disparu; par des chemins de traverse j'étais revenue du côté des rochers de granit; et, entre moi et les montagnes, il n'y avait plus que quelques champs presque aussi sauvages et aussi incultes que les bruyères.

« Eh bien! me dis-je, j'aime mieux mourir ici que dans une rue ou sur une route fréquentée, et, s'il y a des corbeaux dans ce pays, j'aime mieux que les corbeaux et les corneilles rongent ma chair sur mes os que de voir mon corps emprisonné dans un atelier ou jeté dans une fosse commune. »

Je me dirigeai du côté de la montagne et je l'atteignis. Il ne s'agissait plus que de trouver un enfoncement où je me sentirais, sinon en sûreté, du moins cachée; mais je n'aperçus qu'une surface unie, sans variations de terrain, verte dans les endroits où croissaient la mousse et le jonc, noire dans les lieux où le sol ne portait que des bruyères. La nuit venait et je ne pouvais déjà plus distinguer ces teintes différentes que grâce aux taches sombres ou lumineuses qu'elles formaient. Il m'eut été impossible de remarquer la différence des couleurs depuis la chute du jour.

Mes yeux continuaient à errer sur les montagnes et sur les rochers dont l'extrémité disparaissait au milieu de ce triste paysage, quand tout à coup, sur le sommet d'une montagne éloignée, j'aperçus une lumière. Je pensai d'abord que ce devait être un feu follet qui allait bientôt s'éteindre; mais la lumière continuait à briller sans reculer ni avancer. « C'est un feu de joie qu'on allume, » pensai-je, m'attendant à le voir bientôt s'agrandir; mais ne le voyant ni grandir ni diminuer, j'en conclus que ce devait être la lumière d'une maison. « Mais elle est trop éloignée, me dis-je, pour l'atteindre; et quand même elle serait tout près, à quoi cela me servirait-il? Je n'irais pas frapper à une porte pour me la voir fermer à la figure. »

Je me couchai dans le lieu où je me trouvais, et je cachai mon visage contre terre. Je restai tranquille un instant; le vent de nuit soufflait sur la montagne et sur moi, et allait mourir au loin en mugissant; la pluie tombait épaisse et me mouillait jusqu'aux os. Si mes membres s'étaient engourdis, si de cet état j'avais passé au doux froid de la mort, la gelée aurait pu tomber sur moi, je ne l'aurais pas sentie; mais ma chair, vivante encore, tressaillait sous cette atmosphère humide. Au bout de peu de temps je me levai.

La lumière était encore là; on la voyait mal à travers la pluie, mais on la voyait toujours. Je m'efforçai de marcher de nouveau; je traînai lentement mes membres épuisés dans cette direction. J'arrivai au delà de la montagne en traversant un marécage qui aurait été impraticable en hiver, et qui même alors, au milieu des plus grandes chaleurs, était mou et vacillant. Je tombai deux fois, mais je me relevai et je pris courage; cette lumière était tout mon espoir, il fallait l'atteindre.

Après avoir dépassé la montagne, j'aperçus une ligne blanche au milieu des rochers de granit, je m'approchai. C'était une route conduisant dans la direction de la lumière, qui brillait alors sur une petite colline entourée d'arbres; ceux-ci me parurent être des sapins, autant que l'obscurité me permit de distinguer leur forme et leur feuillage. Au moment où j'allais l'atteindre, mon étoile conductrice disparut; quelque obstacle se trouvait entre elle et moi. J'étendis la main pour sentir ce que c'était : je distinguai les pierres d'un petit mur; au-dessus il y avait quelque chose comme une palissade, et en dedans une haie haute et épineuse. Je continuai à marcher en tâtant; tout à coup un objet blanchâtre frappa mes yeux; c'était une porte avec un loquet : au moment où je la touchai, elle glissa sur ses gonds; de chaque côté se trouvait un buisson noir. Ce devait être un houx ou un if.

Je franchis le seuil et j'aperçus la silhouette d'une maison noire, basse et longue; mais je ne vis plus la lumière, tout était sombre. Les habitants de la maison s'étaient-ils retirés pour le repos du soir? je le craignais. En cherchant la porte, je rencontrai un angle; je tournai, et alors le doux rayon m'apparut de nouveau à travers les vitres en losanges d'une petite fenêtre grillée. Celle-ci était placée à un demi-pied au-dessus du sol, et rendue plus petite encore par un lierre ou une autre plante grimpante, dont les feuilles touffues recouvraient toute cette partie de la maison. L'ouverture était si étroite qu'on avait regardé comme inutile d'avoir des volets ou des rideaux. Je m'arrêtai. Écartant un peu le feuillage, je pus voir tout ce qui se passait à l'intérieur. J'aperçus une pièce propre et sablée, un dressoir de noyer sur lequel étaient rangées des assiettes d'étain qui reflétaient l'éclat d'un brillant feu de tourbe, une horloge, une grande table blanche et quelques chaises. La lumière qui m'avait guidée brillait sur la table, et, à sa lueur, une vieille femme, au visage un peu rude, mais d'une propreté scrupuleuse, comme tout ce qui l'entourait, tricotait un bas.

Je remarquai tous ces détails à la hâte, car ils n'avaient rien d'extraordinaire. Près du foyer, j'aperçus un groupe plus intéressant, assis dans une douce union au sein de la chaleur qui l'entretient. Deux gracieuses jeunes femmes, de véritables ladies, étaient assises, l'une sur une chaise, l'autre sur un siége plus bas; toutes deux étaient en grand deuil, et leurs sombres vêtements faisaient ressortir la blancheur de leur cou et de leur visage. Un vieux chien couchant reposait sa lourde tête sur les genoux d'une des jeunes filles; l'autre berçait sur son sein un chat noir.

Il me sembla étrange de voir de telles jeunes filles dans une aussi humble cuisine : je me demandai qui elles étaient. Elles ne pouvaient pas être les enfants de la femme qui travaillait devant la table, car celle-ci avait l'air d'une paysanne, et les jeunes filles, au contraire, me parurent délicates et distinguées. Jamais je n'avais vu de figures semblables aux leurs, et pourtant, lorsque je les regardais, leurs traits me semblaient familiers. Je ne peux pas dire qu'elles fussent jolies : elles étaient trop pâles et trop sérieuses pour que ce mot pût leur convenir. Lorsqu'elles étaient penchées sur leur livre, leur expression pensive allait presque jusqu'à la sévérité. Sur un guéridon placé entre elles deux, j'aperçus une chandelle et deux grands volumes qu'elles consultaient souvent; elles les comparaient au petit livre qu'elles tenaient à la main, comme quelqu'un qui s'aide d'un dictionnaire pour une traduction. La scène était aussi silencieuse que si tous les personnages eussent été des ombres, et cette pièce, éclairée par le feu, ressemblait à un tableau. Le silence était si grand que j'entendais les cendres tomber sous la grille et l'horloge tinter dans son petit coin obscur; il me sembla même que je distinguais le bruit des aiguilles à tricoter de la vieille femme. Aussi, lorsqu'une voix rompit enfin cet étrange silence, les paroles arrivèrent clairement jusqu'à moi.

« Écoutez, Diana, s'écria tout à coup une des studieuses écolières; Franz et le vieux Daniel sont ensemble pendant la nuit, et Franz raconte un rêve qui l'a effrayé. Écoutez! »

Et, d'une voix basse, elle se mit à lire quelque chose de tout à fait inintelligible pour moi; c'était une langue étrangère, mais ni le français ni le latin. Je ne savais pas si c'était du grec ou de l'allemand.

« C'est fort, dit-elle, lorsqu'elle eut fini; j'aime cela. »

L'autre jeune fille, qui avait levé la tête pour écouter sa sœur, répéta, en regardant le feu, la ligne qu'on venait de lui lire. Plus tard, j'appris la langue et j'eus le livre entre les mains; aussi vais-je citer la ligne tout de suite, quoiqu'elle n'eût aucune signification pour moi le jour où je l'entendis pour la première fois. La voici : « Da trat herfor einer. anzusehen wie die ster« nen nacht. » (L'un d'eux s'avança pour voir les étoiles pendant la nuit....)

« Bon, bon! s'écria l'une des sœurs; et je vis briller son œil noir et profond. Voyez ici, maintenant; vous avez sous les yeux un archange dur et puissant; voici ce qu'il dit. Ces lignes valent cent pages de style ampoulé : « Ich wage die gedanken « in der schale meines zornes und die werke mit dem gevichte « meines grimms. » (Je pèse les pensées dans la balance de ma colère et les œuvres avec les poids de mon courroux.) J'aime aussi cela. »

Toutes deux se turent de nouveau.

« Y a-t-il un pays où l'on parle ainsi? demanda la vieille femme en levant les yeux de dessus son tricot.

— Oui, Anna; il y a un pays beaucoup plus grand que l'Angleterre où l'on ne parle pas autrement.

— Ce qui est sûr, c'est que je ne sais pas comment ils se comprennent; et si l'une de vous y allait, je parie qu'elle devinerait tout ce qu'ils disent.

— Il est probable, en effet, que nous comprendrions quelque chose, mais pas tout : car nous ne sommes pas aussi savantes que vous le croyez, Anna; nous ne parlons pas l'allemand, et nous ne le comprenons qu'à l'aide d'un dictionnaire.

— Et quel bien cela vous fera-t-il quand vous le comprendrez tout à fait?

— Nous avons l'intention de l'enseigner plus tard, ou du moins les éléments, et alors nous gagnerons plus d'argent que maintenant.

— C'est probable. Mais à présent, cessez d'étudier, en voilà assez pour ce soir.

— Je le crois en effet, car je suis fatiguée; et vous, Marie?

— Horriblement. Après tout, c'est un rude travail que d'étudier une langue sans autre maître qu'un dictionnaire.

— Oh! oui; surtout une langue aussi difficile que l'allemand. Mais quand Saint-John arrivera-t-il donc?

— Il ne tardera certainement pas beaucoup maintenant. Il est juste dix heures, dit-elle en retirant une petite montre d'or de sa ceinture; il pleut très-fort. Anna, voulez-vous avoir la bonté d'aller voir si le feu du parloir ne s'éteint pas? »

La femme se leva, ouvrit une porte à travers laquelle j'aperçus vaguement un passage, et je l'entendis remuer le feu dans une chambre. Elle revint bientôt.

« Ah! enfants, s'écria-t-elle, cela me fait mal d'aller dans cette chambre; elle est si triste maintenant, avec ce grand fauteuil vide, repoussé dans un coin! »

Elle essuya ses yeux avec son tablier, et l'expression des jeunes filles, de grave qu'elle était, devint triste.

« Mais il est maintenant dans une place meilleure, continua Anna, nous ne devrions pas désirer qu'il fût ici; et puis on ne peut pas avoir une mort plus tranquille que ne l'a été la sienne.

— Vous dites qu'il n'a pas une seule fois parlé de nous? demanda une des jeunes filles.

— Il n'en a pas eu le temps; il est parti en une minute, votre pauvre père. Il avait été un peu souffrant le jour précédent, mais ce n'était presque rien; et lorsque M. John lui demanda s'il voulait qu'on envoyât chercher l'une de vous, il se mit à rire. Le jour suivant, il y a de cela une quinzaine, il avait encore la tête un peu lourde; il alla se coucher, mais il ne s'est pas réveillé; il était presque tout à fait mal lorsque votre frère entra dans la chambre. Oh ! enfants, c'était le dernier de la vieille race ; car vous et M. John, vous êtes d'une espèce toute différente ; vous avez beaucoup de rapport avec votre mère ; elle était presque aussi savante que vous. Comme figure, elle ressemblait à Marie; Diana rappelle plutôt son père. »

Je trouvais que les deux sœurs se ressemblaient tellement, que je ne pouvais pas comprendre la différence faite entre elles deux par la servante, car je vis alors que c'était une servante. Toutes deux étaient blondes et sveltes ; toutes deux avaient des figures intelligentes et distinguées. Il est vrai que les cheveux de l'une étaient un peu plus foncés que ceux de l'autre, et qu'elles ne se coiffaient pas toutes deux de la même manière : les cheveux blonds cendrés de Marie étaient séparés sur le milieu de la tête et retombaient en boucles bien lissées sur les tempes ; les boucles plus brunes de Diana recouvraient tout son cou. L'horloge sonna dix heures.

« Je suis sûre que vous voudriez votre souper, observa Anna; et M. John aussi le désirera lorsqu'il reviendra. »

Et elle se mit à préparer le repas. Les deux jeunes filles se levèrent et semblèrent vouloir se diriger vers le parloir. Jusque-là j'avais été si occupée à les regarder, leur tenue et leur conversation avaient si vivement excité mon intérêt, que j'avais presque oublié ma triste position ; mais maintenant, je me la rappelais, et, par le contraste, elle me parut encore plus douloureuse et plus désespérée ; et combien il me semblait difficile d'attendrir sur mon sort les habitants de cette maison, de leur persuader même que mes besoins et mes souffrances n'étaient pas un mensonge, d'obtenir d'elles un abri ! Lorsque je m'avançai vers la porte, et que je frappai en tremblant, je compris que cette dernière idée était une véritable chimère. Anna vint m'ouvrir.

« Que voulez-vous ? me demanda-t-elle avec étonnement, en m'examinant à la lueur de sa chandelle.

— Puis-je parler à vos maîtresses ? demandai-je.

— Vous feriez mieux de me dire ce que vous leur voulez. D'où venez-vous ?

— Je suis étrangère.

— Que venez-vous faire ici à cette heure ?

— Je voudrais un abri pour cette nuit dans un hangar, ou ailleurs, et un morceau de pain pour apaiser ma faim. »

Ce que je craignais arriva : la figure d'Anna exprima la défiance.

« Je vous donnerai un morceau de pain, dit-elle après une

pause; mais il n'est pas probable que nous puissions loger une vagabonde.

— Laissez-moi parler à vos maîtresses.

— Non. Que pourraient-elles faire pour vous? Vous ne devriez pas errer par les chemins à cette heure; ce n'est pas bien.

— Mais où irai-je, si vous me chassez? Que ferai-je?

— Oh! je suis bien sûre que vous savez où aller et quoi faire. Tout ce que je vous conseille, c'est de ne rien faire de mal. Voilà deux sous; maintenant, partez.

— De l'argent ne pourra pas me nourrir, et je n'ai pas la force d'aller plus loin. Ne me fermez pas la porte, je vous en supplie, pour l'amour de Dieu!

— Il le faut, la pluie entre dans la maison.

— Dites seulement aux jeunes dames que je voudrais leur parler; laissez-moi les voir.

— Non certainement; vous n'êtes pas ce que vous devriez être, ou vous ne feriez pas un tel bruit. Partez.

— Mais je mourrai, si vous me chassez!

— Je suis bien sûre que non. Je crains que quelque mauvaise pensée ne vous pousse à errer à cette heure autour des maisons. Si vous êtes suivie par des voleurs ou des gens de cette espèce, vous n'avez qu'à leur dire que nous ne sommes pas seules à la maison; que nous avons un homme, des chiens et des fusils. »

Et alors la servante, honnête mais inflexible, ferma la porte, et la verrouilla en dedans.

C'était le comble de mes maux. Une douleur infinie brisa mon cœur; un sanglot de profond désespoir le souleva. J'étais épuisée; je ne pouvais plus faire un pas; je tombai en gémissant sur les marches mouillées. Je joignis mes mains, et je me mis à pleurer amèrement. Oh! le spectre de la mort! Oh! mon heure dernière qui approche au milieu de tant d'horreurs! Hélas! quelle solitude! quel bannissement loin de mes semblables! Ce n'était pas seulement l'espérance qui s'était envolée, mais aussi le courage qui m'avait abandonnée, pour un moment du moins; mais bientôt je m'efforçai de redevenir ferme.

« Je ne puis que mourir, me dis-je; mais je crois en Dieu, et j'essayerai d'attendre en silence l'accomplissement de sa volonté. »

Ces mots, je ne les avais pas seulement pensés, mais je les avais murmurés à demi-voix; refoulant ma souffrance au fond de mon cœur, je la forçai à y rester tranquille et silencieuse

« Tous les hommes doivent mourir, dit une voix tout près de moi; mais tous ne sont pas condamnés à une mort prématurée et douloureuse comme serait la vôtre, s'il vous fallait périr de besoin devant cette porte.

— Qui est-ce qui a parlé? » demandai-je épouvantée par cette voix inattendue, et incapable d'espérer aucun secours.

J'aperçus quelque chose près de moi, mais quoi? L'obscurité de la nuit et la faiblesse de mes yeux m'empêchaient de rien distinguer. Le nouveau venu frappa un coup long et vigoureux à la porte.

« Est-ce vous, monsieur John? cria Anna.

— Oui, oui, ouvrez vite.

— Comme vous devez être mouillé et avoir froid par une semblable nuit! Entrez, vos sœurs sont inquiètes de vous. Je crois qu'il y a des gens suspects dans les environs; il y avait tout à l'heure ici une mendiante, et elle est encore couchée là; voyez. Allons, levez-vous donc, vous dis-je, et partez.

— Silence, Anna! il faut que je parle à cette femme; vous avez fait votre devoir en la chassant, laissez-moi accomplir le mien en la faisant entrer. J'étais tout près. J'ai entendu votre conversation avec elle; je crois que c'est un cas tout particulier et qui demande au moins à être examiné. Jeune femme, levez-vous et marchez devant moi. »

J'obéis avec peine. Je fus bientôt devant le foyer de la cuisine brillante et propre que j'avais déjà vue. J'étais faible, tremblante, et j'avais conscience de mon aspect effrayant et désordonné; j'étais inondée. Les deux jeunes filles, M. Saint-John, leur frère, et la vieille servante avaient les yeux fixés sur moi.

J'entendis quelqu'un demander :

« Saint-John, qui est-ce?

— Je ne puis pas vous le dire; je l'ai trouvée à la porte, répondit-on.

— Elle est pâle, dit Anna.

— Aussi pâle que la mort ou que l'argile, répondit quelqu'un; faites-la asseoir ou elle tombera. »

En effet, j'avais le vertige; je me sentais défaillir; mais une chaise me reçut. J'avais encore conscience de ce qui se passait autour de moi; seulement je ne pouvais pas parler.

« Peut-être qu'un peu d'eau lui ferait du bien; Anna, allez en chercher. Voyez, son corps est réduit à rien; comme elle es' pâle et maigre!

— Un vrai spectre!

— Est-elle malade, ou a-t-elle seulement faim?

— Elle a faim, je crois. Anna, est-ce du lait que je vois là? Donnez-le-moi avec un morceau de pain. »

Diana (je la reconnaissais à cause de ses longues boucles que je vis flotter entre moi et le feu au moment où elle se pencha de mon côté), Diana rompit un peu de pain, le trempa dans le lait et l'approcha de mes lèvres; sa figure était près de la mienne; ses traits exprimaient de la pitié et sa respiration haletante annonçait de la sympathie. Lorsqu'elle me dit : « Essayez de manger », je sentis dans ces simples paroles une émotion qui fut pour moi comme un baume salutaire.

« Oui, essayez, » répéta doucement Marie.

Et, après m'avoir retiré mon chapeau, elle me souleva la tête. Je mangeai ce qu'elles m'offraient, faiblement d'abord, puis avec ardeur.

« Pas trop à la fois; contenez-la, dit le frère. Elle en a assez. »

Et il retira le lait et le pain.

« Encore un peu, Saint John; regardez comme ses yeux expriment l'avidité.

— Pas à présent, ma sœur; voyez si elle peut parler maintenant; demandez-lui son nom. »

Je sentis que je pouvais parler et je répondis :

« Je m'appelle Jane Elliot. »

Craignant, comme toujours, d'être découverte, j'avais résolu de prendre ce nom.

« Et où demeurez-vous? où sont vos amis? »

Je restai silencieuse.

« Pouvons-nous envoyer chercher quelqu'un que vous connaissiez? »

Je secouai la tête.

« Quels détails avez-vous à donner sur votre position? »

Maintenant que j'avais franchi le seuil de cette maison, que je me trouvais face à face avec ses habitants, je ne me sentais plus repoussée, errante et désavouée par le monde entier; aussi osé-je me dépouiller de mon apparence de mendiante et reprendre à la fois mon caractère et les manières qui m'étaient naturelles. Je commençais à me reconnaître, et lorsque M. Saint-John me demanda des détails, que j'étais trop faible pour lui donner, je répondis, après une courte pause :

« Monsieur, je ne puis pas vous donner de détails ce soir.

— Mais alors, reprit-il, qu'espérez-vous donc que je ferai pour vous?

— Rien, » répondis-je.

Mes forces ne me permettaient de faire que de courtes réponses.

Diana prit la parole.

« Voulez-vous dire, demanda-t-elle, que nous vous ayons donné tout ce dont vous avez besoin et que nous puissions vous renvoyer par cette nuit pluvieuse? »

Je la regardai; son expression était remarquable et indiquait à la fois la force et la bonté. Je pris courage; répondant par un sourire à son regard plein de compassion, je lui dis :

« Je me confierai à vous; quand même je serais un chien errant et sans maître, je sais que vous ne me chasseriez pas loin de votre foyer cette nuit; et, les choses étant ce qu'elles sont, je n'ai aucune crainte. Faites de moi ce que vous voudrez; mais excusez-moi si je ne vous parle pas longuement aujourd'hui; mon haleine est courte, et chaque fois que je parle je sens un spasme. »

Tous les trois me regardèrent et demeurèrent silencieux.

« Anna, dit enfin M. Saint-John, laissez-la assise ici et ne lui faites aucune question pour le moment. Dans une dizaine de minutes donnez-lui le reste du lait et du pain. Marie et Diana, suivez-moi dans le parloir, et nous causerons de tout ceci. »

Ils se retirèrent; bientôt une des dames rentra, je ne puis pas dire laquelle; pendant que j'étais assise devant la flamme vivifiante du foyer, un engourdissement agréable s'était emparé de moi. La jeune fille donna tout bas quelques ordres à Anna, et, peu de temps après, je m'efforçai, avec l'aide de la servante, de monter l'escalier. On me retira mes vêtements mouillés, et bientôt un lit chaud et sec reçut mes membres engourdis. Je remerciai Dieu et, au milieu d'un inexprimable épuisement, j'éprouvai une joyeuse gratitude.

Je m'endormis bien vite.

---

## CHAPITRE XXIX.

Je ne me rappelle que très-confusément les trois jours et les trois nuits qui suivirent mon arrivée dans cette maison; je pensais peu; je ne faisais rien. Je sais que j'étais dans une petite chambre et dans un lit étroit. Il me semblait que j'étais attachée à ce lit, car j'y restais aussi immobile qu'une pierre, et m'en arracher eût presque été me tuer. Je ne faisais point attention au temps; je ne m'apercevais pas de l'arrivée du soir ou du matin. Je voyais quand quelqu'un entrait dans la chambre ou la quittait; je pouvais même dire qui c'était; je comprenais ce qui se disait, lorsque celui qui parlait était près de moi; mais je ne pouvais pas répondre : il m'était aussi impossible d'ouvrir mes lèvres que de remuer mes membres. Anna était celle qui me visitait le plus souvent; je n'aimais pas à la voir, parce que je sentais qu'elle m'aurait voulue loin de là, qu'elle ne comprenait pas ma position et qu'elle était mal disposée à mon égard. Diana et Marie entraient dans la chambre une ou deux fois par jour, et je les entendais murmurer à côté de moi des phrases semblables à celles-ci :

« C'est bien heureux que nous l'ayons fait entrer.

— Oh oui! car on l'aurait certainement trouvée morte le lendemain, si elle fût restée dehors toute la nuit. Je me demande ce qui a pu lui arriver.

— Elle a supporté de grandes souffrances, je crois, la pauvre voyageuse pâle et amaigrie!

— A en juger d'après sa manière de parler, ce n'est pas une personne sans éducation; son accent est très-pur, et les vêtements qu'on lui a retirés, bien que souillés et mouillés, étaient beaux et presque neufs.

— Elle a une figure singulière, maigre et hagarde, et qui me plaît pourtant; quand elle est animée et en bonne santé, je parie que sa physionomie doit être agréable. »

Pas une seule fois je ne les entendis regretter l'hospitalité qu'ils m'avaient accordée; pas une seule fois je ne les vis témoigner, à mon égard, de défiance ou d'aversion. Je me sentais bien.

M. Saint-John ne vint me voir qu'une seule fois; il me regarda, et dit que mon état léthargique était la réaction inévitable qui devait suivre toute fatigue excessive. Il déclara inutile d'envoyer chercher un médecin; il était sûr, disait-il, que, livrée à elle-même, la nature n'en agirait que mieux. Il ajouta que chacun de mes nerfs avait été violemment excité et qu'il fallait un profond sommeil à tout le système; que je n'avais pas de maladie et que ma convalescence, une fois commencée, serait rapide. Il dit toutes ces choses en peu de mots et à voix basse. Après une pause, il ajouta, du ton d'un homme peu accoutumé à l'expansion :

« Une physionomie extraordinaire, et qui certainement n'indique ni la vulgarité ni la dégradation.

— Loin de là, répondit Diana; à dire vrai, Saint-John, je

m'attache à cette pauvre petite créature ; je voudrais pouvoir la garder toujours.

— Il est probable que ce sera impossible, répondit M. Saint-John ; vous verrez qu'elle se trouvera être quelque jeune lady qui, ayant eu un malentendu avec ses amis, les aura quittés dans un moment d'irréflexion. Nous réussirons peut-être à la leur rendre, si elle n'est pas trop entêtée ; mais je vois sur son visage des lignes qui indiquent une telle force de volonté que je doute un peu du succès. » Il me regarda quelques minutes, puis ajouta : « Sa figure exprime la sensibilité, mais elle n'est pas jolie.

— Elle est si malade, Saint-John !

— Malade ou non, elle ne peut être jolie ; la grâce et l'harmonie manquent dans ses traits. »

Le troisième jour, je fus mieux ; le quatrième, je pus parler, remuer, me lever sur mon lit et me tourner. Anna m'apporta un peu de gruau et une rôtie sans beurre ; je pense que ce devait être vers l'heure du dîner. Je mangeai avec plaisir ; cette nourriture me sembla bonne, et je ne lui trouvai pas cette saveur fiévreuse qui, jusque-là, avait empoisonné tout ce que j'avais mangé. Quand Anna me quitta, je me sentais forte et animée, comparativement du moins à ce que j'étais auparavant. Au bout de quelque temps, je fus rassasiée de repos et tourmentée par le besoin de l'action. Je désirais me lever ; mais quels vêtements mettre ? je n'avais que mes habits mouillés et tachés de boue, avec lesquels j'étais tombée dans la mare et je m'étais couchée à terre. J'eus honte de paraître ainsi vêtue devant mes bienfaiteurs ; mais cette humiliation me fut épargnée. Sur une chaise, au pied du lit, j'aperçus tous mes habits propres et séchés. Ma robe de soie noire était pendue au mur ; toutes les traces de boue avaient été enlevées ; les plis formés par la pluie avaient disparu ; en un mot, elle était propre et en état d'être portée. Mes bas et mes souliers, bien nettoyés, étaient redevenus présentables. Il y avait dans la chambre de quoi me laver et une brosse et un peigne pour arranger mes cheveux. Après bien des efforts qui m'obligèrent à me reposer toutes les cinq minutes, je parvins enfin à m'habiller. Mes vêtements pendaient le long de mon corps, car j'avais beaucoup maigri ; mais je m'enveloppai dans un châle pour cacher l'état où j'étais. Enfin, j'étais propre ; je n'avais plus sur moi ni taches de boue ni traces de désordre, deux choses que je détestais tant et qui m'avilissaient à mes propres yeux. Je descendis l'escalier de pierre en m'aidant de la balustrade ; j'arrivai à un passage bas et étroit qui me conduisit bientôt à la cuisine.

En y entrant, je sentis l'odeur du pain nouvellement cuit, et la chaleur d'un feu généreux arriva jusqu'à moi. On sait combien il est difficile d'arracher les préjugés d'un cœur qui n'a pas subi la bonne influence de l'éducation, car ils y sont aussi fortement enracinés que les mauvaises herbes dans les pierres. Aussi Anna avait-elle été d'abord froide et roide à mon égard; dernièrement elle s'était un peu radoucie, et lorsqu'elle me vit propre et bien habillée, elle alla même jusqu'à sourire.

« Comment! vous vous êtes levée! dit-elle; alors vous êtes mieux; vous pouvez vous asseoir dans ma chaise, sur la pierre du foyer, si vous le désirez. »

Elle m'indiqua le siége; je le pris. Elle continua son ouvrage, me regardant de temps en temps du coin de l'œil; puis se tournant de mon côté après avoir retiré quelques pains du four, elle me dit tout à coup :

« Avez-vous jamais mendié avant de venir ici ? »

Un instant je fus indignée; mais, me rappelant que la colère serait hors de propos, et qu'en effet elle avait dû me prendre pour une mendiante, je lui répondis tranquillement, mais avec une certaine fermeté :

« Vous vous trompez lorsque vous supposez que je suis une mendiante; je ne suis pas plus une mendiante que vous ou que vos jeunes maîtresses. »

Après une pause, elle reprit :

« Je ne comprends pas cela; et pourtant vous n'avez pas de maison ni de magot, je parie.

— On peut n'avoir ni maison ni argent (car je suppose que c'est là ce que vous voulez dire), sans être pour cela une mendiante dans le sens où vous l'entendez.

— Êtes-vous savante? me demanda-t-elle au bout de quelque temps.

— Oui.

— Mais vous n'avez jamais été en pension?

— Si, pendant huit ans. »

Elle ouvrit ses yeux tout grands.

« Alors pourquoi ne pouvez-vous pas vous suffire? reprit-elle.

— Jusqu'ici je me suis suffi à moi-même, et j'espère que je me suffirai plus tard encore. Qu'allez-vous faire de ces groseilles? demandai-je en la voyant apporter une corbeille de fruits.

— Des tartes.

— Donnez-les-moi, je vais les éplucher.

— Je ne vous demande pas de m'aider.

— Mais il faut que je fasse quelque chose; donnez-les-moi.

— Vous n'avez pas été habituée aux gros ouvrages; je le vois à vos mains, dit-elle; vous avez peut-être été couturière?

— Non, vous vous trompez; mais peu importe ce que j'ai été; ne vous en tourmentez pas plus; mais dites-moi le nom de la maison où vous demeurez.

— Il y en a qui l'appellent Marsh-End, d'autres Moor-House.

— Et le maître de la maison s'appelle M. Saint-John.

— Il ne demeure pas ici; il n'y est que depuis peu de temps; sa maison est dans sa paroisse, à Morton.

— Le village qui est à quelques milles d'ici?

— Oui.

— Et qu'est-il?

— Il est pasteur. »

Je me rappelai la réponse que m'avait faite la vieille femme de charge du presbytère quand je lui avais demandé à voir le pasteur.

« Alors, repris-je, c'était ici la maison de son père?

— Oui, le vieux M. Rivers demeurait ici; et son père, son grand-père et son arrière-grand-père y avaient demeuré avant lui.

— Alors, le monsieur que j'ai vu s'appelle M. Saint-John Rivers?

— Oui, Saint-John est comme son nom de baptême.

— Et ses sœurs s'appellent Diana et Marie Rivers?

— Oui.

— Leur père est mort?

— Il y a trois semaines. Il est mort subitement.

— Ils n'ont pas de mère?

— Elle est morte il y a plusieurs années.

— Demeurez-vous depuis longtemps dans la famille?

— Depuis trente ans. Je les ai élevés tous les trois.

— Cela prouve que vous avez été une servante honnête et fidèle. Je le déclarerai hautement, bien que vous ayez eu l'impolitesse de m'appeler une mendiante. »

Elle me regarda de nouveau avec surprise.

« Je crois, dit-elle, que je me suis tout à fait trompée sur votre compte; mais il y a tant de fripons dans le pays qu'il ne faut pas m'en vouloir.

— Et bien que vous ayez voulu me chasser, continuai-je un peu sévèrement, à un moment où l'on n'aurait pas mis un chien à la porte.

— Oui, c'était dur. Mais que faire? Je pensais plus aux enfants qu'à moi; elles n'ont que moi pour prendre soin d'elles et je suis quelquefois obligée d'être un peu vive. »

Je gardai le silence pendant quelques minutes.

« Il ne faut pas me juger trop sévèrement, reprit-elle de nouveau.

— Je vous juge sévèrement, repris-je, et je vais vous dire pourquoi. Ce n'est pas tant parce que vous m'avez refusé un abri, et que vous m'avez traitée de menteuse, que parce que vous venez de me reprocher de n'avoir ni maison ni argent. On a vu les gens les plus vertueux du monde réduits à un dénûment aussi grand que le mien; et si vous étiez chrétienne, vous ne regarderiez pas la pauvreté comme un crime.

— C'est vrai, répondit-elle; M. Saint-John me le dit aussi. Je vois que je m'étais trompée, mais maintenant j'ai une tout autre opinion de vous, car vous avez l'air d'une jeune fille propre et convenable.

— Cela suffit, je vous pardonne à présent; donnez-moi une poignée de main. »

Elle mit sa main rude et enfarinée dans la mienne; un sourire bienveillant illumina son visage, et, à partir de ce moment, nous fûmes amies.

Anna aimait évidemment à parler. Pendant que j'épluchais les fruits et qu'elle-même faisait la pâte de la tourte, elle se mit à me donner une infinité de détails sur son ancien maître, sa maîtresse et les enfants; c'est ainsi qu'elle appelait les jeunes gens.

« Le vieux M. Rivers, me dit-elle, était un homme simple, et pourtant aucune famille ne remonte plus haut que la sienne; Marsh-End a toujours appartenu aux Rivers (et elle affirmait qu'il y avait au moins deux cents ans que la maison était bâtie). Elle doit paraître bien humble et bien triste, continua la servante, comparée au grand château de M. Olivier, dans la vallée de Morton. Mais je me rappelle le père de M. Olivier, ouvrier et travaillant dans la fabrique d'aiguilles, tandis que la famille de M. Rivers est de vieille noblesse. Elle remonte jusqu'au temps des Henri, comme on peut bien le voir dans les registres de l'église; et pourtant, mon maître était comme les autres, rien ne le distinguait des paysans : il était chaussé de gros souliers, s'occupait de ses fermes, et ainsi de suite. Quant à ma maîtresse, c'était différent : elle aimait à lire et à étudier, et ses enfants ont suivi son exemple. Il n'y a jamais eu, et il n'y a encore personne comme eux dans ce pays. Tous trois ont aimé l'étude presque du moment où ils ont su parler, et ils ont toujours été d'une pâte à part. Quand M. John fut grand, on l'envoya au collége pour en faire un ministre. Les jeunes filles, aussitôt qu'elles eurent quitté la pension, cherchèrent à se placer comme gouvernantes, car on leur avait dit que leur père avait perdu beaucoup d'argent par suite d'une banqueroute, qu'il n'était pas assez riche pour leur donner de la fortune, qu'il leur faudrait se tirer d'affaire elles-mêmes. Pendant longtemps elles ne sont restées que très-peu à la maison. Ces temps-ci, elles sont venues y passer quelques semaines à cause de la mort de leur père. Elles aiment beaucoup Marsh-End, Morton, les rochers de granit et les montagnes environnantes. Bien qu'elles aient habité Londres, et plusieurs autres grandes villes, elles disent toujours qu'il n'y a rien de tel que le pays où l'on est né. Et puis, elles sont si bien ensemble! elles ne se disputent jamais; c'est la famille la plus unie que je connaisse. »

Ayant achevé d'éplucher mes groseilles, je demandai où étaient les deux jeunes filles et leur frère.

« Ils ont été faire une promenade à Morton, me répondit-elle: mais ils seront de retour dans une demi-heure pour prendre le thé. »

Ils revinrent, en effet, à l'heure indiquée par Anna; ils entrèrent par la cuisine. Lorsque M. Saint-John me vit, il me salua simplement, et continua son chemin. Les deux jeunes filles s'arrêtèrent : Marie m'exprima, en quelques mots pleins de bonté et de calme, le plaisir qu'elle avait à me voir en état de descendre; Diana me prit la main et pencha sa tête vers moi.

« Avant de vous lever, vous auriez dû me demander permission, me dit-elle; vous êtes encore bien pâle et bien faible. Pauvre enfant! pauvre jeune fille! »

La voix de Diana me rappela le roucoulement de la tourterelle; son regard me charmait, et j'aimais à le rencontrer. Tout son visage était rempli d'attrait pour moi. La figure de Marie était aussi intelligente, ses traits aussi jolis; mais son expression était plus réservée; ses manières, quoique douces, étaient moins familières. Il y avait une certaine autorité dans le regard et dans la parole de Diana; évidemment, elle avait une volonté. Il était dans ma nature de me soumettre avec plaisir à une autorité semblable à la sienne; lorsque ma conscience et ma dignité me le permettaient, j'aimais à plier sous une volonté active.

« Et que faites-vous ici? continua-t-elle; ce n'est pas votre place. Marie et moi nous nous tenons quelquefois dans la cuisine, parce que chez nous nous aimons à être libres jusqu'à la licence; mais vous, vous êtes notre hôte. Entrez dans le salon.

— Je suis très-bien ici.

— Pas du tout; Anna fait du bruit autour de vous, et vous couvre de farine.

— Et puis le feu est trop chaud pour vous, ajouta Marie.

— Certainement, reprit Diana; venez, il faut obéir. »

Et, me tenant toujours la main, elle me fit lever et me conduisit dans une chambre intérieure.

« Asseyez-vous là, me dit-elle, en me plaçant sur le sofa, pendant que nous nous déshabillerons et que nous préparerons le thé; car c'est encore un de nos priviléges dans notre petite maison des montagnes, nous préparons nous-mêmes nos repas quand nous y sommes disposées, et qu'Anna est occupée à pétrir, à cuire, à laver ou à repasser. »

Elle ferma la porte et me laissa seule avec M. Saint-John, qui était assis en face de moi, un livre ou un journal à la main. J'examinai d'abord le salon, ensuite celui qui l'occupait.

Le salon était une petite pièce simplement meublée, mais propre et confortable. Les chaises, de forme antique, étaient brillantes à force d'avoir été frottées, et la table de noyer eût pu servir de miroir. Quelques vieux portraits d'hommes et de femmes décoraient le papier fané du mur; un buffet vitré renfermait des livres et un ancien service de porcelaine. Il n'y avait aucun ornement inutile dans la chambre; pas un meuble moderne, excepté pourtant deux boîtes à ouvrage et un pupitre en bois de rose, placés sur une table de côté. Tout enfin, y compris le tapis et les rideaux, était à la fois vieux et bien conservé.

M. Saint-John, aussi immobile que les tableaux suspendus au mur, les yeux fixés sur son livre et les lèvres complétement fermées, était facile à examiner, et même l'examen n'aurait pas été plus aisé si, au lieu d'être un homme, il eût été une statue. Il pouvait avoir de vingt-huit à trente ans; il était grand et élancé; son visage attirait le regard. Il avait une figure grecque, des lignes très-pures, un nez droit et classique, une bouche et un menton athéniens. Il est rare qu'une tête anglaise s'approche autant des modèles antiques. Il avait bien pu être un peu choqué de l'irrégularité de mes traits, les siens étaient si harmonieux! Ses grands yeux bleus étaient voilés par des cils noirs; quelques mèches de cheveux blonds tombaient négligemment sur son front élevé et pâle comme l'ivoire.

Quels traits charmants! direz-vous. Et pourtant, en regardant M. Saint-John, il ne me vint pas une seule fois à l'idée qu'il dût avoir une nature charmante, souple, sensitive, ni même douce. Bien qu'il fût immobile en ce moment, il y avait dans sa bouche, son nez et son front, quelque chose qui semblait indiquer l'inquiétude, la dureté ou la passion. Il ne me dit pas un mot, ne me regarda pas une seule fois, jusqu'à ce que ses sœurs fussent de retour. Diana, qui allait et venait pour préparer le thé, m'apporta un petit gâteau cuit dans le four.

« Mangez cela maintenant, me dit-elle; vous devez avoir faim; Anna m'a dit que depuis le déjeuner vous n'aviez mangé qu'un peu de gruau. »

J'acceptai, car mon appétit était aiguisé. M. Rivers ferma alors son livre, s'approcha de la table, et, au moment où il s'assit, fixa sur moi ses yeux bleus, semblables à ceux d'un tableau. Son regard était si direct, si scrutateur, et indiquait tant de résolution, qu'il fut bien évident pour moi que, si M. Rivers ne m'avait pas encore examinée, c'était avec intention et non pas par timidité.

« Vous avez très-faim? me dit-il.

— Oui, monsieur, » répondis-je.

Il était dans ma nature de répondre brièvement à une question brève, et simplement à une question directe.

« Il est heureux, reprit-il, que la fièvre vous ait forcée à vous abstenir ces trois derniers jours : il y aurait eu du danger à céder dès le commencement à votre appétit vorace. Maintenant vous pouvez manger, mais il faut pourtant de la modération. »

Ma réponse fut à la fois impolie et maladroite.

« J'espère, monsieur, dis-je, que je ne me nourrirai pas longtemps à vos dépens.

— Non, répondit-il froidement; quand vous nous aurez indiqué la demeure de vos amis, nous leur écrirons et vous leur serez rendue.

— Je vous dirai franchement qu'il n'est pas en mon pouvoir de le faire, car je n'ai ni demeure ni amis. »

Tous trois me regardèrent, mais sans défiance; leurs regards n'exprimaient pas le soupçon, mais plutôt la curiosité. Je parle surtout des deux jeunes filles : car, bien que les yeux de Saint-John fussent limpides dans le sens propre du mot, au figuré il était presque impossible d'en mesurer la profondeur; c'étaient plutôt des instruments destinés à sonder les pensées des autres que des agents propres à révéler les siennes. Sa réserve et sa perspicacité étaient plutôt faites pour embarrasser que pour encourager.

« Voulez-vous dire, reprit-il, que vous n'avez aucun parent?

— Oui, monsieur; aucun lien ne m'attache à un être vivant. Je n'ai le droit de réclamer d'abri sous aucun toit d'Angleterre.

— C'est une position bien singulière à votre âge. »

Je vis son regard se diriger vers mes mains, qui étaient croisées sur la table. Je me demandais ce qu'il cherchait; je le compris bientôt par la question qu'il me fit.

« Vous n'avez jamais été mariée? » me demanda-t-il.

Diana se mit à rire.

« Comment, Saint-John! s'écria-t-elle; elle a tout au plus dix-sept ou dix-huit ans.

— J'ai près de dix-neuf ans, dis-je, mais je ne suis pas mariée. »

Je sentis le rouge me monter au visage, car ce mot de mariage avait réveillé chez moi des souvenirs amers et cuisants. Tous virent mon embarras et mon émotion; mais le frère, plus sombre et plus froid, continua à me regarder jusqu'à ce que le trouble m'eût amené des larmes dans les yeux.

« Où avez-vous demeuré en dernier lieu? demanda-t-il de nouveau.

— Vous êtes trop curieux, Saint-John, » murmura Marie à voix basse.

Mais, appuyé sur la table, M. Rivers demandait une réponse par son regard ferme et perçant.

« Le nom du lieu où j'ai demeuré et de la personne avec laquelle j'ai vécu est mon secret, répondis-je.

— Et, dans mon opinion, vous avez le droit de le garder et de ne répondre ni à Saint-John ni aux autres questionneurs indiscrets, remarqua Diana.

— Et pourtant, si je ne sais rien sur vous ni sur votre histoire, je ne puis pas venir à votre aide, dit-il; et vous avez besoin de secours, n'est-ce pas?

— J'en ai besoin et j'en cherche; je désire que quelque véritable philanthrope me procure un travail dont le salaire suffise pour faire face aux premières nécessités de la vie.

— Je ne sais si je suis un véritable philanthrope, mais je désire vous aider autant qu'il est en mon pouvoir pour atteindre un but aussi honnête. Mais dites-moi d'abord ce que vous avez été accoutumée à faire, puis ce que vous pouvez faire. »

J'avais avalé mon thé; ce breuvage m'avait restaurée comme du vin aurait restauré un géant; il avait donné du ton à mes nerfs sans force, et je pus m'adresser avec fermeté à ce juge jeune et pénétrant.

« Monsieur Rivers, dis-je en me tournant vers lui, et en le regardant comme il me regardait, c'est-à-dire ouvertement et sans timidité, vous et vos sœurs m'avez rendu un grand service, le plus grand qu'un homme puisse rendre à son semblable : vous m'avez arrachée à la mort par votre noble hospitalité ; ce bienfait vous donne un droit illimité à ma reconnaissance, et un certain droit à ma confiance. Je vous dirai sur la voyageuse que vous avez recueillie tout ce que je puis dire sans compromettre la paix de mon esprit, ma propre sécurité morale et physique, et surtout celle des autres. Je suis orpheline, fille d'un ministre; mes parents sont morts avant que j'aie pu les connaître. Je me trouvai dans une position dépendante. Je fus élevée à une école de charité ; je vous dirai même le nom de l'établissement où j'ai passé six années comme élève et deux comme maîtresse : c'était à Lowood, Institution des Orphelins, comté de... Vous aurez entendu parler de cela, monsieur Rivers ; le révérend Robert Brockelhurst était trésorier.

— J'ai entendu parler de M. Brockelhurst, et j'ai vu l'école.

— J'ai quitté Lowood il y a à peu près un an pour devenir institutrice dans une maison. J'avais une bonne place et j'étais heureuse ; cette place, j'ai été obligée de la quitter quatre jours avant le moment où je suis arrivée ici ; je ne puis pas, je ne dois pas dire la raison de mon départ : ce serait inutile, dangereux, et paraîtrait incroyable. Je ne suis pas à blâmer; je suis aussi pure qu'aucun de vous ; je suis malheureuse et je le serai pendant quelque temps, car la cause qui m'a fait fuir cette maison où j'avais trouvé un paradis est à la fois étrange et vile. Lorsque je partis, deux choses seulement me paraissaient importantes, la promptitude et le secret : aussi, pour atteindre mon but, ai-je laissé derrière moi tout ce que je possédais, excepté un petit paquet ; mais, dans ma hâte et mon trouble, je l'ai oublié dans la voiture qui m'a amenée à Whitecross. Je suis donc arrivée ici sans rien ; j'ai dormi deux nuits en plein air ; j'ai marché deux jours sans franchir le seuil d'une porte; pendant ce temps, je n'ai mangé que deux fois ; et alors, épuisée par la faim, la fatigue et le désespoir, j'allais voir commencer mon agonie : mais vous, monsieur Rivers, vous n'avez pas voulu me laisser mourir de faim devant votre porte, et vous m'avez recueillie sous votre toit. Je sais tout ce que vos sœurs ont fait pour moi depuis ; car, pendant ma torpeur apparente, je voyais ce qui se passait autour de moi, et j'ai vu que je devais à leur compassion naturelle, spontanée et généreuse, autant qu'à votre charité évangélique.

— Ne la faites plus parler maintenant, Saint-John, dit Diana en me voyant m'arrêter; elle n'est pas en état d'être excitée; venez vous asseoir sur le sofa, mademoiselle Elliot. »

Je tressaillis involontairement; j'avais oublié mon nouveau nom. M. Rivers, à qui rien ne semblait échapper, l'eut bientôt remarqué.

« Vous dites que votre nom est Jane Elliot? me demanda-t-il.

— Je l'ai dit, et c'est en effet le nom par lequel je désire être appelée pour le moment; mais ce n'est pas mon véritable nom, et, quand je l'entends, il sonne étrangement à mes oreilles.

— Vous ne voulez pas dire votre véritable nom?

— Non; je crains par-dessus tout qu'on ne découvre qui je suis, et j'évite tout ce qui pourrait trahir mon secret.

— Et vous avez bien raison, dit Diana. Maintenant, mon frère, laissez-la tranquille un moment! »

Mais Saint-John, après avoir réfléchi quelque temps, reprit avec son ton imperturbable et sa pénétration ordinaire :

« Vous ne voudriez pas accepter longtemps notre hospitalité : vous voudriez vous débarrasser, aussitôt que possible, de la compassion de mes sœurs, et surtout de ma *charité* (car j'ai bien remarqué la distinction que vous faisiez entre nous : je ne vous en blâme pas, elle est juste); vous désirez être indépendante.

— Oui, je vous l'ai déjà dit; montrez-moi ce que je dois faire ou comment je dois me procurer de l'ouvrage : c'est tout ce que je vous demande. Envoyez-moi, s'il le faut, dans la plus humble ferme; mais, jusque-là, permettez-moi de rester ici; car j'aurais bien peur s'il fallait recommencer à lutter contre les souffrances d'une vie vagabonde.

— Certainement vous resterez ici, me dit Diana en posant sa main blanche sur ma tête.

— Oh! oui, répéta Marie avec la sincérité peu expansive qui lui était naturelle.

— Vous le voyez, me dit Saint-John; mes sœurs ont du plaisir à vous garder, comme elles auraient du plaisir à garder et à soigner un oiseau à demi gelé, qu'un vent d'hiver aurait poussé vers leur demeure. Quant à moi, je me sens plutôt disposé à vous mettre en état de vous suffire à vous-même. Je ferai mes efforts pour atteindre ce but; mais ma sphère est étroite : je ne suis qu'un pauvre pasteur de campagne; mon secours sera des plus humbles, et si vous dédaignez les petites choses, cherchez un protecteur plus puissant que moi.

— Elle vous a déjà dit qu'elle voulait bien faire tout ce qui était honnête et en son pouvoir, répondit Diana; et vous savez,

Saint-John, qu'elle ne peut pas choisir son protecteur ; elle est bien forcée de vous accepter, malgré votre esprit pointilleux.

— Je serai couturière, lingère, domestique, bonne d'enfants même, si je ne puis rien trouver de mieux, répondis-je.

— C'est bien, dit Saint-John. Si telles sont vos dispositions, je vous promets de vous aider dans mon temps et à ma manière. »

Il reprit alors le livre qu'il lisait avant le thé; je me retirai bientôt, car j'étais restée debout, et j'avais parlé autant que mes forces me le permettaient.

---

## CHAPITRE XXX.

Plus je connus les habitants de Moor-House, plus je les aimai. Au bout de peu de temps, je fus assez bien pour rester levée toute la journée et me promener quelquefois; je pouvais prendre part aux occupations de Diana et de Marie, causer avec elles autant qu'elles le désiraient, et les aider quand elles me le permettaient. Il y avait pour moi dans ce genre de relations une grande jouissance que je goûtais pour la première fois, jouissance provenant d'une parfaite similitude dans les goûts, les sentiments et les principes.

J'aimais à lire les mêmes choses qu'elles ; ce dont elles jouissaient m'enchantait; j'admirais ce qu'elles approuvaient. Elles aimaient leur maison isolée, et moi aussi je trouvais un charme puissant et continuel dans cette petite demeure si triste et si vieille, dans ce toit bas, ces fenêtres grillées, ces murs couverts de mousse, cette avenue de vieux sapins, courbés par la violence du vent des montagnes, ce jardin assombri par les houx et les ifs, et où ne voulaient croître que les fleurs les plus rudes. Elles aimaient les rochers de granit qui entouraient leur demeure, la vallée à laquelle conduisait un petit sentier pierreux partant de la porte de leur jardin. Elles aimaient aussi ce petit sentier tracé d'abord entre des fougères, et, plus loin, au milieu des pâturages les plus arides qui aient jamais bordé un champ de bruyères; ces pâturages servaient à nourrir un troupeau de brebis grises, suivies de leurs petits agneaux dont la tête retenait toujours quelques brins de mousse. Cette scène excitait chez elles un grand enthousiasme et une profonde admiration. Je comprenais ce sentiment, je l'éprouvais avec la même force et la même sincérité qu'elles. Je voyais tout ce qu'il y avait de fascinant dans ces lieux; je sentais toute la sainteté de cet isolement. Mes yeux se plaisaient à contempler les collines et les vallées, les teintes sauvages communiquées au sommet et à la base des montagnes par la mousse, la bruyère, le gazon fleuri, la paille brillante et les crevasses des rochers de granit; ces choses étaient pour moi ce qu'elles étaient pour Diana et Marie: la source d'une jouissance douce et pure. Le vent impétueux et la brise légère, le ciel sombre et les jours radieux, le lever et le coucher du soleil, le clair de lune et les nuits nuageuses, avaient pour moi le même attrait que pour elles, et moi aussi je sentais l'influence de ce charme qui les dominait.

A l'intérieur, l'union était aussi grande; toutes deux étaient plus accomplies et plus instruites que moi, mais je suivis leurs traces avec ardeur; je dévorai les livres qu'elles me prêtèrent, et c'était une grande jouissance pour moi de discuter avec elles, le soir, ce que j'avais lu pendant le jour; nos pensées et nos opinions se rencontraient : en un mot, l'accord était parfait.

Si l'une de nous trois dominait les autres, c'était certainement Diana; physiquement, elle m'était de beaucoup supérieure; elle était belle et avait une nature forte. Il y avait en elle une affluence de vie et une sécurité dans sa conduite qui excitaient toujours mon étonnement et que je ne pouvais comprendre. Je pouvais parler un instant au commencement de la soirée; mais une fois le premier élan de vivacité épuisé, je me voyais forcée de m'asseoir aux pieds de Diana, de reposer ma tête sur ses genoux et de l'écouter, elle ou sa sœur; et alors elles sondaient ensemble ce que j'avais à peine osé toucher.

Diana m'offrit de m'enseigner l'allemand. J'aimais à apprendre d'elle; je vis que la tâche de maîtresse lui plaisait, celle d'élève ne me convenait pas moins : il en résulta une grande affection mutuelle. Elles découvrirent que je savais dessiner; aussitôt leurs crayons et leurs boîtes à couleurs furent à mon service; ma science, qui, sur ce point, était plus grande que la leur, les surprit et les charma. Marie s'asseyait à côté de moi et me regardait pendant des heures; ensuite elle prit des leçons: c'était une élève docile, intelligente et assidue. Ainsi occupées et nous amusant mutuellement, les jours passaient comme des heures, et les semaines comme des jours.

L'intimité qui s'était si rapidement établie entre moi et Mlles Rivers ne s'était pas étendue jusqu'à M. Saint-John : une des causes de la distance qui nous séparait encore, c'est qu'il était rarement à la maison; une grande partie de son temps semblait consacrée à visiter les pauvres et les malades disséminés au loin dans sa paroisse.

Aucun temps ne l'arrêtait dans ses excursions. Après avoir consacré quelques heures de la matinée à l'étude, il prenait son chapeau et partait par la pluie ou le soleil, suivi de Carlo, vieux chien couchant qui avait appartenu à son père, et allait accomplir sa mission d'amour ou de devoir, car je ne sais pas au juste comment il la considérait. Quand le temps était très-mauvais, ses sœurs cherchaient à le retenir; il répondait alors avec un sourire tout particulier, plutôt solennel que joyeux :

« Si un rayon de soleil ou une goutte de pluie me détourne d'une tâche aussi facile, comment serai-je propre à entreprendre l'œuvre que j'ai conçue? »

Diana et Marie répondaient, en général, par un soupir, et pendant quelques minutes restaient plongées dans une triste méditation.

Mais, outre ces absences fréquentes, il y avait encore une autre barrière entre nous : il me semblait être d'une nature réservee, impénétrable et renfermant tout en elle-même. Zélé dans l'accomplissement de ses devoirs, irréprochable dans sa vie, il ne paraissait pourtant pas jouir de cette sérénité d'esprit et de cette satisfaction intérieure qui devraient être la récompense de tout chrétien sincère et de tout philanthrope pratiquant le bien. Souvent, le soir, lorsqu'il était assis à la fenêtre, son pupitre et ses papiers devant lui, il cessait de lire ou d'écrire, posait son menton sur ses mains et se laissait aller à je ne sais quelles pensées; mais il était facile de voir, à la flamme et à la dilatation fréquente de ses yeux, que ces pensées le troublaient.

Je crois aussi que la nature n'avait pas pour lui les mêmes trésors de délices que pour ses sœurs; une fois, une seule fois, il parla en ma présence du charme rude des montagnes, et de son affection innée pour le sombre toit et les murs mousseux qu'il appelait sa maison; mais dans son ton et dans ses paroles il y avait plus de tristesse que de plaisir. Jamais il ne vantait les rochers de granit, à cause du doux silence qui les environnait; jamais il ne s'étendait sur les délices de paix qu'on pouvait y goûter.

Il était si peu communicatif que je fus quelque temps avant de pouvoir juger de son intelligence. Je commençai à comprendre ce qu'elle devait être dans un sermon que je l'entendis faire à sa propre paroisse de Morton : il n'est pas en mon pouvoir de raconter ce sermon; je ne puis même pas rendre l'effet qu'il me produisit. Il fut commencé avec calme, et, malgré la facilité et l'éloquence de l'orateur, il fut achevé avec calme. Un zèle vivement senti, mais sévèrement réprimé, se remarquait dans les accents du prêtre et excitait sa parole nerveuse, dont il comprimait et surveillait sans cesse la force. Le cœur était percé comme par un dard; l'esprit était étonné de la puissance du prédicateur; mais ni l'un ni l'autre n'était adouci. Il y avait dans toutes les paroles du prêtre une étrange amertume; jamais de douceur consolante; sans cesse de sombres allusions aux doctrines calvinistes, aux élections, aux prédestinations, aux réprobations, et, chaque fois qu'il parlait de ces choses, on croyait entendre une sentence prononcée par le destin. Quand il eut fini, au lieu de me sentir mieux, plus calme, plus éclairée, j'éprouvai une inexprimable tristesse; car il me semblait (je ne sais s'il en fut de même pour tous) que cette éloquence sortait d'une source empoisonnée par d'amères désillusions, et où s'agitaient des désirs non satisfaits et des aspirations pleines de trouble. J'étais sûre que Saint-John Rivers, malgré sa vie pure, son zèle consciencieux, n'avait pas encore trouvé cette paix de Dieu *qui passe tout entendement;* il ne l'avait pas plus trouvée que moi avec mes regrets cachés pour mon idole brisée et mon temple perdu, regrets dont j'ai évité de parler dernièrement, mais qui me tyrannisaient avec force.

Pendant ce temps, un mois s'était écoulé. Diana et Marie devaient bientôt quitter Moor-House pour retourner dans des contrées éloignées et recommencer la vie qui les attendait comme gouvernantes dans une grande ville à la mode du midi de l'Angleterre; chacune d'elles était placée dans une famille dont les membres, riches et orgueilleux, les regardaient comme d'humbles dépendantes, s'inquiétant assez peu de leurs qualités intimes, et n'appréciant que leurs talents acquis, comme ils appréciaient l'habileté de leur cuisinière ou le bon goût de leur femme de chambre. M. Saint-John ne m'avait pas encore parlé de la place qu'il m'avait promis d'obtenir pour moi; pourtant, il devenait important que j'eusse une occupation quelconque. Un matin que j'étais restée seule avec lui quelques minutes dans le parloir, je me hasardai à m'approcher de la fenêtre qui, grâce à sa table et à sa chaise, était devenue une sorte de cabinet d'étude; je me préparai à lui parler, bien que je fusse très-embarrassée sur la manière de lui adresser ma question, car il est toujours difficile de briser la réserve glaciale de ces sortes de natures; mais il me tira d'embarras en commençant lui même la conversation. En me voyant approcher, il leva les yeux :

« Vous avez une demande à me faire? me dit-il.

— Oui, monsieur, je voudrais savoir si vous avez entendu parler d'une place pour moi.

— J'ai pensé à quelque chose pour vous, il y a trois semaines environ; mais comme vous sembliez à la fois utile et heureuse ici, comme mes sœurs s'étaient évidemment attachées à vous, que votre présence leur procurait un plaisir inaccoutumé, je trouvai inutile de briser votre bonheur mutuel jusqu'à ce que leur départ de Marsh-End rendît le vôtre nécessaire.

— Elles partent dans trois jours, dis-je.

— Oui, et quand elles s'en iront je retournerai au presbytère de Morton; Anna m'accompagnera et on fermera cette vieille maison. »

J'attendis un instant, pensant qu'il allait continuer à me parler sur le sujet qu'il avait déjà entamé; mais ses pensées semblaient avoir pris un autre cours; je vis par son regard qu'il ne pensait plus à moi. Je fus obligée de lui rappeler le but de notre conversation, car il s'agissait d'une chose indispensable pour moi, et j'attendais avec un intérêt anxieux.

« Quelle occupation aviez-vous en vue, monsieur Rivers? demandai-je; j'espère que ce retard n'aura pas rendu plus difficile de l'obtenir.

— Oh! non, car il suffit que je veuille vous la procurer et que vous vouliez l'accepter. »

Il s'arrêta de nouveau et sembla peu disposé à continuer; je commençais à m'impatienter. Quelques mouvements inquiets, un regard avide et questionneur fixé sur son visage lui firent comprendre ce que j'éprouvais aussi clairement que l'auraient fait des paroles, et même mon trouble en fut moins grand.

« Oh! allez, me dit-il, n'ayez pas si grande hâte de savoir ce dont il s'agit. Laissez-moi vous dire franchement que je n'ai rien trouvé d'agréable ou d'avantageux pour vous. Mais avant que je m'explique, rappelez-vous, je vous prie, ce que je vous ai déjà dit clairement. Si je vous aide, ce sera comme l'aveugle aide le boiteux. Je suis pauvre; car, lorsque j'aurai payé toutes les dettes de mon père, il ne me restera plus que cette ferme en ruine, cette allée de sapins et ce petit morceau de terre pierreuse avec ses ifs et son houx. Je suis obscur. Rivers est un vieux nom; mais des trois seuls descendants de la race, deux mangent le pain des serviteurs chez les autres, et le troisième se considère comme étranger dans son pays natal, non-seulement pour la vie, mais pour la mort aussi, et il accepte son sort comme un honneur, et il aspire au jour où l'on posera sur son épaule la croix qui le séparera de tous les liens charnels, au jour où le chef de cette église militante, dont il est le plus humble membre, lui dira : « Debout, et suis-moi ! »

Saint-John avait dit ces mots comme il prononçait ses sermons, d'une voix calme et profonde. Sa joue ne s'était pas animée, mais dans son regard brillait une vive lumière. Il continua :

« Et étant moi-même pauvre et obscur, je ne puis vous procurer que le travail du pauvre et de l'obscur. Peut-être même le trouverez-vous dégradant : car, je le vois maintenant, vos habitudes ont été ce que le monde appelle raffinées; vos goûts tendent à l'idéal, ou du moins vous avez toujours vécu parmi des gens bien élevés. Quant à moi, je considère qu'un travail n'est jamais dégradant lorsqu'il peut améliorer les hommes. Je crois que plus le sol où le chrétien doit labourer est aride, moins son travail lui rapporte de fruit, plus l'honneur est grand. Sa destinée est celle de pionnier, et les premiers pionniers de l'Évangile furent les apôtres, et leur chef, Jésus, le Sauveur lui-même.

— Eh bien! dis-je en le voyant s'arrêter de nouveau, continuez. »

Il me regarda avant de continuer; il semblait lire sur mon visage aussi facilement que si chacun de mes traits eût été l'un des mots d'une phrase. Je compris ce qu'il en avait conclu, d'après ce qui suit :

« Vous accepterez la place que je vais vous offrir, dit-il, je le crois; vous y resterez quelque temps, mais pas toujours, de même que moi je ne pourrai pas toujours me contenter des devoirs étroits, obscurs et tranquilles, d'un ministre de campagne : car votre nature est aussi ennemie du repos que la mienne, mais nos activités ne sont pas du même genre.

— Expliquez-vous, demandai-je avec insistance, en le voyant s'arrêter de nouveau.

— Oui, vous allez voir combien l'offre est misérable, ordinaire et petite. Je ne resterai pas longtemps à Morton, maintenant que mon père est mort et que je suis maître de mes actions. Je quitterai ce lieu probablement dans le courant de l'année; mais tant que j'y resterai, je ferai tous mes efforts pour l'améliorer. Quand je suis venu ici, il y a deux ans, Morton n'avait pas d'école; les enfants des pauvres ne pouvaient avoir aucune espérance de progrès. J'en ai établi une pour les garçons; je voudrais en ouvrir une seconde pour les filles. J'ai loué un bâtiment à cette intention, avec une petite ferme composée de deux chambres pour la maîtresse; celle-ci sera payée trente livres sterling par an. La maison est déjà meublée simplement, mais suffisamment, par Mlle Oliver, propriétaire de la fonderie et de la manufacture d'aiguilles de la vallée. La même jeune fille payera pour l'éducation et l'habillement d'une orpheline de la manufacture, à condition que celle-ci aidera dans le service de la maison et de l'école la maîtresse, dont une grande partie du temps sera pris par l'enseignement. Voulez-vous être cette maîtresse? »

Il me fit cette question rapidement, et semblait s'attendre à me voir rejeter son offre avec indignation ou du moins avec dédain. Bien qu'il devinât quelquefois mes pensées et mes sentiments, il ne les connaissait pas tous; il ne pouvait pas savoir de quel œil je verrais cette place. Elle était humble, à la vérité, mais elle était cachée, et, avant tout, il me fallait un asile sûr. C'était une position fatigante, mais qui était indépendante, comparée à celle d'une institutrice dans une famille riche, et mon cœur se serrait à la pensée d'une servitude chez des étrangers. La place qu'on m'offrait n'était ni vile, ni indigne, ni dégradante. Je fus bientôt décidée.

« Je vous remercie de votre offre, monsieur Rivers, dis-je, et je l'accepte de tout mon cœur.

— Mais vous me comprenez bien, reprit-il : c'est une école de village; vos écolières seront des petites filles pauvres, des enfants de paysans, tout au plus des filles de fermiers; vous n'aurez à leur apprendre qu'à tricoter, à coudre, à lire et à compter. Que ferez-vous de vos talents? Que ferez-vous de ce qu'il y a de plus développé en vous, les sentiments, les goûts?

— Je les renfermerai en moi jusqu'à ce qu'ils me soient nécessaires; ils se garderont bien.

— Alors vous savez à quoi vous vous engagez?

— Oui. »

Il sourit; son sourire n'était ni triste ni amer, mais plutôt heureux et profondément satisfait.

« Et quand voudrez-vous entrer en fonctions?

— J'irai voir la maison demain, et, si vous le permettez, j'ouvrirai l'école la semaine prochaine.

— Très-bien, je ne demande pas mieux. »

Il se leva et se promena dans la chambre; puis, s'arrêtant, il me regarda et secoua la tête.

« Que désapprouvez-vous, monsieur? demandai-je.

— Vous ne resterez pas longtemps à Morton; non, non!

— Pourquoi? Quelle raison avez-vous de le penser?

— Je le lis dans vos yeux; ils annoncent une nature qui ne pourra pas accepter longtemps la même vie monotone.

— Je ne suis pas ambitieuse. »

Il tressaillit.

« Ambitieuse, répéta-t-il, non. Qui vous a fait penser à l'ambition? Qui est ambitieux? Je sais que je le suis; mais commeu l'avez-vous deviné?

— Je parlais de moi.

— Eh bien! si vous n'êtes pas ambitieuse, vous êtes.... »

Il s'arrêta.

« Quoi?

— J'allais dire passionnée; mais peut-être que, ne comprenant pas bien ce mot, vous ne l'aimerez pas. Je veux dire que les affections et les sympathies humaines ont un grand pouvoir sur vous Je suis sûr que bientôt vous ne voudrez plus passer vos jours dans la solitude et vous dévouer à un travail monotone, sans avoir jamais aucun stimulant. De même que moi, ajouta-t-il avec emphase, je ne voudrais pas m'ensevelir dans ces marais, m'enterrer dans ces montagnes; ma nature, qui m'a été donnée par Dieu, s'y oppose. Ici mes facultés, qui me viennent du ciel, sont paralysées et rendues inutiles. Vous voyez comme je suis en contradiction avec moi-même. Je prêche le contentement dans les positions les plus humbles; je proclame belle la vocation de ceux qui, dans le service de Dieu, coupent le bois ou puisent l'eau. Moi, ministre de l'Évangile, mon esprit inquiet me mène presque à la folie; eh bien! il faudra trouver un moyen de réconcilier les principes et les tendances. »

Il quitta la chambre. En une heure, je venais d'en apprendre plus sur lui que dans tout le mois précédent, et pourtant j'étais toujours intriguée.

Marie et Diana devenaient plus tristes et plus silencieuses à mesure qu'approchait le jour où elles devaient quitter leur maison et leur frère. Toutes deux s'efforçaient de paraître comme toujours; mais la tristesse contre laquelle elles avaient à lutter est une de celles qu'on ne peut pas vaincre ou cacher entièrement. Diana disait que ce serait un départ bien différent des précédents; elles allaient se séparer de Saint-John pour des années, peut-être pour la vie.

« Il sacrifiera tout au projet qu'il a conçu depuis longtemps, disait-elle, même les affections et les sentiments naturels les plus puissants. Saint-John a l'air calme, Jane, mais il est consumé par une fièvre ardente. Vous le croyez doux, et dans certaines choses il est inexorable comme la mort; et ce qu'il y a de plus dur, c'est que ma conscience ne me permet pas de le détourner de cette sévère résolution. Je ne puis pas l'en blâmer, c'est beau, noble et chrétien; mais cela me brise le cœur! » Les larmes coulèrent de ses yeux.

Marie pencha sa tête sur son ouvrage.

« Nous n'avons plus de père, et bientôt nous n'aurons plus ni maison ni frère, murmura-t-elle. »

A ce moment il arriva un petit accident qui semblait fait exprès pour prouver la vérité de ce dicton qu'un malheur n'arrive jamais seul, et pour ajouter à leur tristesse la contrariété que causerait une branche placée entre la coupe et les lèvres. Saint-John passait devant la fenêtre en lisant une lettre; il entra.

« Notre oncle John est mort, » dit-il.

Les deux sœurs semblèrent frappées, mais ni étonnées ni attristées; elles paraissaient regarder cette nouvelle plutôt comme importante que comme affligeante.

« Mort? répéta Diana.

— Oui. »

Elle fixa un œil inquisiteur sur son frère.

« Eh bien! murmura-t-elle à voix basse.

— Eh bien! Diana, reprit-il en conservant la même immobilité de marbre, eh bien! rien. Lisez. »

Il lui jeta une lettre qu'elle tendit à Marie après l'avoir parcourue. Marie la lut et la rendit à son frère; tous les trois se regardèrent et sourirent d'un sourire triste et pensif.

« Amen! dit Diana; nous pourrons encore vivre néanmoins.

— En tout cas, notre situation n'est pas pire qu'avant, remarqua Marie.

— Seulement, dit M. Rivers, la peinture de ce qui aurait pu être contraste bien vivement avec ce qui est. »

Il plia la lettre, la mit dans son pupitre et sortit.

Pendant quelques minutes personne ne parla; enfin, Diana se tourna vers moi.

« Jane, dit-elle, vous devez vous étonner de nos mystères et nous trouver bien durs en nous voyant si peu attristés par la mort d'un parent aussi proche qu'un oncle; mais nous ne le connaissions pas, nous ne l'avions jamais vu. C'était le frère de ma mère; mon père et lui s'étaient fâchés il y a longtemps. C'est d'après son avis que mon père a lancé presque tout ce qu'il possédait dans la spéculation qui l'a ruiné. Il en était résulté des reproches mutuels; tous deux s'étaient séparés irrités l'un contre l'autre et ne s'étaient jamais réconciliés. Plus tard, mon oncle fit des affaires heureuses. Il paraît qu'il a réalisé une fortune de vingt mille livres sterling; il ne s'est jamais marié et n'avait de parents que nous et une autre personne qui lui était alliée au même degré. Mon père avait toujours espéré que mon oncle réparerait sa faute en nous laissant ce qu'il possédait. Cette lettre nous informe qu'il a tout légué à son autre parente, à l'exception de trente guinées, qui doivent être partagées entre Saint-John, Diana et Marie Rivers, pour l'achat de trois anneaux de deuil. Il avait certainement le droit d'agir à sa volonté, et cependant cette nouvelle nous a donné une tristesse momentanée. Marie et moi nous nous serions estimées riches avec mille livres sterling chacune, et Saint-John aurait aimé à posséder une semblable somme, à cause de tout le bien qu'il eût alors pu faire. »

Une fois cette explication donnée, on laissa le sujet de côté, et ni M. Rivers ni ses sœurs n'y firent d'allusions. Le lendemain, je quittai Marsh-End pour aller à Morton. Le jour d'après, Diana et Marie se rendirent dans la ville éloignée où elles étaient placées. La semaine suivante, M. Rivers et Anna retournèrent au presbytère, et la vieille ferme fut abandonnée.

---

## CHAPITRE XXXI.

Enfin, j'avais trouvé une demeure, et cette demeure était une ferme; elle se composait d'une petite chambre dont les murs étaient blanchis à la chaux et le sol recouvert de sable; l'ameublement se composait de quatre chaises en bois peint, d'une table, d'une horloge, d'un buffet où étaient rangés deux ou trois assiettes, quelques plats et un thé en faïence. Au-dessus se trouvait une autre pièce de la même grandeur que la cuisine, et où se voyaient un lit de sapin et une commode bien petite, et cependant trop grande encore pour ma chétive garde-robe, quoique la bonté de mes généreuses amies eût grossi mon modeste trousseau des choses les plus nécessaires.

Nous sommes au soir; j'ai renvoyé la petite orpheline qui me tient lieu de servante, après l'avoir régalée d'une orange. Je suis assise toute seule sur le foyer. Ce matin, j'ai ouvert l'école du village; j'ai eu vingt élèves : trois d'entre elles savent lire, aucune ne sait ni écrire, ni compter; plusieurs tricotent et quelques-unes cousent un peu. Elles ont l'accent le plus dur de tout le comté. Jusqu'ici, nous avons eu de la peine à nous comprendre mutuellement. Quelques-unes ont de mauvaises manières, sont rudes et intraitables autant qu'ignorantes ; d'autres, au contraire, sont dociles, ont le désir d'apprendre et annoncent des dispositions qui me plaisent. Je ne dois pas oublier que ces petites paysannes, grossièrement vêtues, sont de chair et de sang aussi bien que les descendants des familles les plus nobles, et que les germes de la perfection, de la pureté, de l'intelligence, des bons sentiments, existent dans leurs cœurs comme dans le cœur des autres. Mon devoir est de développer ces germes ; certainement je trouverai un peu de bonheur dans cette tâche. Je n'espérais pas beaucoup de jouissance dans l'existence qui allait commencer pour moi, et pourtant je me disais qu'en y accoutumant mon esprit, en exerçant mes forces comme je le devais, cette vie deviendrait acceptable.

Avais-je été bien gaie, bien joyeuse, bien calme pendant la matinée et l'après-midi passées dans cette école humble et nue? Pour ne pas me tromper moi-même. je suis obligée de répondre non. Je me sentais désespérée ; folle que j'étais, je me trouvais humiliée; je me demandais si, en acceptant cette position, je ne m'étais pas abaissée dans la balance de l'existence sociale, au lieu de m'élever. J'étais lâchement dégoûtée par l'ignorance, la pauvreté et la rudesse de tout ce que je voyais et de tout ce qui m'entourait. Mais je ne dois pas non plus me haïr et me mépriser trop pour avoir éprouvé ce sentiment. Je sais que j'ai eu tort : c'est déjà un grand pas de fait; je ferai des efforts pour me vaincre moi-même; j'espère y parvenir en partie demain. Dans quelques semaines, j'aurai peut-être atteint complétement mon but, et, dans quelques mois, il est possible que le bonheur de voir mes élèves progresser vers le bien change mes dégoûts en joie.

« Du reste, me dis-je, serait-il donc mieux d'avoir succombé à la tentation, écouté la passion, de m'être laissé prendre dans un filet de soie, au lieu de lutter douloureusement, de m'être étendue sur les fleurs qui recouvraient le piége pour me réveiller dans un pays du Sud, au milieu du luxe et des plaisirs d'une villa; de vivre maintenant en France, maîtresse de M. Rochester, enivrée de son amour, car il m'aurait bien aimée pendant quelque temps? Oh! oui, il m'aimait! Personne ne m'aimera plus jamais comme lui; je ne connaîtrai plus jamais les doux hommages rendus à la beauté, à la jeunesse et à la grâce; car jamais aux yeux de personne je ne semblerai posséder ces charmes. Il m'aimait, et il était orgueilleux de moi; et jamais aucun autre homme ne pourra l'être. Mais que dis-je? Pourquoi laisser mon esprit s'égarer ainsi? Pourquoi m'abandonner à ces sentiments? » Je me demandai s'il valait mieux être esclave dans un paradis impur, emportée un instant dans un tourbillon de plaisirs trompeurs, et étouffée l'instant d'après par les larmes amères du repentir et de la honte, ou être la maîtresse libre et honorée d'une école de village, sur une fraîche montagne, au milieu de la sainte Angleterre.

Oui, je sentais maintenant que j'avais eu raison de me rattacher aux principes et aux lois, et de mépriser les conseils malsains d'une exaltation momentanée. Dieu m'avait dirigée dans mon choix, et je remerciai sa providence conductrice.

Après être arrivée à cette conclusion, je me levai, je me dirigeai vers la porte et je regardai le coucher du soleil et les champs étendus devant ma ferme, qui, ainsi que l'école, était éloignée du village d'un demi-mille. Les oiseaux faisaient entendre leurs derniers accords.

L'air était doux et la rosée embaumée.

Pendant que je regardais ce paysage, je me croyais presque heureuse; aussi, au bout de peu de temps, je fus tout étonnée de m'apercevoir que je pleurais. Et pourquoi? A cause du sort qui m'avait arrachée à mon maître; parce qu'il ne devait plus jamais me voir et que je craignais un trop grand désespoir et un emportement funeste par suite de mon départ; parce que je craignais qu'il ne s'écartât trop du droit chemin pour y revenir jamais. A cette pensée, je détournai mon visage du beau ciel que je contemplais et de la vallée solitaire de Morton. Je dis solitaire; car, dans la partie que je pouvais apercevoir, il n'y avait aucune maison, si ce n'est l'église et le presbytère, qui étaient à moitié masqués par les arbres, et tout au loin, le toit de Vale-Hall, où demeuraient M. Oliver et sa fille. Je cachai mes yeux dans mes mains et j'appuyai ma tête contre la pierre de ma porte; mais bientôt un léger bruit près de la grille qui séparait mon petit jardin des prairies me fit lever la tête. Un chien, que je reconnus pour le vieux Carlo de M. Rivers, poussait la grille avec son museau, et j'aperçus bientôt Saint-John lui-même, appuyé sur la porte, les deux bras croisés. Son front était ridé, et il fixait sur moi son regard sérieux et presque mécontent. Je le priai d'entrer.

« Non, je ne puis pas rester, me dit-il. Je venais seulement vous apporter un petit paquet que mes sœurs ont laissé pour vous. Je crois qu'il contient une boîte à couleurs, des crayons et du papier. »

Je m'approchai pour le prendre; ce présent m'était doux. Il me sembla qu'au moment où j'avançai, Saint-John examina mon visage avec austérité; probablement que les traces de mes larmes y étaient encore visibles.

« Avez-vous trouvé votre tâche plus rude que vous ne pensiez ? me demanda-t-il.

— Oh ! non, au contraire. Je crois qu'avec le temps mes écolières et moi nous nous entendrons très-bien.

— Mais peut-être avez-vous été désappointée par l'installation de votre ferme et par son ameublement; il est vrai que tout y est simple, mais... »

Je l'interrompis.

« Ma ferme, dis-je, est propre et à l'abri de la tempête; mes meubles sont suffisants et commodes; tout ce que je vois me rend reconnaissante et non pas triste. Je ne suis pas assez sotte ni assez sensualiste pour regretter un tapis, un sofa ou un plat d'argent. D'ailleurs, il y a cinq semaines, je n'avais rien ; j'étais une mendiante, une vagabonde repoussée de tous : maintenant je connais quelqu'un, j'ai une maison et une occupation ; je m'étonne de la bonté de Dieu, de la générosité de mes amis, du bonheur de ma position, et je ne me plains pas.

— Mais vous vous sentez seule et oppressée; cette petite maison est bien sombre et bien vide.

— Jusqu'ici, j'ai à peine eu le temps de jouir de ma tranquillité, encore moins d'être fatiguée par mon isolement.

— Très-bien; j'espère que vous éprouvez véritablement la satisfaction que vous témoignez; en tous cas, votre bon sens vous apprendra qu'il est trop tôt pour vous abandonner aux mêmes craintes que la femme de Loth. Je ne sais pas ce que vous avez laissé derrière vous, mais je vous conseille de résister fermement à la tentation et de ne pas regarder en arrière; poursuivez votre tâche avec courage, pendant quelques mois du moins.

— C'est ce que j'ai l'intention de faire, » répondis-je.

Saint-John continua.

« Il est dur d'agir contre son inclination et de lutter contre les penchants naturels; mais c'est possible, je le sais par expérience. Dieu nous a donné, dans de certaines mesures, le pouvoir de faire notre propre destinée; et quand notre vertu demande un soutien qu'elle ne peut pas obtenir, quand notre volonté aspire à une route que nous ne pouvons pas suivre, nous n'avons pas besoin de mourir de faim ni de nous laisser aller à notre désespoir; nous n'avons qu'à chercher pour notre esprit une autre nourriture, aussi forte que le fruit défendu auquel il voulait goûter, et peut-être plus pure; nous n'avons qu'à creuser pour notre pied aventureux une route qui, si elle est plus rude, n'est ni moins directe ni moins large que le chemin fermé par la fortune.

« Il y a un an, moi aussi j'étais bien malheureux, parce que je croyais m'être trompé en entrant dans les ordres; l'uniforme du prêtre et ses devoirs me pesaient; j'aurais voulu une vie plus active, les travaux excitants d'une carrière littéraire, la destinée de l'artiste, de l'écrivain ou de l'orateur; tout, excepté le métier de prêtre. Oui, sous mes vêtements de ministre bat un cœur de guerrier ou d'homme d'État; je suis amoureux de la gloire, du renom, du pouvoir; je trouvais mon existence si malheureuse que je voulais en changer ou mourir. Après quelque temps d'obscurité et de lutte, la lumière brilla, et avec elle vint le soulagement; ma carrière rampante prit tout à coup l'aspect d'une tâche sans bornes. Tout à coup une voix venue du ciel m'ordonna de rassembler mes forces, d'étendre mes ailes et de voler au delà des champs qu'embrassait mon regard. Dieu avait une mission à me donner, et, pour la bien accomplir, il fallait de l'adresse et de la force, du courage et de l'éloquence, toutes les qualités de l'homme d'État, du soldat et de l'orateur, car tout cela est nécessaire à un bon missionnaire.

« Je résolus donc de me faire missionnaire; à partir de ce moment, mon esprit changea : toutes mes facultés furent délivrées de leurs chaînes, et les liens ne laissèrent après eux que l'inflammation qui suit toute blessure; le temps seul pourra la guérir. Mon père s'opposa à cette résolution; mais depuis sa mort, il n'y a plus aucun obstacle légitime; lorsque mes affaires seront arrangées, que j'aurai trouvé un successeur, que j'aurai subi encore quelques luttes contre des sentiments violemment brisés et contre la faiblesse humaine, luttes dans lesquelles je suis sûr d'être victorieux, parce que je l'ai juré, alors je quitterai l'Europe pour aller en Orient. »

Il dit ces mots de sa voix étrange, calme et cependant emphatique; lorsqu'il eut achevé, il regarda non pas moi, mais le soleil couchant, sur lequel mes yeux étaient également fixés; lui et moi, nous tournions le dos au sentier qui conduisait des champs à la porte du jardin; nous n'avions entendu aucun bruit de pas sur le gazon du chemin; le murmure de l'eau dans la vallée était le seul bruit qu'on pût distinguer à cette heure : aussi nous tressaillîmes, lorsqu'une voix gaie et douce comme une clochette d'argent s'écria :

« Bonsoir, monsieur Rivers; bonsoir, vieux Carlo! Votre chien connaît ses amis plus vite que vous, monsieur. Il a dressé les oreilles et remué la queue quand je n'étais qu'au bout des champs, et vous, vous me tournez le dos maintenant encore. »

C'était vrai. Bien que M. Rivers eût tressailli dès les premières notes de ces accents harmonieux, comme si un coup de tonnerre eût déchiré un nuage au-dessus de sa tête, la nouvelle arrivée avait fini de parler sans qu'il eût songé à changer d'attitude; il était toujours debout, le bras appuyé sur la porte et le visage dirigé vers l'occident. Enfin il se tourna lentement; il me sembla qu'une vision venait d'apparaître à ses côtés. A trois pieds de lui était une forme vêtue de blanc : c'était une création jeune et gracieuse, aux contours arrondis, mais fins, et quand, après s'être penchée pour caresser Carlo, elle releva la tête et jeta en arrière un long voile, j'aperçus une figure d'une beauté parfaite Un beauté parfaite, voilà une expression bien forte; mais je ne la rétracte pas, car elle était justifiée par les traits les plus doux qu'ait jamais enfantés le climat d'Albion, par les couleurs les plus pures qu'aient jamais créées ses vents humides et son ciel vaporeux; cette beauté n'avait aucun défaut, et aucun charme ne lui manquait. La jeune fille avait des traits réguliers et délicats, de grands yeux foncés et voilés comme dans les plus belles peintures; ses longues paupières, terminées par des cils épais, encadraient son bel œil et lui donnaient une douce fascination; ses sourcils, bien dessinés, augmentaient la sérénité de son visage; son front blanc et uni respirait le calme et faisait ressortir l'éclat de ses couleurs. Ses joues étaient fraîches, ovales et pures; ses lèvres délicates et pleines de santé, ses dents belles et brillantes, son menton petit et bien arrondi, ses cheveux tressés en nattes épaisses, tout enfin semblait combiné pour réaliser une beauté idéale. J'étais émerveillée en regardant cette belle créature, je l'admirais de tout mon cœur; la nature n'avait pas voulu la former comme les autres; et, oubliant son rôle de marâtre, elle avait doué son enfant chéri avec la libéralité d'une mère.

Et que pensait M. Saint-John de cet ange terrestre? Je me fis naturellement cette question lorsque je le vis se tourner vers elle et la regarder, et je cherchai la réponse dans sa contenance; mais ses yeux s'étaient déjà détournés de la péri, et il regardait une humble touffe de marguerites qui croissait près de la porte

« Une belle soirée! mais il est un peu tard pour être seule dehors, dit-il en écrasant sous ses pieds la tête neigeuse des marguerites fermées.

— Oh! dit-elle, je suis arrivée de S*** (et elle nomma une

grande ville éloignée de vingt milles environ) cette après-midi. Mon père m'a dit que vous aviez ouvert votre école, et que la nouvelle maîtresse était arrivée. Alors, après le thé, je me suis habillée et je suis descendue dans la vallée pour la voir. La voilà? demanda-t-elle en m'indiquant.

— Oui, répondit Saint-John.

— Pensez-vous vous habituer à Morton? me demanda-t-elle d'un ton simple, naïf et direct, qui, bien qu'enfantin, me plaisait.

— J'espère que oui, répondis-je; j'ai plusieurs raisons pour le croire.

— Avez-vous trouvé vos écolières aussi attentives que vous l'espériez?

— Oui.

— Votre maison vous plaît-elle?

— Beaucoup.

— L'ai-je gentiment meublée?

— Très-gentiment.

— Ai-je fait un bon choix en prenant Alice Wood pour vous aider?

— Oui, certainement; elle est adroite et apprend bien. »

Je pensais que cette jeune fille devait être Mlle Oliver, l'héritière favorisée également par la fortune et par la nature. Je me demandais quelle heureuse combinaison de planètes avait présidé à sa naissance.

« Je viendrai de temps en temps vous aider, ajouta-t-elle; ce sera une distraction pour moi de vous visiter quelquefois; j'aime les distractions. Monsieur Rivers, si vous saviez comme j'ai été gaie pendant mon séjour à S***. Hier, j'ai dansé jusqu'à deux heures du matin. Le régiment de... est stationné à S*** depuis les émeutes; les officiers sont les hommes les plus agréables du monde; comme ils font honte à nos aiguiseurs de couteaux et à nos marchands de ciseaux! »

Il me sembla voir M. Rivers avancer sa lèvre inférieure et relever sa lèvre supérieure. Il est certain que sa bouche se comprima et que le bas de son visage prit une expression plus sombre et plus triste que jamais, lorsque la joyeuse jeune fille lui parla du bal. Il cessa de regarder les marguerites et leva sur elle un regard sévère, scrutateur et significatif. Elle y répondit par un second sourire qui allait bien à sa jeunesse, à sa fraîcheur et à ses yeux brillants.

La jeune fille, voyant Saint-John redevenu muet et froid, se remit à caresser Carlo.

« Ce pauvre Carlo m'aime, dit-elle; il ne s'éloigne pas de ses amis, lui; il n'est pas sombre, près d'eux, et s'il pouvait parler, il ne garderait pas le silence. »

Pendant qu'elle caressait la tête du chien, en se penchant avec une grâce naturelle devant le maître jeune et austère de l'animal, je vis la figure de M. Rivers s'enflammer, je vis ses yeux sévères s'adoucir tout à coup, et briller comme dominés par une force irrésistible. Ainsi animé, il était presque aussi beau qu'elle; sa poitrine se souleva une fois; son grand cœur, fatigué d'une contrainte despotique, sembla vouloir s'épandre en dépit de toute volonté, et fit un vigoureux effort pour obtenir sa liberté : mais Saint-John le dompta, comme un cavalier résolu dompte un cheval fougueux; il ne répondit ni par une parole ni par un mouvement à la gentille avance faite par la jeune fille.

« Mon père se plaint de ce que vous ne venez plus jamais nous voir, dit Mlle Oliver en levant les yeux; vous êtes comme étranger à Vale-Hall. Le soir, mon père est seul; il ne se porte pas très-bien; voulez-vous venir avec moi pour le voir?

— L'heure n'est pas favorable pour déranger M. Oliver, répondit Saint-John.

— Pas favorable! mais si, au contraire; c'est l'heure où papa a le plus besoin de compagnie; les travaux sont terminés et il n'a plus rien qui l'occupe. Venez, monsieur Rivers; pourquoi êtes-vous si sauvage et si triste? » Et, voyant que Saint-John persistait dans son silence, elle reprit : « Oh! j'avais oublié, dit-elle en secouant sa belle tête bouclée et en paraissant fâchée contre elle; je suis si folle et si légère! Excusez-moi. J'avais tout à fait oublié que vous avez une bien bonne raison pour ne pas désirer répondre à mon bavardage; Diana et Marie vous ont quitté aujourd'hui, Moor-House est fermé et vous êtes seul. Je vous assure que je vous plains; venez voir papa.

— Pas ce soir, mademoiselle Rosamonde, pas ce soir. »

M. Saint-John parlait comme un automate; lui seul savait combien ce refus lui coûtait d'efforts.

« Eh bien, puisque vous êtes si entêté, je vais vous quitter; car je n'ose pas rester plus longtemps; la rosée commence à tomber. Bonsoir. »

Elle lui tendit la main; il la toucha à peine.

« Bonsoir, » répéta-t-il d'une voix basse et sourde comme un écho.

Elle partit, mais revint au bout d'un instant.

« Êtes-vous bien portant? » demanda-t-elle.

Elle pouvait bien faire cette question; car la figure de Saint-John était aussi blanche que la robe de la jeune fille.

« Très-bien, » répondit-il, et, après s'être incliné, il s'éloigna. Elle prit un chemin, lui un autre; deux fois elle se retourna pour le regarder, et, légère comme une fée, continua sa route à travers les champs. Quant à lui, il marchait avec fermeté et ne se retourna pas.

Ce spectacle de la souffrance et du sacrifice d'un autre éloigna mes pensées de mes douleurs personnelles. Diana Rivers avait déclaré que son frère était inexorable comme la mort; elle n'avait pas exagéré.

---

## CHAPITRE XXXII.

Je continuai à m'occuper de mon école avec autant d'activité et de zèle que possible. Dans le commencement, ce fut une tâche rude; malgré tous mes efforts, il me fallut quelque temps avant de pouvoir comprendre la nature de mes écolières. En les voyant si incultes et si engourdies, je croyais qu'il n'y avait plus rien à espérer, pas plus chez les unes que chez les autres; mais bientôt je vis que je m'étais trompée : il y avait des différences entre elles, comme entre les enfants bien élevés, et, quand nous nous connûmes réciproquement, la différence se développa avec rapidité. Lorsque l'étonnement que leur causaient mon langage et mes manières eut cessé, je m'aperçus que quelques-unes étaient lourdes, endormies, grossières et agressives. Beaucoup, au contraire, se montraient obligeantes et aimables, et je découvris parmi elles d'assez nombreux exemples de politesse naturelle, de dignité et d'excellentes dispositions, qui me remplirent de bonne volonté et d'admiration. Bientôt elles prirent plaisir à bien faire leurs devoirs, à se tenir propres, à apprendre régulièrement leurs leçons, à acquérir des manières calmes et convenables. La rapidité de leurs progrès fut en quelque sorte surprenante, et j'en ressentis un orgueil légitime et heureux; d'ailleurs je m'étais déjà attachée aux meilleures de mes élèves, et elles aussi m'aimaient. Parmi mes écolières, j'avais quelques filles de ferme, qui étaient déjà presque des jeunes filles. Elles savaient lire, écrire et coudre. Je leur apprenais les éléments de la grammaire, de la géographie, de l'histoire, et les travaux de couture les plus délicats; je trouvai parmi elles des natures estimables, désireuses d'apprendre, et toutes disposées à s'améliorer. Souvent, le soir, j'allais passer quelques heures agréables chez elles; leurs parents (le fermier et sa femme) me comblaient d'attentions. C'était une joie pour moi d'accepter leur simple hospitalité et de la payer par une considération et un respect scrupuleux pour leurs sentiments, respect auquel on ne les avait peut-être pas toujours accoutumés, et qui les charmait et leur faisait du bien, parce qu'étant ainsi élevés à leurs propres yeux, ils voulaient se rendre dignes de la déférence qu'on leur témoignait.

Je me sentais aimée dans le pays. Toutes les fois que je sortais, c'étaient de cordiales salutations et des sourires affectueux. Être généralement respecté, même par des ouvriers, c'est vivre calme et heureux sous un rayon de soleil, qui développe et fait éclore la sérénité de vos sentiments intérieurs. A cette époque de ma vie. mon cœur fut plus souvent gonflé par la reconnaissance qu'abattu par la tristesse; et pourtant, au milieu de cette existence calme et utile, après avoir passé ma journée dans un travail honorable au milieu de mon école, et ma soirée à dessiner ou à lire, des songes étranges me poursuivaient pendant la nuit, des songes variés, agités, orageux. Au milieu de scènes bizarres, d'aventures extraordinaires et romanesques, je rencontrais toujours M. Rochester au moment le plus terrible de la crise. Alors il me semblait être dans ses bras, entendre sa voix, rencontrer son regard, toucher ses mains et ses joues; je croyais l'aimer et être aimée de lui; l'espérance de passer mes jours près de lui se ranimait avec toute sa force d'autrefois. Puis, je m'éveillais, je me rappelais où j'étais et dans quelle position; tremblante et agitée, je m'asseyais sur mon lit sans rideaux; la nuit tranquille et sombre était témoin des convulsions de mon désespoir et entendait les sanglots de ma passion. Le lendemain matin, à neuf heures, j'ouvrais l'école, et, tranquille, remise, je me préparais aux devoirs de la journée.

Rosamonde Oliver tint sa promesse de visiter l'école. Elle venait généralement en faisant sa promenade du matin; elle arrivait jusqu'à la porte sur son poney, et suivie d'un domestique en livrée. On ne peut rien imaginer de plus charmant que cette jeune amazone, avec son habit pourpre, sa toque de velours noir, gracieusement posée sur ses longues boucles qui venaient caresser ses joues et flotter sur ses épaules; c'est ainsi qu'elle entrait dans l'école rustique et passait au milieu des petites villageoises étonnées. Elle venait ordinairement à l'heure où M. Rivers faisait le catéchisme; je crois que le regard de la jeune visiteuse perçait profondément le cœur du pasteur. Une sorte d'instinct semblait l'avertir lorsquelle entrait, même quand il ne la voyait pas, même quand il regardait dans une direction tout opposée à la porte. Dès qu'elle apparaissait, ses joues se coloraient, ses traits de marbre changeaient presque insensiblement, malgré leurs efforts pour rester immobiles; leur calme même exprimait une ardeur contenue plus fortement que n'auraient pu le faire des muscles agités ou un regard passionné.

Certainement elle connaissait son pouvoir, et M. Rivers ne le lui cachait pas, parce qu'il ne le pouvait pas. En dépit de son stoïcisme chrétien, quand elle s'adressait à lui, il lui envoyait un sourire gai, encourageant et même tendre ; sa main tremblait et ses yeux brûlaient: si ses lèvres restaient muettes, il semblait dire par son regard triste et résolu : « Je vous aime et je sais que vous avez une préférence pour moi; si je me tais, ce n'est pas parce que je doute du succès; si je vous offrais mon cœur, je crois que vous l'accepteriez. Mais ce cœur a déjà été déposé sur un autel sacré; les flammes du sacrifice l'entourent, et bientôt ce ne sera plus qu'une victime consumée. »

Alors elle boudait comme un enfant désappointé ; un nuage pensif venait adoucir sa vivacité radieuse ; elle retirait promptement sa main de celle de M. Rivers, et s'éloignait de lui avec une rapidité héroïque, qui ressemblait un peu à celle d'un martyr. Saint-John aurait sans doute donné le monde entier pour la suivre, la rappeler, la retenir quand elle s'enfuyait ainsi, mais il ne voulait pas perdre une seule chance d'obtenir le ciel, ni abandonner pour son amour l'espérance d'un paradis vrai et éternel ; et d'ailleurs une seule passion ne pouvait pas suffire à sa nature de pirate, de poëte et de prêtre. Il ne pouvait, il ne voulait pas renoncer au rude combat du missionnaire pour les salons et la paix de Vale-Hall. J'appris tout ceci dans une conversation où, en dépit de sa réserve, j'eus l'audace de lui arracher cette confidence.

Souvent déjà Mlle Oliver m'avait fait l'honneur de venir me visiter dans ma ferme. Bientôt je la connus tout entière, car il n'y avait en elle ni déguisement ni mystère ; elle était coquette, mais bonne; exigeante, mais pas égoïste; on l'avait toujours traitée avec beaucoup trop d'indulgence, et pourtant on n'avait pas réussi à la gâter entièrement. Elle était vive, mais avait un bon naturel; pouvait-elle ne pas être vaine? chaque regard qu'elle dirigeait du côté de sa glace lui montrait un ensemble si charmant! mais elle n'était pas affectée. Elle n'avait aucun orgueil de ses richesses; elle était généreuse, naïve, suffisamment intelligente, gaie, vive, mais légère ; elle était charmante enfin, même aux yeux d'une froide observatrice comme moi ; mais elle n'était pas profondément intéressante, et ne vous laissait pas une vive impression. Elle était bien loin de ressembler aux sœurs de Saint-John, par exemple. Cependant je l'aimais presque autant qu'Adèle, si ce n'est pourtant qu'on accorde à l'enfant surveillé et instruit par soi une affection plus intime qu'à la jeune fille étrangère douée des mêmes charmes.

Elle s'était prise pour moi d'un aimable caprice ; elle prétendait que je ressemblais à M. Rivers : « Seulement, disait-elle, vous n'êtes pas si jolie, bien que vous soyez une gentille et mignonne petite créature ; mais lui, c'est un ange. Cependant vous êtes bonne, savante, calme et ferme comme lui ; faire de vous une maîtresse d'école dans un village, c'est un *lusus naturæ* ; je suis sûre que, si l'on connaissait votre histoire, on en ferait un délicieux roman. »

Un soir qu'avec son activité enfantine et sa curiosité irréfléchie, mais nullement offensante, elle fouillait dans le buffet et dans la table de ma petite cuisine, elle aperçut d'abord deux livres français, un volume de Schiller, une grammaire allemande et un dictionnaire, puis ensuite tout ce qui m'était nécessaire pour dessiner, quelques esquisses, entre autres, un petit portrait au crayon d'une de mes élèves qui avait une véritable tête d'ange, quelques vues d'après nature, prises dans la vallée de Morton et dans les environs ; elle fut d'abord étonnée, puis ravie.

« Est-ce vous qui avez fait ces dessins ? me demanda-t-elle, savez-vous le français et l'allemand ? Quel amour vous faites ! quelle petite merveille ! Vous dessinez mieux que mon maître de la première pension de S***. Voulez-vous esquisser mon portrait, pour que je le montre à papa ?

— Certainement ! » répondis-je.

Je sentais un plaisir d'artiste à l'idée de copier un modèle si parfait et si éblouissant. Elle avait une robe de soie bleu foncé ; son cou et ses bras étaient nus ; elle n'avait pour tout ornement que ses beaux cheveux châtains, qui flottaient sur son cou avec toute la grâce des boucles naturelles. Je pris une feuille de beau carton, et je dessinai soigneusement les contours de son charmant visage. Je me promis de colorier ce dessin ; mais, comme il était déjà tard, je lui demandai de revenir poser un autre jour.

Elle parla de moi à son père avec tant d'éloges, que celui-ci l'accompagna le soir suivant. C'était un homme grand, aux traits massifs, d'âge mûr, et dont les cheveux grisonnaient. Sa fille, debout à ses côtés, avait l'air d'une brillante fleur près d'une tourelle moussue. Il paraissait taciturne, peut-être orgueilleux; mais il fut très-bon pour moi. L'esquisse du portrait de Rosamonde lui plut beaucoup; il me demanda d'en faire une peinture aussi perfectionnée que possible; il me pria aussi de venir le lendemain passer la soirée à Vale-Hall.

J'y allai. Je vis une maison grande, belle, et qui prouvait la richesse de son propriétaire. Rosamonde fut joyeuse et animée tout le temps que je restai là; son père fut très-affable; et lorsqu'après le thé il se mit à causer avec moi, il m'exprima très-chaleureusement son approbation pour ce que j'avais fait dans l'école de Morton.

« Mais, ajouta-t-il, d'après tout ce que je vois et tout ce que j'entends, j'ai peur que vous ne soyez trop supérieure pour une semblable place et que vous ne la quittiez bientôt pour une qui vous plaira mieux.

— Oh! oui, certainement, papa, s'écria Rosamonde, elle est bien assez instruite pour être gouvernante dans une grande famille.

— J'aime bien mieux être ici que dans une grande famille, » pensai-je.

M. Oliver me parla de M. Rivers et de toute sa famille avec beaucoup de respect; il dit que c'était un vieux nom, que ses ancêtres avaient été riches, que jadis tout Morton leur avait appartenu, et que maintenant même le dernier descendant de cette famille pouvait, s'il le voulait, s'allier aux plus grandes maisons. Il trouvait triste qu'un jeune homme si beau et si rempli de talents eût formé le projet de partir comme missionnaire; c'était perdre une vie bien précieuse. Ainsi, il était évident que M. Oliver ne voyait aucun obstacle à une union entre Saint-John et Rosamonde. Il regardait la naissance du jeune ministre, sa profession sacrée, son ancien nom, comme des compensations bien suffisantes au manque de fortune.

On était au 5 de novembre, jour de congé; ma petite servante était partie après m'avoir aidée à nettoyer ma maison, et bien contente de deux sous que je lui avais donnés pour récompenser son zèle. Tout était propre et brillant autour de moi; le sol bien sablé, la grille bien luisante et les chaises frottées avec soin. Je m'étais habillée proprement, et j'étais libre de passer mon après-midi comme bon me semblerait.

Pendant une heure, je m'occupai à traduire quelques pages d'allemand; ensuite je pris ma palette et mes crayons, et je me mis à un travail plus agréable et plus facile. J'entrepris d'achever la miniature de Rosamonde Oliver. La tête était presque finie ; il n'y avait plus qu'à peindre le fond, à nuancer les draperies, à ajouter une couche de carmin aux lèvres, un mouvement plus gracieux à certaines boucles, une teinte plus sombre à l'ombre projetée par les cils au-dessous des paupières azurées. J'étais occupée à ces charmants détails, quand quelqu'un frappa rapidement à ma porte, qui s'ouvrit aussitôt. Saint-John entra.

« Je viens voir comment vous passez votre jour de congé, dit-il ; pas à penser, j'espère. Mais je vois que non ; voilà qui est bien ; pendant que vous dessinez, vous vous sentez moins seule. Vous voyez que je me défie encore de vous, bien que vous vous soyez parfaitement soutenue jusqu'ici. Je vous ai apporté un livre pour vous distraire ce soir. » Et il posa sur la table un poëme nouvellement paru, une de ces productions du génie dont le public de ces temps-là était si souvent favorisé.

C'était l'âge d'or de la littérature moderne. Hélas ! les lecteurs de nos jours sont moins heureux. Mais, courage ! je ne veux ni accuser ni désespérer. Je sais que la poésie n'est pas morte ni le génie perdu. La richesse n'a pas le pouvoir de les enchaîner ou de les tuer ; un jour tous deux prouveront qu'ils existent, qu'ils sont là libres et forts. Anges puissants réfugiés dans le ciel, ils sourient quand les âmes sordides se réjouissent de leur mort et que les âmes faibles pleurent leur destruction. La poésie détruite, le génie banni ! Non, médiocrité, non, que l'envie ne vous suggère pas cette pensée. Non-seulement ils vivent, mais ils règnent et rachètent ; et, sans leur influence divine qui s'étend partout, vous seriez dans l'enfer de votre propre pauvreté.

Pendant que je regardais avidement les pages de Marmion (car c'était un volume de Marmion), Saint-John s'arrêta pour examiner mon dessin ; mais il se redressa en tressaillant et ne dit rien. Je levai les yeux sur lui, il évita mon regard ; je connaissais ses pensées et je pouvais lire clairement dans son cœur. J'étais alors plus calme et plus froide que lui ; j'avais un avantage momentané ; je conçus le projet de lui faire un peu de bien, si je le pouvais.

« Avec toute sa fermeté et toute sa domination sur lui-même, pensai-je, il s'impose une tâche trop rude. Il enferme en lui tous ses sentiments et toutes ses angoisses ; il ne confesse rien ; il ne s'épanche jamais. Je suis sûre que cela lui ferait du bien de parler un peu de cette belle Rosamonde qu'il ne pense pas devoir épouser ; je vais tâcher de le faire causer. »

Je lui dis d'abord de prendre une chaise ; mais il me répondit, comme toujours, qu'il n'avait pas le temps de rester. « Très-bien, me dis-je tout bas, restez debout si vous voulez; mais vous ne partirez pas maintenant, j'y suis bien résolue. La solitude vous est au moins aussi funeste qu'à moi; je vais essayer d'obtenir votre confiance, et de trouver dans cette poitrine de marbre une ouverture par laquelle je pourrai vous verser quelques gouttes du baume de la sympathie.... Ce portrait est-il ressemblant? demandai-je tout à coup.

— Ressemblant à qui? Je ne l'ai pas regardé attentivement.

— Pardon, monsieur Rivers, vous l'avez regardé. »

Il tressaillit de ma franchise soudaine et étrange; il me regarda avec étonnement. « Oh! ce n'est encore rien, pensai-je; je ne me laisserai pas intimider par un peu de roideur de votre part; je suis décidée à pousser très-loin. »

Je continuai :

« Vous l'avez regardé de près et attentivement; mais je ne m'oppose pas à ce que vous le regardiez encore. »

Je me levai et je plaçai le dessin dans sa main.

« C'est une peinture bien exécutée, dit-il; les couleurs sont douces et claires, le dessin correct et gracieux.

— Oui, oui, je le sais; mais que dites-vous de la ressemblance? à qui ce portrait ressemble-t-il? »

Dominant son hésitation, il répondit :

« A Mlle Oliver, je pense.

— Certainement. Et maintenant, monsieur, pour vous récompenser d'avoir si bien deviné, je vous ferai une seconde copie aussi fidèle et aussi soignée que celle-ci, pourvu que vous me promettiez de l'accepter. Je ne voudrais pas passer mon temps à un travail que vous regarderiez comme indigne de vous. »

Il continuait à regarder le portrait; plus il le contemplait, plus il le tenait fortement, plus il semblait le couver des yeux.

« C'est ressemblant, murmura-t-il; les yeux sont bien; la couleur, la lumière, l'expression, tout est parfait; ce portrait sourit.

— Aimeriez-vous à en avoir un semblable, ou bien cela vous blesserait-il? Dites-le-moi. Quand vous serez à Madagascar, au Cap ou aux Indes, serait-ce une consolation pour vous de posséder ce souvenir? ou bien cette vue vous rappellerait-elle des pensées tristes et énervantes? »

Il leva furtivement les yeux, me regarda d'un air irrésolu et troublé, puis contempla de nouveau le portrait.

« Il est certain que j'aimerais à l'avoir, dit-il; mais serait-ce sage? C'est une autre question. »

Depuis que j'étais persuadée que Rosamonde avait une préférence pour lui et que M. Oliver ne s'opposerait pas au mariage, comme j'étais moins exaltée dans mes opinions que Saint-John, j'avais résolu de faire tous mes efforts pour que cette union s'accomplît. Il me semblait que si M. Rivers devenait possesseur de la belle fortune de M. Oliver, il ferait autant de bien qu'en allant flétrir son génie et perdre sa force sous le soleil des tropiques. Dans la persuasion où j'étais, je répondis :

« Autant que je puis en juger, je trouve qu'il serait plus sage à vous de prendre l'original que le portrait. »

Pendant ce temps, il s'était assis ; il avait posé le portrait devant lui sur la table, et, le front appuyé dans ses deux mains, le regardait tendrement. Je vis qu'il n'était ni fâché ni choqué de mon audace ; je vis même qu'en lui parlant ainsi franchement d'un sujet qu'il regardait comme inabordable, en s'adressant librement à lui, on lui faisait éprouver un plaisir nouveau, un soulagement inattendu. Les gens réservés ont souvent plus besoin que les gens expansifs d'entendre parler ouvertement de leurs sentiments et de leurs douleurs. Le plus stoïque est homme, après tout ; et se précipiter avec hardiesse et bonne volonté dans son âme solitaire, c'est souvent lui rendre le plus grand des services.

« Elle vous aime, j'en suis sûre, dis-je en me plaçant derrière sa chaise ; et son père vous respecte. Puis c'est une charmante enfant ; un peu irréfléchie, il est vrai, mais vous avez assez de raison pour tous deux. Vous devriez l'épouser.

— M'aime-t-elle ? demanda-t-il.

— Certainement, plus qu'aucun autre ; elle parle toujours de vous ; nul sujet ne la réjouit tant, et c'est à cela qu'elle revient le plus souvent.

— J'aime à vous entendre, dit-il ; parlez encore un quart d'heure. »

Il retira sa montre et la posa sur la table pour mesurer le temps.

« Mais pourquoi continuer, demandai-je, si pendant ce temps vous préparez quelque raisonnement puissant pour me contredire, ou si vous forgez un lien nouveau pour enchaîner votre cœur ?

— Ne vous imaginez pas cela ; croyez plutôt que je cède et que mon cœur s'amollit. L'amour humain s'élève en moi comme une fraîche fontaine qu'on vient d'ouvrir, et inonde de ses flots si doux le champ que j'avais préparé avec tant de soins et tant de labeurs, que j'avais assidûment ensemencé de bonnes intentions et de renoncement à moi-même ; et maintenant il est englouti sous une onde délicieuse, les germes nouveaux sont rongés par un poison enivrant. Je me vois étendu sur une ottomane du salon de Vale-Hall, aux pieds de ma fiancée Rosamonde Oliver; elle me parle avec sa douce voix, me regarde avec ses yeux que votre main habile a si bien su reproduire, me sourit avec ses lèvres si vermeilles. Elle est à moi, je suis à elle; cette vie présente, ce monde d'un jour me suffit. Taisez-vous; ne dites rien; mon cœur est rempli d'extase, mes sens de délices. Laissez passer en paix le temps que j'ai marqué! »

La montre continuait à marcher; il respirait vite et bas; je restais muette. Le quart d'heure s'écoula au milieu de ce silence. M. Saint-John reprit sa montre, reposa le portrait, se leva et se tint debout devant le foyer.

« Maintenant, dit-il, j'ai voulu accorder ce court instant au délire et à l'illusion; j'ai reposé mes tempes sur le sein de la tentation; j'ai volontairement placé mon cou sous son joug de fleurs; j'ai goûté à sa coupe. L'oreiller est brûlant; un serpent est caché dans la guirlande; le vin est amer; ses promesses sont vides et ses offres fausses; je le vois et je le sais. »

Je le regardai avec étonnement.

« Il est étrange, poursuivit-il, qu'au moment où j'aime si ardemment Rosamonde Oliver, où je l'aime avec toute la violence d'une première passion dont l'objet est parfaitement beau, gracieux et fascinant, j'éprouve aussi une certitude complète qu'elle ne serait pas une bonne femme pour moi, qu'elle n'est pas la compagne qui me convient, et qu'après un an de mariage je m'en apercevrais bien, et qu'à douze mois d'enivrement succéderait une vie de regret, je le sais. »

Je ne pus m'empêcher de m'écrier :

« C'est étrange, en effet! »

Il continua :

« Si je suis sensible à ses charmes, je suis aussi vivement frappé par ses défauts; ils sont de telle nature qu'elle ne pourrait sympathiser en rien avec moi; elle ne comprendrait pas mes aspirations; elle ne pourrait pas m'aider dans mes entreprises. Rosamonde souffrir, travailler, être apôtre! Rosamonde devenir la femme d'un missionnaire; non, c'est impossible!

— Mais vous n'avez pas besoin d'être un missionnaire; vous pouvez renoncer à ce projet.

— Y renoncer? Ne savez-vous donc pas que c'est ma vocation, ma grande œuvre, les fondements que je pose sur la terre pour ma demeure céleste, mon espérance d'être compté parmi ceux qui ont étouffé toute ambition pour le désir glorieux d'améliorer leurs frères, de remplacer la guerre par la paix, l'esclavage par la liberté, la superstition par la religion, la crainte de l'enfer par l'espérance du ciel? Renoncer à ce projet qui m'est plus cher que le sang de mes veines! C'est de ce côté-là que je dois diriger mes regards, c'est dans ce but que je dois vivre. »

Après une longue pause, je repris :

« Et Mlle Oliver, vous est-il indifférent de la voir malheureuse?

— Mlle Oliver est entourée de courtisans et de flatteurs. Dans moins d'un mois mon image sera effacée de son cœur; elle m'oubliera et se mariera probablement à quelqu'un qui la rendra plus heureuse que je n'aurais pu le faire.

— Vous parlez froidement; mais cette lutte vous fait souffrir; vous changez.

— Non; si je change un peu, c'est l'inquiétude que me causent mes projets dont l'exécution est encore mal assurée; ce matin même j'ai appris que mon successeur, dont j'attends depuis si longtemps l'arrivée, ne sera pas prêt à me remplacer avant trois mois, peut-être six.

— Vous tremblez et vous rougissez quand Mlle Oliver entre dans l'école. »

Sa figure prit de nouveau une expression de surprise; il ne pensait pas qu'une femme oserait parler ainsi à un homme. Quant à moi, je me sentais sur mon terrain; je ne pouvais pas entrer en communication avec les esprits forts, discrets et raffinés, soit d'hommes, soit de femmes, avant d'avoir dépassé les limites d'une réserve conventionnelle, avant d'avoir franchi le seuil de leurs confidences et pris ma place près du foyer de leurs cœurs.

« Vous êtes originale, me dit-il, et nullement timide. Votre esprit est brave autant que votre œil est pénétrant; mais laissez-moi vous assurer que vous interprétez mal mes émotions; vous les croyez plus fortes et plus puissantes qu'elles ne le sont; vous m'accordez plus de sympathie que je n'ai le droit d'en réclamer. Quand mes joues se colorent et quand je tremble devant Mlle Oliver, je ne me plains pas; je méprise ma faiblesse; je sais qu'elle est vile : c'est une fièvre de la chair; mais, je vous le dis en vérité, ce n'est pas une convulsion de l'âme; non mon âme est aussi ferme que le rocher fixé sous les profondeurs de la mer agitée. Connaissez-moi pour ce que je suis, c'est-à-dire pour un homme froid et dur. »

Je souris d'un air incrédule.

« Vous vous êtes emparée de ma confiance par force, continua-t-il ; maintenant elle est toute à votre service ; si l'on pouvait me dépouiller de ce vêtement de chair dont le chrétien recouvre les difformités humaines, vous verriez que je suis simplement un homme dur, froid et ambitieux. De tous les sentiments, l'affection naturelle a seule conservé un pouvoir constant sur moi ; la raison est mon guide, et non pas le sentiment ; mon ambition est illimitée, mon désir de m'élever plus haut, de faire plus que les autres, est insatiable. J'honore la patience, la persévérance, l'industrie et le talent, parce que ce sont des moyens pour l'homme d'accomplir de grandes choses et de s'élever. Je vous examine avec intérêt, parce que je vois en vous une femme active, sage et énergique, et non pas parce que je vous plains profondément de ce que vous avez déjà souffert, et de ce que vous souffrez encore.

— Mais alors, dis-je, vous ne seriez qu'un philosophe païen ?

— Non ; il y a une différence entre moi et les déistes ; je crois, et je crois à l'Évangile. Vous vous êtes trompée de nom ; je ne suis pas un philosophe païen, mais un philosophe chrétien de la secte de Jésus ; comme son disciple, j'accepte ses doctrines généreuses, pures et miséricordieuses ; je suis décidé à les prêcher. Élevé jeune dans la religion, écoutez ce qu'elle a su faire de mes qualités innées. Avec ce petit germe d'affection naturelle que j'avais en moi, elle a su développer l'arbre puissant de la philanthropie ; je possédais les racines sauvages et incultes de la droiture humaine, elle m'a fait comprendre la justice de Dieu ; j'étais ambitieux d'acquérir du pouvoir et du renom pour moi-même, elle m'a inspiré la noble ambition de prêcher le royaume de mon maître, de remporter des victoires sous l'étendard de la croix. Voilà ce qu'a fait la religion, voilà comment elle a su purifier ce qu'elle a trouvé en moi, tailler et dresser ma nature ; mais elle n'a pas pu la détruire, rien ne la détruira jusqu'au jour où ce corps mortel passera dans l'éternité... »

Après avoir dit ces mots, il prit son chapeau, qui était posé sur la table à côté de ma palette ; il regarda encore une fois le portrait.

« Elle est belle, murmura-t-il ; c'est bien en vérité la rose au monde.

— Vous ne voulez pas que je vous fasse son portrait ?

— A quoi bon ? non. »

Il recouvrit le portrait de la feuille de papier fin sur laquelle j'avais l'habitude de m'appuyer le bras quand je peignais, afin de ne pas tacher mon carton. Je ne sais ce qu'il aperçut tout à coup sur cette feuille ; mais quelque chose attira ses yeux ; il la prit brusquement, contempla le bord, me jeta un regard singulier et incompréhensible, un regard qui semblait vouloir m'examiner moi et ma toilette, car il le promena sur toute ma personne avec la rapidité de l'éclair ; ses lèvres s'ouvrirent comme s'il allait parler, mais il s'arrêta.

« Qu'y a-t-il ? demandai-je.

— Rien, » me répondit-il ; et remettant le papier à sa place, je le vis déchirer rapidement un petit morceau du bord de la feuille. Ce papier disparut dans son gant ; puis il me salua rapidement, me dit adieu et disparut.

A mon tour j'examinai le papier, mais je n'y vis rien, sinon quelques traits que j'avais faits pour essayer mon crayon. Je pensai à cet événement pendant une minute ou deux ; mais ne pouvant pas découvrir ce mystère, et persuadée d'ailleurs qu'il ne devait pas avoir une grande importance, je n'y pensai bientôt plus.

---

## CHAPITRE XXXIII.

Quand M. Saint-John partit, la neige commençait à tomber, la tempête continua toute la nuit. Le jour suivant, un vent aigu amena des tourbillons de neige froids et épais ; vers le soir, la vallée était presque impraticable. J'avais fermé mes persiennes et mis une natte devant la porte pour empêcher la neige d'entrer par-dessous. J'avais arrangé mon feu, et, après être restée une heure assise sur le foyer pour écouter la tempête, j'allumai une chandelle, je pris Marmion, et je me mis à lire la strophe suivante :

« Le soleil se couchait derrière les montagnes de Norham, couvertes de châteaux, derrière les belles rives de la Tweed large et profonde, et les Cheviots solitaires. Les tours massives, le donjon qui les garde et les murailles qui les entourent, brillent d'une lueur jaunâtre. »

L'harmonie des vers me fit bientôt oublier l'orage.

J'entendis du bruit ; je pensai que c'était le vent qui frappait contre la porte. Mais non ; c'était Saint-John Rivers qui tournait le loquet. Il était venu à travers ce froid ouragan et cette obscurité bruyante. Il se tenait debout devant moi ; le manteau qui le recouvrait était aussi blanc qu'un glacier. Je demeurai stupéfaite, car je ne m'attendais pas à avoir un hôte ce soir-là.

Y a-t-il quelque mauvaise nouvelle? demandai-je, est-il arrivé quelque chose?

— Non. Comme vous vous inquiétez facilement! » me répondit-il en suspendant son mantau à la porte, vers laquelle il repoussa froidement la natte que son entrée avait dérangée. Il secoua la neige de ses souliers. « Je vais salir votre chambre, dit-il; mais il faut m'excuser pour une fois. » Alors il s'approcha du feu. « Je vous assure que j'ai eu bien de la peine à arriver ici, dit-il en réchauffant ses mains à la flamme du foyer. Un moment j'ai enfoncé jusqu'à la ceinture; heureusement la neige est encore molle. »

Je ne pus pas m'empêcher de dire :

« Mais pourquoi êtes-vous venu?

— C'est une question peu hospitalière à faire à un visiteur; mais, puisque vous me le demandez, je vous répondrai que c'est simplement pour causer avec vous. J'étais fatigué de mes livres muets et de ma chambre vide. D'ailleurs, depuis hier, je suis dans l'état d'une personne à qui l'on a dit la moitié d'une histoire et qui est impatiente d'en connaître la fin. »

Il s'assit. Je me rappelai sa conduite singulière de la veille, et je commençai à craindre pour sa tête; en tout cas, s'il était fou, sa folie était bien froide et bien recueillie. Je n'avais jamais vu ses beaux traits aussi semblables à du marbre, qu'au moment où, jetant de côté ses cheveux mouillés par la neige, il laissa la lumière du foyer briller librement sur son front et ses joues si pâles. Je fus attristée en remarquant les traces évidentes du souci et du chagrin. J'attendais, espérant qu'il allait dire quelque chose que je pourrais au moins comprendre. Mais sa main était posée sur son menton, ses doigts sur ses lèvres; il pensait. Je fus frappée en voyant que sa main était aussi dévastée que sa figure. Une pitié involontaire s'empara de moi et je m'écriai :

« Je voudrais que Diana et Marie pussent demeurer avec vous; il est mauvais pour vous de vivre seul, et vous êtes trop indifférent sur votre santé.

— Pas du tout, dit-il, je prends soin de moi quand c'est nécessaire; je me porte très-bien. Que me manque-t-il donc? »

Il dit ces mots avec indifférence et d'un air absorbé, ce qui me prouva qu'à ses yeux ma sollicitude était au moins superflue. Je me tus.

Il continuait à remuer lentement son doigt sur sa lèvre supérieure, et son œil se promenait sur la grille ardente. Trouvant indispensable de dire quelque chose, je lui demandai si la porte qu'il avait derrière lui ne lui donnait pas trop de froid.

« Non, non, me répondit-il brièvement et presque brusquement.

— Eh bien, pensai-je, taisez-vous si vous le désirez. Je vais vous laisser à vos réflexions et reprendre mon livre. »

Je mouchai la chandelle, et je me remis à lire Marmion. Bientôt il se redressa; ce mouvement me fit lever les yeux. Il tira simplement de sa poche un portefeuille en maroquin, y prit une lettre qu'il lut en silence, la replia, la remit à sa place, et tomba dans une profonde méditation. Je ne pouvais pas lire en ayant sous les yeux un visage aussi impossible à sonder; dans mon impatience je ne pouvais pas me taire; peut-être allait-il me mal recevoir, mais tant pis, il me fallait parler.

« Avez-vous reçu dernièrement des nouvelles de Marie et de Diana? demandai-je.

— Non, pas depuis la lettre que je vous ai montrée il y a huit jours.

— Il n'y a rien de changé pour vous? Vous ne quitterez pas l'Angleterre avant l'époque que vous m'avez indiquée?

— Je le crains; ce serait un trop grand bonheur pour que je puisse y compter. »

Arrivée là, je changeai le sujet de ma conversation. Je me mis à parler de mon école et de mes élèves.

« La mère de Marie Garrett est mieux, dis-je. Marie est revenue à l'école ce matin, et la semaine prochaine j'aurai quatre élèves nouvelles de Foundry-Close; sans la neige, elles seraient venues aujourd'hui.

— En vérité?

— M. Oliver paye la pension de deux d'entre elles.

— Ah!

— Il régalera toute l'école à Noël.

— Je le sais.

— Est-ce vous qui le lui avez conseillé?

— Non.

— Qui est-ce donc?

— Sa fille, je crois.

— C'est bien d'elle; elle est si bonne!

— Oui. »

Une nouvelle pause. L'horloge sonna huit heures; ce bruit le tira de sa méditation. Il décroisa ses jambes, se redressa et se tourna de mon côté

« Laissez votre livre un instant, dit-il, et approchez-vous un peu du feu. »

J'étais de plus en plus étonnée.

« Il y a une demi-heure, dit-il, je vous ai parlé de mon impatience de connaître la suite d'une histoire; j'ai réfléchi depuis qu'il valait mieux que je fusse le narrateur et vous l'auditeur. Avant de commencer, il est bon de vous avertir que l'histoire vous semblera un peu ancienne; mais de vieux détails reprennent quelquefois de la fraîcheur en passant par des lèvres nouvelles. Du reste, usée ou non, elle est courte.

« Il y a vingt ans, un pauvre ministre (peu importe son nom maintenant) tomba amoureux d'une jeune fille riche; la jeune fille aussi l'aimait, et elle l'épousa, malgré les conseils de ses amis, qui la renièrent aussitôt après son mariage; au bout de deux ans, ce couple téméraire avait cessé d'exister, et tous deux étaient tranquillement couchés sous une même pierre. J'ai vu leur tombeau dans le grand cimetière qui entoure la sombre et triste église d'une immense ville manufacturière, dans le comté de***. Ils laissèrent une fille qui, dès sa naissance, fut reçue par une charité froide comme les amas de neige dans lesquels j'ai enfoncé ce soir. L'enfant abandonnée fut portée dans la demeure d'un riche parent de sa mère; elle fut élevée par une tante appelée (maintenant j'arrive aux noms) Mme Reed, de Gateshead. Vous tressaillez; avez-vous entendu du bruit? C'est probablement un rat qui gratte le mur de l'école; avant que je la fisse réparer, c'était une grange, et les granges sont généralement hantées par les rats. Mais continuons notre récit. Mme Reed garda l'orpheline pendant dix années; je ne sais si elle fut heureuse ou non : personne ne me l'a dit. Au bout de ce temps, l'enfant fut envoyée dans un endroit que vous connaissez, à l'école de Lowood, où vous-même avez demeuré. Il paraît que sa conduite fut honorable; d'élève, elle devint maîtresse comme vous. Je suis frappé du rapport qu'il y a entre son histoire et la vôtre. Elle quitta Lowood pour se faire gouvernante; voyez, ici encore vos deux destinées sont semblables; elle entreprit l'éducation de la pupille d'un certain M. Rochester.

— Monsieur Rivers! m'écriai-je.

— Je devine vos sentiments, dit-il, mais réprimez-les un instant; j'ai presque fini, écoutez-moi jusqu'au bout. Je ne sais rien sur M. Rochester, si ce n'est qu'il offrit un mariage honorable à cette jeune fille, et que, devant l'autel, on découvrit qu'il avait une femme vivante, mais folle; je ne connais ni ses desseins ni sa conduite après cette découverte. Il arriva un événement qui rendit nécessaire de rechercher la gouvernante ; on apprit qu'elle était partie ; personne ne put savoir quand, comment, ni pour aller où ; elle avait quitté le château de Thornfield pendant la nuit. Toutes les recherches sont restées infructueuses ; on a parcouru tout le pays sans avoir pu rien apprendre sur elle, et pourtant il est indispensable qu'on la trouve ; on a écrit dans tous les journaux ; moi-même j'ai reçu une lettre d'un M. Briggs, procureur, où l'on me communiquait les détails que je viens de vous rapporter ; n'est-ce pas une histoire étrange ?

— Répondez-moi seulement à ce que je vais vous demander, dis-je ; vous le pourrez certainement. Qu'avez-vous appris sur M. Rochester ? Où est-il ? que fait-il ? se porte-t-il bien ?

— Je ne sais rien sur M. Rochester ; la lettre n'en parle que pour mentionner son dessein illégal. Vous devriez plutôt me demander le nom de la gouvernante et l'événement qui rend sa présence indispensable.

— Personne n'est donc allé au château de Thornfield ? personne n'a donc vu M. Rochester ?

— Je ne pense pas.

— Lui a-t-on écrit ?

— Certainement.

— Et qu'a-t-il répondu ? Qui a sa lettre ?

— M. Briggs me dit que la réponse à sa demande n'a pas été faite par M. Rochester, mais par une dame qui signe Alice Fairfax. »

Je me sentis froide et consternée. Ainsi mes craintes étaient fondées : il avait probablement quitté l'Angleterre et, dans son désespoir, était retourné vers un de ses anciens repaires du continent ; et quels adoucissements avait-il cherchés à ses cruelles souffrances, quels objets pour satisfaire ses fortes passions ? Je n'osais pas répondre à cette question. Oh mon pauvre maître ! lui qui avait presque été mon mari ! lui que j'avais si souvent appelé mon cher Édouard !

« Cet homme devait être mauvais, observa M. Rivers.

— Vous ne le connaissez pas, ne le jugez pas ainsi ! m'écriai-je avec chaleur.

— Très-bien, me dit-il tranquillement ; du reste je suis occupé d'autre chose que de lui, j'ai mon histoire à finir. Puisque vous ne voulez pas me demander le nom de la gouvernante, je vais vous le dire moi-même ; attendez, je l'ai ici : il vaut toujours mieux avoir les choses importantes soigneusement écrites sur le papier. »

Il prit de nouveau son portefeuille, l'ouvrit, et y chercha quelque chose; de l'un des compartiments il tira un vieux morceau de papier qui semblait avoir été déchiré brusquement. Je reconnus la forme et les traits de pinceau de différentes couleurs du morceau enlevé au papier qui recouvrait le portrait de Mlle Oliver. Saint-John se leva, le tint devant mes yeux, et je lus, tracés en encre de Chine et par ma propre main, les mots : *Jane Eyre*. J'avais probablement écrit cela dans un moment d'oubli.

« Briggs, continua-t-il, me parlait d'une Jane Eyre, et c'était également ce nom qui se trouvait dans les journaux ; je connaissais une Jane Elliot; je confesse que j'avais des soupçons, mais je ne fus certain qu'hier dans l'après-midi. Avouez-vous votre nom et renoncez-vous au pseudonyme?

— Oui, oui; mais où est M. Briggs? Il en sait peut-être plus long que vous sur M. Rochester.

— Briggs est à Londres; je doute qu'il sache rien sur M. Rochester; ce n'est pas M. Rochester qui l'intéresse. Vous oubliez le point essentiel pour vous occuper de détails insignifiants; vous ne me demandez pas pourquoi M. Briggs vous cherche, et pourquoi il a besoin de vous.

— Eh bien! pourquoi?

— Simplement pour vous dire que votre oncle, M. Eyre, de Madère, est mort; qu'il vous a laissé toute sa fortune, et que maintenant vous êtes riche; simplement pour cela, rien de plus.

— Moi, riche?

— Oui, vous, une riche héritière. »

Il y eut un moment de silence.

« Il faudra prouver votre identité, continua Saint-John, mais cela n'offrira aucune difficulté, et alors vous pourrez entrer tout de suite en possession. Votre fortune est placée dans les fonds anglais. Briggs a le testament et tous les papiers nécessaires. »

C'était une phase nouvelle dans ma vie. Il est beau de sortir de l'indigence pour devenir riche subitement, c'est même très-beau; mais ce n'est pas une chose que l'on comprenne tout d'un coup et dont on puisse se réjouir entièrement dans le moment même. Il y a des joies bien plus enivrantes. Une fortune est un bonheur solide, tout terrestre, mais il n'a rien d'idéal; tout ce qui s'y rattache est calme, et la joie qu'on ressent ne peut pas se manifester avec enthousiasme; on ne saute pas, on ne chante pas. En apprenant qu'on est riche, on commence par songer aux responsabilités, par penser aux affaires : dans le fond, on est satisfait, mais il y a de graves soucis ; on se contient, on reçoit la nouvelle de son bonheur avec un visage sérieux.

D'ailleurs, les mots testament, legs, marchent côte à côte avec les mots mort et funérailles. Mon oncle était mort : c'était mon seul parent. Depuis que je savais qu'il existait, j'avais nourri l'espérance de le voir un jour ; maintenant je ne le pourrai plus. Puis cet argent ne venait qu'à moi seule, et non pas à moi et à une famille qui s'en serait réjouie ; à moi toute seule. Certainement c'était un bonheur : je serai si heureuse d'être indépendante ! Cela, du moins, je le sentais bien, et cette pensée gonflait mon cœur.

« Enfin, vous levez la tête, me dit M. Rivers ; je croyais que Méduse vous avait lancé un de ses regards et que vous étiez changée en statue de pierre. Probablement vous allez me demander maintenant à combien monte votre fortune.

— Eh bien, oui ; à combien monte-t-elle ?

— Oh ! cela ne vaut même pas la peine d'en parler ; on dit vingt mille livres sterling, je crois ; mais qu'est-ce que cela ?

— Vingt mille livres sterling ! »

Mon étonnement fut grand ; j'avais compté sur quatre ou cinq mille ; cette nouvelle me coupa la respiration pour un instant. M. Saint-John, que je n'avais jamais entendu rire auparavant, se mit alors à rire.

« Eh bien ! dit-il, si vous aviez commis un meurtre et si je venais vous apprendre que votre crime est découvert, vous auriez l'air moins épouvantée.

— C'est une forte somme ; ne pensez-vous pas qu'il y a erreur ?

— Pas le moins du monde.

— Peut-être avez-vous mal lu les chiffres, et n'y a-t-il que 2000 ?

— C'est écrit en lettres et non pas en chiffres : vingt mille. »

Je me faisais l'effet d'un individu dont les facultés gastronomiques qui sont très-grandes, et tout à coup se trouve assis seul devant une table préparée pour cent. M. Rivers se leva et mit son manteau.

« Si la nuit n'était pas si mauvaise, dit-il, j'enverrais Anna vous tenir compagnie ; vous avez l'air si malheureuse qu'il n'est pas très-prudent de vous laisser seule ; mais la pauvre Anna ne pourrait pas se tirer de la neige aussi bien que moi ; ses jambes ne sont pas aussi longues ; ainsi donc je me vois obligé de vous laisser à votre tristesse. Bonsoir. »

Il toucha le loquet de la porte, une pensée subite me vint.

« Arrêtez une minute ! m'écriai-je.

— Eh bien ?

— Je voudrais savoir pourquoi M. Briggs vous a écrit pour apprendre des détails sur moi ; comment il vous connaît, et ce qui a pu lui faire penser que, dans un pays écarté comme celui-ci, vous pourriez l'aider à me découvrir....

— Oh ! me dit-il, c'est que je suis ministre, et les ministres sont souvent consultés dans les cas embarrassants. »

Il tourna de nouveau le loquet.

« Non, cela ne me satisfait pas ! » m'écriai-je.

En effet, sa réponse était à la fois si vague et si prompte, que ma curiosité, au lieu d'être satisfaite, n'en fut que piquée davantage.

« Il y a quelque chose d'étrange là dedans, ajoutai-je, et je veux tout savoir.

— Une autre fois.

— Non, ce soir, ce soir même ! »

Et comme il s'éloigna un peu de la porte, je me plaçai entre elle et lui. Il semblait embarrassé.

« Certainement, repris-je, vous ne partirez pas avant de m'avoir tout dit.

— Je préférerais que ce fût une autre fois.

— Non, il le faut !

— J'aimerais mieux que vous apprissiez tout cela par Diana ou par Marie. »

Ces objections ne faisaient qu'accroître mon ardeur ; je voulais être satisfaite, et tout de suite ; je le lui dis.

« Mais, reprit-il, je vous ai dit que je suis un homme dur et difficile à persuader.

— Et moi, je suis une femme dure, dont il est impossible de se débarrasser.

— Je suis froid, continua-t-il, la fièvre ne saurait me gagner.

— Je suis ardente, et le feu fond la glace. La flamme du foyer a fait sortir toute la neige de votre manteau ; l'eau en a profité pour couler sur le sol, qui maintenant ressemble à une rue inondée.... Monsieur Rivers, si vous voulez que je vous pardonne jamais le crime d'avoir souillé le sable de ma cuisine, dites-moi ce que je désire savoir....

— Eh bien ! dit-il, je cède, non pas à cause de votre ardeur, mais à cause de votre persévérance, de même que la pierre cède sous le poids de la goutte d'eau qui tombe sans cesse ; d'ailleurs il faudra toujours que vous le sachiez : autant maintenant que plus tard. Vous vous appelez Jane Eyre ?

— Certainement! nous l'avons déjà dit.

— Peut-être ne savez-vous pas que je porte le même nom que vous? J'ai été baptisé John Eyre Rivers.

— Non, en vérité, je ne le savais pas; je me rappelle avoir vu la lettre E dans les initiales gravées sur les livres que vous m'avez prêtés; je ne me suis jamais demandé quel pouvait être votre nom; mais alors certainement.... »

Je m'arrêtai; je ne voulais pas entretenir, encore moins exprimer la pensée qui m'était venue; mais bientôt elle se changea pour moi en une grande probabilité; toutes les circonstances s'accordaient si bien! la chaîne, qui jusque-là n'avait été qu'une série d'anneaux séparés et sans forme, commençait à s'étendre droite devant moi; chaque anneau était parfait et l'union complète. Avant que Saint-John eût parlé, un instinct m'avait avertie de tout. Mais comme je ne dois pas m'attendre à trouver le même instinct chez le lecteur, je répéterai l'explication donnée par M. Rivers.

« Ma mère s'appelait Eyre, me dit-il; elle avait deux frères: l'un, ministre, avait épousé Mlle Jane Reed, de Gateshead; l'autre, John Eyre, était commerçant à Madère. M. Briggs, procureur de M. Eyre, nous écrivit, au mois d'août dernier, pour nous apprendre la mort de notre oncle et pour nous dire qu'il avait laissé sa fortune à la fille de son frère le ministre, nous rejetant à cause d'une querelle qui avait eu lieu entre lui et mon père et qu'il n'avait jamais voulu pardonner. Il y a quelques semaines, il nous écrivit de nouveau pour nous apprendre qu'on ne pouvait pas retrouver l'héritière, et pour nous demander si nous savions quelque chose sur elle; un nom écrit par hasard sur un morceau de papier me l'a fait découvrir. Vous savez le reste.... »

Il voulut de nouveau partir; mais je m'appuyai le dos contre la porte.

« Laissez-moi parler, dis-je; donnez-moi le temps de respirer. »

Je m'arrêtai; il se tenait debout devant moi, le chapeau à la main, et paraissait assez calme. Je continuai:

« Votre mère était la sœur de mon père?

— Oui.

— Par conséquent elle était ma tante? »

Il fit un signe affirmatif.

« Mon oncle John était votre oncle? Vous, Diana et Marie, vous êtes les enfants de sa sœur, et moi je suis la fille de son frère?

— Sans doute.

— Alors vous êtes mes cousins; la moitié de notre sang coule de la même source?

— Oui, nous sommes cousins. »

Je le regardai; il me sembla que j'avais trouvé un frère, un frère dont je pouvais être orgueilleuse et que je pouvais aimer; deux sœurs dont les qualités étaient telles, qu'elles m'avaient inspiré une profonde amitié et une grande admiration, même lorsque je ne voyais en elles que des étrangères. Ces deux jeunes filles, que j'avais contemplées avec un mélange amer d'intérêt et de désespoir, lorsque, agenouillée sur la terre humide, j'avais regardé à travers l'étroite fenêtre de Moor-House, ces deux jeunes filles étaient mes parentes; cet homme jeune et grand, qui m'avait ramassée mourante sur le seuil de sa maison, m'était allié par le sang: bienheureuse découverte pour une pauvre abandonnée! C'était là une véritable richesse, une richesse du cœur! une mine d'affections pures et naturelles! C'était un bonheur vif, immense et enivrant, qui ne ressemblait pas à celui que j'avais éprouvé en apprenant que j'étais riche; car, quoique cette nouvelle eût été la bienvenue, je n'en avais ressenti qu'une joie modérée. Dans l'exaltation de ce bonheur soudain, je joignis les mains; mon pouls bondissait, mes veines battaient avec force.

« Oh! je suis heureuse! je suis heureuse! » m'écriai-je.

Saint-John sourit.

« N'avais-je pas raison de vous dire que vous négligiez les points essentiels pour vous occuper de niaiseries? reprit-il. Vous êtes restée sérieuse quand je vous ai appris que vous étiez riche; et maintenant, voyez votre exaltation pour une chose sans importance.

— Que voulez-vous dire? Peut-être est-ce de peu d'importance pour vous. Vous avez des sœurs, vous n'avez pas besoin d'une cousine; mais moi, je n'avais personne. Trois parents, ou deux, si vous ne voulez pas que je vous compte, viennent de naître pour moi. Oui, je le répète, je suis heureuse! »

Je me promenai rapidement dans ma chambre; puis je m'arrêtai, suffoquée par les pensées qui s'élevaient en moi, trop rapides pour que je pusse les recevoir, les comprendre et les mettre en ordre. Je songeais à tout ce qui pourrait avoir lieu et aurait lieu avant longtemps; je regardais les murailles blanches, et je crus voir un ciel couvert d'étoiles, dont chacune me conduisait vers un but délicieux. Enfin, je pouvais faire quelque chose pour ceux qui m'avaient sauvé la vie, et que jusque-là j'avais aimés d'un amour inutile. Ils étaient sous un joug, et je pouvais leur rendre la liberté; ils étaient éloignés les uns des autres, et je pouvais les réunir; l'indépendance et la richesse qui m'appartenaient pouvaient leur appartenir aussi. N'étions-nous pas quatre? Vingt mille livres, partagées en quatre, donnaient cinq mille livres à chacun; c'était bien assez. Justice serait faite et notre bonheur mutuel assuré. La richesse ne m'accablait plus, ce n'était plus un legs de pièces d'or, mais un héritage de vie, d'espérances et de joies.

Je ne sais quel air j'avais pendant que je songeais à toutes ces choses; mais je m'aperçus bientôt que M. Rivers avait placé une chaise derrière moi, et s'efforçait doucement de me faire asseoir. Il me conseillait d'être calme; je lui déclarai que mon esprit n'était nullement troublé; je repoussai sa main, et je me mis de nouveau à me promener dans la chambre.

« Vous écrirez demain à Marie et à Diana, dis-je, et vous les prierez de venir tout de suite ici. Diana m'a dit qu'elle et sa sœur se trouveraient riches avec mille livres sterling chacune; aussi je pense qu'avec cinq mille elles seront tout à fait satisfaites.

— Dites-moi où je pourrai trouver un verre d'eau, me répondit Saint-John; en vérité, vous devriez faire un effort pour vous calmer.

— C'est inutile. Répondez-moi : quel effet produira sur vous cette fortune? Resterez-vous en Angleterre, épouserez-vous Mlle Oliver et vous déciderez-vous à vivre comme tous les hommes?

— Vous vous égarez; votre tête se trouble. Je vous ai appris cette nouvelle trop brusquement; votre exaltation dépasse vos forces.

— Monsieur Rivers vous me ferez perdre patience; je suis calme; c'est vous qui ne me comprenez pas, ou plutôt qui affectez de ne pas me comprendre.

— Peut-être que, si vous vous expliquiez plus clairement, je vous comprendrais mieux.

— M'expliquer! mais il n'y a pas d'explication à donner. Il est bien facile de comprendre qu'en partageant vingt mille livres sterling entre le neveu et les trois nièces de notre oncle, il revient cinq mille livres à chacun; tout ce que je vous demande, c'est d'écrire à vos sœurs pour leur apprendre l'héritage qu'elles viennent de faire.

— C'est-à-dire que vous venez de faire.

— Je vous ai déjà dit comment je considérais cela, et je ne puis pas changer ma manière de voir. Je ne suis pas grossièrement égoïste, aveuglément injuste et lâchement ingrate. D'ail leurs je veux avoir une demeure et des parents : j'aime Moor-House et j'y resterai ; j'aime Diana et Marie, et je m'attacherai à elles pour toute la vie. Je serai heureuse d'avoir cinq mille livres ; mais vingt mille ne feraient que me tourmenter ; et puis, si cet argent m'appartient aux yeux de la loi, il ne m'appartient pas aux yeux de la justice. Je ne vous abandonne que ce qui me serait tout à fait inutile ; je ne veux ni discussion ni opposition ; entendons-nous entre nous et décidons cela tout de suite.

— Vous agissez d'après votre premier mouvement ; il faut que vous y réfléchissiez pendant plusieurs jours, avant qu'on puisse regarder vos paroles comme valables.

— Oh ! si vous ne doutez que de ma sincérité, je ne crains rien. Vous reconnaissez la justice de ce que je dis ?

— J'y vois en effet une certaine justice ; mais elle est contraire aux coutumes. La fortune entière vous appartient ; mon oncle l'a gagnée par son propre travail, il était libre de la laisser à qui il voulait ; il vous l'a donnée. Après tout, la justice vous permet de la garder, et vous pouvez sans remords de conscience la considérer comme votre propriété.

— Pour moi, répondis-je, c'est autant une affaire de sentiment que de conscience ; je puis bien une fois me laisser aller à mes sentiments : j'en ai si rarement l'occasion ! Quand même pendant une année vous ne cesseriez de discuter et de me tourmenter, je ne pourrais pas renoncer au plaisir infini que j'ai rêvé, au plaisir d'acquitter en partie une dette immense et de m'attacher des amis pour toute ma vie.

— Vous parlez ainsi maintenant, reprit Saint-John, parce que vous ne savez pas ce que c'est de posséder de la fortune et d'en jouir ; vous ne savez pas l'importance que vous donneront vingt mille livres sterling, la place que vous pourrez occuper dans la société, l'avenir qui sera ouvert devant vous ; vous ne le savez pas.

— Et vous, m'écriai-je, vous ne pouvez pas vous imaginer avec quelle ardeur j'aspire vers un amour fraternel. Je n'ai jamais eu de demeure ; je n'ai jamais eu ni frères ni sœurs ; je veux en avoir maintenant. Vous ne vous refusez pas à me reconnaître et à m'admettre parmi vous, n'est-ce pas ?

— Jane, je serai votre frère, et mes sœurs seront vos sœurs, sans que nous vous demandions ce sacrifice de vos justes droits.

— Mon frère éloigné de mille lieues, mes sœurs asservies chez des étrangers, et moi riche, gorgée d'or, sans l'avoir jamais ni gagné ni mérité ! Est-ce là une égalité fraternelle, une union intime, un profond attachement ?

— Mais, Jane, vos aspirations à une famille et à un bonheur domestique peuvent être satisfaites par d'autres moyens que ceux dont vous parlez; vous pouvez vous marier.

— Non, je ne veux pas me marier. Je ne me marierai jamais.

— C'est trop dire; des paroles aussi irréfléchies sont une preuve de l'exaltation où vous êtes.

— Non, ce n'est pas trop dire; je sais ce que j'éprouve, et combien tout mon être repousse la simple pensée du mariage. Personne ne m'épouserait par amour, et je ne veux pas qu'en me prenant on cherche simplement à faire une bonne spéculation. Je ne veux pas d'un étranger qui serait différent de moi, et avec lequel je ne pourrais pas sympathiser. J'ai besoin de mes parents, c'est-à-dire de ceux qui sentent comme moi. Dites encore que vous serez mon frère; quand vous avez prononcé ces mots, j'ai été heureuse. Si vous le pouvez, répétez-les avec sincérité.

— Je crois que je le puis; je sais que j'ai toujours aimé mes sœurs; mon affection pour elles est basée sur le respect que j'ai pour leur valeur et sur mon admiration pour leur capacité. Vous aussi vous avez une intelligence et des principes. Vous ressemblez à mes sœurs par vos habitudes et vos goûts; votre présence m'est toujours agréable, j'ai déjà trouvé dans votre conversation un soulagement salutaire; je sens que je pourrai facilement vous faire une place dans mon cœur et vous considérer comme ma plus jeune sœur.

— Merci, je me contente de cela pour ce soir. Maintenant vous feriez mieux de partir; car si vous restiez plus longtemps, vous pourriez bien m'irriter encore par vos scrupules injurieux.

— Et l'école, mademoiselle Eyre? il faudra la fermer à présent, je pense?

— Non, je resterai à mon poste jusqu'à ce que vous ayez trouvé une autre maîtresse. »

Il sourit d'un air approbateur, me donna une poignée de main et prit congé de moi.

Je n'ai pas besoin de raconter en détail les luttes que j'eus à soutenir et les arguments que je dus employer pour que le partage du legs eût lieu comme je le désirais. Ma tâche était rude; mais comme j'étais bien résolue, et que mon cousin et mes cousines virent enfin que j'étais irrévocablement décidée à partager également, comme au fond de leurs cœurs ils sentaient toute la justice de mon intention, et savaient bien qu'à ma place ils auraient fait ce que je désirais faire, ils se décidèrent enfin à s'en rapporter à des arbitres. Les juges furent M. Oliver et un homme de loi capable; tous deux se mirent de mon côté, et je fus victorieuse. Les affaires furent réglées. Saint-John, Marie, Diana et moi, nous entrâmes en possession de notre fortune.

---

## CHAPITRE XXXIV.

Quand tout fut achevé, on approchait de Noël; c'était le moment des vacances; je fermai l'école de Morton, après avoir pris mes mesures pour que la séparation ne fût pas stérile, du moins de mon côté. La bonne fortune ouvre la main aussi bien que le cœur; donner un peu quand on a beaucoup reçu, c'est simplement ouvrir un passage à l'ébullition inaccoutumée des sensations. Depuis longtemps je m'étais aperçue avec joie que beaucoup de mes écolières m'aimaient, et, quand nous nous séparâmes, je le vis plus clairement encore; elles me manifestèrent leur affection avec force et simplicité. Ma reconnaissance fut grande en voyant que j'avais vraiment une place dans ces cœurs d'enfants; je leur promis que chaque semaine j'irais les visiter et leur donner une heure de leçon.

M. Rivers arriva au moment où, après avoir examiné l'école, compté les élèves dont le nombre se montait à soixante, les avoir fait défiler devant moi et avoir fermé la porte, j'étais debout, la clef à la main, occupée à faire des adieux particuliers à une demi-douzaine de mes meilleures élèves. Il aurait été impossible de trouver chez aucun fermier anglais des jeunes filles plus décentes, plus respectables, plus modestes et mieux élevées; et c'est beaucoup dire : car, après tout, les paysans anglais sont les mieux élevés, les plus polis et les plus dignes de toute l'Europe. J'ai vu depuis des paysannes françaises et allemandes; les meilleures m'ont paru ignorantes, grossières et stupides, comparées à mes enfants de Morton.

« Trouvez-vous que votre récompense soit assez grande pour toute une saison de travail? me demanda M. Rivers quand les enfants furent partis; n'êtes-vous pas heureuse de vous dire que vous avez fait un bien véritable à vos frères?

— Sans doute.

— Et vous n'avez travaillé que quelques mois. Ne trouvez-vous pas qu'une vie dévouée à la régénération des hommes serait bien employée?

— Oui, répondis-je ; mais quant à moi, je ne pourrais pas continuer toujours cette existence : j'ai besoin de jouir de mes propres facultés aussi bien que de cultiver celles des autres, et il faut que j'en jouisse maintenant. Ne rappelez ni mon corps ni mon esprit vers l'école ; j'en suis sortie, et je suis disposée à profiter pleinement des vacances. »

Le visage de Saint-John devint sérieux.

« Eh bien ! dit-il ; quelle ardeur soudaine ! que voulez-vous donc faire ?

— Je veux être aussi active que possible ; d'abord je vous prierai de donner la liberté à Anna et de chercher quelque autre personne pour vous servir.

— Avez-vous besoin d'elle ?

— Oui ; je voudrais qu'elle vînt avec moi à Moor-House. Diana et Marie arriveront dans une semaine, et je veux qu'elles trouvent tout en ordre.

— Je comprends. Je croyais que vous vouliez partir pour faire quelque excursion ; j'aime mieux qu'il en soit ainsi. Anna ira avec vous.

— Alors dites-lui de se tenir prête pour demain ; voilà la clef de l'école, je vous remettrai bientôt celle de ma ferme. »

Il la prit.

« Vous avez l'air bien joyeuse, me dit-il ; je ne comprends pas complétement votre gaieté, parce que je ne sais pas quelle tâche va remplacer pour vous celle que vous quittez. Quelles intentions, quelles ambitions avez-vous ? Enfin, quel est le but de votre vie ?

— Ma première intention est de nettoyer (comprenez-vous toute la force de ce mot ?) de nettoyer Moor-House du haut en bas ; ma seconde est de frotter tout avec de la cire, de l'huile et un nombre infini de torchons, jusqu'à ce que chaque objet redevienne bien brillant ; ma troisième, d'arranger les chaises et les tables, les lits et les tapis, avec une précision mathématique ; ensuite, je vous ruinerai en tourbe et en charbon pour faire de bon feu dans toutes les chambres ; enfin, les deux jours qui précéderont l'arrivée de vos sœurs seront employés par Anna et moi à battre des œufs, à mélanger des raisins, à râper des épices, à pétrir des gâteaux de Noël, à hacher des rissoles et à célébrer tous les rites culinaires qu'on ne peut expliquer qu'imparfaitement à ceux qui, comme vous, ne sont pas parmi les initiés. En un mot, mon intention est de tenir toute chose prête et en parfait état pour l'arrivée de Marie et de Diana ; mon ambition est de leur montrer le beau idéal d'une réception affectueuse. »

Saint-John sourit légèrement; cependant il paraissait mécontent.

« Tout cela est très-bien pour le moment, dit-il; mais sérieusement, j'espère que quand le premier flot de vivacité sera passé, vous regarderez un peu plus haut que les charmes domestiques et les joies de la famille.

— C'est ce qu'il y a de meilleur dans le monde, m'écriai-je.

— Non, Jane, non. Ce monde n'est pas un lieu de jouissance ; ne cherchez pas à en faire un paradis; ce n'est pas un lieu de repos : ne devenez pas indolente.

— Au contraire, je veux être active.

— Jane, je vous pardonne pour le moment; je vous accorde deux mois pour jouir pleinement de votre nouvelle position et du bonheur d'avoir trouvé des parents; mais alors j'espère que vous regarderez au delà de Moor-House, de Morton, des affections fraternelles, du calme égoïste et du bien-être sensuel que procure la civilisation; j'espère qu'alors vous serez de nouveau troublée par la force de votre énergie. »

Je le regardai avec surprise.

« Saint-John, dis-je, je trouve mal à vous de parler ainsi; je suis disposée à être heureuse et vous voulez me pousser à l'agitation. Dans quel but?

— Dans le but de vous exciter à mettre à profit les talents qu Dieu vous a confiés et dont un jour il vous demandera certainement un compte rigoureux. Jane, je vous examinerai de près et avec anxiété. Je vous en avertis, j'essayerai de dominer cette fièvre ardente qui vous précipite vers les joies du foyer. Ne vous attachez pas avec tant de force à des liens charnels; gardez votre fermeté et votre enthousiasme pour une cause qui en soit digne; ne les perdez pas pour des objets vulgaires et passagers. Me comprenez-vous, Jane?

— Oui, comme si vous parliez grec. Je sens que j'ai de bonnes raisons pour être heureuse, et je veux l'être. Adieu! »

En effet, je fus heureuse à Moor-House. Anna et moi, nous nous donnâmes beaucoup de peine; elle était charmée de voir qu'au milieu de tout l'embarras d'un arrangement, je savais être gaie, brosser, épousseter, nettoyer et faire la cuisine. Du reste, après un ou deux jours de confusion, nous eûmes le plaisir de voir l'ordre se rétablir petit à petit au milieu de ce chaos que nous-mêmes avions causé. J'avais été passer une journée à S*** pour acheter quelques meubles neufs. Mes cousines m'avaient assigné une somme pour cela et m'avaient donné carte blanche pour toutes les modifications que je désirerais faire. J'en fis peu dans la chambre à coucher et dans la pièce ou on se tenait ordinairement, parce que je savais que Diana et Marie trouveraient plus de plaisir à revoir les tables, les chaises et les lits de leur vieille maison, qu'à regarder un ameublement neuf, quelque élégant qu'il fût; cependant quelques changements étaient nécessaires pour donner un peu de piquant à leur retour, ainsi que je le désirais. J'achetai donc de jolis tapis et des rideaux de couleur foncée, quelques ornements antiques en porcelaine ou en bronze, soigneusement choisis, des miroirs et des nécessaires de toilette: tout cela, sans être très-beau, était très-frais. Il restait encore le parloir et une chambre de réserve; j'y mis des meubles de vieil acajou, recouverts en velours rouge; des toiles furent tendues dans les corridors et des tapis dans les escaliers. Quand tout fut fini, il me sembla qu'à l'intérieur Moor-House était un véritable modèle de confort modeste, tandis qu'à l'extérieur, surtout à cette époque de l'année, on eût dit un grand bâtiment vaste, froid et désert.

Le jour tant désiré vint enfin; elles devaient arriver le soir, et longtemps d'avance les feux furent allumés en haut et en bas, la cuisine se faisait. Anna et moi nous étions habillées; tout était prêt.

Saint-John arriva le premier. Je l'avais prié de ne pas venir tant que tout ne serait pas en ordre; du reste, la seule idée du travail mesquin et trivial qui se faisait à Moor-House l'aurait éloigné. Il me trouva dans la cuisine, surveillant des gâteaux que j'avais fait cuire pour le thé. S'approchant du foyer, il me demanda si j'étais enfin fatiguée de mon métier de servante; je lui répondis en l'invitant à m'accompagner pour visiter le résultat de mes travaux. Après quelques difficultés, je le décidai à faire le tour de la maison. Il se contenta de jeter un coup d'œil sur les chambres que je lui montrais et n'y entra même pas; puis il me dit que j'avais dû avoir beaucoup de peine et de fatigue pour effectuer un si grand changement en si peu de temps. mais pas une seule fois il n'exprima de satisfaction de voir sa maison bien arrangée.

Ce silence me glaça; je pensai que mes changements avaient peut-être détruit quelque vieil arrangement auquel il tenait; je le lui demandai, et probablement d'un ton un peu découragé.

« Pas le moins du monde, me répondit-il; au contraire, j'ai remarqué que vous avez scrupuleusement respecté l'ancienne organisation; mais je crains que vous ne vous soyez occupée de ces choses plus qu'il ne l'aurait fallu. Par exemple, combien de temps avez-vous consacré à cette chambre? »

Puis il me demanda où se trouvait un livre qu'il me nomma. Je le lui montrai dans la bibliothèque; il le prit, et, se retirant dans sa retraite ordinaire près de la fenêtre, il se mit à lire.

Cela ne me plut pas. Saint-John était bon, mais je commençais à sentir qu'il avait dit vrai en se déclarant dur et froid. La douceur et la tendresse n'avaient pas d'attrait pour lui; il ne sentait pas le charme des joies paisibles. Il vivait uniquement pour aspirer aux choses grandes et belles, il est vrai; mais il ne voulait jamais se reposer, et il n'approuvait pas le repos chez ceux qui l'entouraient.

En contemplant son front élevé, calme et pâle comme la pierre, sa belle figure absorbée par l'étude, je compris qu'il ne pourrait pas faire un bon mari, qu'être sa femme serait une grande épreuve. Je devinai la nature de son amour pour Mlle Oliver, et, comme lui, je pensai que ce n'était qu'un amour des sens; je compris qu'il méprisât l'influence fiévreuse que cet amour exerçait sur lui, qu'il souhaitât l'étouffer et le détruire; enfin je vis qu'il avait raison en pensant que ce mariage ne pourrait assurer un bonheur constant ni à l'un ni à l'autre. C'est dans des hommes semblables que la nature taille ses héros, chrétiens ou païens, ses législateurs, ses hommes d'État, ses conquérants; rempart vigoureux et où peuvent s'appuyer les plus grands intérêts, mais pilier froid, triste et gênant, près du foyer domestique.

« Ce salon n'est pas sa place, me dis-je; les montagnes de l'Himalaya, les forêts de la Cafrerie ou les côtes humides et empestées de la Guinée, lui conviendraient mieux. Il fait bien de fuir le calme de la vie de famille; ce n'est pas là ce qu'il lui faut; ses facultés s'endorment et ne peuvent pas se développer pour briller avec éclat. C'est dans une vie de lutte et de danger, où le courage, l'énergie et la force d'âme sont nécessaires, qu'il parlera et agira, qu'il sera le chef et le supérieur, tandis que devant ce foyer un joyeux enfant l'emporterait sur lui; je le vois maintenant, il a raison de vouloir être missionnaire.

— Les voilà qui arrivent, » s'écria Anna en ouvrant la porte du salon.

Au même moment, le vieux Carlo se mit à aboyer joyeusement. Je sortis; il faisait nuit; mais j'entendis un bruit de roues. Anna eut bientôt allumé sa lanterne. La voiture s'était arrêtée devant la grille; le cocher ouvrit la portière, et deux formes bien connues sortirent l'une après l'autre. Avant une minute, ma figure était entrée sous leurs chapeaux, et avait caressé d'abord les joues de Marie, puis les boucles flottantes de Diana; elles riaient et m'embrassaient; puis ce fut au tour d'Anna; enfin Carlo, qui était presque fou de joie, eut aussi sa part. Elles me demandèrent si tout allait bien, et, quand je leur eus répondu affirmativement, elles se hâtèrent d'entrer.

Elles étaient engourdies par les cahots de la voiture et glacées par l'air froid de la nuit, mais elles s'épanouirent devant la lumière du feu. Pendant que le cocher et Anna apportaient les paquets, elles demandaient où était Saint-John. A ce moment celui-ci sortait du salon. Toutes deux lui jetèrent les bras autour du cou. Quant à lui, il leur donna à chacune un baiser calme, murmura à voix basse quelques mots pour leur souhaiter la bienvenue, resta quelque temps à écouter ce qu'on lui disait; puis, prétextant que ses sœurs allaient bientôt le rejoindre au salon, il retourna dans sa retraite.

Je leur avais préparé des lumières pour monter dans leurs chambres; mais Diana voulut d'abord donner quelques ordres hospitaliers à l'égard du cocher; après cela toutes deux me suivirent. Elles furent enchantées des changements que j'avais faits; elles ne cessaient d'admirer les nouvelles tentures, les tapis tout frais, les vases de belle porcelaine; elles m'exprimèrent leur reconnaissance chaleureusement. J'eus le plaisir de sentir que tout ce que j'avais fait répondait parfaitement à leurs désirs et ajoutait un grand charme à leur joyeux retour.

Cette soirée fut bien douce. Mes heureuses cousines furent si éloquentes et eurent tant de choses à raconter, que je ne m'aperçus pas beaucoup du silence de Saint-John. Celui-ci était sincèrement content de voir ses sœurs; mais il ne pouvait pas prendre part à leur enthousiasme et à leurs flots de joie : le retour de Diana et de Marie lui faisait plaisir; mais le tumulte joyeux et la réception brillante l'irritaient; je vis qu'il désirait être au lendemain, espérant plus de calme. Vers le milieu de la soirée, à peu près une heure après le thé, on entendit un coup à la porte; Anna entra nous dire qu'un pauvre garçon venait chercher M. Rivers pour sa mère mourante.

« Où demeure-t-il, Anna? demanda Saint-John.

— Tout au haut de Whitecross-Brow; c'est presque à quatre milles d'ici, et tout le long du chemin il y a des marécages et de la mousse.

— Dites-lui que je vais y aller.

— Vous feriez mieux de ne pas y aller, monsieur; il n'y a pas de route plus mauvaise la nuit; à travers les marais, le chemin n'est pas tracé du tout. Et puis la nuit est si froide! vous n'avez jamais vu un vent plus vif. Vous feriez mieux, monsieur de lui dire que vous irez demain matin. »

Mais Saint-John était déjà dans le corridor, occupé à mettre son manteau; il partit sans une objection, sans un murmure. Il était neuf heures; il ne revint qu'à minuit, fatigué et affamé, mais avec une figure plus heureuse que quand il était parti : il avait accompli un devoir, fait un effort; il se sentait assez fort pour agir et se vaincre; il était plus satisfait de lui-même.

Je crois bien que pendant toute la semaine suivante sa patience fut souvent à l'épreuve. C'était la semaine de Noël; elle ne fut employée à aucun travail régulier et se passa dans une joyeuse dissipation domestique. L'air des marais, la liberté dont on jouit chez soi, et l'heureux événement qui venait d'arriver, tout enfin agissait sur Diana et Marie comme un élixir enivrant; elles étaient gaies du matin au soir, elles parlaient toute la journée, et ce qu'elles disaient était spirituel, original, et avait tant de charme pour moi, que rien ne me faisait plus de plaisir que de les écouter et de prendre part à leur conversation. Saint-John ne cherchait pas à réprimer notre vivacité; mais il nous évitait; il était rarement à la maison; sa paroisse était grande et les habitants éloignés les uns des autres; toute la journée il visitait les pauvres et les malades.

Un matin à déjeuner, Diana, après être demeurée pensive pendant quelque temps, lui demanda s'il n'avait pas renoncé à ses projets.

« Non, répondit-il, et rien ne m'y fera renoncer. »

Il nous apprit alors que son départ était définitivement fixé pour l'année suivante.

« Et Rosamonde Oliver? » dit Marie.

Ces mots semblaient lui être échappés involontairement; car, à peine les eut-elle prononcés, qu'elle fit un geste comme si elle eût voulu les rétracter.

Saint-John tenait un livre à la main : il avait l'habitude peu aimable de lire à table; il le ferma et nous regarda.

« Rosamonde Oliver, dit-il, va se marier à M. Granby, un des plus estimables habitants de S***. C'est le petit-fils et l'héritier de sir Frédéric Granby; M. Oliver m'a appris cette nouvelle hier. »

Ses sœurs se regardèrent; puis leurs yeux se fixèrent sur moi; alors, toutes les trois, nous nous mîmes à contempler Saint-John : il était aussi serein et aussi froid que le cristal.

« Ce mariage a été arrangé bien vite, dit Diana; ils ne peuvent pas se connaître depuis longtemps.

— Depuis deux mois seulement; ils se sont rencontrés en octobre au bal de S***. Mais quand il n'y a aucun obstacle à une union, quand elle est désirable sous tous les rapports, les retards sont inutiles; ils se marieront lorsque le château de***, que sir Frédéric leur donne, sera en état de les recevoir. »

Dès que je me trouvai seule avec Saint-John, je fus tentée de lui demander s'il ne souffrait pas de cette union; mais il semblait avoir si peu besoin de sympathie, qu'au lieu de me hasarder à le consoler, je fus un peu honteuse en me rappelant ce que je lui avais déjà dit. D'ailleurs j'avais perdu l'habitude de lui parler; il avait repris sa réserve, et je sentais que tout épanchement se glaçait en moi. Il n'avait pas tenu sa promesse : il ne me traitait pas comme ses sœurs; il mettait toujours entre elles et moi une différence qui empêchait la cordialité. En un mot, maintenant que j'étais sa parente et que je vivais sous le même toit que lui, la distance entre nous me semblait bien plus grande que lorsque j'étais simplement la maîtresse d'école d'un village; en me rappelant tout ce qu'il m'avait dit un jour, j'avais peine à comprendre sa froideur actuelle.

Les choses étant dans cet état, je ne fus pas peu étonnée de le voir relever tout à coup la tête, qu'il tenait penchée sur son pupitre, pour me dire :

« Vous le voyez, Jane, j'ai combattu et j'ai remporté la victoire. »

Je tressaillis en l'entendant s'adresser ainsi à moi, et je ne répondis pas tout de suite. Enfin, après un moment d'hésitation, je lui dis :

« Mais êtes-vous sûr que vous n'êtes pas parmi ces conquérants auxquels leur triomphe a coûté trop cher? une autre victoire semblable ne vous abattrait-elle pas entièrement?

— Je ne le pense pas; mais quand même, qu'importe? Je n'aurai plus jamais à combattre pour cette même cause; la victoire est définitive. Maintenant ma route est facile à suivre : j'en remercie Dieu. »

En disant ces mots, il se remit à son travail et retomba dans le silence.

Bientôt notre bonheur, à Diana, à Marie et à moi, devint plus calme; nous reprîmes nos habitudes ordinaires et nous recommençâmes des études régulières. Alors Saint-John s'éloigna moins de la maison. Quelquefois il restait des heures entières dans la même chambre que nous. Pendant que Marie dessinait, que Diana continuait sa lecture de l'Encyclopédie, qu'elle avait entreprise à mon grand émerveillement, et que moi j'étudiais l'allemand, Saint-John poursuivait silencieusement l'étude d'une langue orientale, étude qu'il croyait nécessaire à l'accomplissement de son projet.

Ainsi occupé, il restait dans son coin, tranquille et absorbé; mais ses yeux bleus quittaient souvent la grammaire étrangère qui était devant eux, et errant tout autour de la chambre, se fixaient de temps en temps sur ses compagnons d'étude avec une curieuse intensité d'observation. Si on le remarquait, il détournait immédiatement son regard, et pourtant ses yeux scrutateurs revenaient sans cesse se diriger vers notre table. Je me demandais toujours ce que cela signifiait. Je m'étonnais également de la satisfaction qu'il témoignait régulièrement dans une circonstance qui me semblait de peu d'importance, c'est-à-dire lorsque, chaque semaine, je me rendais à mon école de Morton. Et ce qui m'étonnait encore plus, c'est que, lorsqu'il faisait de la neige, de la pluie ou du vent, si ses sœurs m'engageaient à ne point aller à Morton, lui, au contraire, méprisant leur sollicitude, m'encourageait à accomplir ce devoir en dépit des éléments.

« Jane n'est pas aussi faible que vous le prétendez, disait-il; elle peut supporter le vent de la montagne, la pluie ou la neige aussi bien que nous; sa constitution saine et élastique luttera mieux contre les variations du climat que d'autres plus fortes. »

Quand je revenais fatiguée et trempée par la pluie, je n'osais pas me plaindre, parce que je voyais que mes plaintes le contrariaient; la fermeté lui plaisait toujours, le contraire l'ennuyait.

Un jour pourtant j'obtins la permission de demeurer à la maison, parce que j'étais vraiment enrhumée; ses sœurs allèrent à Morton à ma place. Je restai à lire Schiller; quant à lui, il déchiffrait des caractères orientaux. Ayant achevé ma traduction, je voulus me mettre à un thème; pendant que je changeais mes cahiers, je regardai de son côté, et je m'aperçus que je subissais l'examen de son œil bleu et perçant. Je ne sais pas depuis combien de temps il me scrutait ainsi. Son regard était froid et inquisiteur. Je sentis la superstition s'emparer de moi, comme si j'avais eu à mes côtés quelque divinité fantastique.

« Jane, me dit-il, que faites-vous?

— J'apprends l'allemand.

— Je voudrais que vous quittassiez l'allemand pour étudier l'hindoustani.

— Parlez-vous sérieusement?

— Si sérieusement que je le veux, et je vais vous dire pourquoi. »

Alors il m'expliqua que lui-même étudiait l'hindoustani ; qu'à mesure qu'il avançait, il oubliait le commencement; que ce serait d'un grand secours pour lui d'avoir une élève avec laquelle il pourrait repasser sans cesse les premiers éléments et, par ce moyen, les bien fixer dans son esprit. Il ajouta qu'il avait longtemps hésité entre moi et ses sœurs, et qu'enfin il m'avait choisie, parce qu'il avait vu que c'était moi qui étais capable de rester le plus longtemps appliquée. Il me demanda de lui rendre ce service, en ajoutant que du reste le sacrifice ne serait pas long, puisqu'il comptait partir avant trois mois.

Il n'était pas facile de refuser une chose à Saint-John ; on sentait que chez lui toutes les impressions, soit tristes, soit heureuses, restaient profondément gravées et duraient toujours. Je consentis. Quand mes cousines revinrent, Diana trouva son frère qui s'était emparé de son élève; elle se mit à rire, et toutes deux déclarèrent que Saint-John n'aurait jamais pu les décider à une semblable chose. Il répondit tranquillement :

« Je le savais. »

Je trouvai en lui un maître patient, indulgent, mais exigeant; il me donnait beaucoup à faire, et, quand j'avais rempli son attente, il me témoignait son approbation à sa manière. Petit à petit, il acquit sur moi une certaine influence qui me retira toute liberté d'esprit. Ses louanges et ses observations étaient plus entravantes pour moi que son indifférence ; quand il était là, je ne pouvais ni parler ni rire librement; un instinct importun m'avertissait sans cesse que la vivacité lui déplaisait profondément, chez moi du moins. Je sentais bien qu'il n'aimait que les occupations sérieuses, et, malgré mes efforts, je ne pouvais pas me livrer à des travaux d'un autre genre en sa présence. J'étais dominée par un charme puissant. Quand il me disait : « Allez, » j'allais ; « Venez, » je venais ; « Faites cela, » je le faisais; mais je n'aimais pas ma servitude, et j'aurais préféré son indifférence d'autrefois.

Un soir, à l'heure de se coucher, ses sœurs l'entouraient pour lui dire adieu ; selon son habitude, il les embrassa toutes deux et me donna une poignée de main. Diana était, ce soir-là, d'une humeur joyeuse (elle n'était jamais douloureusement opprimée comme moi par la volonté de son frère; car la sienne était aussi forte dans un sens opposé); aussi elle s'écria :

« Saint-John, vous dites que Jane est votre troisième sœur, et vous ne la traitez pas comme nous ; vous devriez l'embrasser aussi. »

En disant ces mots, elle me poussa vers lui. Je trouvai Diana un peu hardie, et je me sentais confuse. Cependant Saint-John pencha sa tête, et sa belle figure grecque se trouva à la hauteur de la mienne; ses yeux perçants interrogeaient les miens. Il m'embrassa. Il n'y a pas de baiser de marbre ou de glace, sans cela j'aurais rangé dans une de ces classes le froid embrassement de mon cousin le ministre; mais peut-être y a-t-il des baisers destinés à éprouver ceux qu'on embrasse : le sien était de ce nombre. Après m'avoir donné ce baiser, il me regarda, comme pour apprendre l'effet qu'il avait produit sur moi; mais c'était difficile à voir : je ne rougis pas; je pâlis peut-être un peu, parce qu'il me sembla que son baiser était un sceau posé sur mes chaînes. Depuis ce jour, il n'oublia jamais de m'embrasser; mon calme et ma gravité, dans cette circonstance, semblaient avoir un certain charme pour lui.

Quant à moi, je désirais chaque jour davantage lui plaire; mais chaque jour je sentais que, pour y arriver, il fallait renoncer de plus en plus à ma nature, enchaîner mes facultés, donner une pente nouvelle à mes goûts, me forcer à poursuivre un but vers lequel je n'étais pas naturellement attirée. Il me poussait vers des hauteurs que je ne pouvais pas atteindre; il voulait me voir soumise à l'étendard qu'il déployait : mais c'était aussi impossible que de mouler mes traits irréguliers sur sa figure pure et classique, que de donner à mes yeux verts et changeants la teinte azurée et le brillant éclat des siens.

Ce n'était pas lui seul qui empêchait l'épanchement de ma joie. Depuis quelque temps il m'était facile de paraître triste; une grande souffrance me rongeait le cœur et tarissait toute source de bonheur. Cette douleur était l'attente.

Vous croyez peut-être que j'avais oublié M. Rochester dans tous ces changements de lieux et de fortune. Oh! non, pas un instant. Sa pensée me poursuivait toujours; ce n'était pas une de ces vapeurs légères que peut dissiper un rayon de soleil, un de ces souvenirs tracés sur le sable, qu'efface le premier orage : c'était un nom profondément gravé et qui devait durer aussi longtemps que le marbre sur lequel il était inscrit. J'étais sans cesse poursuivie par le désir de connaître sa destinée; chaque soir, quand j'étais à Morton, je m'enfermais dans ma petite ferme pour y songer, et maintenant, à Moor-House, chaque nuit j'allais me réfugier dans ma chambre pour rêver à lui.

Dans le cours de ma correspondance avec M. Briggs, à l'occasion du testament, je lui avais demandé s'il connaissait la résidence actuelle de M. Rochester et l'état de sa santé. Mais, ainsi que le pensait Saint-John, il ne savait rien. Alors j'écrivis à

Mme Fairfax, pour lui demander des détails; j'étais sûre d'obtenir des renseignements par ce moyen; j'étais convaincue que la réponse serait prompte. Je fus étonnée de voir quinze jours se passer sans qu'elle arrivât; mais lorsque, après deux mois d'attente, la poste ne m'eut encore rien apporté, je sentis une douloureuse anxiété s'emparer de moi.

J'écrivis de nouveau; je pensais que ma première lettre avait peut-être été perdue. Ce nouvel essai ranima mes espérances; cet espoir dura quelques semaines, comme le précédent, puis, comme lui, fut détruit; je ne reçus pas une ligne, pas un mot. Après avoir vainement attendu six mois, mon espérance s'éteignit tout à fait, et je devins vraiment triste.

Le printemps était beau, mais je n'en jouissais pas. L'été approchait. Diana essayait de m'égayer; elle me dit que j'avais l'air malade et voulut m'accompagner aux bains de mer. Saint-John s'y opposa: il déclara que je n'avais pas besoin de distraction, mais plutôt de travail; que ma vie n'avait pas de but et qu'il m'en fallait un; et, probablement pour suppléer à ce qui me manquait, il prolongea encore mes leçons d'hindoustani et devint de plus en plus exigeant. Je ne cherchai pas à lui résister, je ne le pouvais pas.

Un jour, je commençai mes études plus triste encore qu'à l'ordinaire. Voici ce qui avait occasionné ce surcroît de souffrance. Dans la matinée, Anna m'avait dit qu'il y avait une lettre pour moi, et, lorsque je descendis pour la prendre, presque certaine de trouver les nouvelles que je désirais tant, je vis tout simplement une lettre d'affaires de M. Briggs. Cet amer désappointement m'arracha quelques larmes, et, au moment où je me mis à étudier les caractères embrouillés et le style fleuri des écrivains indiens, mes yeux se remplirent de nouveau.

Saint-John m'appela pour me faire lire; mais la voix me manqua, les paroles furent étouffées par les sanglots. Lui et moi étions seuls dans le parloir; Diana étudiait son piano dans le salon, et Marie jardinait. C'était un beau jour de mai, la brise était fraîche et le soleil brillant; Saint-John ne sembla nullement étonné de mon émotion. Il ne m'en demanda pas la cause et se contenta de me dire:

« Jane, nous attendrons quelques minutes, jusqu'à ce que vous soyez plus calme. »

Et, pendant que je m'efforçais de réprimer rapidement ma douleur, il demeura tranquille et patient, appuyé sur son pupitre et me regardant comme un médecin qui examine avec les yeux de la science une crise attendue et facile à comprendre pour lui. Après avoir étouffé mes sanglots, essuyé mes larmes et murmuré tout bas quelque chose sur ma santé, j'achevai de prendre ma leçon. Saint-John serra ses livres et les miens, ferma son pupitre et me dit : « Maintenant, Jane, vous allez venir promener avec moi.

— Je vais appeler Diana et Marie.

— Non, aujourd'hui je ne veux qu'une seule compagne, et cette compagne sera vous. Habillez-vous; sortez par la porte de la cuisine; prenez la route qui conduit dans le haut de Marsh-Glen; je vous rejoindrai dans un instant. »

Je ne voyais aucun expédient : toutes les fois que j'ai eu affaire à des caractères durs, positifs et contraires au mien, je n'ai jamais su rester entre l'obéissance absolue ou la révolte complète; jusqu'au moment d'éclater je suis demeurée entièrement soumise, mais alors je me suis insurgée avec toute la véhémence d'un volcan. Dans les circonstances présentes j'étais peu disposée à la révolte; j'obéis donc aux ordres de Saint-John, et, au bout de dix minutes, nous nous promenions ensemble sur la route de la vallée.

Le vent soufflait de l'ouest; il nous arrivait chargé du doux parfum de la bruyère et du jonc. Le ciel était d'un bleu irréprochable; le torrent qui descendait le long du ravin avait été grossi par les pluies et se précipitait abondant et clair, reflétant les rayons dorés du soleil et les teintes azurées du firmament. Lorsque nous avançâmes, nous quittâmes les sentiers pour marcher sur un gazon doux et fin, d'un vert émeraude, parsemé de délicates fleurs blanches et de petites étoiles d'un jaune d'or. Nous étions entourés de montagnes, car la vallée était placée au centre de la chaîne.

« Asseyons-nous ici, » dit Saint-John au moment où nous atteignions les premiers rochers qui gardent l'entrée d'une gorge où le torrent se précipite en cascade.

Un peu au delà, la montagne n'avait plus ni fleurs ni gazon; la mousse lui servait de tapis, le roc de pierre précieuse. Le pays, d'abord inculte, devenait sauvage; la fraîcheur se changeait en froid. Ce lieu semblait destiné à servir de dernier refuge.

Je m'assis; Saint-John se tint près de moi; il regarda la gorge et le gouffre; ses yeux suivirent le torrent, puis se dirigèrent vers le ciel sans nuage qui le colorait. Il retira son chapeau et laissa la brise soulever ses cheveux et caresser son front. Il semblait être entré en communion avec le génie de ce précipice et ses yeux paraissaient dire adieu à quelque chose.

« Oui, je te reverrai, dit-il tout haut, je te reverrai dans mes rêves quand je dormirai sur les bords du Gange, et plus tard encore, quand un autre sommeil s'appesantira sur moi, près des bords d'un fleuve plus sombre. »

Étrange manifestation d'un étrange amour! Passion austère d'un patriote pour son pays! Il s'assit. Pendant une demi-heure nous demeurâmes silencieux tous les deux; au bout de ce temps, il me dit :

« Jane, je pars dans six semaines; j'ai arrêté ma place sur un bateau qui mettra à la voile le 20 du mois de juin.

— Dieu vous protégera, répondis-je, car c'est pour lui que vous travaillez.

— Oui, reprit-il, c'est là ma gloire et ma joie. Je suis le serviteur d'un maître infaillible. Je ne marche pas sous une direction humaine; je ne serai pas soumis aux lois défectueuses, à l'examen incertain de mes faibles frères : mon roi, mon légiste, mon chef, est la perfection même. Il me semble étrange que tous ceux qui m'entourent ne brûlent pas de se ranger sous la même bannière, de prendre part à la même œuvre.

— Tous n'ont pas votre énergie, et ce serait folie aux faibles que de désirer marcher avec les forts.

— Je ne parle pas des faibles, je n'y pense même pas; je parle de ceux qui sont dignes de cette tâche et capables de l'accomplir.

— Ceux-là sont peu nombreux et difficiles à trouver.

— Vous dites vrai; mais, quand on les a trouvés, on doit les exciter, les exhorter à faire un effort, leur montrer les dons qu'ils ont reçus et leur dire pourquoi, leur parler au nom du ciel, leur offrir, de la part de Dieu, une place parmi les élus.

— S'ils sont nés pour cette œuvre, leur cœur le leur dira bien. »

Il me semblait qu'un charme terrible s'opérait autour de moi, et je craignais d'entendre prononcer le mot fatal qui achèverait l'enchantement.

« Et que vous dit votre cœur? demanda Saint-John.

— Mon cœur est muet, mon cœur est muet, répondis-je en tremblant.

— Alors, je parlerai pour lui, reprit la même voix profonde et infatigable. Jane, venez avec moi aux Indes, venez comme ma femme, comme la compagne de mes travaux. »

Il me sembla que la vallée et le ciel s'affaissaient; les montagnes s'élevaient. C'était comme si je venais d'entendre un ordre du ciel, comme si un messager invisible, semblable à celui de la Macédoine, m'eût crié : « Venez, aidez-nous. » Mais je n'étais pas un apôtre; je ne pouvais pas voir le héraut, je ne pouvais pas recevoir son ordre.

« Oh ! Saint-John, m'écriai-je, ayez pitié de moi ! »

J'implorais quelqu'un qui ne connaissait ni pitié ni remords, quand il s'agissait d'accomplir ce qu'il regardait comme son devoir. Il continua :

« Dieu et la nature vous ont créée pour être la femme d'un missionnaire; vous avez reçu les dons de l'esprit et non pas les charmes du corps ; vous êtes faite pour le travail et non pas pour l'amour. Il faut que vous soyez la femme d'un missionnaire, et vous le serez; vous serez à moi; je vous réclame, non pas pour mon plaisir, mais pour le service de mon maître.

— Je n'en suis pas digne; ce n'est pas là ma vocation, » répondis-je.

Il avait compté sur ces premières objections et il n'en fut point irrité. Il était appuyé contre la montagne, avait les bras croisés sur la poitrine et paraissait parfaitement calme. Je vis qu'il était préparé à une longue et douloureuse opposition, et qu'il s'était armé de patience pour continuer jusqu'au bout, mais qu'il était décidé à sortir victorieux de la lutte.

« Jane, reprit-il, l'humilité est la base de toutes les vertus chrétiennes. Vous avez raison de dire que vous n'êtes pas digne de cette œuvre; mais qui en est digne? Et ceux qui ont été véritablement appelés par Dieu se sont-ils jamais crus dignes de cette vocation? Moi, par exemple, je ne suis que poussière et cendre, et, avec saint Paul, je reconnais en moi le plus grand des pécheurs; mais je ne veux pas être entravé par ce sentiment de mon indignité. Je connais mon chef; il est aussi juste que puissant, et, puisqu'il a choisi un faible instrument pour accomplir une grande œuvre, il suppléera à mon insuffisance par les richesses infinies de sa providence. Pensez comme moi, Jane, et, comme moi, ayez confiance. Je vous donne le rocher des siècles pour appui; ne doutez pas qu'il pourra supporter le poids de votre faiblesse humaine.

— Je ne comprends pas la vie des missionnaires, repris-je, je n'ai jamais étudié leurs travaux.

— Eh bien, moi, quelque humble que je sois, je puis vous donner le secours dont vous avez besoin. Je puis vous tracer votre tâche heure par heure, être toujours près de vous, vous aider à chaque instant. Je ferai tout cela dans le commencement; mais je sais que vous pouvez, et bientôt vous serez aussi forte et aussi capable que moi, et vous n'aurez plus besoin de mon secours.

— Mais où trouverai-je la force nécessaire pour accomplir cette tâche? je ne la sens pas en moi. Je ne suis ni émue ni excitée pendant que vous me parlez; aucune flamme ne s'allume en moi, aucune voix ne me conseille et ne m'encourage; je ne me sens point animée par une vie nouvelle. Je voudrais pouvoir vous montrer qu'en ce moment mon esprit est un cachot que n'éclaire aucun rayon; dans ce cachot est enchaînée une âme craintive, qui a peur d'être entraînée par vous à tenter ce qu'elle ne pourra pas accomplir.

— J'ai une réponse à vous faire; écoutez-moi. Depuis que je vous connais, je vous ai toujours examinée. Pendant dix mois, vous avez été le sujet de mes études; je vous ai soumise à d'étranges épreuves : qu'ai-je vu, qu'ai-je conclu? Quand vous étiez maîtresse d'école dans un village, vous avez su accomplir avec exactitude et droiture une tâche qui ne convenait ni à vos habitudes ni à vos goûts; j'ai vu que vous l'accomplissiez avec tact et capacité : vous avez su vous vaincre. En voyant le calme avec lequel vous avez reçu la nouvelle de votre fortune subite, j'ai reconnu que vous n'étiez pas avide de richesse, que l'argent n'avait aucune puissance sur vous. Quand, avec un élan résolu, vous avez partagé votre fortune en quatre parts, n'en gardant qu'une pour vous et abandonnant les trois autres pour satisfaire une justice douteuse, j'ai vu que votre âme aimait le sacrifice. Quand, pour contenter mon désir, vous avez abandonné une étude qui vous intéressait et que vous en avez entrepris une qui m'intéressait, quand j'ai vu l'assiduité infatigable avec laquelle vous avez persévéré, votre énergie inébranlable contre les difficultés, j'ai compris que vous aviez toutes les qualités que je cherchais. Jane, vous êtes docile, active, désintéressée, fidèle, constante et courageuse, très-douce et très-héroïque : cessez de vous défier de vous-même; moi, j'ai en vous une confiance illimitée; votre secours me sera d'un prix inappréciable; vous me servirez de directrice des écoles de l'Inde, et vous serez ma compagne et mon aide parmi les femmes indiennes. »

Je me sentais comme pressée dans un vêtement de fer; la persuasion avançait vers moi à pas lents, mais assurés. J'avais beau fermer les yeux, les derniers mots prononcés par Saint-John venaient d'éclaircir pour moi le sentier qui m'avait d'abord paru impraticable; l'œuvre qui m'avait semblé si vague et si confuse devenait moins impossible à mesure qu'il parlait, et prenait une forme positive sous sa main créatrice. Il attendait ma réponse; je lui demandai un quart d'heure pour réfléchir

« Très-volontiers, » me répondit-il.

Et se levant, il s'éloigna un peu, se jeta sur une touffe de bruyère et attendit en silence.

« Je puis faire ce qu'il me demande, me dis-je, je suis bien forcée de le voir et de le reconnaître. Je le puis, si toutefois ma vie est épargnée; mais je sens bien que mon existence ne pourra pas être longue sous ce soleil de l'Inde. Eh bien! après? peu lui importe à lui; quand l'heure de mourir sera venue, il me rendra avec un visage serein au Dieu qui m'aura donnée à lui. Je vois tout cela bien clairement. En quittant l'Angleterre, j'abandonnerai un pays aimé, mais vide pour moi. M. Rochester n'y demeure pas; et quand même il y serait, qu'est-ce que cela pour moi? Je dois vivre sans lui; rien n'est plus absurde et plus faible que d'attendre chaque jour un changement impossible qui nous réunisse; comme Saint-John me l'a dit un jour, je dois chercher un autre intérêt dans la vie pour remplacer celui que j'ai perdu. La tâche qu'il me propose n'est-elle pas la plus glorieuse que Dieu puisse assigner et l'homme accepter? Ces nobles labeurs, ces sublimes résultats, ne sont-ils pas bien faits pour remplir le vide des affections détruites, des espérances perdues? Je crois qu'il faut dire oui; et cependant je frémis. Hélas! si je suis Saint-John, je renonce à la moitié de moi-même; si je pars pour l'Inde, je vais au-devant d'une mort prématurée; et l'intervalle où je quitterai l'Angleterre pour l'Inde et celui où je quitterai l'Inde pour la tombe, comment sera-t-il rempli par moi? Cela aussi, je le vois bien clairement; je lutterai pour satisfaire Saint-John jusqu'à ce que chacun de mes nerfs en souffre, et je le satisferai; j'accomplirai tout ce qu'il a pu concevoir. Si je vais avec lui, si je fais le sacrifice qu'il me demande, je le ferai entièrement. Je déposerai tout sur l'autel, mon cœur, ma vie, la victime entière enfin. Il ne m'aimera jamais, mais il m'approuvera. Je lui montrerai une énergie qu'il n'a pas encore vue, des ressources qu'il ne soupçonne pas. Oui, je peux travailler à une tâche aussi rude que lui, et sans me plaindre davantage.

« Oui, il m'est possible de consentir à ce qu'il me demande; il n'y a qu'une chose que je ne peux pas accepter, qui m'épouvante trop : il m'a priée d'être sa femme, et il n'a pas plus le cœur d'un mari pour moi que ce rocher gigantesque et sauvage, au bas duquel bouillonne le torrent. Il tient à moi, comme un soldat à une bonne arme, et voilà tout. Si je ne suis pas mariée à lui, je ne m'en affligerai pas; mais puis-je accepter cela? puis-je le voir exécuter froidement son plan, supporter la cérémonie du mariage, recevoir de lui l'anneau d'alliance, souffrir toutes les formes de l'amour (car, je n'en doute pas, il les observera scrupuleusement), et savoir que son esprit est loin de moi? Pourrai-je endurer la pensée que chaque jouissance qu'il m'accordera sera un sacrifice fait à ses principes? Non, un tel martyre serait horrible; je ne veux pas avoir à le supporter; je vais lui dire que je l'accompagnerai comme sa sœur, et non pas comme sa femme. »

Je regardai de son côté : il était toujours là tranquillement étendu, son visage tourné vers moi; ses yeux perçants m'examinaient attentivement; il se leva promptement et s'approcha de moi.

« Je suis prête à aller aux Indes, dis-je, si je suis libre.

— Votre réponse demande une explication; elle n'est pas claire.

— Jusqu'ici, repris-je, vous avez été mon frère d'adoption, moi votre sœur d'adoption; continuons à vivre ainsi, car nous ferons mieux de ne pas nous marier. »

Il secoua la tête.

« Une fraternité d'adoption ne suffit pas dans ce cas. Si vous étiez ma véritable sœur, ce serait différent; je vous emmènerais et je ne chercherais pas de femme. Mais les choses étant ce qu'elles sont, il faut que notre union soit consacrée par le mariage, sans cela elle est impossible; des obstacles matériels s'y opposent. Ne les voyez-vous pas, Jane? Réfléchissez un instant, et votre bon sens vous guidera. »

Je réfléchis quelque temps; mais j'en revenais toujours là : c'est que nous ne nous aimions pas comme doivent s'aimer un mari et une femme, et j'en concluais que nous ne devions pas nous marier.

« Saint-John, dis-je, je vous regarde comme un frère; vous, vous me regardez comme une sœur : continuons à vivre ainsi.

— Nous ne le pouvons pas, nous ne le pouvons pas, me répondit-il d'un ton bref et résolu; c'est impossible. Vous avez dit que vous iriez avec moi aux Indes; rappelez-vous que vous l'avez dit.

— A une condition.

— Oui, oui. Mais le point important c'est de quitter l'Angleterre, de m'aider dans mes travaux futurs, et vous l'acceptez. Vous avez déjà presque mis la main à l'œuvre; vous êtes trop constante pour la retirer. Vous ne devez vous inquiéter que d'une chose : de connaître le meilleur moyen pour accomplir l'œuvre que vous entreprenez. Simplifiez vos intérêts, vos sentiments, vos pensées, vos désirs et vos aspirations si compliqués. Réunissez toutes ces considérations en un seul but : celui de bien remplir la mission que vous a assignée votre puissant maître; et pour cela il faut que vous ayez un aide; non pas un frère, c'est un lien trop faible, mais un époux. Moi non plus je n'ai pas besoin d'une sœur, car elle pourrait m'être enlevée un jour. Il me faut une femme; c'est la seule compagne que je puisse sûrement influencer pendant la vie et conserver jusqu'à la mort. »

Ses paroles me faisaient frémir; mes membres, et jusqu'à la moelle de mes os, subissaient sa domination.

« Eh bien, Saint-John, cherchez une autre que moi, dis-je, une autre qui vous conviendra mieux.

— Qui conviendra mieux à mon projet, à ma vocation, voulez-vous dire? Je vous le répète encore, ce n'est pas au corps insignifiant, à l'être lui-même, aux sens égoïstes de l'homme enfin que je désire m'unir, c'est au missionnaire.

— Eh bien! je donnerai mon énergie au missionnaire, c'est tout ce dont il a besoin. Mais je ne me donnerai pas moi-même; ce ne serait qu'ajouter le bois et la peau à l'amande. Il n'en a pas besoin, je les garde.

— Vous ne le pouvez pas, vous ne le devez pas. Pensez-vous que Dieu sera satisfait de cette demi-oblation? qu'il acceptera ce sacrifice mutilé? C'est la cause de Dieu que je plaide; c'est sous son étendard que je vous enrôle; et en son nom je ne puis pas accepter une fidélité partagée: il faut qu'elle soit entière.

— Oh! dis-je, je donnerai mon cœur à Dieu; mais vous, vous n'en avez pas besoin. »

Je crois qu'il y avait un peu de sarcasme réprimé dans le ton avec lequel je prononçai ces mots, et dans le sentiment qui les accompagnait. Jusque-là j'avais craint Saint-John silencieusement, parce que je ne l'avais pas compris. Il m'avait tenue en respect, parce que je doutais. Jusque-là je ne savais pas ce qu'il y avait en lui du saint et ce qu'il y avait de l'homme mortel. Mais bien des choses venaient de m'être révélées par cette conversation; je commençais à pouvoir analyser sa nature. Je voyais ses faiblesses, je les comprenais. Cette belle forme assise à mes côtés sur un banc de bruyère, c'était un homme faible comme moi. Le voile qui couvrait sa dureté et son despotisme venait de tomber; je vis son imperfection, et je pris courage. J'étais auprès d'un égal avec lequel je pouvais discuter, et auquel je pouvais résister si bon me semblait.

Il était demeuré silencieux après m'avoir entendue parler; je me hasardai à le regarder: ses yeux penchés sur moi exprimaient à la fois une grande surprise et un profond examen.

Il semblait se demander si je le raillais et ce que signifiait ma conduite.

« N'oublions pas, me dit-il au bout de peu de temps, qu'il

s'agit d'une chose sainte, d'une chose dont nous ne pouvons pas parler légèrement sans commettre une faute. J'espère, Jane, que vous étiez sérieuse quand vous avez dit que vous donneriez votre cœur à Dieu. C'est tout ce que je vous demande; détachez votre cœur des hommes pour le donner à votre Créateur, et alors la venue du royaume de Dieu sur la terre sera le but de vos efforts les plus sérieux, l'objet de vos délices. Vous serez prête à faire tout ce qui sera nécessaire pour cela. Vous verrez combien vos efforts et les miens deviendraient plus vigoureux, si nous étions unis de corps et d'esprit par le mariage; c'est là la seule union qui puisse donner la persévérance et la continuité aux desseins et aux destinées des hommes, et alors, passant sur tous les caprices insignifiants, les difficultés triviales, les délicatesses de sentiment, oubliant les scrupules sur le degré, l'espèce, la force ou la tendresse des inclinations personnelles, vous vous hâterez d'accepter cette union.

— Croyez-vous? » dis-je brièvement.

Et alors je regardai ses traits beaux dans leur harmonie, mais étrangement terribles dans leur tranquille sévérité; son front, où on lisait le commandement, mais qui manquait d'ouverture; ses yeux brillants, profonds, scrutateurs, mais jamais doux; sa taille grande et imposante. J'essayai de me figurer que j'étais sa femme; mais en voyant ce tableau, cette union me semblait de plus en plus impossible. Je pouvais être son vicaire, son camarade. A ce titre je pourrais traverser l'Océan avec lui, travailler sous le soleil de l'Orient, dans les déserts de l'Asie; admirer et exciter son courage, sa piété et sa force; accepter tranquillement sa domination; sourire avec calme devant son invincible ambition; séparer le chrétien de l'homme; admirer profondément l'un et pardonner librement à l'autre. Il est certain qu'attachée à lui par ce seul lien, je souffrirais souvent, mon corps aurait à supporter un joug bien pesant; mais mon cœur et mon esprit seraient libres; il me resterait toujours une âme indépendante; et, dans mes moments d'isolement, je pourrais m'entretenir avec mes sentiments naturels, que rien n'aurait enchaînés. Mon esprit recélerait des recoins qui ne seraient qu'à moi, et que Saint-John n'aurait jamais le droit de sonder; des sentiments qui s'y développeraient, frais et abrités, sans que son austérité pût les flétrir, ni ses pas de guerrier les anéantir. Mais je ne pouvais pas accepter le rôle de femme; je ne pouvais pas être sans cesse retenue, domptée; je ne pouvais pas étouffer le feu de ma nature, le forcer à brûler intérieurement, ne jamais jeter un cri, et laisser la flamme captive consumer ma vie.

« Saint-John ! m'écriai-je après avoir pensé à toutes ces choses.

— Eh bien? me répondit-il froidement.

— Je vous le répète, je consens à partir avec vous comme votre compagnon, non pas comme votre femme. Je ne puis pas vous épouser et devenir une portion de vous.

— Il faut que vous deveniez une portion de moi, répondit-il fermement ; sans cela le reste est impossible. Comment moi, qui n'ai pas encore trente ans, pourrais-je emmener aux Indes une jeune fille de dix-neuf ans, si elle n'est pas ma femme ? Si nous ne sommes pas unis par le mariage, comment pourrons-nous vivre toujours ensemble, quelquefois dans la solitude, quelquefois au milieu des tribus sauvages?

— C'est très-possible, répondis-je brièvement; c'est aussi facile que si j'étais votre véritable sœur, ou un homme, un prêtre comme vous.

— On sait que vous n'êtes pas ma sœur, et je ne puis pas vous faire passer pour telle ; le tenter serait attirer sur tous deux des soupçons injurieux. Du reste, quoique vous ayez le cerveau vigoureux de l'homme, vous avez aussi le cœur de la femme, et ce serait impossible.

— Ce serait possible, affirmai-je avec quelque dédain, parfaitement possible. J'ai un cœur de femme, c'est vrai, mais non pas par rapport à vous. Je n'ai pour vous que la constance du camarade, la franchise, la fidélité et l'affection d'un compagnon de lutte, le respect et la soumission d'un néophyte; rien de plus, n'ayez pas peur.

— C'est ce dont j'ai besoin, dit-il, comme se parlant à lui-même; c'est bien là ce dont j'ai besoin. Il y a des obstacles, il faudra les franchir.... Jane, dit-il tout haut, vous ne vous repentirez pas de m'avoir épousé, soyez-en certaine. Il faut nous marier; je vous le répète, c'est le seul moyen, et notre mariage sera sûrement suivi d'assez d'amour pour rendre cette union juste, même à vos yeux. »

Je ne pus pas m'empêcher de m'écrier en me levant et en m'appuyant contre le rocher :

« Je méprise ce faux sentiment que vous m'offrez ; oui, Saint-John, et quand vous me l'offrez, je vous méprise vous-même. »

Il me regarda fixement en comprimant sa lèvre bien dessinée; il serait difficile de dire s'il fut surpris ou irrité, car il sut se dominer entièrement.

« Je ne m'attendais pas à entendre ces mots sortir de votre bouche, me dit-il ; je crois n'avoir rien fait ni rien dit qui méritât le mépris. »

Je fus touchée par sa douceur et gagnée par son maintien noble et calme.

« Pardonnez-moi, Saint-John, m'écriai-je; mais c'est votre faute si j'ai été excitée à parler ainsi : vous avez entrepris un sujet sur lequel nous différons d'opinion et que nous ne devrions jamais discuter. Le seul nom de l'amour est une pomme de discorde entre nous; que serait donc l'amour même? Que ferions-nous? qu'éprouverions-nous? Mon cher cousin, abandonnez votre projet de mariage, oubliez-le.

— Non, dit-il; c'est un projet longtemps chéri, le seul qui puisse me faire atteindre mon grand but; mais je ne veux plus vous prier maintenant. Demain je pars pour Cambridge. J'ai là plusieurs amis auxquels je voudrais dire adieu. Je serai absent une quinzaine de jours. Pendant ce temps, vous songerez à mon offre, et n'oubliez pas que, si vous la rejetez, ce n'est pas moi, mais Dieu, que vous refusez. Il se sert de moi pour vous ouvrir une noble carrière; si vous voulez être ma femme, vous pourrez y entrer; sinon vous condamnez votre vie à être une existence de bien-être égoïste et de complète obscurité. Prenez garde d'être comptée au nombre de ceux qui ont refusé la foi et qui sont pires que les infidèles. »

Il s'arrêta et, se retournant une fois encore, *il regarda les rivières et les montagnes*. Mais il refoula ses sentiments au fond de son cœur, parce que je n'étais pas digne de les lui entendre exprimer. Quand nous retournâmes à la maison, son silence me fit comprendre tout ce qu'il éprouvait pour moi. Je lus sur son visage le désappointement d'une nature austère et despotique qui avait été en butte à la résistance là où elle comptait sur la soumission; la désapprobation d'un juge froid et inflexible qui avait trouvé chez un autre des sentiments et des manières de voir qu'il ne pouvait point admettre. En un mot, l'homme aurait voulu me forcer à l'obéissance, et ce n'était que le chrétien sincère qui supportait ma perversité avec tant de patience et laissait un temps si long à ma réflexion et à mon repentir.

Ce soir-là, après avoir embrassé ses sœurs, il jugea convenable de ne pas même me donner une poignée de main, et il quitta la chambre en silence. Comme, sans avoir d'amour, j'avais beaucoup d'affection pour lui, je fus attristée par cet oubli volontaire, si attristée que mes yeux se remplirent de larmes.

« Je vois, me dit Diana, que pendant votre promenade vous et Saint-John vous vous êtes disputés; mais suivez-le : il vous attend et se promène dans le corridor; il se réconciliera facilement. »

Dans ces choses-là, j'ai peu d'orgueil; j'aime mieux être heureuse que digne. Je courus après lui; il était au bas de l'escalier.

« Bonsoir, Saint-John, dis-je.

— Bonsoir, Jane, me répondit-il tranquillement.

— Donnez-moi une poignée de main, » ajoutai-je.

Quelle pression légère et froide il fit sentir à mes doigts! Ce qui était arrivé dans la journée lui avait profondément déplu. La cordialité ne pouvait pas l'échauffer, ni les larmes l'émouvoir. Ainsi, avec lui, il n'y aurait jamais d'heureuse réconciliation, de joyeux sourires, de généreuses paroles; cependant le chrétien était patient et doux.

Quand je lui demandai s'il m'avait pardonné, il me répondit qu'il n'avait pas l'habitude de se souvenir des injures, qu'il n'avait rien à pardonner puisqu'il n'avait pas été offensé.

Après m'avoir fait cette réponse, il me quitta; j'aurais préféré qu'il m'eût jetée à terre.

---

## CHAPITRE XXXV.

Il ne partit pas pour Cambridge le jour suivant, ainsi qu'il l'avait dit; il resta une semaine entière, et, pendant ce temps, il me fit sentir quelle dure punition pouvait infliger un homme bon mais sévère, consciencieux mais implacable quand on l'avait offensé. Sans un seul acte d'hostilité ouverte, sans un seul mot de reproche, il s'efforça de me montrer qu'il me blâmait.

Non pas que Saint-John nourrît dans son esprit une haine antichrétienne; non pas qu'il eût voulu nuire à un seul cheveu de ma tête, s'il l'avait pu; par nature et par principe, il dédaignait une basse vengeance. Il m'avait pardonné de lui avoir dit que je le méprisais et que je méprisais son amour, mais il n'avait point oublié, et je savais qu'il n'oublierait jamais. Je voyais par la manière dont il me regardait que ces paroles étaient toujours écrites dans l'air entre lui et moi; toutes les fois que je lui parlais, elles résonnaient à son oreille, et je le voyais par ses réponses.

Il n'évitait pas de causer avec moi; chaque matin, au contraire, il m'appelait près de lui. Je crois que l'homme corrompu prenait un plaisir que ne partageait pas le pur chrétien à montrer avec quelle habileté il pouvait, tout en parlant et en agissant comme ordinairement, retirer à chaque phrase et à chaque acte ce charme et cet intérêt qui jadis donnaient un attrait austère à son langage et à ses manières. Pour moi, il n'était plus un homme de chair, mais un homme de marbre. Ses yeux ressemblaient à une pierre bleue, brillante et froide; sa langue, à un instrument, rien de plus.

Tout cela était pour moi une torture douloureuse et raffinée; elle entretenait en moi une indignation brûlante et secrète, une douleur intérieure qui m'accablait et m'ôtait la force. Je sentais que, si je devenais sa femme, cet homme bon et pur comme la source souterraine m'aurait bientôt tuée sans retirer une seule goutte de sang à mes veines et sans souiller sa conscience sans tache; je sentais surtout cela lorsque je cherchais à me rapprocher de lui; je le trouvais sans pitié. Il ne souffrait pas de notre éloignement, il ne désirait pas la réconciliation, et, quoique bien des fois mes larmes abondantes eussent mouillé la page sur laquelle nous étions penchés tous deux, elles ne l'impressionnaient pas plus que si son cœur eût été de pierre ou de métal. Quelquefois aussi, il était plus affectueux que jadis à l'égard de ses sœurs; on eût dit qu'il craignait que sa simple froideur ne fût pas assez forte pour me convaincre qu'il m'avait bannie, et qu'il voulait encore y ajouter la force du contraste; et je suis persuadée qu'il le faisait non par méchanceté, mais par principe.

Le soir qui précéda son départ pour Cambridge, je le vis se promener seul dans le jardin; en le regardant, je me rappelai que cet homme, quelque éloigné de moi qu'il fût maintenant, m'avait autrefois sauvé la vie, que nous étions parents, et je voulus faire un dernier effort pour regagner son affection. Je sortis et je m'approchai de lui au moment où il était appuyé sur la petite grille du jardin. J'en vins tout de suite au sujet qui m'intéressait.

« Saint-John, dis-je, je suis malheureuse parce que vous êtes encore fâché contre moi; soyons amis.

— J'espère que nous sommes amis, dit-il tranquillement, en continuant à regarder le lever de la lune qu'il contemplait déjà lorsque je m'étais approchée.

— Non, Saint-John, repris-je; nous ne sommes pas amis comme autrefois, vous le savez.

— Le croyez-vous? alors c'est un tort. Quant à moi, je ne vous souhaite aucun mal et je vous veux du bien.

— Je vous crois, Saint-John, parce que je vous sais incapable de souhaiter du mal à qui que ce soit; mais, comme je suis votre parente, je désire une autre affection que cette philanthropie générale que vous étendez même jusqu'aux étrangers.

— Certainement, dit-il, votre désir est raisonnable, et je suis loin de vous regarder comme une étrangère. »

Ces mots, dits d'un ton tranquille et froid, étaient mortifiants et irritants. Si j'avais écouté ma colère et mon orgueil, je l'aurais immédiatement quitté ; mais il y avait en moi quelque chose de plus fort que ces sentiments. Je vénérais les talents et les principes de mon cousin; j'appréciais son affection, et la perdre était une douloureuse épreuve pour moi; je ne voulais pas renoncer si vite à la reconquérir.

« Faut-il nous séparer ainsi, Saint-John, et, quand vous partirez pour l'Inde, me quitterez-vous sans m'avoir dit une seule parole douce? »

Il cessa de contempler la lune et me regarda en face.

« Quand j'irai aux Indes, Jane, je vous quitterai? Comment! ne venez-vous pas avec moi?

— Vous m'avez dit que je ne le pouvais pas, à moins de vous épouser.

— Et vous ne le voulez pas, vous persistez dans votre résolution? »

On ne se figure pas combien les gens froids peuvent effrayer par la glace de leurs questions. Leur colère ressemble à la chute d'une avalanche, leur mécontentement à une mer glacée qui vient de se briser.

« Non, Saint-John, dis-je pourtant, je ne vous épouserai pas; je persiste dans ma résolution. »

L'avalanche se remua et avança un peu, mais elle ne tomba pas encore.

« Je vous demanderai de nouveau pourquoi ce refus, poursuivit Saint-John.

— Autrefois, dis-je, c'était parce que vous ne m'aimiez pas; maintenant, c'est parce que vous me détestez presque. Si je vous épousais, vous me tueriez, et vous me tuez déjà. »

Ses joues et ses lèvres se décolorèrent entièrement.

« *Je vous tuerais*, *je vous tue déjà!* Vos paroles sont de celles qu'on ne devrait pas prononcer. Elles sont violentes, indignes d'une femme et fausses. Elles trahissent le malheureux état de votre esprit; elles mériteraient des reproches sévères; elles semblent inexcusables : mais c'est le devoir d'un chrétien de pardonner à son frère jusqu'à soixante-dix-sept fois. »

Le mal n'était que commencé; je venais de l'achever. Je désirais effacer de son esprit la trace de ma première offense, et je venais de l'imprimer d'une manière plus profonde et plus funeste dans ce cœur qui se souvenait de tout.

« Maintenant, dis-je, vous allez me haïr tout à fait; il est inutile de tenter une réconciliation; je vois que j'ai fait de vous mon éternel ennemi. »

Ces mots furent d'autant plus funestes qu'ils touchaient juste. Sa lèvre pâle se contracta un moment; je vis quelle colère inflexible je venais d'exciter en lui, et j'en eus le cœur serré.

« Vous interprétez mal mes paroles, m'écriai-je en saisissant sa main. Je vous assure que je n'ai eu l'intention ni de vous affliger ni de vous blesser. »

Il sourit amèrement et retira vivement sa main de la mienne.

« Maintenant, dit-il après une pause, il est probable que vous allez rétracter votre parole et que vous refuserez d'aller aux Indes?

— Pardon, répondis-je, je veux bien y aller comme votre compagnon. »

Il y eut un long silence; je ne sais quelle lutte se passa en lui entre la nature et la grâce; mais ses yeux brillaient d'un éclat singulier, et des ombres étranges passaient sur sa figure. Il dit enfin :

« Je vous ai déjà prouvé qu'il était impossible à une femme de votre âge de suivre un homme du mien, sans que tous deux soient unis par le mariage. Je vous l'ai prouvé d'une telle manière, que je ne pensais pas vous entendre jamais faire de nouveau allusion à ce projet, et je regrette de vous voir parler ainsi. »

Je l'interrompis; tout ce qui ressemblait à un reproche me donnait courage.

« Saint-John, dis-je, soyez raisonnable; car dans ce moment-ci vous déraisonnez. Vous prétendez être choqué par ce que je vous ai dit; mais vous ne l'êtes pas réellement : car, avec votre esprit supérieur, vous ne pouvez pas vous méprendre sur mon intention. Je le répète, je serai votre vicaire, si vous le désirez, jamais votre femme. »

Il devint de nouveau mortellement pâle; mais il réprima encore sa colère et me répondit emphatiquement, mais avec calme :

« Je ne puis pas accepter qu'une femme qui n'est pas à moi m'aide dans ma mission. Il paraît que vous ne pouvez pas vous accorder avec moi; mais si vous êtes sincère dans votre offre, pendant que je serai à la ville, je parlerai à un missionnaire marié, dont la femme a besoin de quelqu'un pour l'aider. Votre fortune personnelle vous rendra inutiles les secours de la société, et ainsi vous n'aurez pas la honte de manquer à votre parole et de déserter l'armée dans laquelle vous vous étiez engagée à vous enrôler. »

Je n'avais jamais fait aucune promesse formelle ; je n'avais jamais pris aucun engagement; aussi ce langage me parut-il trop dur et trop despotique. Je répondis :

« Il n'y a ici ni honte, ni promesse brisée, ni désertion; je ne suis nullement forcée d'aller aux Indes, surtout avec des étrangers. Avec vous j'aurais beaucoup tenté, parce que je vous admire, que j'ai confiance en vous et que je vous aime comme une sœur ; mais je suis convaincue que n'importe avec qui j'aille dans ce pays, je ne pourrai pas y vivre longtemps.

— Ah ! vous avez peur pour vous, dit-il en relevant sa lèvre.

— C'est vrai. Dieu ne m'a pas donné la vie pour que je la perde; je commence à croire que ce que vous me demandez équivaut à un suicide; d'ailleurs, avant de quitter l'Angleterre pour toujours, je veux m'assurer que je ne serai pas plus utile en y restant qu'en partant.

— Que voulez-vous dire?

— Il n'est pas nécessaire que je m'explique ; mais il y a une chose sur laquelle j'ai depuis longtemps des doutes douloureux, et je ne puis aller nulle part avant d'avoir éclairci ces doutes.

— Je sais vers quel objet se tournent vos yeux et à quoi s'attache votre cœur. La chose qui vous préoccupe est illégale et impie; il y a longtemps que vous auriez dû réprimer ce sentiment, et maintenant vous devriez rougir d'y faire allusion. Vous pensez à M. Rochester. »

C'était vrai, et je le confessai par mon silence.

« Eh bien! continua Saint-John, allez-vous donc vous mettre à la recherche de M. Rochester?

— Il faut que je sache ce qu'il est devenu.

— Alors, reprit-il, il ne me reste qu'à me souvenir de vous dans mes prières et à supplier Dieu du fond de mon cœur qu'il ne fasse pas de vous une réprouvée. J'avais cru reconnaître en vous une élue ; mais Dieu ne voit pas comme les hommes : que sa volonté soit faite. »

Il ouvrit la porte, sortit et descendit dans la vallée. Je ne le vis bientôt plus.

En rentrant dans le salon, je trouvai Diana debout devant la fenêtre ; elle semblait pensive. Diana, qui était bien plus grande que moi, posa sa main sur mon épaule et examina mon visage.

« Jane, me dit-elle, vous êtes toujours pâle et agitée maintenant ; je suis sûre que vous avez quelque chose. Dites-moi ce qui se passe entre vous et Saint-John ; je viens de vous regarder par la fenêtre pendant une demi-heure environ. Pardonnez-moi ce rôle d'espion, mais depuis longtemps déjà je ne sais ce que je me suis imaginé; Saint-John est si extraordinaire! » Elle s'arrêta; je ne dis rien; elle reprit bientôt : « Je suis sûre que mon frère a quelque intention par rapport à vous; pendant longtemps il vous a témoigné un intérêt dont il n'avait jamais favorisé personne. Dans quel but? Je voudrais qu'il vous aimât. Vous aime-t-il, Jane? dites-le-moi. »

Elle posa sa main froide sur ma tête brûlante.

« Non, Diana, répondis-je, pas le moins du monde.

— Alors pourquoi vous suit-il toujours des yeux? Pourquoi reste-t-il si souvent seul avec vous? Pourquoi vous garde-t-il sans cesse près de lui? Marie et moi nous pensions qu'il désirait vous épouser.

— Il le désire, en effet; il m'a demandé d'être sa femme. »

Diana frappa des mains.

« C'est justement ce que no[illegible] pensions et ce que nous espérions! s'écria-t-elle. Vous l'épou[illegible]rez, Jane, n'est-ce pas? et il restera en Angleterre.

— Bien loin de là, Diana; son seul désir, en m'épousant, est d'avoir une compagne qui puisse l'aider à accomplir sa mission dans l'Inde.

— Comment! il désire que vous alliez aux Indes?

— Oui.

— Quelle folie! s'écria-t-elle; je suis bien sûre que vous ne pourriez pas y vivre trois mois. Vous n'irez pas; vous n'avez pas consenti, n'est-ce pas, Jane?

— J'ai refusé de l'épouser.

— Et, par conséquent, vous lui avez dép[illegible], ajouta-t-elle.

— Profondément; je crains qu'il ne me pardonne jamais, et pourtant je lui ai offert de l'accompagner à titre de sœur.

— C'était de la folie à vous, Jane. Pensez quelle tâche vous acceptiez; quels incessants labeurs dans un pays où la fatigue tue les plus forts, et vous êtes faible! Vous connaissez Saint-John; il vous demanderait l'impossible : avec lui, il ne faudrait même pas se reposer pendant les heures les plus chaudes; et j'ai remarqué que malheureusement vous vous efforciez de faire tout ce qu'il vous demandait. Je suis étonnée que vous ayez eu le courage de refuser sa main. Vous ne l'aimez donc pas, Jane?

— Non, pas comme mari.

— Cependant il est beau.

— Et moi, Diana, je suis si laide; nous ne pouvions pas nous convenir.

— Laide ! vous ? pas le moins du monde. Vous êtes bien trop jolie et bien trop bonne pour être brûlée vivante à Calcutta ! »

Et de nouveau elle me supplia vivement de renoncer à mon projet d'accompagner son frère.

« Il faut bien que j'y renonce, répondis-je ; car tout à l'heure, lorsque je lui ai répété que j'étais prête à lui servir d'aide, il a été choqué de mon manque de modestie. Il semblait considérer comme très-étrange ma proposition de l'accompagner sans être mariée à lui, comme si je n'avais pas toujours été habituée à voir en lui un frère.

— Jane, pourquoi dites-vous qu'il ne vous aime pas ?

— Je voudrais que vous pussiez l'entendre vous-même sur ce sujet. Il m'a répété bien des fois que ce n'était pas pour lui qu'il se mariait, mais pour l'accomplissement de sa tâche ; que j'étais faite pour le travail, non pour l'amour. C'est probablement vrai ; mais, dans mon opinion, puisque je ne suis pas faite pour l'amour, il s'ensuit que je ne suis pas faite pour le mariage. Diana, ne serait-il pas cruel d'être enchaînée pour toute la vie à un homme qui ne verrait en vous qu'un instrument utile ?

— Oh oui ! ce ne serait ni naturel ni supportable. Qu'il n'en soit plus question.

— Et puis, continuai-je, quoique je n'aie pour lui qu'une affection de sœur, si j'étais forcée de devenir sa femme, peut-être ses talents me feraient-ils concevoir pour lui un amour étrange, inévitable et torturant ; car il y a quelquefois une grandeur héroïque dans son regard, ses manières, sa conversation. Oh ! alors je serais bien malheureuse ! Il ne désire pas mon amour, et, si je le lui témoignais, il me ferait sentir que cet amour est un sentiment superflu qu'il ne m'a jamais demandé et qui ne me convient pas ; je sais qu'il en serait ainsi.

— Et pourtant Saint-John est bon, reprit Diana.

— Oui, il est bon et grand ; mais en poursuivant ses desseins magnifiques, il oublie avec trop de dédain les besoins et les sentiments de ceux qui aspirent moins haut que lui : aussi ceux-là feront mieux de ne pas suivre la même route que lui, de peur que, dans sa course rapide, il ne les foule aux pieds. Le voilà qui vient ; je vais vous quitter, Diana. »

Le voyant ouvrir la porte du jardin, je montai rapidement dans ma chambre.

Mais je fus forcée de me trouver avec lui à l'heure du souper. Pendant le repas, il fut aussi calme qu'à l'ordinaire. Je croyais qu'il me parlerait à peine, et j'étais persuadée qu'il avait renoncé à ses projets de mariage; je vis bientôt que je m'étais trompée dans mes deux suppositions. Il me parla comme ordinairement, ou du moins comme il me parlait depuis quelque temps, c'est-à-dire avec une politesse scrupuleuse. Sans doute il avait invoqué l'aide de l'Esprit saint pour dompter sa colère, et il croyait m'avoir pardonné encore une fois.

Quand l'heure de la lecture du soir fut venue, il choisit le vingt et unième chapitre de l'Apocalypse. De tout temps, j'avais aimé à lui entendre prononcer les paroles de la Bible; mais jamais sa belle voix ne me paraissait si douce et si sonore, ni ses manières si imposantes dans leur noble simplicité, que lorsqu'il nous lisait les prophéties de Dieu. Ce soir-là, sa voix prit un timbre encore plus solennel et ses manières une intention plus pénétrante. Il était assis au milieu de nous; la lune de mai brillait à travers les fenêtres dépouillées de leurs rideaux, et rendait presque inutile la lumière posée sur la table. Saint-John était penché sur sa vieille Bible, et lisait les pages où saint Jean raconte qu'il a vu un nouveau ciel et une nouvelle terre, « que Dieu viendra habiter parmi les hommes, qu'il essuiera toute larme de leurs yeux, qu'il n'y aura plus ni mort, ni deuil, ni cri, ni travail, car ce qui était auparavant sera passé. »

Au moment où il lut le verset suivant, je fus douloureusement frappée; car je sentis, par une légère altération dans sa voix, que ses yeux s'étaient tournés de mon côté. Voici ce qu'il contenait :

« Celui qui vaincra héritera toutes choses; je serai son Dieu et il sera mon fils. » Puis Saint-John continua d'une voix lente et claire : « Les timides, les incrédules, etc., leur part sera dans l'étang ardent de feu et de soufre, ce qui est la seconde mort. »

Plus tard, je sus laquelle de ces deux destinées Saint-John craignait pour moi.

Il lut ces derniers mots avec un accent de triomphe mêlé d'une ardente inspiration. Il croyait voir déjà son nom écrit dans le livre de vie, et il aspirait vers l'heure qui lui ouvrirait cette cité « où les rois de la terre apportent ce qu'ils ont de plus magnifique et de plus précieux, et qui n'a besoin ni de soleil ni de lune pour l'éclairer; car la gloire de Dieu l'éclaire, et l'agneau est son flambeau. »

Il déploya toute son énergie dans la prière qui suivit la lecture de la Bible; son zèle s'éveilla. Il méditait profondément, s'entretenait avec Dieu et semblait se préparer à une victoire. Il demanda la force pour les cœurs faibles, la lumière pour ceux qui s'écartent du troupeau, le retour même à la onzième heure du jour pour ceux que les tentations du monde ou de la chair ont entraînés loin du droit chemin ; il supplia l'Éternel d'arracher un tison à la fournaise ardente. Il y a toujours quelque chose d'imposant dans une semblable véhémence. Je fus d'abord étonnée de sa prière ; mais, lorsque je le vis continuer et s'animer, je fus touchée et enfin saisie de respect. Il sentait si bien ce qu'il y avait de grand et de bon dans son dessein, que ceux qui l'entendaient ne pouvaient pas sentir autrement que lui.

La prière achevée, nous prîmes congé de lui. Il devait partir le lendemain de très-bonne heure. Après l'avoir embrassé, Diana et Marie quittèrent la chambre : il me sembla qu'il le leur avait demandé tout bas. Je lui tendis la main et je lui souhaitai un bon voyage.

« Merci, Jane, me dit-il ; je reviendrai dans une quinzaine de jours ; je vous laisse encore ce temps-là pour réfléchir. Si j'écoutais l'orgueil humain, je ne vous parlerais plus de mariage ; mais je n'écoute que mon devoir, et je n'ai en vue que la gloire de Dieu. Mon maître a été patient, je le serai aussi. Je ne veux pas vous laisser à votre perdition comme un vase de colère ; repentez-vous pendant qu'il en est encore temps. Rappelez-vous qu'il nous est commandé de travailler tant que le jour dure ; car la nuit approche, où aucun homme ne pourra plus travailler. Souvenez-vous du sort de ceux qui veulent avoir toutes leurs joies sur la terre. Dieu vous donne la force de choisir cette richesse que personne ne pourra vous enlever ! »

Il posa sa main sur ma tête en prononçant ces derniers mots. Il avait parlé avec véhémence et douceur. Son regard n'était certainement pas celui d'un amant qui contemple sa maîtresse, mais celui d'un pasteur qui rappelle sa brebis errante, ou plutôt celui d'un ange gardien surveillant l'âme qui lui a été confiée. Tous les hommes de talent, que ce soient des hommes de sentiment ou non, des prêtres zélés ou des despotes, pourvu toutefois qu'ils soient sincères, ont leurs moments sublimes lorsqu'ils règnent et soumettent. Je sentis pour Saint-John une vénération si forte que je me trouvai tout à coup arrivée au point que j'évitais depuis si longtemps. Je fus tentée de cesser toute lutte, de me laisser entraîner par le torrent de sa volonté, de m'engloutir dans le gouffre de son existence et d'y sacrifier ma vie. Il me dominait presque autant que m'avait autrefois dominée M. Rochester, pour une cause différente ; dans les deux cas, j'étais folle. Céder autrefois eût été manquer aux grands principes ; céder maintenant eût été une erreur de jugement. Je vois tout cela clairement, à présent que la crise douloureuse est passée. Alors je n'avais pas conscience de ma folie.

Je me sentais impuissante sous le contact de ce prêtre; j'oubliai mes refus. Mes craintes se dissipèrent; mes efforts furent paralysés. Cette union que j'avais jadis repoussée devenait possible à mes yeux: tout changeait subitement. La religion m'appelait, les anges me faisaient signe de venir, Dieu commandait; la vie se déroulait rapidement devant moi; les portes de la mort s'ouvraient, et au delà me laissaient voir l'éternité. Il me semblait que, pour y être heureuse, je pourrais tout sacrifier en ce monde; cette sombre chambre me paraissait pleine de visions.

« Pourriez-vous vous décider maintenant? » me demanda le missionnaire.

Son accent était doux, et il m'attira amicalement vers lui. Oh! combien cette douceur était plus puissante que la force! Je pouvais résister à la colère de Saint-John; sa bonté me faisait plier comme un roseau: et pourtant, j'eus toujours conscience que, si je cédais, je m'en repentirais un jour. Une heure de prière solennelle n'avait pas pu changer sa nature; elle n'avait pu que l'élever.

« Je pourrais me décider si j'étais certaine, répondis-je; je pourrais jurer de devenir votre femme si j'étais convaincue que telle est la volonté de Dieu; et plus tard advienne que pourra!

— Mes prières sont exaucées! » s'écria Saint-John.

Il pressa plus fortement sa main sur ma tête, comme s'il se fût emparé de moi; il m'entoura de ses bras presque comme s'il m'eût aimée: je dis presque; je pouvais apprécier la différence, car je savais ce que c'est que d'être aimé; mais comme lui j'avais mis l'amour hors de question, et je ne pensais qu'au devoir. Des nuages flottaient encore devant mes yeux, et je luttais pour les écarter. Je désirais sincèrement et avec ardeur faire ce qui était bien, et je ne demandais au ciel que de me montrer le sentier à suivre. Jamais je n'avais été si excitée. Le lecteur jugera si ce qui se passa alors fut le résultat de mon exaltation.

La maison était tranquille; car je crois que, sauf Saint-John et moi, tout le monde reposait. La seule lumière qui nous éclairât s'éteignait; la lune brillait dans la chambre. Mon cœur battait rapidement; j'entendais ses pulsations. Tout à coup, ses battements furent arrêtés par une sensation inexprimable, qui bientôt se communiqua à ma tête et à mes membres. Cette sensation ne ressemblait pas à un choc électrique; mais elle était aussi aiguë, aussi étrange, aussi émouvante. On eût dit que, jusque-là, ma plus grande activité n'avait été qu'une torpeur d'où l'on me commandait de sortir. Mes sens s'éveillaient haletants; mes yeux et mes oreilles attendaient; ma chair frémissait sur mes os.

« Qu'avez-vous entendu? qu'avez-vous vu? » me demanda Saint-John.

Je n'avais rien vu; mais j'avais entendu une voix me crier: « Jane! Jane! Jane! » et rien de plus.

Oh Dieu! qui pouvait-ce être? J'aspirai l'air avec force.

J'aurais pu dire: « Où est-ce? » car cette voix ne sortait ni de la chambre, ni de la maison, ni du jardin, ni de l'air, ni des abîmes de la terre, ni du ciel. Je l'avais entendue; mais où, et comment? il m'eût été impossible de le dire. C'était la voix d'un être humain, une voix bien connue et bien aimée, celle d'Édouard Rochester. Elle était triste, douloureuse, sauvage, aérienne, et semblait prier.

« Je viens, m'écriai-je; attendez-moi. Oh! je vais venir. »

Je courus ouvrir la porte, et je regardai dans le corridor: il était sombre. Je courus dans le jardin: il était vide.

« Où êtes-vous? » m'écriai-je.

Les montagnes derrière Marsh-Glen répétèrent faiblement: « Où êtes-vous? » J'écoutai. Le vent soupirait doucement dans les sapins; tout autour de moi je ne vis que la solitude des marais et la solitude de la nuit.

« Va-t'en, superstition! m'écriai-je en voyant un spectre noir se dessiner près des ifs déjà si obscurs. Ce n'est pas là une de tes déceptions; ce n'est pas là un effet de ta puissance; c'est l'œuvre de la nature. Elle s'est éveillée et a fait tous ses efforts. »

Je m'éloignai violemment de Saint-John, qui m'avait suivie et voulait me retenir. Mon tour était venu; ma puissance était en jeu, et je me sentais pleine de force. Je lui demandai de ne me faire ni questions ni remarques. Je le priai de me quitter: il me fallait être seule, je le voulais. Il céda aussitôt. Quand on a une énergie assez forte pour bien commander, il est facile de se faire obéir. Je montai dans ma chambre; je m'enfermai; je tombai à genoux, et je priai à ma manière: manière bien différente de celle de Saint-John, mais efficace aussi. Il me semblait que j'étais tout près d'un puissant esprit, et, pleine de gratitude, mon âme se précipitait à ses pieds. Je me relevai après cette action de grâces, je pris une résolution, et je me couchai éclairée et décidée. J'attendis le jour avec impatience.

## CHAPITRE XXXVI.

Le jour arriva enfin. Je me levai à l'aurore. Pendant une heure ou deux je m'occupai à ranger mes tiroirs, ma garde-robe et tout ce que contenait ma chambre, afin de les laisser dans l'état qu'exigeait une courte absence. Pendant ce temps, j'entendis Saint-John quitter sa chambre. Il s'arrêta devant la mienne. Je craignais qu'il ne frappât; mais non : il se contenta de glisser une feuille de papier sous ma porte. Je la pris et je lus ces mots :

« Vous m'avez quitté trop subitement hier au soir. Si seulement vous étiez restée un peu plus de temps, vous auriez posé votre main sur la croix du chrétien, sur la couronne des anges. Je reviendrai dans quinze jours, et alors je m'attends à vous trouver tout à fait décidée. Pendant ce temps, priez et veillez, afin de n'être pas tentée; je crois que l'esprit a bonne volonté, mais la chair est faible. Je prierai pour vous à toute heure.

« Tout à vous, SAINT-JOHN. »

« Mon esprit, me dis-je, veut faire ce qui est bien, et j'espère que ma chair est assez forte pour accomplir la volonté du ciel, lorsque cette volonté me sera clairement démontrée. En tous cas, elle sera assez forte pour chercher, sortir des nuages et du doute, et trouver la lumière et la certitude. »

Bien qu'on fût au 1er du mois de juin, la matinée était froide et sombre, la pluie fouettait les vitres. J'entendis Saint-John ouvrir la porte de devant, et, regardant à travers la fenêtre, je le vis traverser le jardin; il prit un chemin au-dessus des marais brumeux, et qui allait dans la direction de Whitecross. C'était là qu'il devait rencontrer la voiture.

« Dans quelques heures je suivrai la même route que vous, pensai-je; moi aussi j'irai chercher une voiture à Whitecross; moi aussi j'ai en Angleterre quelqu'un dont je voudrais savoir des nouvelles avant de partir pour toujours. »

Il me restait encore deux heures avant le déjeuner; je me mis à me promener doucement dans ma chambre, et à songer à l'événement qui m'avait fait prendre cette résolution subite.

Je me rappelais la sensation que j'avais éprouvée, car elle me revenait toujours aussi étrange. Je me rappelais la voix que j'avais entendue. De nouveau je me demandai d'où elle pouvait venir, mais aussi vainement qu'auparavant; il me semblait que ce n'était pas du monde extérieur. Je me disais que c'était peut-être une simple impression nerveuse, une illusion, et pourtant je ne pouvais pas le croire; cela ressemblait plutôt à une inspiration. Ce choc était venu comme le tremblement de terre qui remua les fondements de la prison de saint Paul et de Silas; il avait ouvert la porte de mon âme, l'avait délivrée de ses chaînes, sortie de son sommeil, et elle s'était éveillée tremblante, attentive et étonnée. Alors trois fois un cri résonna à mes oreille épouvantées, dans mon cœur haletant et dans mon esprit inquiet et ce cri n'avait rien de surprenant ni de terrible, mais il semblait bien plutôt joyeux de cet effort qu'il avait pu faire sans le secours du corps.

« Dans peu de jours, me dis-je en achevant ma rêverie, je saurai quelque chose sur celui dont la voix m'a appelée la nuit dernière. Les lettres ont été inutiles; je tenterai des recherches personnelles. »

Au déjeuner, j'annonçai à Marie et à Diana que j'allais partir pour un voyage et que je serais absente au moins quatre jours.

« Vous allez partir seule? me dirent-elles.

— Oui, répondis-je; je pars pour savoir des nouvelles d'un ami dont je suis inquiète depuis quelque temps. »

Elles auraient pu m'objecter qu'elles étaient mes seules amies, car je le leur avais souvent dit, et je suis même persuadée qu'elles y pensèrent dans le moment; mais avec leur délicatesse naturelle, elles s'abstinrent de toute observation. Diana seule me demanda si j'étais sûre d'être assez bien portante pour voyager; elle me dit que j'étais très-pâle. Je répondis que l'inquiétude seule me faisait souffrir, et que j'espérais en être bientôt délivrée.

Il me fut facile de faire mes préparatifs, car je ne fus troublée ni par les questions ni par les soupçons. Lorsque je leur eus dit que je ne pouvais pas m'expliquer, elles acceptèrent gracieusement mon silence, et moi je ne fus pas tentée de le rompre; elles me laissèrent agir librement, comme moi-même je l'aurais fait à leur égard dans de semblables circonstances.

Je quittai Moor-House vers trois heures, et, un peu après quatre heures, j'étais devant le poteau de Whitecross, attendant la voiture qui devait me mener à Thornfield. Je l'entendis de loin, grâce au silence de ces montagnes solitaires et de ces routes désertes. Il y avait un an, j'étais descendue de cette même voiture, dans ce même endroit, désolée, sans espoir et sans but. Je fis signe et la voiture s'arrêta; j'entrai, sans être forcée cette fois de me défaire de tout ce que je possédais pour obtenir une place. J'étais de nouveau sur la route de Thornfield, et je ressemblais à un pigeon voyageur qui retourne chez lui.

Le voyage était de trente-six heures; j'étais partie de Whitcross un mardi dans l'après-midi, et le jeudi, de bonne heure, le cocher s'arrêta pour donner à boire aux chevaux, dans une auberge située au milieu d'un pays dont les buissons verts, les grands champs et les montagnes basses et pastorales me frappèrent comme les traits d'un visage connu. Combien ces aspects me semblèrent gracieux! combien cette verdure me parut avoir de douces teintes, quand je songeai aux sombres marais de Morton! Oui, je connaissais ce paysage et je savais que j'approchais de mon but.

« A quelle distance est le château de Thornfield? demandai-je au garçon d'écurie.

— A deux milles à travers champs, madame.

— Voilà mon voyage fini, » pensai-je.

Je descendis de voiture; je chargeai le garçon de garder ma malle jusqu'à ce que je la fisse demander. Je payai ma place, je donnai un pourboire au cocher, et je partis. Le soleil brillait sur l'enseigne de l'auberge, et je lus ces mots en lettres d'or: *Aux Armes des Rochester*. Mon cœur se soulevait; j'étais déjà sur les terres de mon maître; je me mis à penser, et je me dis tout à coup: « M. Rochester a peut-être quitté la terre anglaise, et quand même il serait au château de Thornfield, qui y trouveras-tu avec lui? sa femme folle. Tu ne peux rien faire ici; tu n'oseras pas lui parler, ni même rechercher sa présence; tu te donnes une peine inutile, tu ferais mieux de ne pas aller plus loin. Demande des détails aux gens de l'auberge; ils te diront tout ce que tu désires savoir, ils éclairciront tes doutes. Va demander à cet homme si M. Rochester est chez lui. »

Cette pensée était raisonnable, et pourtant je ne pus pas l'accepter; je craignais une réponse désespérante. Prolonger le doute, c'était prolonger l'espoir. Je pouvais encore voir le château sous un bel aspect; devant moi étaient la barrière et les champs que j'avais franchis le matin où j'avais quitté Thornfield, sourde, aveugle, incertaine, poursuivie par une furie vengeresse qui me châtiait sans cesse. Avant d'être encore décidée, je me trouvai déjà au milieu des champs. Comme je marchais vite! je courais même quelquefois. Comme je regardais en avant pour apercevoir les bois bien connus! comme je saluais les arbres, les prairies et les collines que j'avais parcourues!

Enfin, j'aperçus les sombres bois où nichaient les corneilles; un croassement vint rompre la tranquillité du matin. Une joie étrange me remplissait, j'avançais rapidement. Je traversai encore un champ, je longeai encore un sentier; on apercevait les murs de la cour et les dépendances de derrière : la maison était encore cachée par le bois des corneilles.

« Je veux la voir d'abord en face, me dis-je; au moins j'apercevrai ses créneaux hardis qui frappent le regard, et je distinguerai la fenêtre de mon maître; peut-être y sera-t-il. Il se lève tôt, peut-être qu'il se promène maintenant dans le verger ou sur le devant de la maison. Si seulement je pouvais le voir, rien qu'un moment! Je ne serais certainement pas assez folle pour courir vers lui; et pourtant je ne puis pas l'affirmer, je n'en suis pas sûre. Et alors qu'arriverait-il? Dieu veille sur lui! Si je goûtais encore une fois au bonheur que son regard sait me donner, qui en souffrirait? Mais je suis dans le délire; peut-être, en ce moment, contemple-t-il un lever de soleil sur les Pyrénées ou sur les mers agitées du Sud. »

J'avais longé le petit mur du verger et je venais de tourner l'angle. Entre deux piliers de pierre surmontés de boules également en pierre, se trouvait une porte qui conduisait aux prairies. Placée derrière l'un de ces piliers, je pouvais contempler toute la façade de la maison; j'avançai ma tête avec précaution pour voir si aucun des volets des chambres à coucher n'était ouvert : créneaux, fenêtres, façade, je devais tout apercevoir de là.

Les corneilles qui volaient au-dessus de ma tête m'examinaient peut-être pendant ce temps. Je ne sais ce qu'elles pensaient; elles durent me trouver d'abord très-attentive et très-timide; puis, petit à petit, très-hardie et très-inquiète. Je jetai d'abord un coup d'œil, puis un long regard; ensuite je sortis de ma retraite et j'avançai dans la prairie. Je m'arrêtai tout à coup devant la façade, et je la regardai d'un air à la fois hardi et abattu; elles purent se demander ce que signifiait cette timidité affectée du commencement et ces yeux stupides et sans regard de la fin.

Lecteurs, écoutez une comparaison :

Un amant trouve sa maîtresse endormie sur un banc de mousse; il voudrait contempler son beau visage sans l'éveiller. Il marche doucement sur le gazon pour ne pas faire de bruit; il s'arrête, croyant qu'elle a remué; il recule; pour rien au monde il ne voudrait être vu. Tout est tranquille ; il avance de nouveau ; il se penche sur elle ; un voile léger recouvre ses traits ; il le soulève et se baisse vers elle ; son œil va apercevoir une beauté florissante, adorable dans son sommeil. Comme son premier regard est ardent, comme il la contemple ! Mais tout à coup il tressaille ; il presse violemment entre ses bras ce corps que tout à l'heure il n'osait pas toucher avec ses doigts. Il crie un nom, dépose son fardeau à terre et le regarde avec égarement ; et il continue à la presser, à l'appeler, à la regarder, car il ne craint plus de l'éveiller par aucun cri ni par aucun mouvement ! Il croyait trouver celle qu'il aimait doucement endormie, et il a trouvé un cadavre.

Et moi, je dirigeais mes regards joyeux vers une belle maison, et je n'aperçus qu'une ruine noircie par la fumée.

Il n'y avait pas besoin de me cacher derrière un poteau, de regarder les volets des chambres, dans la crainte de réveiller ceux qui y dormaient ; il n'y avait pas besoin d'écouter les portes s'ouvrir ou de croire entendre des pas sur le pavé ou le long de la promenade. La pelouse, les champs, étaient foulés aux pieds et dévastés ; le portail était dépouillé de ses portes ; la façade était telle que je l'avais vue dans un de mes rêves : un mur haut et fragile, percé de fenêtres sans châssis, ni toit, ni créneaux, ni cheminées ; tout avait été détruit.

Alentour régnaient le silence de la mort et la solitude du désert. Je ne m'étonnai plus que mes lettres fussent restées sans réponse ; autant les envoyer dans le caveau d'une église. En regardant les pierres noircies, il était facile de comprendre que le château avait été détruit par le feu ; mais qui l'avait allumé ? Comment ce malheur était-il arrivé ? La perte du marbre, du plâtre et du bois, avait-elle été le seul malheur ? Ou bien des existences avaient-elles été détruites comme la maison ? Lesquelles ? Effrayante question, à laquelle personne ne pouvait me répondre ! Il ne m'était même pas possible d'avoir recours à des signes ou à des preuves muettes.

En me promenant autour des murs en ruine et en parcourant le château dévasté, je reconnus que l'incendie devait être déjà un peu ancien. La neige s'était frayé un chemin sous cette arche vide, et les pluies d'hiver étaient entrées dans ces trous qui jadis servaient de fenêtres ; le printemps avait jeté ses semences dans ces amas de décombres ; le gazon recouvrait les pierres et les solives ; mais, pendant ce temps, où était le malheureux propriétaire de ces ruines ? Dans quel pays demeurait-il ? qui veillait sur lui ? Mes yeux se dirigèrent involontairement du côté de la tour de la vieille église et je me dis : « Est-il allé chercher un abri dans l'étroite maison de marbre des Rochester ? »

Il me fallait des renseignements, et je ne pouvais les obtenir qu'à l'auberge ; j'y retournai promptement. L'hôte m'apporta lui-même mon déjeuner dans le parloir. Je le priai de fermer la porte et de s'asseoir, parce que j'avais quelques questions à lui faire ; mais je ne savais par où commencer, tant je craignais sa réponse ! et pourtant le spectacle que je venais d'avoir sous les yeux m'avait un peu préparée à un récit douloureux. L'hôte était un homme d'âge mûr et d'apparence respectable.

« Vous connaissez sans doute le château de Thornfield ? hasardai-je enfin.

— Oui, madame, j'y ai demeuré autrefois.

— Vous ! Pas de mon temps, pensai-je ; car votre visage m'est étranger.

— J'ai été le sommelier du défunt M. Rochester, » ajouta-t-il

Défunt ! Il me sembla que je venais de recevoir en pleine poitrine le coup que je cherchais à éviter.

« Défunt ! murmurai-je ; est-il donc mort ?

— Je parle du père de M. Édouard, le maître actuel, » dit-il.

Je respirai de nouveau et mon sang coula librement ; ces mots m'avertissaient que M. Édouard, mon M. Rochester à moi (Dieu veille sur lui !) était vivant. Le maître actuel ! mots doux à entendre ! il me semblait que maintenant je pouvais tout apprendre, avec un calme relatif du moins ; puisqu'il n'était pas dans le tombeau, je croyais pouvoir apprendre avec tranquillité qu'il se fût réfugié même aux antipodes.

« M. Rochester est-il au château de Thornfield ? » demandai-je.

Je savais bien quelle réponse je recevrais, mais je désirais éloigner le plus possible toute question positive sur le lieu de sa résidence.

« Oh ! non, madame, me répondit-il ; personne n'y demeure. Vous n'êtes pas du pays ; sans cela vous sauriez ce qui est arrivé l'automne dernier. Le château n'est plus qu'une ruine ; il a été brûlé vers l'époque des moissons. C'est un horrible malheur ; des valeurs énormes ont été détruites ; c'est à peine si l'on a pu sauver quelques meubles. Le feu s'est déclaré dans la nuit, et, avant que la nouvelle fût connue à Millcote, le château était déjà un amas de flammes ; c'était un affreux spectacle ; j'en ai été témoin.

— Au milieu de la nuit, murmurai-je ; oui, c'était là l'heure fatale à Thornfield.... Connaît-on la cause de l'incendie? demandai-je.

— On l'a devinée, madame, ou plutôt je devrais dire qu'on en était sûr. Vous ne savez peut-être pas, continua-t-il en approchant sa chaise de la table et en parlant plus bas, qu'il y avait une folle enfermée dans la maison.

— J'en ai entendu parler.

— Eh bien! madame, elle était bien gardée ; pendant plusieurs années, personne n'était sûr qu'elle existât, car on ne la voyait jamais; la rumeur publique disait seulement que quelqu'un était caché au château ; mais il était difficile de savoir qui. On disait que M. Edouard avait amené cette femme avec lui, et quelques-uns prétendaient que c'était une ancienne maîtresse; mais une chose étrange arriva l'année dernière. »

Je craignis de l'entendre raconter ma propre histoire, et je m'efforçai de le ramener au fait.

« Et cette folle? dis-je.

— Cette folle, madame, se trouva être la femme de M. Rochester ; cette découverte se fit de la plus étrange manière. Il y avait au château une jeune institutrice dont M. Rochester....

— Mais l'histoire de l'incendie, interrompis-je.

— J'y arrive, madame ; dont M. Rochester tomba amoureux. Les domestiques disent qu'ils n'ont jamais vu personne aussi éperdument amoureux que lui; il la suivait partout; les domestiques l'épiaient, car vous savez, madame, que c'est leur habitude. M. Rochester l'admirait au delà de tout ce qu'on peut imaginer, et pourtant personne autre ne la trouvait très-jolie. Elle était, dit-on, petite, mince, et semblable à une enfant. Je ne l'ai jamais vue, mais j'ai entendu Léah, la bonne, parler d'elle; Léah l'aimait assez. M. Rochester avait quarante ans et l'institutrice n'en avait pas vingt ; vous savez que quand les hommes de cet âge tombent amoureux de jeunes filles, ils sont comme ensorcelés. Eh bien! M. Rochester voulait l'épouser.

— Vous me raconterez cela plus tard, dis-je; j'ai des raisons pour désirer connaître le récit de l'incendie. A-t-on soupçonné la folle d'y avoir pris part?

— Vous l'avez dit, madame; il est certain que c'est elle et aucun autre qui a mis le feu. Il y avait une personne chargée de la garder; elle s'appelait Mme Poole. C'était une femme capable pour ce qu'elle avait à faire, et vraiment digne de confiance: elle n'avait qu'un défaut, défaut commun chez ces gens-là : elle gardait toujours près d'elle une bouteille de genièvre, et de temps en temps elle buvait une goutte de trop. C'était pardonnable; elle avait une vie si rude! mais c'était dangereux : car, lorsqu'après avoir bu, Mme Poole s'endormait profondément, la folle, qui était aussi maligne qu'une sorcière, prenait les clefs dans sa poche, sortait de la chambre et allait rôder dans la maison pour y faire tout le mal qui lui venait en tête. On dit qu'une fois elle a tenté de brûler M. Rochester dans son lit; mais j ne connais pas bien cette histoire. La nuit de l'incendie, elle a d'abord mis le feu aux rideaux de la chambre qui touche à la sienne; puis elle est descendue et est arrivée dans la chambre où avait demeuré l'institutrice (on eût dit qu'elle savait quelque chose de tout ce qui s'était passé et qu'elle avait de la rancune contre elle); elle mit le feu au lit : mais heureusement personne n'y était couché. L'institutrice s'était enfuie deux mois auparavant, et, bien que M. Rochester l'ait fait chercher comme si elle eût été tout ce qu'il avait de plus précieux au monde, il n'en entendit jamais parler. Sa souffrance le jeta dans une sorte d'égarement; il n'était pas fou, mais néanmoins il était devenu dangereux. Il voulait être seul; il renvoya Mme Fairfax, la femme de charge, chez ses amis, qui demeuraient loin de là; mais il eut des égards, car il lui fit une rente viagère; elle le méritait bien, c'était une très-bonne femme. Mlle Adèle, sa pupille, fut mise en pension; il rompit avec toutes ses connaissances et s'enferma au château comme un ermite.

— Comment! est-ce qu'il ne quitta pas l'Angleterre?

— Quitter l'Angleterre, lui? oh non! Il n'aurait seulement pas franchi le seuil de sa maison, excepté la nuit, où il se promenait comme un fantôme dans les champs et le verger. On aurait dit qu'il avait perdu la raison; et je crois qu'il l'a perdue en effet, car avant cela c'était l'homme le plus vif, le plus hardi et le plus fin qu'on ait jamais vu. Ce n'était pas un homme adonné au vin, aux cartes et aux chevaux, comme beaucoup; d'ailleurs il n'était pas très-beau, mais il était courageux et avait une volonté ferme. Je l'ai connu tout enfant et, quant à moi, j'ai souhaité bien des fois que Mlle Eyre se fût noyée avant d'arriver à Thornfield.

— Alors M. Rochester était au château quand le feu éclata?

— Oui certainement, et il est monté dans les mansardes pendant que tout était en feu; il a réveillé les domestiques et les a lui-même aidés à descendre, puis il est retourné pour sauver la folle. Alors on vint l'avertir qu'elle était sur le toit, qu'elle agitait ses bras au-dessus des créneaux et qu'elle jetait de tels cris qu'on eût pu l'entendre à un mille de distance. Je l'ai vue et entendue : c'était une forte femme avec de longs cheveux noirs qui flottaient dans la direction opposée aux flammes. J'ai vu, ainsi que plusieurs autres, j'ai vu M. Rochester monter sur le toit à la lumière des étoiles. Je l'ai entendu appeler : « Berthe ! » Puis il s'approcha d'elle ; aussitôt la folle jeta un cri, sauta et tomba morte sur le pavé.

— Morte !

— Oui, aussi inanimée que les pierres qui reçurent sa chair et son sang.

— Grand Dieu !

— Vous avez raison, madame, c'était effrayant. »

Il frissonna.

« Et après ? dis-je.

— Eh bien après, la maison fut brûlée jusqu'aux fondements ; il ne resta debout que quelques pans de muraille.

— Y eut-il d'autres personnes de tuées ?

— Non, et pourtant cela aurait mieux valu peut-être.

— Que voulez-vous dire ?

— Pauvre M. Édouard ! s'écria-t-il. Je ne croyais pas voir jamais cela. Quelques-uns disent que c'est une juste punition pour avoir caché son premier mariage et avoir voulu prendre une autre femme pendant que la sienne vivait encore ; mais, quant à moi, je le plains.

— Vous dites qu'il est vivant ! m'écriai-je.

— Oui, oui ; mais beaucoup pensent qu'il vaudrait mieux qu'il fût mort.

— Pourquoi ? comment ? »

Et mon sang se glaça de nouveau.

« Où est-il ? demandai-je ; est-il en Angleterre ?

— Oui, il est en Angleterre ; il ne peut pas en sortir maintenant, il y est pour toujours. »

Combien mon agonie était douloureuse ! et cet homme semblait vouloir la prolonger.

« Il est aveugle comme les pierres, dit-il enfin, pauvre M. Édouard ! »

Je craignais pis ; je craignais qu'il ne fût fou. Je rassemblai mes forces pour demander ce qui avait causé ce malheur.

« Son courage et sa bonté, madame. Il n'a pas voulu quitter la maison avant que tout le monde en fût sorti. Lorsque Mme Rochester se fut jetée du toit, il descendit le grand escalier de pierre ; mais, à ce moment, il y eut un éboulement. Il fut retiré de dessous les ruines vivant, mais grièvement blessé ; une poutre était tombée de manière à le protéger en partie ; mais un de ses yeux était sorti de sa tête, et une de ses mains était tellement abîmée, que M. Carter, le chirurgien, a été obligé de la couper immédiatement; son autre œil a été brûlé, de sorte qu'il a complétement perdu la vue, et qu'il est maintenant sans secours, aveugle et estropié.

— Où est-il? où demeure-t-il maintenant?

— Au manoir de Ferndean, une propriété qu'il possède à trente milles d'ici à peu près; c'est un endroit tout à fait désert.

— Qui est avec lui?

— Le vieux John et sa femme; il n'a voulu personne autre; on dit qu'il est tout à fait bas.

— Avez-vous une voiture quelconque ici?

— Nous avons un cabriolet, madame, un très-joli cabriolet.

— Faites-le préparer tout de suite, et dites à votre garçon que, s'il peut me mener à Ferndean avant la nuit, je le payerai, lui et vous, le double de ce qu'on donne ordinairement. »

---

## CHAPITRE XXXVII.

Le manoir de Ferndean était une vieille construction de taille moyenne, sans prétentions architecturales, et située au milieu des bois. J'en avais déjà entendu parler. M. Rochester le nommait souvent, et il y allait quelquefois. Son père avait acheté cette propriété à cause de ses belles chasses; il l'aurait louée s'il avait pu trouver des fermiers; mais personne n'en voulait, parce qu'elle était dans un lieu malsain. Ferndean n'était donc ni habité ni meublé, à l'exception de deux ou trois chambres qu'on avait préparées pour l'époque des chasses, époque à laquelle le propriétaire venait toujours passer quelque temps au château.

J'arrivai un peu avant la nuit : le ciel était triste, le vent froid, et j'étais mouillée par une pluie continuelle et pénétrante; je fis le dernier mille à pied, après avoir renvoyé le cabriolet et payé au cocher la double rétribution que je lui avais promise. On n'apercevait pas le château, bien qu'on en fût déjà tout près, tant le bois qui l'entourait était sombre et épais; des portes de fer, placées entre des piliers de granit, indiquaient l'entrée. Après les avoir franchies, je me trouvai dans une demi-obscurité provenant de deux rangées d'arbres. Entre des troncs noueux et blancs, et sous des arches de branches, se trouvait un chemin couvert de gazon et qui longeait la forêt. Je le suivis, espérant atteindre bientôt le château ; mais il continuait toujours et semblait s'enfoncer de plus en plus. On ne voyait ni champs ni habitations.

Je pensai que je m'étais trompée de direction et que je m'étais perdue. L'obscurité du soir et l'obscurité des bois m'environnaient. Je regardai tout autour de moi pour chercher une autre route; il n'y en avait pas : les troncs énormes et les feuillages épais de l'été s'entrelaçaient étroitement; nulle part il n'y avait d'ouverture.

J'avançai; enfin le chemin s'éclaircit; les arbres devinrent moins touffus. Bientôt j'aperçus une barrière, puis une maison; l'obscurité rendait difficile de la distinguer des arbres, tant ses murs, à moitié détruits, étaient humides et verdâtres. Après avoir franchi une porte fermée simplement par un verrou, je me trouvai au milieu de champs clos et tout entourés d'arbres; il n'y avait ni fleurs ni plates-bandes, mais simplement une grande allée sablée qui bordait une pelouse et conduisait au centre de la forêt. La maison, vue de face, offrait deux pignons pointus; les fenêtres étaient étroites et grillées. La porte de devant était également étroite, et on y arrivait par une marche. C'était bien, comme me l'avait dit mon hôte, un lieu désolé, aussi tranquille qu'une église pendant la semaine. La pluie tombant sur les feuilles de la forêt était le seul bruit qu'on entendît.

« Peut-il y avoir de la vie ici? » me demandai-je.

Oui, il y avait une sorte de vie, car j'entendis un mouvement, l'étroite porte s'ouvrit, et une ombre fut sur le point de sortir de la grange.

La porte s'était ouverte lentement; quelqu'un s'avança à la lueur du crépuscule et s'arrêta sur la marche : c'était un homme; il avait la tête nue. Il étendit la main, comme pour sentir s'il pleuvait. Malgré l'obscurité, je le reconnus : c'était mon maître, Édouard Rochester.

Je m'arrêtai, je retins mon haleine, et je me mis à l'examiner sans être vue, hélas! sans pouvoir l'être. Soudaine rencontre où l'enivrement était bien comprimé par l'amère souffrance! Je n'eus pas de peine à retenir ma voix et à ne point avancer rapidement.

Ses contours étaient toujours aussi vigoureux que jadis, son port aussi droit, ses cheveux aussi noirs; ses traits n'étaient ni altérés ni abattus; une année de douleur n'avait pas pu épuiser sa force athlétique ou flétrir sa vigoureuse jeunesse; mais quel changement dans son expression ! Son visage désespéré et inquiet me fit penser à ces bêtes sauvages ou à ces oiseaux de proie qui, blessés et enchaînés, sont dangereux à approcher dans leurs souffrances. L'aigle emprisonné, qu'une main cruelle priva de ses yeux entourés d'or, devait ressembler à ce Samson aveugle.

Croyez-vous que je craignais sa férocité? Si vous le pensez, vous me connaissez peu. Je berçais ma douleur de la douce espérance que je pourrais bientôt déposer un baiser sur ce rude front et sur ces paupières fermées; mais le moment n'était pas venu, je ne voulais pas encore m'approcher de lui.

Il descendit la marche, et avança lentement et en hésitant du côté de la pelouse. Qu'était devenue sa démarche hardie? Il s'arrêta, comme s'il n'eût pas su de quel côté tourner. Il étendit la main, ouvrit ses paupières, regarda autour de lui, et, faisant un grand effort, dirigea ses yeux vers le ciel et les arbres : je vis bien que tout pour lui était obscurité. Il leva sa main droite, car il tenait toujours caché dans sa poitrine le bras qui avait été mutilé; il semblait vouloir, par le toucher, comprendre ce qui l'entourait; mais il ne trouva que le vide : les arbres étaient éloignés de quelques mètres. Il renonça à ses efforts, croisa ses bras, et resta tranquille et muet sous la pluie qui tombait avec violence sur sa tête nue. A ce moment, John s'approcha de lui.

« Voulez-vous prendre mon bras, monsieur? dit-il. Voilà une forte ondée qui commence : ne feriez-vous pas mieux de rentrer?

— Laissez-moi, » répondit-il.

John se retira sans m'avoir remarquée. M. Rochester essaya de se promener, mais en vain : tout était trop incertain pour lui. Il se dirigea vers la maison, et, après être entré, referma la porte.

Alors je m'approchai et je frappai. La femme de John m'ouvrit.

« Bonjour, Marie, dis-je; comment vous portez-vous? »

Elle tressaillit comme si elle eût vu un fantôme; je la tranquillisai, lorsqu'elle me demanda rapidement : « Est-ce bien vous, mademoiselle, qui venez à cette heure dans ce lieu solitaire? » Je lui répondis en lui prenant la main; puis je la suivis dans la cuisine, où John était assis près d'un bon feu. Je leur expliquai en peu de mots que j'avais appris tout ce qui était arrivé à Thornfield, et que je venais voir M. Rochester. Je priai John de descendre à l'octroi, où j'avais quitté mon cabriolet, et d'y prendre ma malle que j'y avais laissée. Lorsque j'eus retiré mon châle et mon chapeau, je demandai à Marie si je ne pourrais pas coucher une nuit au manoir. Voyant que c'était possible, bien que difficile, je lui dis que je resterais. A ce moment, une sonnette se fit entendre dans le salon.

« Quand vous entrerez au salon, dites à votre maître que quelqu'un désire lui parler; mais ne me nommez pas, dis-je à Marie.

— Je ne pense pas qu'il veuille vous recevoir, dit-elle; il ferme sa porte à tout le monde. »

Quand elle revint, je lui demandai ce qu'avait répondu M. Rochester.

« Il désire savoir quel est votre nom, et ce que vous voulez, répondit-elle; puis elle remplit un verre d'eau et le posa sur un plateau avec deux lumières.

— Est-ce pour cela qu'il a sonné? demandai-je.

— Oui; bien qu'il soit aveugle, il veut toujours avoir des lumières le soir.

— Donnez-moi le plateau, je le porterai moi-même. »

Je le lui pris des mains; elle m'indiqua la porte du salon. Le plateau tremblait dans mes bras, une partie de l'eau tomba du verre; mon cœur battait avec force. Marie m'ouvrit la porte et la referma.

Le salon était triste; un feu négligé brûlait dans la grille, et l'aveugle, qui occupait cette chambre, se penchait vers le foyer en appuyant sa tête contre la cheminée antique. Son vieux chien Pilote était couché en face de lui. L'animal s'était éloigné du chemin de l'aveugle, comme s'il eût craint d'être involontairement foulé aux pieds. Au moment où j'entrai, Pilote dressa les oreilles, se leva en aboyant et bondit autour de moi. Il me fit presque jeter le plateau. Je le posai sur la table, puis je m'approchai du chien, je le caressai et je lui dis doucement : « A bas, Pilote! » M. Rochester se détourna machinalement pour savoir ce qui avait occasionné ce bruit; mais, ne pouvant rien voir, il se retourna en soupirant.

« Donnez-moi l'eau, Marie, » dit-il.

Je m'approchai avec le verre à moitié plein; Pilote me suivait, toujours aussi excité.

« Qu'y a-t-il donc? demanda M. Rochester.

— A bas, Pilote! » dis-je de nouveau.

M. Rochester s'arrêta au moment où il allait porter le verre à ses lèvres, et sembla écouter. Cependant il but et posa son verre sur la table.

« C'est bien vous, Marie, dit-il, n'est-ce pas?

— Marie est dans la cuisine, » répondis-je.

Il avança rapidement la main; mais, ne me voyant pas, il ne put pas me toucher.

« Qui est-ce? qui est-ce? » demanda-t-il en s'efforçant de voir. Effort vain et douloureux! « Répondez-moi, parlez-moi encore! s'écria-t-il d'un ton haut et impérieux.

— Voulez-vous encore un peu d'eau, monsieur? dis-je; car j'en ai répandu la moitié.

— Qui est-ce? qui est-ce qui parle?

— Pilote m'a reconnue, répondis-je. John et Marie savent que je suis ici. Je suis arrivée ce soir.

— Grand Dieu! quel prestige, quelle douce folie s'empare de moi!

— Il n'y a ni prestige ni folie. Votre esprit, monsieur, est trop fort pour se laisser aller au prestige, votre santé trop vigoureuse pour craindre la folie.

— Où est celle qui parle? Mais non, ce n'est qu'une voix! Oh! je ne puis pas la voir! mais il faut que je la sente, ou mon cœur cessera de battre, et ma tête se brisera. Qui que vous soyez, laissez-moi vous toucher, ou je mourrai! »

Il se mit à tâtonner. J'arrêtai sa main errante et je l'emprisonnai dans les deux miennes.

« Ce sont bien ses doigts! s'écria-t-il; ses petits doigts délicats! Alors elle est ici tout entière. »

Sa main vigoureuse s'échappa des miennes; il saisit mon bras, mon épaule, mon cou, ma taille; bientôt je me sentis enlacée par lui.

« Est-ce Jane? est-ce bien elle? Voilà ses formes, sa taille.

— Et c'est sa voix, ajoutai-je. C'est elle tout entière, c'est toujours son même cœur pour vous. Dieu vous bénisse, monsieur! je suis heureuse d'être près de vous.

— Jane Eyre! Jane Eyre! fut tout ce qu'il put dire.

— Oui, mon cher maître, répondis-je; je suis Jane Eyre. Je vous ai retrouvé et je reviens vers vous.

— Est-ce bien vous en chair et en os? Êtes-vous bien ma Jane vivante?

— Vous me touchez, monsieur, et vous me tenez assez ferme. Je ne suis pas froide comme un cadavre, et je ne m'échappe pas comme un esprit.

— Ma bien-aimée vivante! Ce sont certainement ses membres, ses traits; mais je ne puis pas être si heureux après toutes mes souffrances. C'est un rêve. Souvent la nuit j'ai rêvé que je la tenais pressée contre mon cœur, comme maintenant, et je l'embrassais, et je sentais qu'elle m'aimait et qu'elle ne me quitterait pas.

— Non, monsieur, je ne vous quitterai plus jamais.

— C'était ce que me disait mon rêve; mais je m'éveillais toujours, et je me voyais cruellement trompé. Je me retrouvais seul et abandonné; ma vie continuait à être sombre, isolée et sans espoir. L'eau était interdite à mon âme altérée, le pain à mon cœur affamé. Douce vision que je presse dans mes bras, toi aussi tu t'envoleras; comme tes sœurs tu disparaîtras. Mais embrassez-moi avant de partir, Jane, embrassez-moi encore une fois.

— Oh! oui, monsieur. »

Je pressai mes lèvres sur ses yeux brillants jadis, et éteints maintenant. Je soulevai ses cheveux et je baisai son front. Il sembla se réveiller tout à coup et se convaincre qu'il n'était pas le jouet d'un songe.

« C'est vous, Jane, n'est-ce pas? dit-il; et vous êtes revenue vers moi?

— Oui monsieur.

— Alors vous n'êtes pas étendue sans vie dans quelque fossé ou dans quelque torrent? Vous n'êtes pas méprisée chez des étrangers?

— Non, monsieur; je suis indépendante maintenant.

— Indépendante! que voulez-vous dire, Jane?

— Mon oncle de Madère est mort et m'a laissé cinq mille livres sterling.

— Ah! s'écria-t-il, voilà qui est vrai. Je n'aurais jamais rêvé cela. Et puis, c'est bien sa voix si animée, si piquante et pourtant si douce; elle réjouit mon âme flétrie et y ramène la vie. Comment, Jane, vous êtes indépendante, vous êtes riche?

— Oui, monsieur; et, si vous ne voulez pas me laisser demeurer avec vous, je pourrai faire bâtir une maison tout près de la vôtre. Le soir, quand vous aurez besoin de compagnie; vous viendrez vous asseoir dans mon salon.

— Mais maintenant que vous êtes riche, Jane, vous avez sans doute des amis qui veilleront sur vous, et ne vous laisseront pas dévouer votre vie à un pauvre aveugle?

— Je vous ai dit, monsieur, que j'étais aussi indépendante que riche. Je suis ma maîtresse.

— Et voulez-vous rester avec moi?

— Certainement, à moins que vous ne le vouliez pas; je serai votre voisine, votre garde-malade, votre femme de charge. Je vous ai trouvé seul, je serai votre compagne; je lirai pour vous; je me promènerai avec vous; je m'assiérai près de vous; je vous servirai; je serai vos mains et vos yeux. Cessez de paraître triste, mon cher maître; tant que je vivrai, vous ne serez pas seul. »

Il ne répondit pas; il semblait sérieux et absorbé; il soupira il entr'ouvrit ses lèvres pour parler et les referma de nouveau. Je me sentis embarrassée; j'avais peut-être mis trop d'empressement dans mes offres; peut-être j'avais trop brusquement sauté par-dessus les convenances; et lui, comme Saint-John, avait été choqué de mon étourderie. C'est qu'en faisant ma proposition, j'avais la pensée qu'il désirait et voulait faire de moi sa femme. Bien qu'il ne l'eût pas dit, j'étais persuadée qu'il me réclamerait comme sa propriété; mais, voyant qu'il ne disait rien sur ce sujet et que sa contenance devenait de plus en plus sombre, je réfléchis que je m'étais peut-être trompée et que j'avais agi trop légèrement. Alors j'essayai de me retirer doucement de ses bras; mais il me pressa avec force contre lui.

« Non, non, Jane, s'écria-t-il; ne partez pas. Je vous ai touchée, entendue; j'ai senti tout le bonheur de vous avoir près de moi, toute la douceur d'être consolé par vous; je ne puis pas renoncer à ces joies. J'ai peu de chose à moi; il faut du moins que je vous possède. Le monde pourra rire; il pourra m'appeler absurde et égoïste, n'importe. Mon âme a besoin de vous: elle veut être satisfaite, ou bien elle se vengera cruellement sur le corps qui l'enchaîne.

— Eh bien, monsieur, je resterai avec vous; je vous l'ai promis.

— Oui; mais en disant que vous resterez avec moi, vous comprenez une chose et moi une autre. Vous pourriez peut-être vous décider à être toujours près de moi, à me servir comme une complaisante petite garde-malade; car vous avez un cœur affectueux, un esprit généreux, et vous êtes prête à faire de grands sacrifices pour ceux que vous plaignez. Cela devrait me suffire, sans doute. Je ne devrais avoir pour vous que des sentiments paternels; est-ce là votre pensée, dites-moi?

— Je penserai ce que vous voudrez, monsieur. Je me contenterai d'être votre garde-malade, si vous croyez que cela vaut mieux.

— Mais vous ne pourrez pas toujours être ma garde-malade, Jane; vous êtes jeune et vous vous marierez un jour.

— Je ne désire pas me marier.

— Il faut le désirer, Jane. Si j'étais comme jadis, je m'efforcerais de vous le faire désirer; mais un malheureux aveugle!... »

Après avoir dit ces mots, il retomba dans son accablement; moi, au contraire, je devins plus gaie et je repris courage · ces dernières paroles me montraient où était l'obstacle, et comme ce n'était pas un obstacle à mes yeux, je me sentis de nouveau à l'aise; je repris la conversation avec plus de vivacité.

« Il est temps que quelqu'un vous humanise, dis-je en séparant ses cheveux longs et épais; car je vois que vous avez été changé en lion ou en quelque autre animal de cette espèce. Vous avez un faux air de Nabuchodonosor; vos cheveux me rappellent les plumes de l'aigle; mais je n'ai pas encore remarqué si vous avez laissé pousser vos ongles comme des griffes d'oiseau.

— Au bout de ce bras, il n'y a ni main ni ongles, dit-il en tirant de sa poitrine ce membre mutilé et en me le montrant; spectacle horrible! n'est-ce pas, Jane?

— Oui, il est douloureux de le voir; il est douloureux de voir vos yeux éteints et la cicatrice de votre front; et ce qu'il y a de pis, c'est qu'on court le danger de vous aimer trop à cause de tout cela et de vous mettre au-dessus de ce que vous valez.

— Je croyais, Jane, qu'en voyant mon bras et les cicatrices de mon visage, vous seriez révoltée.

— Comment, vous pensiez cela! Ne me le dites pas du moins; car alors j'aurais mauvaise opinion de votre jugement. Mais maintenant laissez-moi vous quitter un instant pour faire un bon feu et nettoyer le foyer. Pouvez-vous distinguer un feu brillant?

— Oui; de l'œil droit j'aperçois une lueur.

— Et vous voyez aussi les bougies!

— Chacune d'elles est pour moi un nuage lumineux.

— Pouvez-vous m'entrevoir?

— Non, ma bien-aimée; mais je suis infiniment reconnaissant de vous entendre et de vous sentir.

— Quand soupez-vous?

— Je ne soupe jamais.

— Mais vous souperez ce soir. J'ai faim et vous aussi, j'en suis sûre; seulement vous n'y pensez pas. »

J'appelai Marie, et la chambre eut bientôt un aspect plus gai et plus ordonné. Je préparai un repas confortable. J'étais excitée, et ce fut avec aisance et plaisir que je lui parlai pendant le souper et longtemps après encore. Là, du moins, il n'y avait pas de dure contrainte; on n'était pas obligé de faire taire toute vivacité; je me sentais parfaitement à mon aise, parce que je savais que je lui plaisais. Tout ce que je disais semblait le consoler ou le ranimer. Délicieuse certitude qui donnait la vie et la lumière à tout mon être! Je vivais en lui et lui en moi. Bien qu'il fût aveugle, le sourire animait son visage, la joie brillait sur son front, et ses traits prenaient une expression plus chaude et plus douce.

Après le souper, il me fit beaucoup de questions pour savoir où j'avais été, ce que j'avais fait et comment je l'avais trouvé; mais je ne lui répondis qu'à moitié : il était trop tard pour entrer dans ces détails. D'ailleurs j'aurais voulu ne toucher aucune corde trop vibrante, n'ouvrir aucune nouvelle source d'émotion dans son cœur. Mon seul désir pour le moment était de l'égayer; j'avais réussi en partie; mais néanmoins sa gaieté ne venait que par instants. Si la conversation se ralentissait un peu, il devenait inquiet, me touchait et me disait :

« Jane, Jane, vous êtes pourtant bien une créature humaine; vous en êtes sûre, n'est-ce pas?

— Je le crois, sans doute, monsieur.

— Mais comment se fait-il que, dans cette soirée triste et sombre, vous vous êtes tout à coup trouvée près de mon foyer solitaire? J'ai étendu la main pour prendre un verre d'eau, et c'est vous qui me l'avez donné; j'ai fait une question, pensant que la femme de John allait me répondre, et c'est votre voix qui a retenti à mes oreilles.

— Parce que c'était moi qui avais apporté le plateau, et non pas Marie.

— Les heures que je passe avec vous sont comme enchantées. Personne ne peut savoir quelle vie triste, sombre et sans espoir, j'ai menée pendant de longs mois. Je ne faisais rien, je n'espérais rien. Je confondais le jour et la nuit. Je ne sentais que le froid quand je laissais le feu s'éteindre, la faim quand j'oubliais de manger, et une tristesse incessante, quelquefois même un véritable délire en ne voyant plus ma Jane chérie; oui, je désirais bien plus ardemment la sentir près de moi que de recouvrer ma vue perdue. Comment se peut-il que Jane soit avec moi et me dise qu'elle m'aime? Ne partira-t-elle pas aussi subitement qu'elle est venue? J'ai peur de ne plus la retrouver demain. »

Une réponse ordinaire et pratique, sortant des préoccupations de son esprit troublé, était le meilleur moyen de le rassurer dans l'état où il se trouvait. Je passai mes doigts sur ses sourcils; je lui fis remarquer qu'ils étaient brûlés, et je lui dis que je me chargeais de les lui faire repousser aussi épais et aussi noirs qu'auparavant.

« Pourquoi me faire du bien, esprit bienfaisant, puisqu'il arrivera un moment fatal où vous me quitterez encore? Vous disparaîtrez comme une ombre, et je ne saurai pas où vous irez, et je ne pourrai plus vous retrouver.

— Avez-vous un petit peigne sur vous, monsieur? demandai-je.

— Pourquoi, Jane?

— Pour peigner un peu votre crinière noire. Je vous trouve effrayant quand je vous examine de près. Vous dites que je suis une fée; mais vous, vous ressemblez encore plus à un lutin.

— Suis-je bien laid, Jane?

— Oui, monsieur, vous l'avez toujours été.

— Hein?... Ceux avec lesquels vous avez demeuré ne vous ont pas corrigée de votre malice.

— Et pourtant ils étaient bons, cent fois meilleurs que vous; ils se nourrissaient d'idées dont vous ne vous êtes jamais inquiété. Leurs pensées étaient bien plus raffinées et bien plus élevées que les vôtres.

— Avec qui diable avez-vous été?

— Si vous remuez ainsi, je vous arracherai tous les cheveux, et alors au moins vous cesserez de douter de mon existence.

— Avec qui avez-vous demeuré, Jane?

— Je ne vous le dirai pas ce soir, monsieur; il faudra que vous attendiez jusqu'à demain. Laisser mon histoire inachevée sera pour moi une garantie que je serai appelée à votre table pour la finir. Ah! il faut me souvenir que je ne dois point apparaître à votre foyer simplement avec un verre d'eau; il faudra apporter au moins un œuf, sans parler du jambon frit.

— Petite railleuse! Enfant des fées et des gnomes, j'éprouve près de vous ce que je n'ai pas éprouvé depuis un an. Si Saül vous avait eue en place de David, l'esprit malin aurait été exorcisé sans l'aide de la harpe.

— Maintenant, monsieur, vous voilà bien peigné, et je vais vous quitter; car j'ai voyagé trois jours, et je suis fatiguée. Bonsoir.

— Encore un mot, Jane. N'y avait-il que des dames dans la maison où vous avez demeuré? »

Je m'enfuis en riant, et je riais encore en montant l'escalier.

« Une bonne idée, pensai-je; j'ai là un moyen pour le tirer de sa tristesse, pendant quelque temps du moins. »

Le lendemain de très-bonne heure je l'entendis se remuer et se promener d'une chambre dans l'autre. Aussitôt que Marie descendit, il lui dit : « Mlle Eyre est-elle ici? » Puis il ajouta : « Quelle chambre lui avez-vous donnée? N'est-elle point humide? Mlle Eyre est-elle levée? Allez lui demander si elle a besoin de quelque chose, et quand elle descendra. »

Je descendis lorsque je pensai qu'il était l'heure de déjeuner. J'entrai très-doucement dans la chambre où se trouvait M. Rochester, et je pus le regarder avant qu'il me sût là. Je fus attristée en voyant cet esprit vigoureux subjugué par un corps infirme. Il était assis sur sa chaise; bien qu'il fût tranquille, il ne dormait pas. Évidemment, il attendait. Ses traits accentués étaient empreints de cette douleur qui leur était devenue habituelle. On eût dit une lampe éteinte qui attend qu'on la rallume. Mais, hélas! ce n'était plus lui qui pouvait rallumer la flamme de son expression; il avait besoin d'un autre pour cela. Je voulais être gaie et joyeuse; mais l'impuissance de cet homme jadis si fort me toucha jusqu'au fond du cœur. Cependant je m'approchai de lui avec autant de vivacité que possible.

« Voilà une belle journée, monsieur, dis-je; la pluie a cessé et a été remplacée par un brillant soleil. Vous allez bientôt venir vous promener. »

J'avais réveillé la flamme de son visage; ses traits rayonnèrent.

« Ah! vous voilà, ma joyeuse alouette, s'écria-t-il. Venez à moi; vous n'êtes pas partie; vous n'avez pas disparu. Il y a une heure, j'ai entendu une de vos sœurs chanter dans les bois. Mais pour moi, son chant n'avait pas d'harmonie, de même que le soleil levant n'a pas de rayon pour moi; mon oreille est insensible à toutes les mélodies de la terre, et n'aime que la voix de ma Jane. Heureusement qu'elle se fait souvent entendre. Sa présence est le seul rayon qui puisse me réchauffer. »

Les larmes me vinrent aux yeux en entendant cet aveu de son impuissance: on eût dit un aigle royal enchaîné et qui se voit forcé de demander à un moineau de lui apporter sa nourriture. Mais je ne voulais pas pleurer. Je m'essuyai rapidement les yeux, et je me mis à préparer le déjeuner.

La plus grande partie de la matinée fut passée en plein air. Je conduisis M. Rochester hors du bois triste et humide, dans des champs gais à voir. Je lui décrivis le feuillage d'un beau vert brillant, les fleurs et les haies rafraîchies, le ciel bleu et éblouissant. Je cherchai une place dans un joli endroit bien ombragé; il se mit sur un tronc d'arbre, et je ne refusai pas de m'asseoir sur ses genoux. Pourquoi l'aurais-je refusé, puisque tous deux nous étions plus heureux près l'un de l'autre que séparés? Pilote se coucha à côté de nous. Tout était tranquille. M'entourant de ses bras, il rompit subitement le silence.

« Déserteur cruel! s'écria-t-il. Oh! Jane, vous ne pouvez pas vous figurer ce que j'ai éprouvé lorsque je me suis aperçu que vous aviez fui Thornfield, et que je ne pouvais vous trouver nulle part; et lorsque après avoir examiné votre chambre, je vis que vous n'aviez pris ni argent ni objets qui pussent vous en tenir lieu. Vous aviez laissé le collier de perles que je vous avais donné, et votre malle était encore là, telle que vous l'aviez préparée pour votre voyage. Que fera ma bien-aimée, me demandais-je, maintenant qu'elle est pauvre et abandonnée? Qu'avez-vous fait, Jane? dites-moi. »

Je commençai alors le récit de tout ce qui s'était passé pendant cette année, adoucissant beaucoup ce qui avait rapport aux trois jours où j'avais erré mourante de faim : c'eût été lui imposer une souffrance inutile. Le peu que je racontai lui fit une peine plus grande que je n'aurais voulu.

Il me dit que je n'aurais pas dû le quitter ainsi, sans m'assurer quelques ressources pour mon voyage. J'aurais dû lui faire part de mon intention, me confier à lui; il ne m'aurait jamais forcée à être sa maîtresse. Quelque violent qu'il parût dans son désespoir, il m'aimait trop bien et trop tendrement pour agir en tyran. Il m'aurait donné la moitié de sa fortune sans me demander un baiser en retour, plutôt que de me voir lancée sans amis dans le monde. Il était persuadé, ajoutait-il, que j'avais souffert plus que je ne voulais le dire.

« Eh bien! répondis-je, quelles qu'aient été mes souffrances, elles n'ont pas duré longtemps. »

Alors je me mis à lui raconter comment j'avais été reçue à Moor-House, et comment j'avais obtenu une place de maîtresse d'école; puis je lui parlai de mon héritage, et de la manière dont j'avais découvert mes parents. Le nom de Saint-John revint fréquemment dans mon récit. Aussi, quand j'eus achevé, ce nom devint immédiatement le sujet de la conversation de M. Rochester.

« Alors ce Saint-John est votre cousin? me dit-il.

— Oui.

— Vous en avez parlé souvent; l'aimiez-vous?

— Il était très-bon, monsieur; je ne pouvais pas ne pas l'aimer.

— Bon, cela signifie-t-il un homme de cinquante ans, respectable et se conduisant bien? Que voulez-vous dire? expliquez-vous.

— Saint-John n'a que vingt-neuf ans, monsieur.

— Il est jeune encore, comme diraient les Français. Est-ce

un homme petit, froid et laid? Est-ce un de ces hommes dont la bonté consiste plutôt à ne pas avoir de vices qu'à posséder des vertus?

— Il est d'une infatigable activité; le but de sa vie est d'accomplir des actes grands et nobles.

— Mais sa tête est probablement faible. Il veut le bien, mais on ne peut s'empêcher de hausser les épaules en l'entendant parler.

— Il parle peu, monsieur, mais ce qu'il dit en vaut toujours la peine. Sa tête est très-forte; son esprit inflexible, mais vigoureux.

— Alors c'est un homme remarquable?

— Oui, vraiment remarquable.

— Instruit?

— Saint-John est accompli et profondément instruit.

— Ne m'avez-vous pas dit que ses manières ne vous plaisaient pas? Il est probablement sermonneur et suffisant?

— Je n'ai jamais parlé de ses manières; mais si elles ne me plaisent pas, c'est que j'ai très-mauvais goût : car elles sont polies, calmes et douces.

— J'ai oublié ce que vous m'avez dit de son extérieur. C'est probablement quelque rude ministre à moitié étranglé dans sa cravate blanche et perché sur les épaisses semelles de ses souliers; n'est-ce pas?

— Saint-John s'habille bien; il est grand et beau ; ses yeux sont bleus et son profil grec.

— Le diable l'emporte! » dit-il à part. Puis, s'adressant à moi, il ajouta : « L'aimiez-vous, Jane?

— Oui, monsieur Rochester, je l'aimais; mais vous me l'avez déjà demandé. »

Je vis bien ce qu'éprouvait M. Rochester; la jalousie s'était emparée de lui et le mordait cruellement; mais la morsure était salutaire : elle l'arrachait à sa douloureuse mélancolie. Aussi, je ne voulus pas éloigner immédiatement le serpent.

« Peut-être ne désirez-vous pas rester plus longtemps sur mes genoux, mademoiselle Eyre? » me dit M. Rochester.

Je ne m'attendais pas à cette observation.

« Pourquoi pas, monsieur Rochester? répondis-je.

— Après le tableau que vous venez de me faire, vous trouvez probablement le contraste bien grand. Vous m'avez dépeint un gracieux Apollon. Il est présent à votre imagination, grand, beau, avec ses yeux bleus et son profil grec. Votre regard repose sur un Vulcain, un véritable forgeron, brun, aux larges épaules, aveugle et estropié par-dessus le marché.

— Je n'y avais jamais pensé, monsieur; mais il est certain que vous ressemblez à un Vulcain.

— Eh bien! vous pouvez me quitter; mais avant de partir (et il me retint par une étreinte plus forte que jamais) vous me ferez le plaisir de répondre à une ou deux questions. »

Il s'arrêta.

« Quelles questions, monsieur? »

Et alors commença un rude examen.

« Saint-John, dit-il, vous avait fait obtenir cette place de maîtresse d'école avant de voir une cousine en vous?

— Oui.

— Vous le voyiez souvent? Il visitait l'école de temps en temps?

— Tous les jours.

— Et il approuvait vos plans? car vous êtes savante et habile, Jane.

— Oui, il les approuvait.

— Il découvrit en vous bien des choses qu'il n'avait pas espéré y trouver; vous avez des talents peu ordinaires.

— Je ne puis pas vous répondre là-dessus.

— Vous dites que vous aviez une petite ferme près de l'école; y venait-il jamais vous voir?

— De temps en temps.

— Le soir?

— Une ou deux fois. »

M. Rochester s'arrêta un instant.

« Combien de temps êtes-vous restée avec lui et ses sœurs, lorsque vous eûtes découvert votre parenté?

— Cinq mois.

— Rivers passait-il beaucoup de temps auprès de vous et de ses sœurs?

— Oui. Le parloir nous servait de salle d'étude à tous; il s'asseyait près de la fenêtre, et nous près de la table.

— Étudiait-il beaucoup?

— Oui, beaucoup.

— Et quoi?

— L'hindoustani.

— Et que faisiez-vous pendant ce temps?

— Au commencement, j'apprenais l'allemand.

— Était-ce lui qui vous l'enseignait?

— Non, il ne comprenait pas cette langue.

— Ne vous enseignait-il rien?

— Un peu d'hindoustani.

— Rivers vous enseignait l'hindoustani?

— Oui, monsieur.

— Et à ses sœurs aussi?

— Non.

— Seulement à vous?

— Seulement à moi.

— Le lui aviez-vous demandé?

— Non.

— C'était lui qui le désirait?

— Oui. »

M. Rochester s'arrêta de nouveau.

« Pourquoi le désirait-il? A quoi pouvait vous servir l'hindoustani?

— Il voulait m'emmener avec lui aux Indes.

— Ah! je devine, maintenant; il voulait vous épouser.

— Il m'a demandé, en effet, de devenir sa femme.

— Ce n'est pas vrai; c'est un conte impudent que vous inventez pour me contrarier.

— Je vous demande pardon, c'est la vérité; il me l'a demandé plus d'une fois, et vous-même vous n'auriez jamais pu y mettre plus de persévérance que lui.

— Mademoiselle Eyre, je vous ai dit que vous pouviez me quitter. Combien de fois faudra-t-il répéter la même chose? Pourquoi cet entêtement à rester perchée sur mes genoux, quand je vous dis de vous en aller?

— Parce que j'y suis bien.

— Non, Jane, vous n'êtes pas bien ici, car votre cœur n'est pas avec moi. Il est près de votre cousin Saint-John. Oh! jusqu'à ce moment je croyais que ma petite Jane était toute à moi. Même lorsqu'elle m'abandonna, je croyais qu'elle m'aimait encore. C'était ma seule joie au milieu de mes grandes douleurs. Quoique nous ayons été longtemps loin l'un de l'autre, quoique j'aie versé d'abondantes larmes sur notre séparation, en pleurant ma Jane, je n'ai jamais eu la pensée qu'elle pût en aimer un autre. Mais il est inutile de s'affliger. Jane, laissez-moi; épousez Rivers.

— Alors, monsieur, repoussez-moi loin de vous, car je ne vous quitterai pas librement.

— Jane, j'aime toujours votre voix; elle ranime mon espoir, car elle semble annoncer la fidélité. Quand je l'entends, elle me reporte au passé, et j'oublie que vous avez formé des liens nouveaux; mais je ne suis pas un fou. Partez, Jane.

— Pour aller où, monsieur?

— Pour aller retrouver le mari que vous avez choisi.

— Quel est-il?

— Vous le savez bien, Saint-John Rivers.

— Il n'est pas mon mari et il ne le sera jamais. Je ne l'aime pas et il ne m'aime pas. Il aime (comme il peut aimer, et ce n'est pas ainsi que vous) une belle jeune fille, appelée Rosamonde; il veut m'épouser parce qu'il pense trouver en moi une bonne femme de missionnaire, ce qu'il n'aurait pas trouvé en elle. Il est grand et bon, mais sévère et froid comme de la glace à mon égard. Il ne vous ressemble pas, monsieur. Je ne suis pas heureuse près de lui; il n'a pour moi ni indulgence ni tendresse; il ne voit en moi rien d'attrayant, pas même la jeunesse; il me considère seulement comme utile. Eh bien! monsieur, dois-je vous quitter pour aller avec lui? »

Je frissonnai involontairement, et par un instinct secret je me rapprochai de mon maître aveugle, mais aimé. Il sourit.

« Comment, Jane! est-ce vrai? me dit-il; les choses en sont-elles réellement là entre vous et Rivers?

— Oui, monsieur. Oh! vous n'avez pas besoin d'être jaloux. Je voulais vous irriter un peu pour vous rendre moins triste. Je pensais que la colère vaudrait mieux que la douleur. Vous désirez mon amour; eh bien! si vous pouviez voir combien je vous aime, vous seriez fier et heureux. Tout mon cœur vous appartient, monsieur, et il continuerait à vous appartenir, quand même le destin devrait nous éloigner pour toujours. »

Il m'embrassa de nouveau et semblait accablé par de tristes pensées.

« Oh! ma vue éteinte, mes forces perdues! » murmura-t-il d'un accent douloureux.

Je le caressai pour le sortir de sa rêverie. Je savais à quoi il pensait; j'aurais voulu parler pour lui, mais je n'osais pas. Il se détourna un instant; je vis une larme glisser sous ses paupières closes et le long de ses joues mâles. Mon cœur se gonfla.

« Je ne vaux pas mieux que le vieux marronnier frappé par l'orage dans le verger de Thornfield, dit-il au bout de peu de temps. Cette ruine aurait-elle le droit de demander à un chèvrefeuille en boutons de la recouvrir de ses fraîches fleurs?

— Vous n'êtes pas une ruine, monsieur; vous n'êtes pas un arbre frappé par l'orage : vous êtes jeune et vigoureux. Des plantes pousseront autour de vos racines, sans même que vous le demandiez, car elles se réjouiront de votre riche ombrage; elles s'appuieront sur vous et vous enlaceront, parce que votre force leur sera un soutien sûr. »

Il sourit de nouveau : je venais de le consoler un peu.

« Parlez-vous des amis, Jane? me demanda-t-il.

— Oui, » répondis-je en hésitant.

Je pensais à quelque chose de plus, mais je ne savais quel autre mot employer. Il vint à mon secours.

« Mais, Jane, me dit-il, j'ai besoin d'une *femme*.

— Vous, monsieur?

— Oui. Est-ce donc nouveau pour vous?

— Vous n'en aviez pas encore parlé.

— Et cette nouvelle n'est pas la bienvenue, n'est-ce pas?

— Cela dépend des circonstances, monsieur; cela dépend de votre choix.

— Vous le ferez pour moi, Jane; j'accepterai votre choix.

— Eh bien monsieur, choisissez *celle qui vous aime le plus*.

— Je choisirai du moins *celle que j'aime le plus*. Jane, voulez-vous m'épouser?

— Oui, monsieur.

— Un homme estropié, de vingt ans plus vieux que vous, et qu'il faudra soigner?

— Oui, monsieur.

— Est-ce bien vrai, Jane?

— Très-vrai, monsieur.

— Oh! ma bien-aimée, Dieu vous bénisse et vous récompense!

— Monsieur Rochester, si jamais j'ai fait une bonne action dans ma vie, si jamais j'ai eu une bonne pensée, si jamais j'ai prononcé une prière sincère et pure, si jamais j'ai eu un désir noble, je suis récompensée maintenant. Devenir votre femme, c'est pour moi être aussi heureuse que possible sur la terre.

— Parce que vous aimez à vous sacrifier.

— A me sacrifier? Qu'est-ce que je sacrifie? la faim pour la nourriture, l'attente pour la joie. Avoir le droit d'entourer de mes bras celui que j'estime, de presser mes lèvres sur celui que j'aime, de me reposer sur celui en qui j'ai confiance, est-ce lui faire un sacrifice? S'il en est ainsi, certainement j'aime à me sacrifier.

— Mais, Jane, il faudra supporter mes infirmités, voir sans cesse ce qui me manque.

— Tout cela n'est rien pour moi, monsieur. Je vous aime, et plus encore maintenant que je puis vous être utile qu'aux jours de votre orgueil, où vous ne vouliez que donner et protéger.

— Jusqu'ici je n'ai voulu être ni secouru ni conduit; maintenant je n'en souffrirai plus. Je n'aimais pas à mettre ma main dans celle d'une servante, mais il me sera doux de la sentir pressée par les petits doigts de Jane. Je préférais l'entière solitude à la constante surveillance des domestiques; mais le doux ministère de Jane sera une joie perpétuelle. Jane me plaît; est-ce que je lui plais?

— Oh! oui, monsieur, entièrement.

— Eh bien alors, rien au monde ne nous force à attendre; il faudra nous marier immédiatement. »

Son regard et sa parole étaient ardents; il retrouvait son ancienne impétuosité.

« Il faut que nous devenions une seule chair, et sans tarder. Une fois la permission obtenue, nous nous marierons.

— Monsieur Rochester, je viens de m'apercevoir que le soleil se couchait. Pilote est déjà parti dîner; laissez-moi regarder l'heure à votre montre.

— Attachez-la à votre ceinture, Jane, et gardez-la. Je n'en ai plus besoin.

— Il est près de quatre heures, monsieur; n'avez-vous pas faim?

— Dans trois jours, Jane, il faudra nous marier. Peu importent les bijoux et les beaux vêtements; tout cela ne vaut pas une chiquenaude.

— Le soleil a séché toutes les gouttes de pluie, monsieur. La bise ne souffle plus, et il fait bien chaud.

— Savez-vous, Jane, que votre petit collier de perles est dans ce moment-ci attaché sous ma cravate, autour de mon cou bronzé? Depuis le jour où je perdis mon seul trésor, je le porte comme un souvenir.

— Nous retournerons à travers le bois, repris-je, nous y serons plus à l'ombre. »

Mais il ne m'écoutait pas et poursuivait toujours sa pensée.

« Jane, continua-t-il, vous me prenez pour un chien de païen, et pourtant mon cœur est gonflé de reconnaissance envers le Dieu bienfaisant. Lui voit plus clairement que les hommes, il juge plus sagement qu'eux. Grâce à lui, je ne vous ai pas fait de mal Je voulais flétrir une fleur innocente et souiller sa pureté; le Tout-Puissant me l'a arrachée des mains; je l'ai presque maudit dans ma révolte orgueilleuse. Au lieu de plier le front sous sa volonté, je l'ai défié. La justice divine a poursuivi son cours; les malheurs m'ont accablé; j'ai passé bien près de la mort. Les châtiments du Tout-Puissant sont grands; il m'envoya une épreuve qui me rendit humble pour toujours. Vous savez que j'étais orgueilleux de ma force; mais que suis-je maintenant qu'il faut me laisser guider par un autre, comme un enfant dans sa faiblesse? Il y a peu de temps, Jane, que j'ai reconnu la main de Dieu dans mon destin. Alors je commençai à sentir du remords et du repentir, à désirer de me réconcilier avec mon Créateur ; je me mis à prier quelquefois ; mes prières étaient courtes, mais sincères.

« Il y a quelque temps, quatre jours, du reste, car c'était lundi soir, je me trouvais dans une singulière disposition : l'égarement avait fait place à la douleur, l'obstination à la tristesse ; depuis longtemps je me disais que, puisque je ne pouvais pas vous trouver, vous deviez être morte. Ce soir-là, entre onze heures et minuit, avant de me laisser aller à mon triste sommeil, je suppliai Dieu de me retirer de ce monde et de m'admettre dans cette éternité où j'avais encore espoir de rejoindre Jane.

« J'étais dans ma chambre, assis près de la fenêtre ouverte ; j'aimais à sentir l'air embaumé de la nuit, bien que je ne pusse voir aucune étoile, et que la présence de la lune ne se révélât pour moi que par une vague lueur. J'aspirais vers toi, Jane ; j'aspirais par mon corps et par mon âme. Je demandais à Dieu, avec un cœur humilié et angoissé, si je n'avais pas été assez longtemps désolé, affligé et tourmenté, et si je ne pourrais pas une fois encore goûter au bonheur et à la paix. J'avouais que tout ce que j'endurais était bien mérité, mais je disais aussi que j'aurais peine à supporter plus longtemps cette torture. Malgré moi, mes lèvres exprimèrent les désirs de mon cœur, et je m'écriai : « Jane ! Jane ! Jane ! »

— Avez-vous prononcé ces paroles tout haut?

— Oui, Jane ; et si quelqu'un m'avait entendu, il m'aurait cru fou, car je les prononçai avec une énergie égarée.

— Vous dites que c'était lundi dernier, vers minuit?

— Oui ; mais peu importe le jour. Écoutez, voilà le plus étrange : vous allez me croire superstitieux. Il est certain que j'ai toujours eu un peu de superstition dans le sang. N'importe, ce que je vais vous dire est vrai ; du moins il est vrai que j'ai cru entendre ce que je vais vous raconter. Au moment où je m'écriai : « Jane ! Jane ! Jane ! » une voix, je ne puis dire d'où elle venait, mais je sais bien à qui elle appartenait, me répondit : « Je viens ; attendez-moi. » Et, un moment après, j'entendis murmurer dans l'air : « Où êtes-vous ? »

« Je vais vous dire, si je le puis, l'effet que me produisirent ces mots ; mais c'est difficile à exprimer. Vous voyez que Ferndean est enseveli dans un bois épais où viennent s'éteindre tous les bruits sans qu'aucun résonne jamais. « Où êtes-vous? » semblait avoir été prononcé sur une montagne, car ces mots furent répétés par un écho. A ce moment, une brise plus fraîche vint effleurer mon front. J'aurais pu croire que Jane et moi nous venions de nous rencontrer dans quelque lieu sauvage; et je crois vraiment que nous avons dû nous rencontrer en esprit. Sans doute, Jane, qu'à cette heure vous étiez plongée dans un sommeil dont vous n'aviez pas conscience; peut-être votre âme quittait son enveloppe terrestre pour venir consoler la mienne car c'était votre voix; je suis bien certain que c'était elle. »

C'était aussi le lundi, vers minuit, que moi j'avais reçu ur avertissement mystérieux; c'était bien là ce que j'avais répondu. J'écoutai le récit de M. Rochester, mais sans lui parler de ce qui m'était arrivé. Cette coïncidence me sembla trop inexplicable et trop solennelle pour la communiquer ou la discuter. Si j'en avais parlé à M. Rochester, je l'aurais profondément impressionné, et son esprit, déjà si assombri par ses souffrances passées, n'avait pas besoin d'être encore obscurci par un récit surnaturel. Je gardai donc ces choses ensevelies dans mon cœur et je les méditai.

« Vous ne vous étonnerez plus, continua mon maître, qu'hier soir, lorsque je vous ai vue apparaître si subitement, j'aie eu peine à croire que vous n'étiez pas une vision, une voix qui s'éteindrait comme quelques jours auparavant le murmure de la nuit et l'écho de la montagne; maintenant, je vois que vous n'êtes pas une vision, et je remercie Dieu du fond de mon cœur. »

Après m'avoir fait retirer de ses genoux, il se leva, découvrit respectueusement son front, inclina vers la terre ses yeux sans regard et demeura dans une muette adoration. Je n'entendis que les derniers mots de sa prière :

« Je remercie mon Créateur, dit-il, de s'être souvenu de sa miséricorde à l'heure du châtiment, et je supplie humblement mon Sauveur de me donner les forces nécessaires pour mener à l'avenir une vie plus pure que par le passé. »

Il étendit la main pour me demander de le conduire; je pris cette main chérie et je la tins un moment pressée contre mes lèvres; puis je la passai autour de mon épaule : étant beaucoup plus petite que lui, je pouvais lui servir d'appui et de guide. Nous entrâmes dans le bois et nous retournâmes à la maison.

# CHAPITRE XXXVIII.

## CONCLUSION.

J'ai enfin épousé M. Rochester. Notre mariage se fit sans bruit; lui, moi, le ministre et le clerc, étions seuls présents. Quand nous revînmes de l'église, j'entrai dans la cuisine, où Marie préparait le dîner, tandis que John nettoyait les couteaux.

« Marie, dis-je, j'ai été mariée ce matin à M. Rochester. »

La femme de charge et son mari appartenaient à cette classe de gens discrets et réservés auxquels on peut toujours communiquer une nouvelle importante sans crainte d'avoir les oreilles percées par des exclamations aiguës, ni d'avoir à supporter un torrent de surprises. Marie leva les yeux et me regarda. Pendant quelques minutes elle tint suspendue en l'air la cuiller dont elle se servait pour arroser deux poulets qui cuisaient devant le feu, et John cessa de polir ses couteaux. Enfin Marie, se penchant vers son rôti, me dit simplement :

« En vérité, mademoiselle? Eh bien, tant mieux, certainement. » Au bout de quelque temps elle ajouta : « Je vous ai bien vue sortir avec mon maître; mais je ne savais pas que vous alliez à l'église pour vous marier. »

Et elle continua d'arroser son rôti.

Quand je me tournai vers John, je vis qu'il ouvrait la bouche si grande qu'elle menaçait d'aller rejoindre ses oreilles.

« J'avais bien averti Marie que cela arriverait, dit-il. Je savais que M. Édouard (John était un vieux serviteur et avait connu son maître alors qu'il était encore cadet de famille; c'est pourquoi il l'appelait souvent par son nom de baptême), je savais que M. Édouard le ferait, et j'étais persuadé qu'il n'attendrait pas longtemps; je suis sûr qu'il a bien fait. »

En disant ces mots, John tira poliment ses cheveux de devant.

« Merci, John, répondis-je. Tenez, M. Rochester m'a dit de vous donner ceci, à vous et à Marie. » Et je lui remis un billet de cinq livres.

Sans plus attendre je quittai la cuisine. Quelque temps après, en repassant devant la porte, j'entendis les mots suivants : « Elle lui conviendra mieux qu'une grande dame. » Puis : « Il y en a de plus jolies, mais elle est bonne et n'a pas de défauts. Du reste, il est facile de voir qu'elle lui semble bien belle. »

J'écrivis immédiatement à Moor-House, pour annoncer ce que j'avais fait. Je donnai toutes les explications nécessaires dans ma lettre. Diana et Marie m'approuvèrent entièrement. Diana m'annonça qu'elle viendrait me voir après la lune de miel.

« Elle ferait mieux de ne pas attendre jusque-là, Jane, me dit M. Rochester, lorsque je lui lus la lettre ; car la lune de miel brillera sur toute notre vie, et ses rayons ne s'éteindront que sur votre tombe ou sur la mienne. »

Je ne sais pas comment Saint-John reçut cette nouvelle; il ne répondit jamais à la lettre que je lui écrivis à cette occasion. Six mois après il m'écrivit, mais sans nommer M. Rochester et sans faire allusion à mon mariage. Sa lettre était calme et même amicale, bien que très-sérieuse. Depuis ce temps notre correspondance, sans être très-fréquente, fut régulière. Il espère que je suis heureuse, me dit-il, et que le Seigneur ne pourra pas me compter au nombre de ceux qui vivent sans Dieu dans le monde et ne s'inquiètent que des choses de la terre.

Sans doute vous n'avez pas complétement oublié la petite Adèle; quant à moi, je me souviens toujours d'elle. J'obtins bientôt de M. Rochester la permission d'aller la voir à sa pension. Je fus émue par la joie qu'elle témoigna en me revoyant. Elle me parut pâle et maigre, et elle me dit qu'elle n'était point heureuse. Je trouvai le règlement de la maison trop dur et les études trop sévères pour un enfant de son âge. Je l'emmenai avec moi. Je voulais redevenir son institutrice; mais je vis bientôt que c'était impossible : un autre demandait mon temps et mes soins; mon mari en avait absolument besoin. Je cherchai une pension plus douce, et assez voisine pour que je pusse aller la voir souvent et la ramener quelquefois à la maison. Je pris soin qu'elle ne manquât jamais de ce qui pouvait contribuer à son bien-être. Elle s'habitua bientôt à sa nouvelle demeure, redevint heureuse et fit de rapides progrès dans ses études. En grandissant, l'éducation anglaise corrigea en grande partie les défauts de sa nature trop française. Quand elle quitta sa pension, je trouvai en elle une compagne agréable et complaisante; elle était docile, d'un bon naturel, et avait d'excellents principes. Par ses soins reconnaissants pour moi et les miens, elle m'a bien récompensée des petites bontés que j'ai jamais pu avoir pour elle.

Mon récit approche de sa fin. Encore quelques mots sur ma vie de femme et sur le sort de ceux dont les noms ont été si souvent mentionnés ici, et alors j'aurai fini.

Il y a maintenant dix ans que je suis mariée, et je sais ce que c'est que de vivre entièrement avec et pour l'être que j'aime le plus au monde. Je me trouve bien heureuse, plus heureuse que ne peuvent l'exprimer des mots, parce que je suis la vie de mon mari autant qu'il est la mienne; jamais aucune femme n'a été plus liée à son mari que moi; jamais aucune n'a été plus la chair de sa chair, le sang de son sang. Nous ne sommes pas plus fatigués de la présence l'un de l'autre que nous ne sommes las des battements de nos cœurs; nous sommes toujours ensemble, et c'est pour nous le moyen d'être aussi libres que dans la solitude et aussi gais qu'en société. Nous causons tout le jour, et c'est comme si nous méditions d'une manière plus claire et plus animée. Il a toute ma confiance et j'ai toute la sienne. Nos caractères se conviennent; il en résulte un accord parfait.

M. Rochester resta aveugle pendant les deux premières années de notre mariage: c'est peut-être là ce qui nous a tant rapprochés, ce qui a rendu notre union si intime; car j'étais sa vue comme je suis encore sa main droite. J'étais littéralement, ainsi qu'il me le disait souvent, la prunelle de ses yeux; c'était par moi qu'il lisait la nature et les livres. Je n'étais jamais fatiguée de regarder pour lui et de dépeindre les champs, les rivières, les villes, les arbres, les nuages et les rayons de soleil des paysages qui nous environnaient, et de remplacer par mes paroles ce que lui refusaient ses yeux. Je n'étais jamais fatiguée de lire pour lui, de le conduire où il désirait aller, de faire ce qu'il désirait faire; et j'éprouvais une joie infinie à lui rendre ces tristes services parce qu'il me les demandait sans éprouver ni honte douloureuse ni poignante humiliation. Il m'aimait si sincèrement qu'il n'hésitait pas à avoir recours à moi. Je l'aimais si tendrement qu'en le servant je satisfaisais mon désir le plus doux.

Il y avait deux ans que nous étions mariés; un matin que j'écrivais une lettre sous sa dictée, il s'approcha, se pencha vers moi et me dit:

« Jane, avez-vous quelque chose de brillant autour de votre cou? »

J'avais une chaîne d'or; je lui répondis que oui.

« Et avez-vous une robe d'un bleu pâle? »

J'en avais une. Il m'apprit alors que depuis quelque temps il lui avait semblé voir s'éclaircir les ténèbres qui recouvraient l'un de ses yeux, et que maintenant il en était sûr.

Nous nous rendîmes à Londres. Il consulta un oculiste éminent et recouvra enfin la vue d'un de ses yeux. Il ne voit pas très-bien: il ne peut ni lire ni écrire longtemps; mais il peut se conduire. La terre n'est plus un chaos pour lui; et quand son premier-né fut placé entre ses bras, il put voir que son fils avait hérité de ses yeux, de ses yeux d'autrefois, si grands, si brillants et si noirs. A cette occasion, il reconnut de nouveau, le cœur rempli d'émotion, que Dieu avait été miséricordieux jusque dans le châtiment.

Mon Édouard et moi nous sommes heureux, et d'autant plus que ceux que nous aimons le sont aussi. Diana et Marie Rivers sont toutes deux mariées; chaque année elles viennent nous voir ou nous allons les voir. Le mari de Diana est un capitaine de marine; c'est un galant officier et un excellent homme. Marie a épousé un ministre, ami de collége de son frère et digne de cette union par ses vertus et ses talents. Le capitaine Fritzjames et M. Warthon aiment sincèrement leurs femmes et en sont aimés.

Quant à Saint-John, il quitta l'Angleterre pour aller aux Indes. Il entreprit la tâche qu'il s'était imposée et il la poursuit encore: jamais pionnier plus infatigable et plus résolu ne se lança au milieu des rochers et des périls; il demeure ferme, fidèle et dévoué Il travaille pour ses frères avec énergie, zèle et foi; il leur trace le chemin douloureux du perfectionnement. Comme un géant, il abat les préjugés religieux et sociaux qui encombrent la route du Seigneur. Il est peut-être austère, exigeant, ambitieux même; mais son austérité est celle du guerrier. Ame noble, pèlerin généreux qui se tient en garde contre les tentations des impies, son exigence est celle de l'apôtre qui ne parle qu'au nom du Christ quand il dit: « Que celui qui veut être à moi renonce à lui-même, prenne sa croix et me suive. » Son ambition est l'aspiration d'une âme qui veut une place dans les premiers rangs de ceux qui se sont rachetés de leurs fautes, qui se tiennent purs de toute souillure devant le trône de Dieu, partagent la dernière victoire avec l'Agneau sans tache, et sont appelés les élus et les fidèles.

Saint-John ne s'est pas marié; il ne se mariera jamais. Jusqu'ici il a pu accomplir sa tâche à lui seul, et elle approche de sa fin. Son glorieux soleil est près du déclin. La dernière lettre que j'ai reçue de lui m'a arraché des larmes humaines, mais a rempli mon cœur d'une joie divine: il pressentait sa récompense et apercevait déjà sa couronne incorruptible. Je sais que la prochaine fois ce sera une main étrangère qui m'écrira pour m'apprendre que le bon et fidèle serviteur a enfin été appelé dans la joie du Seigneur. Et pourquoi pleurer?

La dernière heure de Saint-John ne sera pas obscurcie par la crainte de la mort. Aucun nuage ne s'appesantira sur son esprit;

son cœur sera intrépide, son espérance sûre, sa foi ferme; ses propres paroles en sont un témoignage.

« Mon maître, dit-il, m'a averti; chaque jour il m'annonce plus clairement ma délivrance. J'avance rapidement, et à chaque heure qui s'écoule, je réponds avec plus d'ardeur : « Amen; ve-« nez, Seigneur Jésus ! »



FIN

Coulommiers. — Typ. P. BRODARD et GALLOIS.

LIBRAIRIE HACHETTE ET Cie

79, BOULEVARD SAINT-GERMAIN, 79

# 1889

# BIBLIOTHÈQUE DES MEILLEURS ROMANS ÉTRANGERS

**à 1 fr. 25 le volume.**

**Ainsworth (W.)** : *Abigail*, traduit de l'anglais. 1 vol.
— *Chrichton*. 2 vol.
— *Jack Sheppard*, ou les Chevaliers du brouillard. 2 vol.
**Alarcon (A. de)** : *L'enfant à la boule*, traduit de l'espagnol. 1 vol.
**Alexander (Mrs)** : *L'épousera-t-il?* traduit de l'anglais. 2 vol.
— *Une seconde vie*. 2 vol.
**Anonymes** : *Les pilleurs d'épaves*, traduit de l'anglais. 1 vol.
— *Miss Mortimer*, traduit de l'anglais. 1 vol.
— *Paul Ferroll*, traduit de l'anglais. 1 vol.
— *Violette*, imitation de l'anglais. 1 vol.
— *Whitehall*, traduit de l'anglais. 2 vol.
— *Whitefriars*, traduit de l'anglais. 2 vol.
— *La veuve Barnaby*, traduit de l'anglais. 2 vol.
— *Tom Brown à Oxford*, imité de l'anglais. 2 vol.
— *Mehalah*, traduit de l'anglais. 1 vol.
— *Molly Bawn*, traduit de l'anglais.
— *Doris*, par l'auteur de *Molly Bawn*. 1 vol.
— *Portia*, traduit de l'anglais. 1 vol.
— *Le bien d'autrui*, étude de mœurs américaines, traduit de l'anglais. 1 vol.
— *La conquête d'une belle-mère*, par l'auteur de *Molly Bawn*. 1 vol.
— *Rossmoyne*, par l'auteur de *Molly Bawn*. 1 vol.
— *La maison du Marais*, traduit de l'anglais. 1 vol.
— *Helen Clifford* 1 vol.
**Austen (Miss)** : *Persuasion*, traduit de l'anglais. 1 vol.
**Azeglio (M. d')** : *Nicolas de Lapi*, traduit de l'italien. 2 vol.
**Beaconsfield (lord)** : *Endymion*, traduit de l'anglais. 2 vol.
**Beecher-Stowe (Mrs)** : *La case de l'oncle Tom*, traduit de l'anglais. 1 vol.
— *La fiancée du ministre*. 1 vol.
**Bersezio (V.)** : *Nouvelles piémontaises*, traduites de l'italien. 1 vol.
— *Les anges de la terre*. 1 vol.
— *Pauvre Jeanne!* 1 vol.
**Black (W.)** : *Anna Beresford*, traduit de l'anglais. 1 vol.
**Blackmore (R.)** : *Erema*, traduit de l'anglais. 2 vol.
**Blest Gana (A.)** : *L'idéal d'un mauvais sujet*, traduit de l'espagnol. 1 vol.
**Braddon (Miss)** : *Œuvres*, traduites de l'anglais, 41 volumes :
*Aurora Floyd*. 2 vol.
*Henri Dunbar*. 2 vol.
*La trace du serpent*. 2 vol.
*Le secret de lady Audley*. 2 vol.
*Le capitaine du Vautour*. 1 vol.
*Le testament de John Marchmont*. 2 vol.
*Le triomphe d'Eléanor*. 2 vol.
*Lady Lisle*. 1 vol.
*Ralph l'intendant*. 1 vol.
*La femme du docteur*. 2 vol.
*Le locataire de sir Gaspard*. 2 vol.
*L'allée des dames*. 2 vol.
*Rupert Godwin*. 2 vol.
*Le brosseur du lieutenant*. 2 vol.
*Les oiseaux de proie*. 2 vol.
*L'héritage de Charlotte*. 2 vol.
*La chanteuse des rues*. 2 vol.
*Un fruit de la mer Morte*. 2 vol.
*Lucius Davoren. D. M.* 2 vol.
*Joshua Haggard*. 2 vol.
*Barbara*. 1 vol.
*Vixen*. 2 vol.
*Le chêne de Blatchmardean*. 1 vol.
*Fatalité*. 1 vol.
**Bulwer Lytton (sir Ed.)** : *Œuvres*, traduites de l'anglais, 27 volumes :
*Devereux*. 2 vol.
*Ernest Maltravers*. 1 vol.
*Le dernier des barons*. 2 vol.
*Le désavoué*. 2 vol.
*Le dernier jour de Pompéi*. 1 vol.
*Mémoires de Pisistrate Caxton*. 2 vol.
*Mon roman*. 2 vol.

**Bulwer Lytton** (suite) : *Paul Clifford.* 2 vol.
*Qu'en fera-t-il?* 2 vol.
*Rienzi.* 2 vol.
*Zanoni.* 2 vol.
*Eugène Aram.* 2 vol.
*Alice,* ou les Mystères. 1 vol.
*Pelham,* ou Aventures d'un gentleman. 2 vol.
*Jour et nuit,* ou Heur et malheur. 2 vol.

**Burnett** (F. H.) : *Entre deux présidences,* traduit de l'anglais. 2 vol.

**Caballero** (F.) : *Nouvelles andalouses,* traduites de l'espagnol. 1 vol.

**Caccianiga** : *Le baiser de la comtesse Savina,* traduit de l'italien. 1 vol.
— *Les délices du farniente.* 1 vol.
— *Le bocage de Saint-Alipio.* 1 vol.

**Carmen Sylva** : *Nouvelles,* traduites de l'allemand. 1 vol.

**Cervantès** : *Nouvelles,* traduites de l'espagnol. 1 vol.

**Conway** (H.) : *Le secret de la neige,* traduit de l'anglais. 1 vol.
— *Affaire de famille.* 1 vol.
— *Vivant ou mort.* 1 vol.

**Craik** (Miss Mullock) : *Deux mariages,* traduit de l'anglais. 1 vol.
— *Une noble femme.* 1 vol.
— *Mildred.* 1 vol.

**Cummins** (Miss) : *L'allumeur de réverbères,* traduit de l'anglais. 1 vol.
— *Mabel Vaughan.* 1 vol.
— *La rose du Liban.* 1 vol.
— *Les cœurs hantés.* 1 vol.

**Currer-Bell** (Miss Brontë) : *Jane Eyre,* traduit de l'anglais. 2 vol.
— *Le professeur.* 1 vol.
— *Shirley.* 2 vol.

**Dasent** : *Les Vikings de la Baltique,* traduit de l'anglais. 2 vol.

**Derrick** (F.) . *Olive Varcoe,* traduit de l'anglais. 2 vol.

**Dickens** (Ch.) : *Œuvres,* traduites de l'anglais, 28 volumes :
*Aventures de M. Pickwick.* 2 vol.
*Barnabé Rudge.* 2 vol.
*Bleak-House.* 2 vol.
*Contes de Noël.* 1 vol.
*David Copperfield.* 2 vol.
*Dombey et fils.* 3 vol.
*La petite Dorrit.* 2 vol.
*Le magasin d'antiquités.* 2 vol.
*Les temps difficiles.* 1 vol.
*Nicolas Nickleby.* 2 vol.
*Olivier Twist.* 1 vol.

**Dickens** (Ch.) (suite) : *Paris et Londres en 1793.* 1 vol.
*Vie et aventures de Martin Chuzzlewitt.* 2 vol.
*Les grandes espérances.* 2 vol.
*L'ami commun.* 2 vol.
*Le mystère d'Edwin Drood.* 1 vol.

**Dickens et Collins** : *L'abîme,* traduit de l'anglais. 1 vol.

**Disraeli** : *Sybil,* traduit de l'anglais. 2 vol.
— *Lothair.* 2 vol.
Voir ci-dessus Beaconsfield.

**Edwardes** (Mrs Annie) : *Un bas-bleu,* traduit de l'anglais. 1 vol.
— *Une singulière héroïne.* 1 vol.

**Edwards** (Miss Amélia) : *L'héritage de Jacob Trefalden,* traduit de l'anglais. 2 vol.

**Elliot** (F.) : *Les Italiens,* traduit de l'anglais. 1 vol.

**Eliot** (G.) : *Adam Bede,* traduit de l'anglais. 2 vol.
— *La conversion de Jeanne.* 1 vol.
— *Les tribulations du révérend A. Barton.* 1 vol.
— *Le moulin sur la Floss.* 2 vol.
— *Romola,* ou Florence et Savonarole. 2 vol.
— *Silas Marner,* le tisserand de Raveloe. 1 vol.

**Farina** (S.) : *Amour aveugle.* — *Bourrasques conjugales.* — *Un homme heureux.* — *Valet de pique.* Nouvelles traduites de l'italien. 1 vol.
— *Le trésor de Donnina.* 1 vol.
— *L'écume de la mer.* 1 vol.

**Farjeon** : *Le mystère de Porter Square,* traduit de l'anglais. 1 vol.
— *Pour la gloire.* 1 vol.

**Fleming** (G.) : *Un roman sur le Nil,* traduit de l'anglais. 1 vol.

**Fleming** (M.) : *Un mariage extravagant,* traduit de l'anglais. 2 vol.
— *Le mystère de Catheron.* 2 vol.
— *Les chaînes d'or.* 1 vol.

**Freytag** (G.) : *Doit et avoir,* traduit de l'allemand. 3 vol.

**Fullerton** (Lady) : *L'oiseau du bon Dieu,* traduit de l'anglais. 1 vol.
— *Hélène Middleton.* 1 vol.

**Galdos** (P.) : *Marianela,* traduit de l'espagnol. 1 vol.
— *L'ami Manso.* 1 vol.

**Gaskell** (Mrs) : *Œuvres,* traduites de l'anglais, 7 volumes :
*Autour du sofa.* 1 vol.

**Gaskell** (Mrs) (suite) : *Marie Barton*. 1 vol.
*Marguerite Hall* (Nord et Sud). 2 vol.
*Ruth*. 1 vol.
*Les amoureux de Sylvia*. 1 vol.
*Cousine Philis. — L'œuvre d'une nuit de mai. — Le héros du fossoyeur*. 1 vol.

**Gerstæcker** : *Les deux convicts*, traduit de l'allemand. 1 vol.
— *Les pirates du Mississipi*. 1 vol.
— *Aventures d'une colonie d'émigrants en Amérique*. 1 vol.

**Gœthe** : *Werther*, traduit de l'allemand. 1 vol.

**Gogol** (N.) : *Tarass Boulba*, traduit du russe. 1 vol.
— *Les âmes mortes*. 2 vol.

**Grenville Murray** : *Œuvres*, traduites de l'anglais, 7 volumes :
*Le jeune Brown*. 2 vol.
*La cabale du boudoir*. 2 vol.
*Veuve ou mariée?* 1 vol.
*Une famille endettée*. 1 vol.
*Étranges histoires*. 1 vol.

**Hacklænder** : *Boutique et comptoir*, traduit de l'allemand. 1 vol.
— *La vie militaire en Prusse*. 3 vol.
Chaque vol. se vend séparément.
— *Le moment du bonheur*. 1 vol.

**Hall** (capitaine Basil) : *Scènes de la vie maritime*, traduites de l'anglais. 1 vol.
— *Scènes du bord et de la terre ferme*. 1 vol.

**Hamilton-Aïdé** : *Rita*, traduit de l'anglais. 1 vol.

**Hardy** (T.) : *Le trompette-major*, traduit de l'anglais. 1 vol.

**Harwood** (J.) : *Lord Ulswater*, traduit de l'anglais. 2 vol.

**Hauff** : *Nouvelles*, traduites de l'allemand. 1 vol.
— *Lichtenstein*. 1 vol.

**Haworth** (Miss) : *Une méprise. — Les trois soirées de la Saint-Jean. — Morwell*. Nouvelles traduites de l'anglais. 1 vol.

**Hawthorne** : *La lettre rouge*, traduit de l'anglais. 1 vol.
— *La maison aux sept pignons*. 1 vol.

**Heiberg** (L.) : *Nouvelles danoises*, traduites du danois. 1 vol.

**Helm** (Mme) : *Madame Théodore*, traduit de l'allemand. 1 vol.

**Hildreth** : *L'esclave blanc*, traduit de l'anglais. 1 vol.

**Hillern** (Mme de) : *La fille au vautour*, traduit de l'allemand. 1 vol.
— *Le couvent de Marienberg*. 1 vol.

**Howells** : *La passagère de l'Aroostook*, traduit de l'anglais. 1 vol.

**Hume** (F. G.). *Le mystère d'un hansom cab*, traduit de l'anglais. 1 vol.

**Immermann** : *Les paysans de Westphalie*, traduit de l'allemand. 1 vol.

**Jackson** : *Ramona*, traduit de l'anglais. 1 vol.

**James** : *Léonora d'Orco*, traduit de l'anglais. 1 vol.
— *L'Américain à Paris*. 2 vol.
— *Roderick Hudson*. 1 vol.

**Jenkin** (Mrs) : *Qui casse paye*, traduit de l'anglais. 1 vol.

**Jerrold** (D.) : *Sous les rideaux*, traduit de l'anglais. 1 vol.

**Jokaï** : *Le nouveau seigneur*, traduit de l'allemand. 1 vol.

**Kavanagh** (J.) : *Tuteur et pupille*, traduit de l'anglais. 2 vol.

**Kingsley** : *Il y a deux ans*, traduit de l'anglais. 2 vol.

**Kompert** : *Nouvelles juives*, traduites de l'allemand. 1 vol.

**Kraszewski** (J.) : *Sur la Sprée*, traduit du polonais. 1 vol.

**Lawrence** (G.) : *Œuvres*, traduites de l'anglais, 8 volumes :
*Frontière et prison*. 1 vol.
*Guy Livingstone*. 1 vol.
*Honneur stérile*. 2 vol.
*L'épée et la robe*. 1 vol.
*Maurice Dering*. 1 vol.
*Flora Bellasys*. 2 vol.

**Lennep** (J. Van) : *Les aventures de Ferdinand Huyck*, traduites du hollandais. 2 vol.
— *La rose de Dekama*. 2 vol.

**Longfellow** : *Drames et poésies*, traduit de l'anglais. 1 vol.

**Ludwig** (O.) : *Entre ciel et terre*, traduit de l'allemand. 1 vol.

**Lytton** (lord) : *Glenaveril*, traduit de l'anglais. 1 vol.

**Mancini** (P.) : *De ma fenêtre*, traduit de l'italien. 1 vol.

**Manzoni** : *Les fiancés*, traduit de l'italien. 2 vol.

**Marryat** (Miss) : *Deux amours*, traduit de l'anglais. 2 vol.

**Marsh** (Mrs) : *Le contrefait*, traduit de l'anglais. 1 vol.

**Mayne-Reid** : *La piste de guerre*, traduit de l'anglais. 1 vol.
— *La quarteronne*. 1 vol.
— *Le doigt du destin*. 1 vol.

**Mayne-Reid (suite)** : *Le roi des Séminoles*. 1 vol.
— *Les partisans*. 1 vol.
**Melville (Whyte)** : *Œuvres*, traduites de l'anglais, 7 volumes :
*Les gladiateurs : Rome et Judée*. 2 vol.
*Katerfelto*. 1 vol.
*Digby Grand*. 2 vol.
*Kate Coventry*. 1 vol.
*Satanella*. 1 vol.
**Mügge (Th.)** : *Afraja*, traduit de l'allemand. 2 vol.
**Nouvelles du Nord**, traduites du suédois, de Frederika Bremer, J. L. Rudeberg, etc. 1 vol.
**Ouida** : *Ariane*, traduit de l'anglais. 2 vol.
— *Pascarel*. 1 vol.
— *Amitié*. 1 vol.
**Page (H.)** : *Un collège de femmes*, traduit de l'anglais. 1 vol.
**Pouchkine (A.)** : *La fille du capitaine*, traduit du russe. 1 vol.
**Poynter (E.)** : *Hetty*, traduit de l'anglais. 1 vol.
**Reade et Dion Boucicault** : *L'île providentielle*, traduit de l'anglais. 2 vol.
**Reuter (Fritz)** : *En l'année 1813*. Épisode de la vie militaire des Français en Allemagne, traduit de l'allemand. 1 vol.
**Rockingham (C.)** : *Les surprises d'un célibataire*, traduit de l'anglais. 1 vol.
**Sacher-Masoch** : *Le legs de Caïn*, contes galiciens, traduits de l'allemand. 1 vol.
— *Le nouveau Job*. — *Le laid*. 1 vol.
— *A Kolomea*. 1 vol.
— *Entre deux fenêtres*. — *Servatien et Pancrace*. — *Le Castellan*. 2 vol.
— *Sascha et Saschka*. — *La mère de Dieu*. 1 vol.
— *La pêcheuse d'âmes*. 1 vol.
**Salow** : *Nouvelles*, traduites du russe.
**Schubin (O.)** : *L'honneur*, traduit de l'allemand. 1 vol.
**Segrave (A.)** : *Marmorne*, traduit de l'anglais. 1 vol.
**Smith (J.)** : *L'héritage*, traduit de l'anglais. 3 vol.
**Spielhagen (F.)** : *Le mariage d'Ellen*, traduit de l'allemand. 1 vol.
**Stephens (Miss)** : *Opulence et misère*, traduit de l'anglais. 1 vol.
**Stinde (J.)** : *La famille Buccholz*, traduit de l'allemand. 1 vol.
**Thackeray** : *Œuvres*, traduites de l'anglais, 9 volumes :
*Henry Esmond*. 2 vol.
*Histoire de Pendennis*. 3 vol.
*La foire aux vanités*. 2 vol.
*Le livre des Snobs*. 1 vol.
*Mémoires de Barry Lindon*. 1 vol.
**Thackeray (Miss)** : *Sur la falaise*, traduit de l'anglais. 1 vol.
**Tourguéneff (I.)** : *Mémoires d'un seigneur russe*, traduit du russe. 2 vol.
— *Scènes de la vie russe*. 1 vol.
— *Nouvelles scènes de la vie russe*. 1 vol.
**Townsend (V.-F.)** : *Madeline*, traduit de l'anglais. 1 vol.
**Trollope (A.)** : *Le domaine de Belton*, traduit de l'anglais. 1 vol.
— *La veuve remariée*. 2 vol.
— *Le cousin Henry*. 1 vol.
— *Les tours de Barchester*. 2 vol.
**Trollope (Mrs)** : *La pupille*, traduit de l'anglais. 1 vol.
**Werner (E.)** : *Vineta*, traduit de l'allemand. 1 vol.
**Wichert** : *Les perturbations*. — *Au bord de la Baltique*. — *Le vieux cordonnier*. Nouvelles traduites de l'allemand. 1 vol.
**Wilkie Collins** : *Œuvres*, traduites de l'anglais, 19 volumes :
*Le secret*. 1 vol.
*La pierre de lune*. 2 vol.
*Mademoiselle ou Madame?* 1 vol.
*Mari et femme*. 2 vol.
*La morte vivante*. 1 vol.
*La piste du crime*. 2 vol.
*Pauvre Lucile!* 2 vol.
*Cache-cache*. 2 vol.
*La mer glaciale*. — *La femme des rêves*. 1 vol.
*Les deux destinées*. 1 vol.
*L'hôtel hanté*. 1 vol.
*La fille de Jézabel*. 1 vol.
*Je dis non*. 2 vol.
**Wood (Mrs)** : *Œuvres*, traduites de l'anglais, 10 volumes :
*Les filles de lord Oakburn*. 2 vol.
*Le maître de Greylands*. 2 vol.
*La gloire des Verner*. 2 vol.
*Edina*. 2 vol.
*L'héritier de Court-Netherleigh*. 2 vol.
**Zschokke** : *Addrich des mousses*, traduit de l'allemand. 1 vol.
— *Le château d'Aarau*. 1 vol.

Coulommiers. — Typog. P. BRODARD et GALLOIS. — 2-89

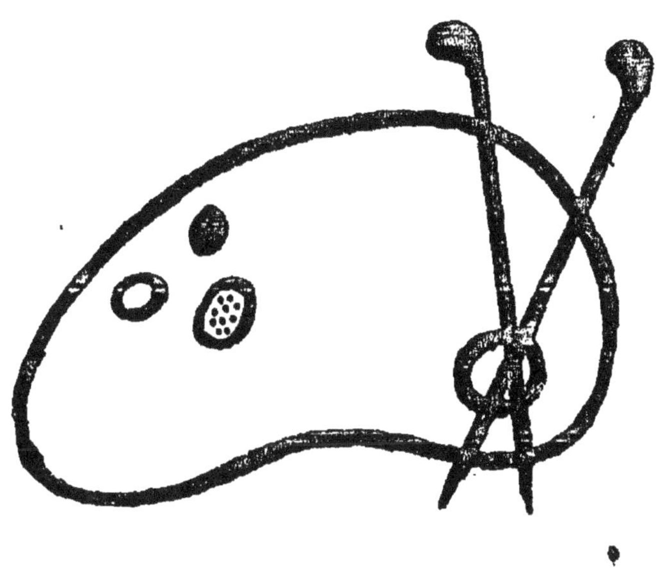

www.ingramcontent.com/pod-product-compliance
Lightning Source LLC
LaVergne TN
LVHW050512100826
845148LV00002B/311

* 9 7 8 2 0 1 2 5 5 7 4 4 4 *